A ENTREGADORA DE CARTAS

Sarah Blake

A ENTREGADORA DE CARTAS

Tradução de
Adriana Lisboa

EDITORA RECORD
RIO DE JANEIRO • SÃO PAULO
2012

CIP-Brasil. Catalogação na fonte
Sindicato Nacional dos Editores de Livros, RJ

Blake, Sarah, 1960-
B568e   A entregadora de cartas / Sarah Blake; tradução de Adriana Lisboa. – Rio de Janeiro: Record, 2012.

Tradução de: The postmistress
ISBN 978-85-01-08994-6

1. Ficção americana. I. Lisboa, Adriana, 1970-. II. Título.

12-0863.   CDD: 813
                                        CDU: 821.111(73)-3

TÍTULO ORIGINAL EM INGLÊS:
The postmistress

Copyright © 2010 by Sarah Blake
Publicado mediante acordo com G.P. Putnam's Sons, um selo do Penguim Group (USA), Inc.

Texto revisado segundo o novo Acordo Ortográfico da Língua Portuguesa.

Todos os direitos reservados. Proibida a reprodução, no todo ou em parte, através de quaisquer meios. Os direitos morais da autora foram assegurados.

Editoração eletrônica: Abreu's System

Direitos exclusivos de publicação em língua portuguesa para o Brasil adquiridos pela
EDITORA RECORD LTDA.
Rua Argentina, 171 – Rio de Janeiro, RJ – 20921-380 – Tel.: 2585-2000, que se reserva a propriedade literária desta tradução.

Impresso no Brasil

ISBN 978-85-01-08994-6

Seja um leitor preferencial Record.
Cadastre-se e receba informações sobre nossos lançamentos e nossas promoções.

Atendimento e venda direta ao leitor:
mdireto@record.com.br ou (21) 2585-2002.

Para Josh, sempre

A guerra acontece às pessoas, uma a uma. Isso é tudo que tenho a dizer, e me parece que o digo sempre.

MARTHA GELLHORN, *The Face of War*

Havia anos que tudo acontecera, que eu voltara da pequena cidade para cá, para o vazio inquieto da cidade grande, onde alguns comentários eram feitos sobre a Segunda Guerra Mundial e sobre como as coisas aconteceram — algumas observações idiotas sobre sua clareza e seu propósito — e eu resistia ao ímpeto de apagar meu cigarro e pôr um fim ao jantar. No entanto, atualmente, tantas guerras estão sendo travadas diante de nossos olhos e fala-se tanto de padrões e intentos (como se uma guerra pudesse ser regida como uma música), que, bem, na noite passada não consegui me conter.

— O que vocês pensariam de uma agente dos correios que escolhesse não entregar as correspondências?

— Não me diga mais nada! — exclamou, encantada, uma mulher na outra ponta da mesa, reluzente e rindo em meio às velas. — Já ganhou minha atenção.

Observei a pergunta capturar a atenção de todos. Correspondências, cartas escritas à mão, sendo guardadas sem serem entregues. Que confusão! Qualquer coisa poderia acontecer... Casamentos poderiam fracassar. Ou nem acontecer! A luz das velas reluzia nos olhos arregalados diante da ideia de uma brincadeira dessas. Em toda a mesa, as possibilidades se desenrolavam. Um homem poderia escapar de uma cobrança. A carta que garantiria a um jovem seu primeiro emprego poderia nunca chegar, obrigando-o a procurar trabalho em outra parte.

— E ser perfeitamente feliz — sugeriu um dos homens mais velhos, sorrindo diante da ironia da situação.

— E ela falaria a alguém sobre isso?

—Ah, não... — decidiu, em voz baixa, a mulher à minha frente. — Isso estragaria tudo.

—Ah, então ela fazia isso por prazer? — Seu companheiro deu um tapinha no seu ombro nu.

— Não, prazer é um tema muito restrito — disse o anfitrião. — Ela precisa ter algum tipo de crença. Ser uma espécie de cientista, alguém que planejou ver o sistema desmoronar. Uma sabotadora. — Ele sorriu, em meio às velas, para sua esposa. — É uma ótima história.

— Na verdade — acrescentei, com secura —, ela não era nada disso.

Então veio o silêncio.

— Espere... — disse um dos homens. — Isso é verdade?

—A mais pura verdade.

— Então é monstruoso! — falou a primeira mulher. — Se é real, é algo monstruoso e...

— Ilegal. — O anfitrião estendeu o braço e encheu a taça dela. — Quando foi isso?

— *Naquela época?* — O anfitrião estava chocado. Assenti e, de algum modo, isso deu mais profundidade à pergunta. Hoje, os erros são logo detectados. Alguém pode pegar o telefone e ligar. Há e-mails e faxes, mas *naquela época* as cartas eram, com frequência, as únicas portadoras de notícias. A ideia de uma agente dos correios mexendo nas cartas que alguém mandava para casa ou para os amigos não combinava de modo algum com o que se pensava sobre aqueles tempos.

— É a história de guerra que nunca contei.

— Porque seria demais para nós? — O anfitrião tentou escapar do assunto com uma piada.

— Seria demais para mim — respondi.

A farra havia acabado. O anfitrião se levantou abruptamente para abrir mais uma garrafa de vinho. A mulher do outro lado da mesa me estudava, ainda desconfiada de que eu não falava a verdade. Escritores: não dá para confiar a eles nosso coração.

Pouco importa, pensei. Estou velha e cansada da clareza terrível dos jovens. E todos vocês são jovens hoje em dia.

Há muito tempo, eu acreditava que, se lhes fosse dada a oportunidade, as pessoas se voltariam para o bem, como para a luz. Eu achava que as reportagens — retratos honestos e firmes da verdade — poderiam nos levar a exigir que os erros fossem consertados, as injustiças, punidas, e os fracos e inocentes, protegidos. Devo ter acreditado, quando comecei, que a opinião pública poderia se equivaler à indiferença pública e, com o direcionamento apropriado, superá-la amplamente.

Mas cobri guerras demais — relatando como elas eram semeadas e nutridas — para continuar acreditando nisso ou num único raio de verdade que brilhasse na escuridão. Todas as histórias — de amor ou de guerra — se baseiam em olhar para a esquerda quando deveriam olhar para a direita.

Ou ao menos é assim que me parece.

Esta é a história de guerra que nunca contei. Comecei a escrevê-la no fim dos anos 1940, quando conseguia enxergá-la com bastante clareza, e me encarreguei de torná-la acurada, mais clara, durante todo esse tempo. O que eu sabia naquela época se combina, aqui, com partes que eu não poderia saber, mas que imagino serem verdade.

    E a moça que eu era — Frankie Bard, a garota do rádio — vive nestas páginas como alguém que um dia conheci.

Frances Bard, Washington, D.C.

Outono

1940

1.

COMEÇOU, COMO frequentemente acontece, com uma mulher organizando tudo.

Ocorrera a Iris, algumas semanas antes — no ápice do verão, quando os turistas se aglomeravam na agência dos correios com seus corpos untados de óleo e alegria dispersa e infantil das suas férias —, que, se o que ela achava que aconteceria realmente ocorresse, precisava estar preparada. Precisava estar pronta para mostrar a Harry que, embora estivesse com 40 anos, a mesma idade do século, ele seria o primeiro. E ela sempre confiara mais nas palavras escritas numa folha de papel branca e limpa do que em qualquer conversa. Falar era...

— Certo — disse o médico, virando as costas para lavar as mãos.

Iris achou que deveria se levantar e vestir-se enquanto ele estava de costas, mas não tinha tomado a precaução de ir de saia, achando que, em vez disso, seu vestido azul seria o mais apropriado para aquela consulta. E não importava o quão cuidadoso fosse o Dr. Broad, ele se viraria muito antes de ela conseguir passar o vestido pela cabeça, e então em que situação ficariam? A maca de couro na qual ela se deitara era confortavelmente firme e tinha o mesmo cheiro das cadeiras na sala de leitura da biblioteca pública. Não, ela ficaria quieta. Deslizou o olhar do teto até a pequena pia diante da qual o médico se encontrava, de pé, esfregando as mãos sob a água. Ele certamente era cuidadoso. Bem, devia haver todo tipo de secreção lá embaixo, e qualquer um iria querer lavar as mãos depois desse exame. Como o próximo passo era o certificado, ela seria a primeira a insistir que nada de estranho fosse parar naquela folha de papel.

Ele endireitou as costas, fechou a torneira e sacudiu os dedos sobre a cuba antes de pegar a toalha ao lado.

— Já está composta, Srta. James? — Ele dirigiu a pergunta à parede diante dele.

— Nem um pouco.

— Certo — disse ele outra vez. — Vejo-a em meu consultório.

— Para o certificado.

Perto da porta, ele fez uma pausa, com a mão estendida, abaixando os olhos para ela. Ela sorriu para ele da mesma forma como fazia na agência dos correios, atrás do guichê, quando seu objetivo era convidar à cooperação.

— Sim — disse ele, e segurou a maçaneta, empurrando-a com agilidade para baixo e abrindo a porta. Ela aguardou até ouvir o suave clique da fechadura; depois se levantou, com uma das mãos segurando os grampos frouxos no cabelo e a outra na frente do corpo. Sentia-se um pouco como pela manhã, livre do sutiã e da cinta, como se estivesse solta. Uma coisa era a segurança do seu quarto, outra era estar no centro de Boston, num dos edifícios discretos de frente para o Public Gardens, depois do almoço, numa quinta-feira de setembro. Do outro lado da porta, o ritmo constante de uma máquina de escrever retinia no silêncio. Os azulejos eram frios sob seus pés e ela pegou primeiro sua roupa de baixo, apoiada na maca enquanto vestia uma meia, depois a outra, prendendo firmemente as ligas. Pendurado nas costas da cadeira, o bojo do seu sutiã apontava diretamente para a sala, como faróis. Ela sorriu ao vestir o sutiã, e pela terceira vez naquela tarde pensou em Harry Vale.

Uma única batida à porta:

— Quando estiver pronta, Srta. James.

— Já estou indo — exclamou ela em resposta.

Tudo fora cordial. Tudo correra muito bem. O consultório do médico era do tipo que permitia ao seu dono ufanar-se, com espessas cortinas verdes cobrindo janelas altas e encostando levemente num grosso carpete cinza. A secretária na sua mesa lá fora batia à máquina. A quietude de sua prática quando pegou o casaco de Iris e pendurou-o no cabide de madeira. E o médico, completamente adequado. Ele tinha aberto a porta e estendido a mão cálida para ela, em parte como um cumprimento e também para ajudá-la a se levantar de onde havia se sentado para aguardar sua vez. E ele a conduzira até sua sala, indicando a cadeira em frente à sua ampla mesa de carvalho. Ele chegara até mesmo a pressionar as pontas dos dedos umas contra as outras sob o queixo, com os olhos sérios fixos nela enquanto ela colocava o livro no colo. Haviam falado por um breve instante sobre a Sra. Alsop, trocando delicadezas sobre a mulher que dera à Srta. James a referência do Dr. Broad, como se fossem conhecidos se encontrando num saguão de hotel durante uma viagem. O médico escutara e sorrira, perguntando a Iris se ela ia com frequência a Boston.

Com seu pedido, tudo aquilo se rachara levemente. Não de modo óbvio, mas presente o bastante para que Iris soubesse que o médico precisaria de um leve cutucão; que, apesar da ampla sala, faltava imaginação ao Dr. Broad. Ele ficaria feliz em examiná-la, disse a ela, recostando-se na cadeira, mas por que aquela folha de papel?

— Imagino que todos os homens gostem de ter uma coisa dessas — sugeriu ela.

O Dr. Broad pigarreou.

— Talvez isso seja um pouco presunçoso da minha parte — concluiu ela em voz alta, observando o homem do outro lado da mesa deslizar as mãos pelos braços da cadeira, prestes a se levantar.

— Por que não começamos? — Ele sorriu e se levantou, interrompendo a entrevista.

Ela não tivera a oportunidade de responder completamente a pergunta. E ao abrir a porta que ligava a sala de exame ao consultório pôde ver, pelo erguer da cabeça daquilo que o ocupava na sua mesa, que ele não daria a ela outra oportunidade. Ele estava muito ocupado; ela era apenas uma das muitas mulheres das quais ele cuidava.

— Por favor — disse ele —, sente-se.

— Está tudo em ordem?

— Você está perfeita.

— Ótimo.

Com os olhos ainda na folha de papel à sua frente, ele a pegou e a passou para o outro lado da mesa.

— Isso é suficiente?

Ela estendeu o braço, pegou o papel e, ao abaixar os olhos, viu o seguinte:

*Certifico por meio deste que
a Srta. Iris James foi examinada
no dia 21 de setembro de 1940
e se encontrava Intacta.*

Ela estava certa: não houvera nenhuma economia no papel. O receituário do Dr. Broad tinha uma bela cor creme, quase como linho. E, embora estivesse óbvio o pouco entusiasmo com o projeto, ele havia escrito tudo de modo maravilhoso. Ela pensou que talvez ele tivesse ganhado um concurso de caligrafia na escola.

— Está perfeito. — Ela sorriu para ele. — Obrigada.

— Fico feliz em ajudar — disse ele, e se levantou graciosamente enquanto ela se erguia e caminhava até a porta.

Durante alguns instantes ele continuou de pé, ouvindo a voz dela do outro lado da porta pedir o casaco à Srta. Prentiss e perguntar-lhe qual era o ônibus mais rápido até South Station. Suas vozes eram suaves e agradáveis, numa cadência que ele geralmente conseguia ignorar enquanto trabalhava. A porta da frente se abriu e se fechou e, depois de uma pausa, a Srta. Prentiss voltou a bater à máquina. Ele foi até uma das duas janelas que davam para o Public Gardens.

Quase não conseguiu vê-la, pois ela saíra tão depressa do prédio que já havia atravessado a rua e passava pela esquina do parque, caminhando rapidamente na outra direção, pela calçada oposta. Ela andava como alguém que estivesse sendo revistado, com os ombros bem para trás e a cabeça erguida.

— Que figura curiosa — refletiu ele.

Observou-a pelos 15 metros ou algo assim, nos quais ela ainda esteve visível, antes de ser tragada pela cidade e pela distância. Ele se virou de novo para a mesa. "Imagino que todos os homens gostem de ter uma coisa dessas", ela dissera, bem ali.

E bombas caíam em Coventry, Londres e Kent. Projéteis de metal mirados sobre as sebes e os tetos. O que era uma sebe? Onde ficava Coventry? Nas aulas de história e de geografia, o exército de Hitler marchava sobre os mapas da Europa enquanto, na sala ao lado, na aula de inglês, as vozes recitavam de cor e de forma monótona: *Eu vou me erguer e partir, agora, e partir para Innisfree. E uma pequena cabana construir ali, feita de barro e de taipas.* Os bombardeiros sobrevoavam as casas e uma Inglaterra cheia de canções sobre pintarroxos e tordos. Coisas para as quais não tínhamos nomes americanos eram destruídas. Havia a guerra. O que isso significava, a guerra? Exibidas nas páginas da revista *Life*, as crianças de Coventry levantavam os olhos para uma câmera curiosa. Podíamos vê-las. Pareciam não ter medo, em um fosso cavado por medida de segurança; suas mãos muito abertas sobre as paredes de terra serviam para manter o equilíbrio. Havia um garoto inexpressivo que nos encarava, com a gola do seu blusão fechada com um botão. Ele já estava lá, na guerra.

Aonde nossos rapazes não iriam — o presidente prometera. Ele falava de modo grosseiro, como se fizesse parte do povo, mas não fazia, graças a Deus. Ninguém achava que fazia. Quando ele disse que os rapazes não lutariam em guerras estrangeiras, acreditamos nele, embora escutássemos os nomes das cidades francesas dominadas da forma como as pessoas escutam os nomes dos remédios antes de adoecerem elas próprias.

Falava-se de uma invasão alemã. A Inglaterra resistiria? Seus tanques, caminhões e armas estavam largados, inúteis, do outro lado do Canal, onde eles os haviam deixado, em Dunquerque. Mas quando nos disseram que os ingleses tinham arrastado os canhões que estavam no British Museum, rolando-os até o Tâmisa, nós assentimos. Há 16 noites bombas caíam sobre Londres; ônibus eram parados nas ruas; bebês retirados às pressas de suas camas. Ainda assim, pela manhã, um a um, os londrinos se esgueiravam de volta à luz do dia e nós os congratulávamos por isso. A Inglaterra resistiria. Ninguém sabia o que aconteceria. Buchenwald ainda era apenas uma cidade na Alemanha, onde a luz do sol batia nas árvores. Auschwitz. Bergen-Belsen. Apenas nomes estrangeiros. Era o fim do verão, e as luzes ainda estavam acesas...

Na estação Sul, Iris se dirigiu ao trem que iria para a baía de Buzzard, divertindo-se ao observar a transferência de malas postais nos vagões de carga, no final do trem. Era raro ela viajar junto com a correspondência, mas lhe dava um prazer imenso pegar um assento no primeiro vagão, o primeiro assento de todos, se conseguisse. Todas aquelas cartas, todas aquelas palavras rabiscadas umas depois das outras, rodopiando no seu caminho rumo a alguém. Alguém esperava, alguém escrevia. Esse era o propósito de tudo aquilo, manter um canal aberto para que a carta de qualquer pessoa — encontrando seu caminho até a agência dos correios e os sacos de lona, onde envelopes de vários matizes se amontoavam e se aconchegavam, embaralhando-se uns com os outros — pudesse seguir sua jornada, reunindo-se a todos os outros pensamentos de papel enviados minuto após minuto para eliminar...

O tempo.

O agente ferroviário anunciou a partida do Buffalo Express e ela ergueu os olhos para o relógio, vendo o ponteiro se mover um segundo em direção ao outro. Dentro de mais um minuto chamariam seu trem, e ela se juntaria à multidão que embarcava, sendo puxada de volta para seu nome e sua pessoa. Ela seria Iris James outra vez. Uma agente dos correios de Franklin, Massachusetts.

Onde Harry estava. E o novo lugar em seu coração que parecia ter sido criado por ele — que dava saltos quando ela o via de relance na rua ou na fila na agência dos correios — pulou. Um ano antes, ele era apenas Harry Vale, o mecânico da cidade. Um sujeito simpático, bom para trocar um pneu e bater um papo. E então, um belo dia, ele não era mais. Era outra coisa desde que entrou no Alden's Market, não fazia muito tempo, e se aproximou dela devagar, pelas suas costas, de forma que quando ela se virou, com uma lata de creme de milho em uma das mãos e de milho comum na outra, não havia nada a fazer a não ser virá-las para ele, oferecendo-lhe uma escolha. Ele olhou para ela e, em seguida, para as latas, parecendo avaliá-las com muito cuidado. Por fim, estendeu a mão grossa e apontou para o milho comum. Ela assentiu. Ele teria de levantar a cabeça para beijá-la, Iris se pegou pensando.

Ela jamais imaginara que isso iria lhe acontecer, mais ali estava — Harry Vale olhara para ela com aquela expressão de que algo estava acontecendo. E fizera isso diante de todo mundo. E daí se Beth Alden os olhava do balcão? E daí se um calor subia entre os enlatados nos fundos do mercado? Ela deu uns tapinhas em seu livro de bolso. Era estranho o que havia feito? Bem, e daí? O que ela disse ao médico era pura verdade — qualquer homem gostaria de saber que era o primeiro, ela estava certa disso — e poderia dar a Harry aquele papel, belo e limpo como um vestido branco diante do altar; algo que ela estava velha demais para usar e, de todo modo, branco era a cor que menos lhe caía bem.

Em Nauset, Iris desceu do trem e caminhou quatro quarteirões para pegar o ônibus até Franklin. O Sr. Flores estava sentado na sombra projetada pelo ônibus e se levantou, andando devagar. Ela havia retocado o batom e penteado o cabelo enquanto o trem parava na plataforma, o que fora bom, porque ele a fitava.

— Olá, Srta. James. Fez boa viagem?

— Sim, obrigada. — Ela o fitou bem dentro dos olhos, desafiando-o a fazer mais perguntas.

Ele concordou e apontou para a porta aberta do ônibus. Iris subiu os três pequenos degraus e entrou no ônibus. Havia um casal estrangeiro, algumas mulheres sentadas sozinhas e vários homens agrupados em torno do assento de Flores, na frente do ônibus. Iris cumprimentou-os com um aceno de cabeça e se dirigiu ao final do ônibus, passando por uma jovem com os olhos fixos em um livro grosso, cujos cabelos caídos para a frente deixavam nua a curva de seu pescoço. Ela não levantou os olhos nem se mexeu quando Iris passou por ela e se sentou três fileiras depois.

Iris colocou a mão no bolso da saia, em busca dos seus cigarros, pegou um Lucky e observou a cabeça e os ombros da garota miúda que lia à sua frente. Fugi de casa, pensou a agente dos correios, embora estivesse bastante bem vestida num sensato conjunto azul, o cabelo castanho e curto roçando a gola reta. De qualquer forma, era do tipo que precisava de cuidados, as mulheres de seios pequenos que levantam o rosto para os homens, sorrindo satisfeitas como bebês. Por fim, a criaturinha se virou ligeiramente, como se para encontrar o olhar de Iris, consciente da atenção dela, e abriu um sorriso reservado — resposta mecânica, como a mão que se estende para proteger os olhos do sol. Iris a cumprimentou com um gesto da cabeça, amigável, exalando a fumaça. Está tudo bem — ela se dirigiu às costas da mulher, que se virara outra vez —, não mordo. O ônibus se sacudiu um pouco quando Sr. Flores subiu e ocupou seu assento atrás do volante. O motor ganhou vida com um rugido, fazendo o piso abaixo dos pés de Iris balançar.

Vronsky estava fazendo amor com Anna.
Emma leu a frase mais uma vez, distraída por aquela mulher feito uma pilastra atrás dela. Tolstoi queria mesmo dizer "fazer amor"? Ela não conseguia acreditar que sim. Fazer sexo? De forma tão descarada, escrito na página assim... Certamente eles não podiam fazer aqui e ali, desse jeito, no século XIX. Ele devia se referir a outra coisa, a algo mais benigno. Ela corou, um tanto culpada. Não que fazer sexo não fosse benigno — claro que era —, afinal, resultava em bebês. Embora as coisas que ela e Will tivessem começado a fazer no escuro não tivessem absolutamente nada a ver com bebês. Mas Anna e Vronsky? Eles haviam sido compelidos, não era essa a ideia? Talvez fosse a tradução. Ela virou a capa do livro e leu, sob o nome de Tolstoi — Constance Garnett. Emma achou que havia entendido. Vronsky sussurrara algo amoroso a Anna ou a acalmara com amorosidade, e a Srta. Garnett havia usado outras palavras, pintando o que deveria ser uma cena cor-de-rosa... de vermelho. Provavelmente uma solteirona, do tipo patético que vê na curva de um guarda-chuva fechado. Como aquela mulher no final do ônibus.

Ela pressionou levemente as nádegas sobre o assento do ônibus, sentando-se com as costas mais retas; era a nova esposa de um médico, que usava um conjunto muito atraente com um cachecol combinando em volta dos ombros. Olhou pela janela. Desde que dissera a Will Fitch duas semanas antes — apressada, com medo de olhá-lo nos olhos — "Sim, sim, aceito" — algo firme, agradável e completamente novo entrara no frequente caos da sua mente. Como se a voz de Edward R. Murrow, aquela voz masculina, corajosa e apaixonada, tomada por sua urgência e volume, houvesse criado a melodia sobre a qual ela agora cantarolava. A clareza seguia por essa melodia, e a determinação.

Palmet; depois Dillworth; Drake, finalmente. Fechando os olhos, Emma recitou os nomes das cidades que só conhecia devido às cartas de Will, nas quais a geografia de sua nova terra era mapeada de acordo com as várias doenças que ele tratava. Doenças cardíacas. Bursite. Um par de gêmeos que nasceram em Drake, o que era um milagre, escreveu Will, pois a mãe não tivera tempo ou condições de sair de Cape rápido o bastante...

— Seu filho Bobby está fazendo 20 anos, 21 anos? — irrompeu a voz do homem na frente dela.

— Vinte e um.

— Não vão mandá-los para lá. Que eles sejam treinados, tudo bem... Diabos, bem podiam realmente construir algumas pontes! Mas não vão mandá-los para lá.

O segundo homem não respondeu de imediato e ficou olhando pela janela. Emma se viu observando o perfil rigoroso do seu nariz e do seu queixo, como se esperasse encontrar algum sinal. As árvores passavam velozes.

— Claro que vão — disse ele, virando-se para o companheiro.

Bem feito para ela! Emma se recostou, aborrecida por ter ficado escutando. Ouvira naquela manhã e tentara esquecer, na verdade havia esquecido, mas lá estava novamente: uma convocação fora aprovada no Congresso, e todos os homens em idade para o serviço militar deveriam se apresentar às juntas de recrutamento que haviam brotado em todas as cidades, pequenas ou grandes, feito cogumelos depois da chuva. Não que isso lhe importasse, ela protestou ao suave reflexo, na janela, das suas mãos sobre o colo. Will não iria, isso ele dissera (embora não definitivamente, corrigiu ela, com uma honestidade escrupulosa mesmo em suas preocupações). Ele não deveria ir, ela consertou. Ele certamente tinha razões para alegar incapacitação. Era o último na linhagem dos Fitch; era o único médico em quilômetros; e ela havia acabado de se casar com ele.

De todo modo, ele não podia deixá-la. Há um fato central na vida de todos, pensou ela, um fato do qual tudo o mais se origina. Para ela, era o fato de que tinha sido inteiramente sozinha no mundo — até encontrar Will. Perdera a mãe, o pai e o irmão na epidemia de 1918. Haviam morrido num sonho febril, e ela sobrevivera; já fazia tanto tempo que talvez eles nem sequer tivessem vivivo. Havia uma casa numa colina, longe do mar, onde ela nascera. E uma cidade da qual se lembrava, cheia de bandeiras tremulando — o que, ela se dava conta, era sua lembrança das barracas nas quais eles ficavam, nos campos, porque o hospital estava superlotado. A memória que ela poderia ter da sua mãe estava borrada pelo rosto de uma enfermeira, envolta numa máscara, curvando-se sobre ela em sua maca e verificando se ainda respirava.

A parte seguinte, porém, começaria. A menina órfã, de olhos sérios e com um sinal na pele da base do pescoço, era a esposa de um médico, tinha um marido, uma casa e uma cidade. Casar-se com Will a fizera atravessar a cortina obscura de um período sem eventos dignos de nota — o tempo passado num quarto compartilhado, no último andar de uma pensão, com suas meias secando na cadeira com costas de ripas horizontais. Ela estava indo para casa. Tentou sorrir para o vidro da janela, para casa, para Will.

Emma tirou o manual do Federal Writer's Project sobre Cape Cod da bolsa, abrindo-o na parte sobre Franklin: isca na ponta do anzol de areia cravado a uns 80 quilômetros no Atlântico, a cidade de Franklin acena tímida para a costa. A primeira coisa que se perde ali é o senso de direção. Debruada pelas dunas de areia amareladas e água por todos os lados, o norte e o sul parecem trocar de lugar na bússola, e o céu não ajuda. É um lugar cheio de peixes e do cheiro dos peixes, de óleo de bacalhau, das vergas quebradas dos ossos das baleias e dos mastros que o mar cuspiu de volta sobre a larga faixa de praias atrás da cidade. Peregrinos de um tipo ou de outro sempre vieram para cá: primeiro os puritanos, depois os baleeiros portugueses e, por fim, na virada do século passado, os artistas chegaram, amarrando seus lenços no alto de velhos barcos a remo e pintando-os. Filhas de policiais que vieram de Boston se misturaram à multidão multicor, dizendo que aquilo era divertido, que era uma maravilha o modo como os filhos de pescadores do Mediterrâneo caminhavam de braços dados com o ouro ianque enquanto as luzes claras dos teatros de verão brilhavam no escuro... Cristo! Ela fechou o livro e guardou-o outra vez. Ele era exatamente roxo como o Garnett.

Sr. Flores se curvava muito sobre o volante, mantendo os olhos na luz oblíqua, e Emma sentiu a estrada levando-a para cada vez mais perto. As casas brancas e austeras de

Woodling passavam, uma após a outra. Através da floresta Tralpee eles seguiam, a mata cheia de faias passando rapidamente nos dois lados, até que, por fim, o ônibus chegou ao topo da colina que fica diante de Franklin. E enquanto o ônibus engasgava no alto, um instante antes de descer, ela se sentava com as costas eretas, desejando — subitamente, sem explicação — que o fio entre ela e essa cidade se rompesse. Sr. Flores fez uma pausa entre as trocas de marcha. As dunas se estendiam amplas ao redor deles.

Durante um breve instante, Emma sentiu que podiam voar. O céu do outro lado da ampla janela dianteira, chamava-a, e ela quase se levantou do seu assento, imaginando-se capaz de continuar em linha reta, com a estrada se afastando conforme o ônibus avançava no céu sem limites. Mas a marcha foi engrenada, e o ônibus desceu, estremecendo em meio às altas colinas de areia. Continuaram descendo até que o asfalto se livrou das dunas e fez uma curva na direção do mar, seguindo ao longo do porto cinzento até a cidade.

O ônibus passou barulhento pelas linhas rígidas dos telhados de madeira, que desenhavam triângulos na noite de setembro. A bandeira tremulava com o vento acima do alto telhado da agência dos correios, e o ônibus diminuiu de velocidade, começando a desmantelar, enquanto o Sr. Flores transpunha a rua estreita, compartilhada com pedestres, pessoas fazendo sinal para o ônibus e outras andando de bicicletas ao seu lado. A cidade se abria do outro lado da janela, e Emma pôs a mão sobre o assento à sua frente, com o entusiasmo crescendo no vazio da sua garganta. Orgulhara-se da rapidez com que aprenderia o nome de todos os moradores, exibindo seu conhecimento a Will, que, ela imaginava, retornaria todas as noites como que a um teatro feito por ela, encantado por se ver naquela cidade familiar, revelada e iluminada pelas percepções de sua Emma. Emma queria ser valiosa para ele desse modo: ele seria o melhor médico porque suas investigações não precisariam ser às cegas.

Mas a prática era algo diferente. Chegando, como ela havia chegado, ao centro da cidade, a superficialidade da sua imaginação atingiu-a em cheio, pois todos já estavam ali; como duas mulheres que conversavam na esquina e que se separaram quando o ônibus parou no ponto. A cidade não esperava a chegada dela, para começar, a cidade era visivelmente ela própria sem sua presença. A porta se abriu e ela sentiu no ar o cheiro do mar. Ficou sentada no seu assento durante um instante, pegando as luvas, juntando coragem para encontrar Will em meio à multidão, certa de que ele estava ali, do lado de fora do ônibus, esperando com seu sorriso impaciente e rigoroso. A mulher no fundo do ônibus passou bem rápido, fazendo com que Emma levantasse os olhos, e então ela enxergou a cabeça de Will na fila de pessoas que vinham em direção ao ônibus, com seu corpo comprido inclinado para a frente. Ele dava a impressão de ter muita coisa em sua mente, e muito a fazer. Viu-a através do vidro e acenou. Ela acenou de volta e o cachecol escorregou de seus ombros quando ela se levantou, com um pulo agora que estava feliz, e seguiu pelo ônibus vazio em direção à porta.

— Olá.

Ele apareceu na porta aberta, e já havia subido os degraus no momento que ela chegou ali, estendeu as mãos para ela e puxou-a para seus braços. Ela ergueu a boca, encontrando a dele, e os lábios cálidos e familiares tocaram os dela, com suavidade, no início, e depois com mais intensidade enquanto ele a puxava mais para perto, de modo que ela podia sentir todo o corpo dele em sua saia. Embora estivessem em público, ela fechou os olhos e entregou-se àquele beijo, onde estava escuro e fresco, seus lábios se abrindo sob os dele, e, com um gemido feliz, ela se afastou dele e voltou à luz.

— Olá.

Ela sorriu para ele, sem fôlego, com uma pequenina pontada de orgulho ao vê-lo bem ali diante dela. *Como* ela havia conseguido? Sentara-se ao seu lado em restaurantes, em ônibus, caminhara ao seu lado pelas ruas de Cambridge, a extensão familiar de sua passada reconfortando-a, quase como a sabedoria. Conheceram-se desse modo: ele a guiara pelos lugares, o braço sob o dela, a mão na parte inferior das suas costas, impulsionando-a sutilmente para salas esfumaçadas e depois lá para fora delas. Eles haviam conversado e rido, haviam até brigado. E então, de repente, numa tarde de primavera, ele a pedira em casamento. Era uma loucura, uma maluquice — mas era parte da história, não era? O Dr. Lowenstein havia escrito sobre aceitá-lo no consultório, e ele enfiara o telegrama no bolso e se colocara de joelhos ali, na agência dos correios de Back Bay. E ela abaixou os olhos para ele, concordando com a cabeça antes mesmo que ele abrisse a boca. Chegaram a esse momento como crianças; era o próximo passo, o único passo, o passo sério. Como se, dando as mãos, tivessem fechado os olhos e pulado, sem nem mesmo tomar fôlego.

Ele se inclinou para ler o título do livro na mão dela, ainda segurando-a bem perto de si. O cachecol dela escorregara dos seus ombros, e do longo triângulo da sua pele nua desprendia um calor como o da grama no verão.

— Está gostando? — perguntou ele.

— Será que eles podiam fazer amor no século XIX? — Ela afastou os olhos, oferecendo a última coisa, a menos importante, a que havia ficado na prateleira da sua mente.
— Não sei como teríamos chegado até aqui se não pudessem...
— Não, não. Veja. — Ela abriu o livro, ainda no último degrau do ônibus, e folheou-o, com uma intensa consciência dos olhos dele em seus ombros e braços. Eles haviam se beijado, se tocado através de camadas de seda e de lã, de paletós, calças, blusas e saias, mas os olhos dele poderiam muito bem ser suas mãos naquele momento; a pele dela formigava e ruborizava quando ele colocou um dos pés no degrau, junto ao seu, e seu paletó se entreabriu. — Aqui. — Ela apontou.
Ele abaixou os olhos e leu:
— *Vronksy estava fazendo amor...*
— É tão direto — comentou ela, e enrubescendo — dizer isso dessa forma.
Ele pressionou o corpo contra o dela.
— De qual forma?
— Na página. Será que os leitores não teriam ficado escandalizados? Eu fiquei.
— Não ficou, não — sussurrou ele.
— Fiquei. — Ela deu uma risadinha, apoiando o ombro no dele. — Fiquei sim! Uma leitora moderna.
— Queria dizer outra coisa, todos entenderam.
— Sexo?
— Fazer a corte — respondeu ele, com seu sorriso acendendo os centímetros insustentáveis entre os dois.
— Ah... — disse ela, alegremente. — Bem, era de esperar que você soubesse.

— Venha. — Ele colocou a mão sob seu cotovelo para ajudá-la a descer os degraus. — Vamos para casa.

Através da porta aberta, sua mala se desprendeu do gancho do ônibus, voando nos ares por um momento até cair com um estrondo e se abrir, rachando como um ovo sobre a calçada.

— Oh! — gritou Emma.

Will parou onde estava, na porta do ônibus, abaixando os olhos para a voluptuosa explosão do que deviam ser roupas íntimas de Emma, caindo em cascata sobre as laterais da mala aberta. Eram inúmeras peças, sedosas, e um azul crepuscular, jogadas a esmo como em um striptease delirante, revelando-se como sereias. Ele apertou a mão de Emma às suas costas.

— Ninguém viu — disse ele. — Vou ajudar Flores, isso lhe dará um minuto.

Emma concordou, soltando a mão dele, e desceu do último degrau até a calçada. Teve que lutar contra o impulso de se atirar sobre a mala aberta e cobrir as roupas espalhadas com seu corpo, mas aquela mulher do ônibus estava inclinada sobre o parapeito da calçada, olhando-a.

— Quer ajuda? — perguntou ela.

Para sua surpresa, Emma se viu concordando. As duas se ajoelharam, em silêncio, e começaram a juntar as meias, os macios sutiãs, e as calcinhas azul-claras do chão. A mulher era tão silenciosa e cuidadosa com as coisas de Emma que a noiva sentiu as lágrimas encherem seus olhos.

— São apenas roupas — disse a outra mulher, em voz baixa. — Não significam nada.

— Eu sei — sussurrou Emma em resposta.

— Então não o deixe vê-la chorar. Pensará que está envergonhada.

A mão de Emma pairou sobre uma camisola e ela corou. O que aquela mulher sabia sobre Will ou sobre o que ele pensaria? Jogou a peça dentro da mala.

— Não estou nem um pouco envergonhada.

Iris ouviu a advertência na voz dela e olhou-a sobre a mala.

— Ótimo — respondeu. E então, como uma reflexão posterior, disse: — Sou Iris James.

Emma fitou o rosto quadrado, mas não desagradável, da mulher, emoldurado por cabelo ruivo escuro puxado para trás dos dois lados, como uma cortina.

— Olá — respondeu.

— E você, quem seria?

Emma jogou a última peça na mala e fechou-a.

— Emma Trask — respondeu, e corou. — Isto é, Fitch.

— Nossa... — disse Iris, com um sorriso que a desarmaria. — A noiva do médico. E eu achando que você estava fugindo de casa.

Era a primeira vez que Emma ria em vários dias. E sempre se lembraria daquela risada se apossando dela ali, na calçada, aos pés da Srta. James, com suas coisas todas bagunçadas, uma faixa verde de árvores por trás da cabeça dela, e o sol da tarde morno em suas costas. Will surgiu de trás do ônibus e estendeu as mãos, puxando-a para si. Ficaria tudo bem, ela concluiu, naquele lugar e naquele instante. E riu alto outra vez, caindo dentro dos braços de Will.

— Obrigado. — Ele sorriu para Iris, ainda abaixada. — A senhora foi de grande ajuda.

— Imagine, Dr. Fitch — respondeu Iris.

— Vamos para casa — disse ele a Emma.

— Tudo bem. — Ela sorriu. Ele pegou sua mala com a mão livre, mantendo-a junto a si. Vários passos adiante, Emma virou a cabeça, olhando sob o braço de Will, e viu a Srta. James esperando diante do fluxo de carros para atravessar a rua.

— Quem é ela?

— Iris, agente dos correios. — Ele queria beijar Emma, outra vez, na rua, mas em vez disso apressou o passo.

— Ei — protestou ela, rindo, mas se pôs ao lado dele, sem prestar atenção em absolutamente nada da sua nova cidade, exceto o cheiro úmido do mar, o ar pesado e o barulho das ondas no quebra-mar à sua esquerda. Seguiram pela parte mais movimentada da cidade, saindo para a região mais antiga e tranquila, onde as casas de ângulos pronunciados se misturavam ao fim de tarde. Qualquer um que estivesse olhando-os — e todos estavam, Emma sabia. Afinal, era uma cidade pequena, e ela deveria ser o assunto da maioria das mesas de jantar. Por que não? Ela era jovem, atraente e casada com o médico deles — provavelmente notariam com que facilidade os dois combinavam o ritmo dos seus passos, como se há anos caminhassem juntos. Qualquer um comentaria isso, e as lâmpadas se acendendo no interior das casas pelas quais passavam pareciam a Emma um rompante silencioso, como um murmúrio sob a conversa, de aprovação e de atenção. Ela endireitou o corpo em resposta.

Talvez seja por isso que, quando Will avançou um pouco à sua frente e abriu um portão, abaixando os olhos com orgulho, ela tenha hesitado. Ali estava, enfim. Levantou os olhos para a casa, que era exatamente como todas as outras no caminho — telhados muito inclinados e telhas de madeira acinzentadas, uma ampla varanda na frente e uma porta da cor das telhas, de madeira, sem cobertura de tinta. Caminharam devagar em sua direção e, quando chegaram aos degraus da varanda, Will colocou a mão sob o cotovelo de Emma. Alguém falava no interior de casa, uma mulher, e, enquanto Emma vencia os degraus e rumava à porta de tela, a urgência naquela voz a chamava, como se a casa falasse.

— Meu Deus — murmurou Will ao abrir a porta. — Deixei o rádio ligado.

Ela caminhou na direção da voz. Pelo corredor, Emma podia ver a cozinha, onde Will havia colocado rosas num pote de geleia diante da janela, para lhe dar boas-vindas. O sol da tarde se estilhaçava através da água e as flores eram como estrelas cor-de-rosa. *Nos fundos do bar, há um placar,* dizia a mulher no rádio. *E hoje está escrito ali RAF 30, Luftwaffe 20. Embora tenha sido uma noite ruim para os britânicos, foi pior* — ela fez uma pausa — *para as pessoas em Berlim. RAF 30, Luftwaffe 20. Ali está ele, o placar que Londres mantém a cada noite em que a batalha...*

Will esticou o braço para desligá-lo.

— Não. — Emma empurrou com gentileza a mão dele — quem é ela?

— Quem?

Ela era menor do que ele se lembrava — podia envolvê-la com os braços e quase abraçar a si mesmo também —; puxou-a para si e sentiu o coração dela, de encontro a ele, esperando. Era como parecia ser, naquele momento, embutido naquele corpo adorável — seios, barriga e quadris pequenos — aguardando junto ao dele enquanto se abraçavam no escuro cada vez mais agradável, ouvindo uma mulher trazer-lhes a guerra com tanta urgência que Will não pôde suportar, não pôde esperar e, no momento em que a mulher diminuiu o ritmo das suas palavras para dizer "*De Londres, boa noi...*", ele por fim desligou o rádio.

— Ah, pelo amor de *Deus* — Frankie Bard se recostou na cadeira, no estúdio da estação de rádio e fechou os olhos.
— Foi um pouco agudo demais, não foi?
Morrow estava calado. Ela abriu os olhos.
— Agudo demais e rápido demais. — Ela fez uma careta, concordando com o que ele não havia dito.
— Você vai pegar o jeito. — Ele se levantou e estendeu o braço para pegar o chapéu. — Pessoas do seu tipo sempre pegam...
Ela levantou os olhos a tempo de ver o sorriso forçado.
— Pessoas do meu tipo?
Ele se inclinou na direção da porta.
— Preparam um martíni com a mesma competência com que servem uma cerveja, não tenho razão?
— Tem razão. — Frankie se levantou. — Mas Nova York não vai gostar.
Ele abriu com força a porta do estúdio.
— Dane-se Nova York! Você se saiu bem.
Nova York não gostaria nem um pouco. Tiveram o mesmo problema com Betty Wason, na Noruega. A porta se fechou devagar atrás dele. Uma voz de mulher não deveria estar falando aos Estados Unidos sobre homens em guerra; era aguda demais, franzina demais, empolgada demais. Pelo amor de *Deus*. Frankie se inclinou para a frente e desligou o microfone. O homem que era a mão direita de Sr. Paley se recusava até mesmo a contratar mulheres como secretárias

no escritório central da CBS. Visitas aos hospitais, a vida cotidiana, esse tipo de coisa — da qual você ouviria falar nas lojas — mas, *pelo amor de Deus*, as mulheres não deveriam estar cobrindo a guerra. Os homens estavam lá no alto, morrendo nos céus acima de Londres. Ela juntou as folhas do seu script numa pilha organizada, apagou as luzes do estúdio e estendeu a mão para a porta. As mulheres realmente deveriam se casar, sossegar e ter filhos; não deveriam andar desprotegidas debaixo das bombas alemãs, em busca de imagens vívidas para retratá-las por meio de palavras às pessoas que estão em seu país.

É isso o que eu farei, ela riu e subiu o terceiro lance de escada, saindo do estúdio subterrâneo para o nível da rua. Abriu a pesada porta dos fundos da Estação Radiodifusora e saiu para o blecaute da cidade, que aguardava as sirenes noturnas.

Quando as bombas começaram, na hora do chá, no dia 7 de setembro, não havia nada capaz de distinguir aquele momento como o início — não havia como saber o que estava por vir, por que ou por quanto tempo. A guerra caiu e se instalou. Quatrocentas pessoas morreram no primeiro minuto da Blitz. Mil e quatrocentas foram deixadas feridas e sangrando naquela primeira noite e, naquele dia, 17 noites depois, não havia como saber quem ainda estava vivo — a cada noite, novos números. Murrow instruiu Frankie a não dizer "as ruas são rios de sangue", mas "que o policial baixinho que você costumava cumprimentar todas as manhãs não foi visto hoje."

A lua subira sobre os telhados fumegantes e, durante um instante, todos puderam se lembrar do céu sem os bombardeiros e as linhas brilhantes e velozes do fogo antiaéreo por cima das chaminés e das distantes agulhas medievais da abadia de Westminster.

Ela caminhou enérgica diante das fachadas despedaçadas das casas, notando, com olho de repórter, pequeninas fendas de luz escapando de algumas delas. Além das orações, além do acaso, para algumas pessoas restava a simples recompensa de ficar paradas, viesse o que viesse. A lua reluzia nos para-choques cromados dos táxis. Do grande abrigo público na parte norte da rua, ela ouviu alguém cantando "Body and Soul", numa voz masculina que na quietude cinzenta da rua iluminada pelo luar tornava tudo aquilo humano. Frankie sorriu. Clima de guerra.

Havia um padrão nos ataques noturnos: o zumbido agudo e desigual dos aviões da Luftwaffe se erguendo como uma canção mortífera num crescendo por volta da meia-noite. Os refletores em meio à escuridão onde, sozinhos ou aos pares, os aviões alemães voavam para cima e para baixo ao longo do rio, em um ritmo implacável. Os incendiários desciam primeiro, bombardeando a cidade escurecida, obrigando-a a ficar acesa e em chamas, abrindo caminho para que os outros os seguissem. Esses desciam gritando, ou assobiando, os mais pesados rugiam como um trem expresso por um túnel. O pior eram as bombas paraquedas, que flutuavam devagar e silenciosas para matar. Em Oxford Circus, Frankie virou na Wilmot Road e começou a caminhar para casa. Dois carros de bombeiros seguiam pelas ruas vazias, correndo, com os faróis ocultos como sirenes cegas rumo aos incêndios. Havia o céu, havia os abrigos subterrâneos, e na rua — entre os atiradores e os alvos de seus tiros — ficava a Terra Média. Na Terra Média, à noite, tudo se invertia num brilhante caleidoscópio de morte, vertiginoso e ofuscante contra a silhueta negra de Londres.

Um mês antes, quando as bombas ainda não haviam começado a cair realmente, Murrow instalara pontos de transmissão em cinco locais de Londres, levando para casa os sons da cidade bombardeada à noite. Frankie estava com ele, observando-o equilibrado na entrada do abrigo antibombas subterrâneo, na cripta de St. Martin in the Fields, tirando o cabo de um microfone, o caminho dos londrinos, um cortês acompanhante até o subsolo. Não era possível saber se os alemães bombardeariam naquela noite, porém, Murrow se concentrava no ritmo constante das pessoas caminhando no escuro para suas casas ou descendo ao abrigo, seus passos como fantasmas vestindo sapatos de aço, ele disse. E quando o ataque aéreo começou, o longo som desmaiado subindo uma oitava no céu, a voz tensa e excitada de Murrow narrou o zumbido da Luftwaffe se aproximando — "lá vêm eles, é possível ouvi-los agora" — e Frankie se sentiu intocável naquele momento, imortal, segurando um microfone erguido para a noite. "Aqui e agora." Está ouvindo isso? Ela queria somar sua voz à de Murrow, queria que ela encontrasse o ouvido do público do outro lado daquele cabo. Naquele momento, pelos ares, os alemães atacavam as salas americanas, e Frank segurava a cortina aberta para que eles pudessem ouvir melhor — esse era um ato de desafio. Desafio vocês, ela pensou agora, a afastar os olhos.

2.

E PARA onde estávamos olhando? Para lá. Quando setembro se tornou outubro e as bombas pioraram, as crianças de Londres foram colocadas em ônibus, em trens e em milhares de navios que cruzariam o Atlântico. Canções tristes soavam antes e depois das notícias da noite.

Minha irmã e eu nos lembramos do dia
Em que deixamos nossos amigos e navegamos para longe
E pensamos naqueles que tiveram de ficar —
Mas nós não falamos sobre isso

Nós escutávamos Murrow, Shirer e Sevareid. *Aqui é Londres*, Murrow pausara antes de começar a transmissão da noite anterior. *Esta noite, sendo jogado contra a parede por explosões — o que se pareceu mais ou menos com ser atingido por uma tábua coberta por plumas — e tendo perdido nossa terceira sala — que está como se algum gigante louco a tivesse destruído — eu concluo, naturalmente, que o bombardeio foi pesado.*

Frankie sorriu, lembrando-se do sorriso largo dele, a estranha alegria do perigo visto e ultrapassado. Nem todos tinham a calma de Murrow. Embora ele houvesse coberto a queda da França e não fosse um novato na guerra, após três meses de Blitz, Eric Sevareid retornava aos Estados Unidos.

Ao tentar caminhar para a estação, a fim de fazer a transmissão da noite, ele sussurrara: "Não consigo suportar... quando o guincho agudo começa, não importa o que eu diga a mim mesmo, faço os últimos 50 metros numa corrida desabalada."

— Vamos lá! — Um homem à frente de Frankie, na rua, encostou-se na alta parede de tijolos atrás dele, puxando sua garota para seus lábios.

Dócil e risonha, a garota colocou os braços em torno do pescoço do homem e apertou o corpo contra o dele, "como se eles tivessem todo tempo do mundo e estivessem completamente sós", Frankie começou a escrever mentalmente. A luz decaía na tarde de outono e os sons do crepúsculo, encerrando o dia, baixavam o tom ao redor dela, no escuro e no frio. Do outro lado da rua, no pequeno jardim público, uma criança bramia, ultrajada: "Isso é meu, Charlie!" *Isso é a vida normal com a tampa arrancada* — ela se virou para a rua —, *e a tampa, em tempos de paz, é a chaleira prestes a ferver, nada pela frente a não ser ir dormir, as crianças no banho e a louça do jantar na beira da pia, para mais tarde.*

Ela atravessou a High Street, encaminhando-se para a Argyll Road. *É noite no mundo do andar superior, os momentos antes de ir para o subsolo, a última hora de luz. Embora seja uma noite fria de outono, todos estão na rua. Boa noite. Boa noite, Deus os abençoe. Os sinos já não tocam mais nas igrejas.* Cinquenta noites sob bombardeio; os alemães certamente viriam e — ainda que isso nunca fosse passar pela censura — a verdade era que a regularidade das bombas e as aparições consistentes da Luftwaffe estavam fazendo com que os alemães perdessem sua batalha, uma vez que os londrinos se deram conta de que poderiam seguir em frente com suas vidas, poderiam se planejar para fazer tudo à noite. Na esquina, o Sr. Fainsley parou sua carreta e fechou a janela de vidro — "não consigo evitar", o comerciante sacudira os ombros na noite anterior — do modo como sempre fez, embora todos soubessem que a janela e a loja poderiam não estar mais ali pela manhã. "Não consigo evitar", ela escutara repetidas vezes nas últimas seis semanas, acompanhado do mesmo sorriso largo e sarcástico, "não consigo evitar fazer as coisas como sempre fiz".

Você poderia parar numa esquina e ver uma longa fila de casas intocadas, suas fachadas brancas perfeitamente nítidas contra o céu de outono — toda a Inglaterra num quarteirão — e, então, virar a próxima esquina e encontrar a destruição completa e incêndios, os rostos exaustos de mulheres carregando malas baratas e ajudando seus filhos a subir nos ônibus dos refugiados que esperavam na praça. A cada noite da Blitz, a guerra passava sobre Londres como o anjo do Antigo Testamento, quarteirão após quarteirão, tocando aqui, desviando-se dali; e Frankie acompanhava, querendo registrar o que acontecia, querendo chegar ao coração de tudo aquilo.

Ela revirou os olhos. "O coração de tudo aquilo" teria sido riscado em vermelho, sem hesitação, por Max Prescott, seu editor no *New York Trib*. Tudo aquilo? O que é "tudo aquilo", Frankie?, ele teria perguntado. Qual é a história? Onde está a história em "tudo aquilo"? Seja a garota que fisga o mundo pela garganta, não pela boca, pelo amor de Deus! Pela garganta! "Tudo bem, chefe", ela diria, sorrindo para a imagem que havia evocado.

Uma mulher se dirigia ao abrigo da Liverpool Street, levando seu bebê e — o que era inverossímil — o pesado berço de madeira, e olhou para trás, por cima do ombro, para

Frankie, enquanto descia à escuridão. Frankie parou. Muitas pessoas iam para os abrigos, antes que as sirenes soassem, para conseguir um bom lugar — em um canto — como uma mulher de idade havia explicado a Frankie na semana passada. A mulher com seu bebê olhou novamente para Frankie, já na calçada, por tempo suficiente para que ela visse o cabelo louro e opaco amarrado com uma fita preta e a gola do seu suéter, um pouco frouxa onde ela havia perdido peso.

E, não pela primeira vez, Frankie quis voltar àquele lugar pela manhã para se certificar de que aquela mulher e seu bebê retornavam à luz do dia, para saber que eles haviam dormido e acordado, e que seguiriam em frente. Apenas para saber a parte seguinte.

O perigo em toda parte significava que todos — Frankie empurrou o ombro contra a porta da frente do número 8 da Argyll Road — talvez estivessem vivendo seus últimos dias. Todos — ela virou a cabeça em direção à rua ao empurrar a porta — poderiam ser uma história comovente.

— Com licença, senhorita!

Ela relaxou os ombros e se endireitou. O menino do fim do quarteirão estava à sua frente.

— Olá, Billy. O que houve?

Ele se agitava, impaciente, com a atenção cautelosa de um menino de 6 anos.

— Minha mãe falou que todos os americanos têm chocolates. Mas é um segredo, ela disse. E não devemos perguntar.

Frankie fez que sim.

— Então você pensou em descobrir a verdade?

— Isso mesmo. — Ele a fitava em retorno.

Ela desejou ter chocolate para dá-lo.

— É um segredo — concordou Frankie —, pois eu não ouvi nada sobre isso. E estou por dentro das novidades.

Ele assentiu. Sabia tudo sobre ela e a outra moça, lá em cima. Sua mãe contara que eram repórteres e que estavam lá para contar aos americanos as notícias sobre a guerra.

— Isso quer dizer que *você* não tem, então? — perguntou ele, desapontado.

Frankie se inclinou para perto dele e colocou o dedo sobre os lábios, num ar conspiratório.

— Vou investigar — disse a ele —, prometo. Se houver um segredo, vou descobrir. Está bem?

— Está bem — sussurrou ele, virou-se e correu.

Ela se apoiou na porta para empurrá-la. O pai dele estava na RAF, longe de casa desde o verão. Sua mãe — a porta cedeu — não poderia ter mais do que 23 anos.

— Harriet? — chamou ela, fechando a porta do apartamento.

— Na banheira — gritou sua colega.

— Saia logo, tenho novidades — gritou Frankie para o corredor, pendurando a chave no gancho ao lado da porta. Desamarrou o cachecol e jogou-o dentro do chapéu, feliz por encontrar Harriet em casa. Correspondente da Associated Press, Harriet Mendelsohn estava na Europa desde 1938, sempre disposta a compartilhar risadas e conversas. Era mais velha do que Frankie e muito convicta das necessidades de repórteres de guerra, que fossem esperançosas e indignadas, que buscassem a verdade.

— Não basta ficar em casa e ser bonzinho. Não ferir ninguém, não contar mentiras. Não é o suficiente — dissera ela, encostando seu copo no de Frankie no dia que chegara para ocupar o outro quarto. — Não se está fazendo *nada* de ilícito, mas não está fazendo *nada*.

Havia uma carta da mãe de Frankie no aparador. Ela apanhou-a e abriu o envelope, caminhando pelo estreito corredor até a sala da frente, onde Harriet já havia fechado as cortinas *blackout*. Frankie acendeu a luz perto da porta e leu a carta ainda em pé, apoiando-se no batente. As letras miúdas de sua mãe transmitiam todas as notícias da semana anterior na casa de Washington Square e, embora Frankie adorasse a inclinação familiar daquela caligrafia, sua mãe contava meticulosamente a respeito das refeições feitas, os pensamentos tidos, as conversas ouvidas por acaso, e oferecia todas os detalhes do seu dia com a tranquilidade de uma égua que trota por uma estrada familiar. Nada precisava ser feito às pressas, nada escaparia. E nada escapava, Frankie murmurava para si mesma, embora lesse cada palavra com a desagradável consciência de que sua mãe fora, durante anos, uma jornalista sem um jornal. *Acordei na terça-feira para um dia positivamente monótono, e a única cura eram dois ovos e uma torrada, acompanhados de uma longa caminhada até a biblioteca. A Sra. Taylor manda...*

— Olá. — Harriet se aproximara dela.

Frankie se virou, ainda com a carta na mão.

— Estará em casa ou fora essa noite?

— Fora. — *Boa noite, querida...* Frankie dobrou a carta, sorrindo, e recolocou-a no envelope, virando-se para olhar Harriet. — Adivinhe o que Murrow me passou.

Harriet apertou os olhos diante da excitação na voz de Frankie.

— Conte-me, moça!

— Uma história sobre a bateria antiaérea perto do hospital.

Harriet assobiou.

— Parece que, afinal — Frankie ergueu as sobrancelhas —, não sou apenas uma loura de saia. Já estou lá!

Harriet deu uma risadinha. No instante em que ela colocou os olhos sobre Frankie pela primeira vez, essa evocou mentalmente pradarias, índios e fugitivos.

— Que tal ovos mexidos com torradas antes de ir para perto dos rapazes e das armas? — perguntou ela, de forma sarcástica, mas sorriu ao passar por Frankie e entrar na cozinha pequenina. — Leu a matéria de Steinkopf, de Varsóvia? — gritou, pegando os ovos na geladeira.

— Não. — Frankie apareceu na porta.

— Construíram um muro de concreto em torno de cem quarteirões da cidade.

— Como assim?

— Um muro, com 2,5 metros de altura, tão compacto e liso que, segundo ele, um gato não consegue escalá-lo.

— Ao redor do gueto?

Harriet assentiu.

— Quando foi isso?

— Agora mesmo, está no ar.

— Ao menos eles estão em suas próprias casas...

— Por enquanto — respondeu Harriet, sem se virar.

Frankie observava o ângulo inclinado dos ombros da mulher mais velha. Como uma costureira, Harriet Mendelsohn juntava pedaços de notícias sobre o que acontecia com os judeus conforme os nazistas varriam país após país, desde que haviam tomado a Polônia, um ano antes. Escreveu sobre os milhares de judeus de Varsóvia e de outras cidades polonesas que buscavam refúgio na Letônia e na Lituânia, e tendo sua entrada recusada nas fronteiras. Os suicídios em

Varsóvia, as expulsões, as prisões em massa: o que ouvia, ela escrevia e mandava pelo telégrafo. Foi Harriet quem relatou pela primeira vez a proposta de Hitler ao Reichstag, em 1939, de que a Alemanha estabelecesse uma reserva para os judeus no estado polonês, moldada — Hitler garantira à sua plateia — conforme uma reserva indígena americana. Quando Harriet costurou os pedaços, parecia que os nazistas queriam mandá-los embora, expulsá-los — sobretudo da Alemanha.

Contudo, seria isso algo organizado? Essa era a questão. E seria digno de crédito? Esse era o temor. Houvera tantas histórias sensacionalistas e falsas sobre atrocidades envolvendo a Alemanha durante a Primeira Guerra que grande parte da imprensa desconfiava de uma ação deliberada e macabra contra os judeus. Isso não parecera possível até o começo daquele ano, quando o Vaticano confirmou que os nazistas estavam levando os judeus — da Áustria, da Tchecoslováquia e de todas as partes da Polônia — para guetos. Mas estariam eles sendo reunidos por um motivo? O *Times* de Londres se perguntara, dócil, algumas duas semanas antes. Sim, Harriet começara a acreditar, estariam. A história seria sobre algum tipo de assalto organizado, e Harriet analisava fragmentos e trechos da política nazista, que ficariam de outro modo enterrados em falas longas, para contar essa história, embora carecesse de crédito. Tinha primos na Polônia e, quando suas cartas apareciam no aparador, junto às notícias vinha o alívio inconfundível de ainda estarem em sua casa, em sua rua. Ainda lá.

Por enquanto, Frankie serviu duas doses de uísque e colocou um dos copos sobre o peitoril da janela ao lado de Harriet. Por enquanto, por enquanto; eram as palavras que construíam o medo. E como escrever essa história? As três perguntas de Murrow que formavam a base para cada radiodifusão — *O que está acontecendo? Como isso afeta os americanos? O que diz o homem comum?* — não eram coerentes diante daquela. Os recortes falavam de uma época terrível para os judeus, qualquer homem poderia ver isso. Terrível, era terrível; mas a guerra era terrível. Sabia Deus, a guerra era o inferno. E o que deveríamos fazer a respeito?

Prestar atenção — Frankie tocou seu copo no de Harriet — *e depois escrever feito o diabo.* Ela pegou sua bebida e atirou-se na curva da poltrona branca na sala da frente. Ex-aluna do Smith College, da turma de 1933, ela voltara para Nova York depois de se formar, apresentando-se, para a perplexidade de sua mãe, no escritório de Max Prescott, no *Trib,* na manhã seguinte. Ele lançou um olhar à moça impaciente diante dele e orientou-a a sair e trazer-lhe o que encontrasse. Com a bolsa balançando ao lado do quadril, ela caminhou sem saber o que procurava, seguindo pela West Fourth Street até o caos e a agitação da Broadway, e mais para leste, na direção das casas que se amontoavam junto ao rio. Caminhava e descobria, para sua surpresa, que podia ir a qualquer lugar com um caderno de notas. Não apenas isso, mas as pessoas falariam com ela. As pessoas estavam ansiosas por alguém que as ouvisse. Então ela recolheu os fragmentos do que viu e ouviu e colocou-os no papel. Depois de seis meses, Prescott reservou duas polegadas de coluna — sem assinatura — para a sua seção, "Pulso da cidade".

Desde o fim do governo Hoover até o New Deal e os dentes largos da Sra. Roosevelt, Frankie cobria a cidade, *uptown* e *downtown,* em saltos de cetim e couro, *Summa cum*, como sua mãe insistia em apresentá-la, orgulhosa, esperançosa, mesmo então, de um possível marido. *Summa cum sorte*, Frankie murmurava, observando, divertindo-se em capturar algo que tivesse visto e revirá-lo até obter a rotação correta. Não com um estalo, não com o ar puxado para fora; mas tenso e revelador de algo sobre estar vivo, sobre a vida.

Até a noite, na primavera passada, em que ela entrou em casa e ouviu no rádio William Shirer falando, de Berlim, naquele instante, e então se afundou na escada e se apoiou no corrimão, escutando a voz dele. Fraca e aguda, dolorida, não era em nada como o tom caramelado de Murrow. Mas, durante aqueles minutos em que ele falava, todo o mundo invisível foi transportado em sua respiração, em sua cadência cuidadosa e calma, através da distância e do tempo. Ele era o mundo numa voz: o que estava acontecendo *agora*. No esforço que fazia para manter sua voz sob controle, em sua pronúncia das palavras *Führer* e *Herr* sem qualquer sotaque, uma repugnância pelo Meio-Oeste passava pela censura. Em sua voz havia mais do que a história, mais do que as palavras. Em duas semanas, ela havia comprado uma passagem no navio *Trieste* e viajado, sem outra coisa como recomendação para trabalhar no rádio além de uma carta de Prescott, sua máquina de escrever e seu sorriso.

Quando viu o "estúdio", porém, não muito maior do que um armário, equipado com uma mesa e uma cadeira surradas e uma única luz brilhando acima do microfone colocado sobre a mesa, pesado e grosseiro como uma arma mortal, ela quase riu do quão humilde aquilo tudo era. E do quão incerto. Você se sentava diante da mesa, atento ao instante em que Nova York diria "No ar, Londres", e então você acionava o botão na lateral do microfone e falava. Se o clima colaborasse, sua voz era retransmitida, como um corredor de longa distância, pelo ar britânico, dos tubos de vácuo através dos fios e cabos de telégrafo até os transmissores, emergindo de algum modo em meio aos estalos e ruídos de quase 5 mil quilômetros outra vez no ar, nos Estados Unidos. Ou todos os pontos ao longo do caminho poderiam cair a qualquer momento, e sua voz simplesmente desapareceria nas ondas de ar.

Ela datilografava os scripts de Murrow. Enchia os copos d'água e colocava-os ao lado do microfone. Encontrava as pessoas com quem Murrow precisava falar e levava-as para entrevistas. E fazia o que sempre fizera: caminhava e escutava. Andava por Londres sem um mapa, virando esquinas rumo ao barulho das vozes nos bares e às luzes imóveis dos teatros e salões de dança. Hitler marchava sobre Paris. Os britânicos recuavam até Dunkirk. A Defesa Civil distribuía máscaras contra gás à população da cidade. As crianças eram enviadas para o interior. E, nas lojas e nas filas de ônibus, ela ouvia os londrinos brincando sobre esses fatos. "O que o dono do mercado tem a dizer hoje?", Murrow havia perguntado a ela um dia, no início, e, sem pensar, ela respondera: "Bem, ele disse que os carneiros não conseguirão chegar até a mesa se as bombas continuarem a cair como na noite passada." Murrow rira muito. Duas noites depois, ela estava no ar com ele, e *O que o dono do mercado tem a dizer, Srta. Bard?* havia sido um sucesso em Nova York, tornando-se o furo de Frankie. A luta do leiteiro para continuar usando garrafas de vidro; o par de sapatos masculinos deixado sossegado numa vitrine destruída pelo bombardeio, *por duas semanas inteiras,* tão necessário em sua perfeita paz quanto o rei. Com sapatos como aqueles ainda resistindo, a Inglaterra também resistia. Durante os últimos seis meses, Frankie havia caminhado e recolhido aqueles fragmentos de vida, mas hoje à noite seria algo inteiramente novo. Era uma peça única, um homem na batalha, e ela seria toda sua.

Às 21 horas, Frankie saiu de casa e voltou para a rua, lançando um olhar reflexivo para cima a fim de verificar as cortinas fechadas em suas janelas antes de se dirigir à bateria antiaérea. Quando os bombardeios começaram, as armas de solo ficaram silenciosas, pois o Ministério da Guerra apostava que a RAF teria melhores condições de combater a Luftwaffe dos céus; todos na cidade, porém, ficaram sem saber para onde ir, como patos sentados, observou a Sra. Preston, que vivia dois andares abaixo de Frankie: "Nós aqui no chão enquanto os aviões zumbem e jogam bombas lá de cima." Depois de um mês, ordenou-se que as baterias antiaéreas atirassem 10 bombas de 12 quilos por minuto, elevando-se a quase 8 mil metros no ar, embora só Deus soubesse no que miravam. Aqueles homens — acotovelados debaixo dos seus cobertores, com suas quatro armas mirando cada um dos quadrantes do céu, e esperando pelo zumbido dos bombardeiros alemães — sabiam apenas do frio.

Ao redor das armas de artilharia antiaérea na Bateria 165, Kensington Gardens, havia um posto de comando, com duas sentinelas que se curvavam em arcos vagarosos nos seus assentos reclináveis, tendo seus óculos noturnos fixos no céu.

— Você não pode ficar aqui, meu bem — falou uma das sentinelas, mantendo os olhos no telescópio.

Frankie pegou suas credencias de imprensa e entregou-as à outra sentinela, que parara de olhar o céu e estendera a mão.

— Você vai se machucar. — Ele lhe devolveu os papéis.

— Vocês também, se eu me machucar — comentou ela.

Ele resmungou qualquer coisa e voltou a observar o céu.

Ela se virou para os artilheiros. Nove deles, ela viu, e muito jovens, sentados, a postos e esperando.

— Quais são as chances de acertarem algo essa noite? — Ela se instalou ao lado de uma das armas.

— Magras como a cintura da minha esposa. — Um homem, do outro lado do círculo de armas, suspirou.

— Pare de falar da sua esposa, está bem?

Frankie sorriu para os homens.

— Onde está sua esposa, soldado?

— Kent.

A salvo, em outras palavras, no interior da Inglaterra, onde os distantes fogos de Londres eram apenas a lua nova em um céu que, de outro modo, seria um breu.

—A postos! — uma das sentinelas gritou e os homens ao redor de Frankie se livraram dos cobertores e assumiram seus postos junto aos canhões.

— Pronto — gritou o homem de Kent. — Pronto, senhor!

Os homens em torno dela estavam tensos e quietos. Ela acendeu sua lanterna e deu uma olhada no relógio, registrando a hora e os sons da espera ao seu redor. Homens respirando, uma tossida ou outra. Uma quietude com olhos e ouvidos. Uma quietude animal.

Da sua esquerda, a leste, veio o velho, familiar e irregular zumbido do primeiro dos aviões alemães. "Voem em linha reta, seus idiotas", sussurrou um dos homens, com a mão em uma das armas. "Voem em linha reta para que possamos atirar em vocês!" Frankie colocou o capacete e pressionou o corpo com força contra a parede da bateria.

Bum. O primeiro projétil foi disparado, rugindo em direção ao céu e a um avião que ninguém conseguia ver, mas cujo som as sentinelas tentavam localizar enquanto começavam a gritar coordenadas. Ao primeiro projétil seguiu-se o segundo, e as janelas das casas ao redor do parque vergaram na penumbra e estouraram. Cacos de vidro cobriam a rua. Os projéteis eram lançados repetidas vezes ao céu e os fragmentos das bombas retiniam nos telhados, como sapateadores sem música. Murrow considerara enviar um caminhão de gravação junto com Frankie, mas mesmo que ela pudesse escutar a voz intensa daquele homem apressando-a — *Venha para cá, Frankie, venha para cá* — era tudo muito violento, muito alto, e não haveria nada a dizer além de *é violento*. "Vá se foder", grunhiu um soldado ao lado de Frankie, com a face encostada no gatilho. *Vá se foder, vá se foder*, como uma oração que ele proferia com veemência, e atirava repetidas vezes, contra o nada, e Frankie queria agarrar algo e arremessar também. Não importava o fato de que cada tiro poderia revelar onde estavam, poderia chamar a atenção de um piloto, acima deles, que poderia mover o polegar e fazer chover a morte com tanta rapidez que eles nem a ouviriam vir — mas, apesar do frio daquela noite de outubro, os homens suavam e os projéteis rugiam em resposta ao grito das sentinelas, já sem seus casacos e manejando duas armas, como bateristas. *Venham cá, venham cá, venham cá!*, os atiradores berravam, abrindo fogo; as luzes brilhavam verdes e num tom elétrico e claro de azul, e o cordite queimava nas suas gargantas. *Venham cá, venham cá, seus filhos da puta,* eles colocavam as bombas nas armas, como estivadores muito esperançosos — mais uma vez, mais uma vez e mais uma vez — até que as sentinelas mandaram parar.

Alguns dos homens simplesmente afundaram no chão, ao lado de suas armas, onde antes estavam em pé. As pernas de Frankie tremiam. Havia acabado. Não haviam acertado. O súbito silêncio, o cessar das explosões, era ensurdecedor.

— Meu Deus, vocês são corajosos — disse ela no silêncio exausto.

— É nosso trabalho, senhorita — brincou alguém, na escuridão.

Um dos homens bufou.

— Cale a boca, Jack.

— Mas vocês são mesmo! — Ela estava perto das lágrimas e, ao mesmo tempo, queria rir muito.

Uma corrente de ar noturno atingiu-a junto ao barulho de bombas caindo, mais para oeste. Uma espessa nuvem de fumaça subiu quando o vento mudou de direção, vindo do rio e trazendo o odor das explosões. Ao redor dela, alguns dos homens pareciam ter adormecido. Não havia qualquer véu, qualquer cortina protetora onde tudo acontecesse fora do campo de visão, "para lá". Isso era o mais chocante, sempre fora o mais chocante, e parecia a Frankie ser o que as pessoas mais precisavam saber. Ali, não havia nada entre você e a guerra. Ela pegou sua bolsa e se foi, silenciosa como se saísse de uma enfermaria, exausta, mas com sua mente trabalhando ansiosa no que ela diria quando fosse ao ar.

Era isso, não era? O nada entre uma coisa e outra. O ar escasso entre o casal se beijando naquela noite, seus corpos colados um no outro antes de irem para o abrigo subterrâneo, era o mesmo ar entre os atiradores e as bombas, era o mesmo ar que levava a voz dela através do mar, em ondas sonoras, para as pessoas que escutavam sentadas em suas cadeiras, em casa. Uma história de jornal tinha que ser impressa em chumbo, as palavras tinham que ser arrumadas e presas, impressas no papel, dobradas e entregues a garotos que ficariam nas esquinas dizendo *Extra Extra*. No rádio, cada história voava pelos ares, dos lábios aos ouvidos — como um segredo encontrando seu lugar nos recantos escuros do cérebro —; era o espaço entrando em colapso na abóbada celeste e o mundo transformado numa imensa galeria de sussurros para todos nós.

Uma terrível explosão se fez ouvir e a tocha brilhante de uma bomba incendiária rasgou o céu. Frankie parou onde estava e começou a contar, como se contasse os quilômetros entre um trovão e um relâmpago. A parte inferior dos balões prateados deslizando sobre a cidade refletia as chamas, carregando suas cores pela escuridão. Bum, veio uma resposta. Em segurança. Ela não sabia quando começara a contar, mas esquecera como não fazer isso. Fora a cerca de 1,5 quilômetro de onde ela estava; em algum lugar perto do Parlamento, pensou. Seguiu em frente, esperando que seus olhos voltassem a se ajustar à escuridão. Diante dela, a linha de tinta branca que a Defesa Civil pintara no pavimento, para guiar as pessoas pelas ruas sem iluminação, parava de repente por aproximadamente 1 metro no chão, onde haviam pintado o círculo em torno do tronco de uma árvore.

— Cuidado por onde anda! — disse alguém, bem ao seu lado.

— Desculpe — exclamou ela para o vulto escuro que passava por ela, apressado.

Demorou mais de uma hora para voltar à Estação Radiodifusora. O espesso nevoeiro de fumaça entupia seus pulmões e ela ergueu a gola da blusa, cobrindo as orelhas e seguindo em frente, entre os destroços e os incêndios. Havia carros enfileirados em frente a locais bombardeados, organizados como táxis na saída do teatro, e uma mulher num caminhão aberto, servindo chá. O preto, o vermelho e o lume azul da estranha luz noturna refletiram-se em um carro que passava veloz sob uma lua de bombardeiro.

— Você parece péssima. — Murrow observou enquanto ela pendurava seu casaco sobre o dele, atrás da porta do estúdio.

— Ora, obrigada, Sr. Murrow — respondeu Frankie, ácida, deslizando para sua cadeira.

— O que conseguiu?

Ela abriu um sorriso largo.

— É uma loucura, Ed. Aqueles garotos atirando sem parar para o céu. Não se vê nada e, depois de algum tempo, vem o barulho, o slam, bam, bum incessante. Bem, você começa a entrar no embalo — disse ela —, como se estivesse esquiando, descendo e descendo no branco da neve, sem se importar com nada, entregue. — Ela parou. Tom mostrara a mão, com os cinco dedos abertos, do outro lado do vidro, por trás da cabeça de Murrow.

— Faremos a abertura — disse Murrow a ela —· e então você entra e, conta isso tudo exatamente como estava começando a fazer, e com esse tom de voz, Frankie. Mantenha isso.

Ela concordou e, quando Tom deu o sinal, a luz se acendeu, Ed olhou-a e começou a conversa que levaria à história, ela sorriu e respondeu. Então ele também sumiu e ela fechou os olhos, como sempre fazia, e simplesmente começou a contar o que tinha de contar à sua mãe — imaginando-a sentada ao lado da caixa preta, na sala da frente do número 14 de Washington Square — sobre os homens, o frio, o barulho e todos se erguendo para lutar — era isso, não era? —, sobre como seu sangue rugia na direção da lua com as bombas e como era diferente de estar sentado num abrigo subterrâneo.

— *Coloque-se no lugar de qualquer um desses homens* — disse ela, ao desacelerar rumo ao fim. — *Nenhum deles quer ser aquele que recebe a função. Ainda assim, há um ímpeto selvagem e intoxicante que faz você arrancar o coração, segurá-lo entre as mãos e se atirar aos dentes do perigo, a fim de esquecê-lo. Que seja, então, você pensa, está tudo nas mãos de Deus* — ela sorriu — *e de alguns homens. Lá, você fecha os olhos, faz seu trabalho e se atira na direção dele, seja ele qual for.*

"Jesus", Harry Vale deu uma volta completa em sua cadeira, em Franklin, Massachusetts, a fim de olhar para o rádio.

— *Aqui é Frankie Bard, de Londres. Boa noi...*

Harry desligou o rádio com um gesto brusco e ficou sentado ali, sem se mexer. Sufocado na voz da moça, ele ouviu o ímpeto em direção ao fim, o pulo que se dá para o perigo quando tudo o que se tem condições de fazer é encará-lo, porque o que quer que venha, virá. Harry tinha se esquecido dessa sensação. Ele a ouvira *sorrindo,* embora passasse da 1 hora em Londres e das 20 horas ali. Ele se levantou sem pensar e apagou a luz da sala de estar e pegou o casaco pendurado nas costas da cadeira. Na nova escuridão da sala, que se estendia pela sua oficina, ele ficou em pé, escutando.

A sirene de nevoeiro gemeu em Long Point. Harry fechou o zíper do casaco e subiu ao segundo andar, na penumbra.

Passou pelo pequeno quarto que dera a Otto Schelling na primavera e percebeu que o alemão adormecera com a luz acesa, inteiramente vestido. Daquele jeito, com o cabelo louro afastado da sua face e caído sobre o travesseiro, ele parecia uma criança. No dia em que Flores o havia trazido de ônibus de Nauset, o homem ficara parado durante um longo tempo na calçada, depois que o ônibus foi embora, e estava frio naquela tarde, apesar de ser abril. O tempo estava límpido e frio o bastante para fazer as tulipas dormirem por mais um mês. E muito tempo depois que o ônibus foi embora, através da janela do café, Harry observara Otto, ainda no mesmo lugar, completamente imóvel, como se estivesse sem gasolina. Exausto e perdido, o homem estava parado ali, parecia a Harry, como se esperasse que o mundo parasse de girar.

Havia sido estranho, Flores dissera mais tarde. O chucrute chegando daquela forma vindo de lugar nenhum, e ficando.

Harry deu de ombros.

— Por que ele está *aqui*, Harry? É apenas o que estou dizendo.

— Talvez ele seja judeu — respondeu Harry.

Harry fechou a porta do pequeno quarto de Otto, seguindo pelo corredor e descendo a escada, até sair para a noite.

Ninguém estava fora de casa; a cidade escura, exceto pelos três postes de luz instalados, com grande comoção, no ano passado, pontuando os três quarteirões do centro da cidade. À sua direita, ficavam o parque e a prefeitura, e, do outro lado da rua, diante deles, a agência dos correios. À sua esquerda, sumindo na escuridão, a estrada subia a colina e, a distância, continuava. Era a hora de ouvir rádio, nas casas de um lado e de outro da rua, a hora antes de dormir. Harry tirou um cigarro do bolso e o acendeu, com os olhos fixos em um par de faróis que se moviam devagar em sua direção, vindo do outro lado da cidade. Os faróis brilharam junto às cercas de madeira e então, por um instante, iluminaram o mastro da bandeira na agência dos correios, que se projetava alto, acima da cidade, como um dedo fantasma apontado na noite. Harry franziu a testa. Com luzes sobre o mastro daquele jeito, ele marcava claramente o centro da cidade. Ele devia falar com Iris sobre cortar o topo, pensou, erguendo a mão para acenar para o carro. Buzinando ao passar, o rosto do médico brilhou por um breve instante sob a luz refletida na placa do posto de gasolina e, então, tudo era escuridão atrás dele, sugando as duas lanternas traseiras vermelhas, morro acima.

Iris. Harry sorriu de um jeito estúpido. Ele quase podia ouvi-la: *você quer cortar o topo do mastro da minha bandeira, Sr. Vale?* Ele assentiu, ainda sorrindo, mas não era uma piada. Do outro lado da estrada, ficava a faixa de praia do porto. Além da areia cinzenta, tudo era preto. E além daquilo, Hitler havia no intervalo de 18 meses abocanhado a Áustria, a Tchecoslováquia, a Polônia e a França; e se cruzaria ou não os 30 e poucos quilômetros do Canal, marchando triunfante pela Dover Road até Londres, era algo ainda incerto.

Harry fitou a vasta escuridão e jogou o cigarro na sarjeta. Virou-se na direção em que o Dr. Fitch seguira, mas a escuridão era completa e as lanternas vermelhas há muito desapareceram. Então Harry se virou e olhou outra vez para o horizonte, onde a guerra aguardava todos eles.

3.

NOS FUNDOS da agência dos correios, o vento batia, vindo direto do mar e entrando pela sala de teto alto. Iris se viu rígida de frio depois de algumas horas trabalhando. Nascida no interior, acostumou-se à neve, mas o vento soprava sem obstáculos pelo Atlântico, encontrava seu caminho até ali e agarrava com força tudo o que podia. Ela tirou um mapa escolar de dentro de um tubo e o desenrolou sobre a mesa, encarando o mundo verde e demarcado anterior à guerra.

Ali estavam França e Alemanha. Áustria. Inglaterra. Polônia. Letras impressas em linhas retas, com um reconfortante tipo didático, o mundo ordenado com tanto capricho quanto os homens naquela época. Desde que a Lei Seca começara, em outubro — o destino de cada homem estava sendo resolvido com um sorteio de números no aquário de vidro do Departamento de Guerra e depois registrado — as estradas e ferrovias estavam cheias de rapazes americanos enviados para todo o país, debruçados sobre livros e mapas, em suas roupas grossas verde-oliva, esparramados sobre os assentos apertados, indo de Ohio a Omaha. Tennessee. Geórgia. As Carolinas. Da cidade, os dois irmãos Snow foram primeiro e, depois, um Wilcox, um Duarte e um Boggs. Johnny Cripps e o Dr. Fitch não foram chamados. Àquela altura, jamais seriam necessários.

Ainda assim Iris James pedira um mapa. E, naquele momento, Florence Cripps, dona da maior pousada da cidade, parou na entrada da agência dos correios e colocou seu livro de bolso no chão. Grande e bonita, com cabelo louro frisado e um vestido de seda de boa qualidade, a Sra. Cripps manteve-se como uma tenda listrada erguida sem uma ocasião especial, estudando a cena diante dela. Sua atenção completa era necessária. Pois ali estava a funcionária mais pública de Franklin, longe do seu guichê, um banco, prendendo com cuidado um grande mapa-múndi escolar e cobrindo alegremente os rostos dos Mais Procurados.

— Iris! O que está fazendo?

— Prendendo um mapa — respondeu a agente dos correios, dando um sólido golpe com o martelo na última tacha.

— Mas... Iris... — disse, sensata, a Sra. Cripps, desejando apenas apontar gentilmente, não gesticular. — Se algum deles aparecer *aqui* — ela caminhou para perto de Iris —, estaremos perdidos. Nunca saberemos que há um criminoso entre nós.

Iris desceu do banco e destrancou a pesada porta de carvalho que separava o saguão da sala de triagem nos fundos da agência dos correios.

— Em toda sua vida, Florence, você já viu um dos homens nesses desenhos?

A Sra. Cripps levava todas as perguntas a sério e, sendo a Srta. James uma funcionária federal, a pergunta merecia ainda mais atenção. Não, ela balançou a cabeça, não poderia dizer que já havia visto.

— E tudo esteve bem com você até hoje, e vai continuar assim.

— Mas um mapa, Iris? Nós mal precisamos saber onde estamos.

Iris se virou.

— Se formos à guerra, é melhor sabermos para onde os rapazes são enviados.

— Nossos rapazes *não* serão enviados. — A Sra. Cripps não gostou da facilidade com que a mulher disse "os rapazes". Não eram dela para que falasse daquele jeito. — O presidente prometeu — continuou Florence. — E Churchill disse que não precisará mandar nossos rapazes *nem esse ano, nem no próximo* — recitou ela as palavras do primeiro ministro — *nem em qualquer outro.* Ele disse isso.

Iris deu de ombros.

— Eles terão que ir.

— Ah, e por quê?

Iris colocou o lápis atrás da orelha.

— Os britânicos não são suficientes, Florence. Nunca foram. O que você tem aí?

Exasperada, a Sra. Cripps lhe entregou sua única carta. Iris levou-a consigo e reapareceu atrás do guichê, jogando a carta de Florence na balança.

Quando correu a notícia de que uma mulher solteira assumiria o antigo posto do agente Snow, um ano antes, é preciso dizer que houve dúvidas. A Sra. Cripps fez questão de olhar pela janela, diante da pia da cozinha, ônibus que trazia a nova agente dos correios chegar à cidade. Naquele instante, o vulto elegante da mulher e a boina preta no alto de seu cabelo liso e ruivo indicavam problemas futuros. Seria preciso prestar atenção.

— Ela dará conta, eu acho. — Johnny Cripps falava arrastado, junto ao cotovelo da mãe.

— Não me importa o que ela faça, contanto que fique no emprego — retrucou a Sra. Cripps. — Embora seja um mistério por que o governo dos Estados Unidos acha adequado contratar uma mulher solteira, e já com certa idade, para um posto de tanta influência, quando há tantos homens desempregados.

Mãe e filho observaram a nova agente dos correios seguir o Sr. Flores, o motorista do ônibus, pela calçada e até a escada da agência, onde ele deixou suas três malas, tocou a aba macia de seu chapéu e partiu. Observaram-na tirar a boina e colocá-la devagar no bolso do casaco. Ela ainda não se movia, parecia arrebatada por uma longa reflexão sobre o sólido prédio de tijolos à sua frente. E então, antes de abrir o portão, a nova agente dos correios virou-se e deu uma boa olhada na cidade.

— Ora! — irrompeu a Sra. Cripps. — Ela não encontrará ninguém aqui com quem se casar!

— Talvez ela não esteja procurando.

— Todos estão procurando. — A Sra. Cripps sorriu para o filho, de modo perigoso. — Mesmo que pensem o contrário.

Como uma pedra jogada no meio de um bando de pássaros, a conversa se agitava e levantava voo sempre que a nova agente dos correios era mencionada. A Srta. James era agradável aos olhos, embora ninguém concordasse sobre o motivo. Alta e magra, usava o habitual cardigã azul-marinho dos Correios abotoado no pescoço, de modo que ele esvoaçava sobre os ombros como uma capa leve, deixando seus braços sardentos livres para se moverem com o cuidado deliberado de um pajem ou de um escudeiro.

Essa imagem, é claro, não levava em consideração os lábios da agente dos correios, pintados de um vermelho ousado, que alarmaram algumas pessoas até que sua temperatura pudesse ser precisamente tomada pelas mulheres casadas da cidade. Em poucos dias, porém, ficou claro que não eram motivo de preocupação nem eram mais sinistros do que os indicadores de um canal na entrada de um porto movimentado.

Não, ficou claro para elas que os motivos da Srta. James podiam ser mais bem compreendidos observando a agência dos correios de Franklin. Como acontecia na casa de qualquer uma delas, o espírito da mulher se insinuara firmemente, ali. No saguão, o cesto de lixo era esvaziado com regularidade, e os blocos de formulários estavam empilhados determinadamente sobre a mesa junto à parede. Os pôsteres governamentais em preto e branco nunca tinham a oportunidade de dançar livremente na brisa, presos como estavam, em seus quatro cantos, no grande quadro de avisos ao lado do guichê da agente dos correios. Nenhuma vez, sob a atenção vigilante da Srta. James, envelopes amassados e pedaços rasgados de cartas ou de catálogos ficavam jogados no chão sob a fileira de caixas postais, como acontecia em algumas cidades ao longo de Cape. As pessoas entravam, como faziam todos os dias, e eram recebidas imediatamente por uma sensação de calma oriunda da rígida devoção a uma rotina inflexível.

— Só acho que você deveria tomar mais cuidado, Iris. — A Sra. Cripps torcia o nariz. — Aquele alemão está andando por aí, como você sabe. Na outra noite eu estava indo para casa e havia uma luz brilhando através da janela, acima da oficina de Harry. Nenhuma cortina, entende? Dava para ver tudo como se fosse dia. E então ele apagou a luz. O que você acha *disso*?

— Ele devia estar indo dormir. — Iris jogou o envelope no saco.

— Sim. — Florence inclinou a cabeça. — Bem, foi o que pensei, mas foi só eu andar um pouco mais e a luz se reacendeu.

Iris não respondeu.

— Talvez tenha sido um sinal, Iris. Ele talvez seja parte de uma invasão alemã, o homem deles infiltrado — disse Florence com franqueza, impressionada consigo mesma.

— Ele tem uma esposa — disse Iris, do modo mais calmo possível. — Num campo de refugiados na França.

— É o que ele diz...

— Sim — respondeu Iris.

— Li tudo sobre esses campos — disse Florence, com desdém. — Não precisa me explicar. Mas, antes de tudo, por que ela está lá? Deve ter feito algo. No mínimo, deve ter se envolvido onde não deveria.

— Acho que havia algo de errado com seus papéis.

— Exato — assentiu Florence, um pouco triunfante. — É exatamente aonde quero chegar! Você precisa tomar cuidado, tem que ficar atenta. É horrível, mas, com toda a honestidade, os franceses já tiveram dificuldades suficientes sem toda essa gente, judeus e sei lá mais o quê, deslocados pela guerra, inundando a Europa, multidões com as quais de repente é preciso lidar, como se já não tivessem o bastante. Primeiro os alemães e então isso... Talvez *ela* não seja, mas alguns deles *são* perigosos, você pode ter certeza...

— Tem sido muito difícil para ele, eu acho. — Iris interrompeu para fazê-la se calar. Otto Schelling vinha todos os dias com uma carta endereçada a *Frau Anna Schelling, Gurs Ilot K 20, França*; e às quintas-feiras ele acrescentava uma ordem de pagamento, que ela preenchia, no valor de 5 dólares, ganhos trabalhando na oficina de Harry. Seus olhos, profundos e de um azul-escuro, fitavam-na de uma longa distância enquanto ela fazia as perguntas essenciais — *Como vai? A mesma quantia da semana passada?* — pegando as notas de 1 dólar que ele lhe passava preenchendo um recibo. Ele escrevia uma carta todos os dias. E nunca recebera uma resposta. Todas as tardes ele se virava e saía do mesmo modo silencioso como havia entrado, com a exaustão de um homem que se arremessava contra cada dia e que faria isso quantas vezes fossem necessárias até que o muro rachasse.

— Todos temos que tomar cuidado, Iris. — Florence estava determinada a ser branda. — É o que quero dizer.

— Tomar cuidado com o quê?

As portas haviam se aberto e Marnie Niles entrava.

— Achei que a encontraria aqui, Florence — declarou ela, satisfeita.

A Sra. Cripps ergueu as sobrancelhas para Iris, marcando o fim da conversa antes de se virar para Marnie, mas sua atenção foi capturada pela visão da cabeça de Emma Fitch envolta num cachecol amarelo, passando diante da porta aberta.

— Ela é tão miudinha, não?

— Sim, é. — Marnie teve de concordar.

As três mulheres seguiram Emma com os olhos até ela sair do seu campo de visão. Iris gostava bastante da "noivinha", como todos na cidade pareciam pensar sobre ela. Ela entrava nas conversas e saía com vigor, fazendo comentários sobre o que o marido pensava e o que estava determinado a tentar — completamente imbuída do papel de esposa do médico.

— Precisa de algo? — perguntou Iris a Marnie Niles, que balançou negativamente a cabeça. Iris cumprimentou-a com um gesto da cabeça e foi até a sala dos fundos, onde a pilha de correspondências da manhã, ainda não organizada, estava sobre a mesa. A maior parte dos moradores da cidade não se aventurava por ali antes das 11 horas, quando ela erguia os olhos, de repente, da mesa na sala de triagem e via o saguão quase cheio, como se alguém tivesse convocado uma reunião. As mulheres no saguão continuavam conversando, e Iris prestava atenção parcialmente.

— É incompreensível.

— Incompreensível e imperdoável.

— Isso é um pouco severo, Marnie.

— Não, querida, é imperdoável para um homem se casar com uma mulher fraca!

— Mas acho que ele gosta de cuidar dela. Talvez se sinta mais forte?

— Um homem cuida melhor de uma mulher quando ela não depende dele — disse Marnie, com desprezo. — Will Fitch ficará ocupadíssimo agora que escolheu uma mocinha frágil da cidade, de um lugar distante.

A voz de Marnie morreu quando Iris voltou ao guichê, levando as cartas que precisavam ser canceladas.

— É claro que ela é de um lugar distante — retorquiu Florence. — Quem teria se casado com Will depois do que o pai dele fez?

Iris olhou de relance para elas. O que o pai dele fizera?

— Você se lembra de como, depois de tudo, ele ficava num canto do jardim, vestido de cáqui dos pés à cabeça, parecendo um servente, com o pescoço e os ombros curvados e fitando o canteiro de rosas?

— O que ele faria?

— Deveria ter ido embora da cidade — respondeu, enérgica, a Sra. Cripps. — Qualquer um, com o mínimo de vergonha, teria partido. Pense nos Alden e nos Dale. Eles perderam tudo, tudo! E lá estava ele, ainda com suas rosas.

— Mas... — refletiu Marnie, colocando a mão numa caixa postal e retirando um envelope. — Foi difícil para Mary.

— É sempre mais difícil para as esposas — anuiu a Sra. Cripps, sombria. — Bem poderíamos ser noivas indígenas!

— Pelo amor de Deus, Florence! — Marnie irrompeu numa risada. — Você deveria parar de ler a *National Geographic*! — Sua risada ficou esvoaçando como fitas depois que a porta se fechou.

Vendo que a Sra. Cripps pretendia continuar ali, Iris foi colocar a correspondência na máquina canceladora. Os envelopes deslizavam sob a aba da máquina: *18 de novembro, 12h, Franklin, 18 de novembro, 12h, Franklin; 18 de novembro, 18 de novembro, 18 de novembro*. As cartas saíam rapidamente do outro lado, conforme Iris empurrava com força a manivela. O último envelope ficou preso e ela teve de dar um puxão para retirá-lo da outra extremidade da máquina.

— Acho que o poder — comentou a Sra. Cripps em voz baixa, evidentemente concluindo alguma discussão consigo mesma — é o que faz as pessoas gostarem tanto desse trabalho.

Iris lançou um olhar muito breve à Sra. Cripps.

— Afinal, veja só o que passa pelas suas mãos...

Iris podia sentir que corava. Aquela mulher! E algo estava errado com a máquina, o envelope seguinte estava preso no mesmo lugar. Puxando-o para fora, ela viu, aborrecida, que a data fora borrada. *18? 19 de novembro?* Iris aproximou-o do rosto. Não, era impossível: poderia facilmente estar dizendo que aquele era o dia 19.

— Qual o problema? — perguntou a Sra. Cripps, solícita.

— A data. — Iris largou o envelope. Teria que escrever um bilhete para Midge Barnes, a inspetora dos correios em Nauset. Droga!

— E isso tem mesmo importância? — perguntou a Sra. Cripps, insistente como uma broca de dentista. Ela nunca vira a agente dos correios chateada. — Um dia ou outro, a correspondência chegará lá do mesmo jeito, certo?

Iris cometera um erro ao crer que o problema passaria, mas um terceiro envelope saíra da máquina com uma data que hesitava entre 18 de novembro e 19 de novembro.

— Sim, tem importância, Sra. Cripps! — explodiu Iris. — Tem muita importância!

A máquina parecia a mesma de sempre. Ela a fitava, irritada, enquanto o equipamento azul jazia ali, estúpido, como se ela tivesse feito algo de errado. Ela sabia que era tolice, mas esse tipo de acontecimento ao acaso, inexplicável, a deixava maluca. Ela podia aceitar que o leite tivesse um prazo de validade, que os seres humanos tropeçassem e caíssem, que céus inteiramente azuis subitamente ficassem nublados e trouxessem chuva, mas se recusava a aceitar que coisas acontecessem sem motivo. Porque alguém havia deixado a porta da geladeira aberta, alguém não prestara atenção no seu caminho, mas a máquina canceladora...

As portas do saguão se abriram, e Florence se virou para ver quem entrava. Um enorme sorriso se abriu no seu rosto.

— Olá, Harry — disse ela suntuosamente. — A Srta. James está tendo problemas com a máquina.

Iris revirou os olhos.

— Ah? — disse Harry. — O que houve?

A Sra. Cripps chegou à conclusão de que tinha muito a contar a Marnie Niles. O cabelo de Harry estava penteado, para começo de conversa. E, enquanto ele atravessava o saguão, ela notou que a temperatura subira um pouco atrás do guichê. "Ah", ela sorriu para si mesma, "no fim das contas eu terei razão sobre essa aqui". Virou-se para Iris e deu uns tapinhas no balcão entre elas.

— Até logo, Srta. James. Tenho trabalho a fazer. Boa sorte com isso aí. — Ela apontou.

Harry pôs de lado a caneca que segurava e olhou para a máquina canceladora.

— Está tendo problemas com isso?

— Sim — respondeu Iris, corando, com uma intensa consciência de que eram apenas os dois, sozinhos na agência dos correios. — Está prendendo as cartas.

— Vamos dar uma olhada.

Iris empurrou a pequena máquina em direção a Harry. Ele segurou-a nas mãos e sacudiu-a. Não fez nenhum barulho. Em seguida, colocou-a no lugar com muito cuidado e pegou uma chave de fenda no bolso, levantando os olhos para Iris como se pedisse sua aprovação. Ela assentiu.

— O que acha que aconteceu?

— Não tenho ideia — respondeu ele, com a alegria de alguém que passou a vida inteira em meio às máquinas. — As coisas quebram.

Como era possível que ele não soubesse ou que não se incomodasse em não saber? Iris observou enquanto ele tirava, com cuidado, os quatro parafusos de metal que fixavam a parte da frente da máquina. O interior parecia o mecanismo de um relógio, e os martelinhos com as datas, pequenos sinos. Ele se inclinou e soprou no interior da máquina, depois se afastou, olhou e soprou novamente. Iris observava seus dedos. Nada havia sido dito entre eles, nada em absoluto além daquela espécie de atenção contínua. Ele aparecia todos os dias para pegar sua correspondência, e, embora no início ela achasse que deveria de algum modo sinalizar que estava pronta, Iris deu-se conta de que esse bem-estar lento e não declarado entre os dois era uma espécie de movimento — o começo da dança. Sem prestar muita atenção, ele recolocou a peça e aparafusou-a novamente.

— Pronto — disse ele, empurrando-a para Iris. — Veja se faz alguma diferença.

Ela deslizou um pedaço de papel em branco sob a fenda e girou a manivela. O papel saiu pela aba diante de Harry.

— *Dezoito de novembro de 1940* — ele leu.

— Que maravilha! — Iris se ouviu dizer. — Obrigada, Sr. Vale.

— Harry.

Ela levantou os olhos.

— Harry — ele lhe disse, em voz baixa. — É Harry.

Ela corou e baixou os olhos.

Ele pigarreou.

— Escute...

Ela abriu a gaveta dos selos com o coração aos pulos.

— Faz tempo que gostaria de perguntar uma coisa.

Os selos estavam em folhas novas e em perfeita ordem diante dela.

— Há alguma chance de se considerar diminuir o mastro da bandeira?

Ela levantou os olhos, desapontada. Era apenas uma conversa entre funcionários públicos, apenas isso.

— Por quê?

— Bem — ele hesitou —, me parece que está muito alto, pedindo para que reparem nele.

Iris teve que sorrir, mesmo contra sua vontade.

— É isso o que parece?

— Se os alemães se aproximarem da cidade, vão se dirigir diretamente àquele mastro.

Ele estava muito sério.

— Eu teria que falar com o inspetor dos correios — disse Iris, e fechou a gaveta.

— Está certo. — Ele baixou a cabeça, mas não indicou que iria embora.

Ele havia entrado somente para perguntar sobre o mastro da bandeira, Iris disse a si mesma, um pouco exasperada. Por que outro motivo estaria ali, diante do seu guichê? Melhor atendê-lo e acabar logo com aquilo.

— Precisa de uma caixa para isso, Harry?

Ele empalideceu um pouco e baixou os olhos para a caneca, no balcão entre eles.

— Uma caixa?

— Sim — respondeu ela. Ele estava mesmo muito pálido. — Para mandar pelo correio — acrescentou.

— Eu...

Ela apontou para a caneca.

— Quer que eu meça?

E tirou a fita métrica da cintura, para medir a altura e a largura.

— Uma caixa pequena servirá — concluiu, e desapareceu nos fundos da sala, onde ficavam guardadas as embalagens.

— Trouxe um pouco de papel de seda também. Uma caneca bonita como essa precisa ser bem cuidada.

— Certo. — Ele apoiou os cotovelos sobre o balcão. Ela dobrou com habilidade o papelão grosso nas marcas e levantou as laterais, dando-lhe a forma de uma caixa. Amassou o papel de seda ali dentro e, com cuidado, pôs a caneca naquele ninho. Ele parecia fixado em suas mãos, que só faziam trabalhar mais rápido, a fim de tirá-lo dali. Por fim a caixa foi lacrada.

Ela ergueu os olhos para ele.

— Para onde?

— Para você — disse ele.

Iris piscou os olhos e ajeitou a manga do cardigã, que deslizava ombro abaixo.

— Perdão?

Harry colocou as mãos dos dois lados da caixa e empurrou-a na direção da agente dos correios.

— É para você.

Iris fitou Harry por vários segundos. Então sorriu, devagar.

— Abro?

Ele então abriu um sorriso largo, apoiando os cotovelos sobre o balcão.

— Vá em frente.

Ela cortou com cuidado a fita adesiva que cobria a abertura com a lâmina da tesoura que ficava pendurada na janela, e deslizou o dedo para abrir a aba de cima. Ali estava a caneca, bastante aconchegada, e ela tirou o papel com o qual acabara de embrulhá-la, consciente de que Harry a observava, impotente e encantado.

— É maravilhosa — exclamou ela, colocando a caneca de cerâmica azul entre eles. — Obrigada.

— Achei que você devia gostar de café.

Ela sorriu para ele.

— Gosto.

— Ótimo. — Ele deu uns tapinhas no balcão para se despedir, virou-se sem dizer mais uma palavra e se encaminhou à porta. Ela corou e baixou os olhos. Ele passou pela porta sem a fechar, e uma suave brisa chegou até ela.

4.

UMA CHUVA constante e fria levava cada vez mais pessoas ao apinhado bar do hotel Savoy, trazendo o cheiro de lã molhada e de corpos quentes. Por 121 noites, todos eles haviam sobrevivido; 121, noite após noite, e as pessoas que restavam, que voltavam à luz do dia a cada manhã, poderiam ser perdoadas pelos gestos extravagantes, as comemorações, os punhos erguidos. Ainda que os bombardeiros pudessem vir uma ou duas horas depois e todos soubessem disso, ninguém se encolheria com medo, escondendo-se naquele momento. Londres estava do lado de fora, nas ruas. Por enquanto, as pessoas caminhavam apressadas, chamando umas às outras mesmo naquela infeliz noite úmida; estranhos exclamavam — *Boa noite! Boa noite!* — enviando vozes às ruas, e não sirenes, apitos, bombas.

Frankie ocupava uma mesa nos fundos do bar, entre Jim Dowell, um repórter da Associated Press que acabara de voltar de Paris, Harriet e Dusty Pankhurst, outro dos rapazes de Murrow. Não havia nada a relatar naquela noite, além da ausência de bombas. Não que algo pudesse ter acontecido, de qualquer modo, pensou Frankie, observando todos os profissionais da redação no salão diante dela.

— Quem são? — Pankhurst apontou a cabeça, de modo negligente, na direção de um trio de mulheres que tinham acabado de chegar, sacudindo os guarda-chuvas e rindo, enviando um calor vivo ao salão.

Dowell se virou para olhar.

— Mais garotas atraentes bancando as repórteres — disse, arrastado, virando-se novamente para a mesa. — Vindo atrás de ação.

— À exceção da nossa presente companhia, é claro. — Pankhurst foi magnânimo.

— Nós não somos atraentes?

— Vocês não são garotas — disse Pankhurst, como uma desculpa.

— Nesse sentido... — concluiu Dowell, com um sorriso para Harriet.

Frankie olhou rapidamente para Harriet, que franziu os lábios mas nada disse. Até recentemente apenas um punhado de mulheres sobrevivia na imprensa europeia, porém cada vez mais elas estavam abrindo caminho nas reportagens sérias sobre a guerra. Eram enviadas com a incumbência de escrever sobre as bainhas francesas e simplesmente ficavam mandando, em vez disso, relatos sobre as bombas e as filas para comprar pão.

— Na verdade — exalou Dowell, olhando para o salão ao seu redor —, parece que o número de turistas de guerra atingiu um recorde aqui.

— Está chovendo, Jim, é apenas isso — retrucou Harriet.

— De qualquer forma, muitos americanos não querem entrar na guerra. — Dowell continuou o assunto que havia começado antes que as garotas aparecessem à porta. — Mais de oitenta por cento.

— Não importa — Pankhurst gesticulou, desprezando o comentário. Com seu rosto redondo e suado, era um homem impossível de ser avaliado; ele se fazia de bobo com tanta competência que as pessoas tinham o hábito de lhe dizer mais do que pensavam ter dito. — Isso não importa. O voto para reeleger Roosevelt acabou sendo aquele para lutar.

— E os alemães estão posicionando todas as suas peças — concordou Dowell. — Pelo que ouvi, o almirante Dönitz planeja que seus submarinos estejam no porto de Boston em um ano.

— Bobagem — respondeu Pankhurst. — Os chucrutes estão no controle exatamente pela atual conjuntura. Por que desperdiçariam isso? Viram a rapidez com que afundaram 37 navios mês passado, na Baía de Biscay? Eles ficarão espalhados demais se tentarem travessias.

— Cale a boca — disse Dowell, amigavelmente — e ouça os mais velhos. Sentei-me no bar dos marujos na semana passada, em Lorient, e escutei-os. Blefando, é claro, mas, pelas entrelinhas, parece que há um submarino sendo preparado para a travessia completa.

— Meu Deus, vocês gostam mesmo de uma boa matança! — Harriet apagou o cigarro.

— Nós?

— Os homens — proclamou ela.

— Ah! — Dowell pressionou o ombro contra o dela, e Frankie percebeu que os dois estavam juntos outra vez. Seriam três na mesa do café na manhã seguinte. — Porque somos melhores em conseguir informações?

Harriet empurrou levemente o rosto dele.

— Porque os marujos não estão medindo o ângulo entre seus peitos e a mesa.

Frankie engasgou.

— Você pode ser invisível, como um gravador ambulante. — Harriet suspirou. — E pode enterrar aquela conversa do marujo em seu sorriso, enquanto a guarda para mais tarde.

— Conheço esse sorriso. — Dowell riu, mostrando os dentes. — Vejam, aqui está. — E sorriu novamente de modo afável, sem qualquer brilho nos olhos. — O sorriso especial para a censura.

— A história por trás da história — concordou Pankhurst.

Frankie concordou. Bill Shirer escrevia dez minutos de script para cinco minutos no ar, e Murrow, frequentemente, terminava cada transmissão suando frio, tendo orquestrado as notícias para colocá-las no ar, sua mente à frente do raciocínio do censor, curvando-se e desviando-se de cortes possíveis. No início, ela aprendeu o que podia dizer — uma lua cheia podia ser descrita como uma lua de bombardeiro — e como vender a história sem contar aos alemães, que a escutavam, o que eles ouviam. Era um desafio — era como dançar sobre uma corda bamba — era a representação do que é e do que não é.

— Aposto que eu conseguiria algo por lá — disse Frankie, pensativa.

— Aposto que sim, belezinha!

— Cale a boca — rebateu ela as palavras de Jim. — Estou falando sério.

— Então somos dois. — Ele sorriu.

Ela encostou seu copo no de Dowell e terminou sua bebida, observando o movimento dos cabelos de Harriet enquanto ela se inclinava para a frente até a mão dele, em concha, que protegia o fósforo; viu seu suéter dourado e macio contra o paletó de Jim; e a maneira como ela virava a cabeça para o lado enquanto perguntava e respondia, crivando-o de perguntas sobre a França. Embora elas nunca pudessem ser um dos rapazes, Frankie gostava daquela terra de ninguém, onde ela e Harriet transmitiam notícias. Ela era uma mulher, claro, mas essa conversa — a discussão franca e curiosa dos repórteres, o vício que era ir até determinados locais, anotar as coisas, *consegui-las* — era comum a todos eles, homens ou mulheres.

— Você acha que os chucrutes vão realmente atacar os Estados Unidos? — respondeu Frankie ao argumento de Dowell.

Dowell bebeu o resto do seu *uísque*.

— Estou contando o que ouvi... Para encurtar a história, os rapazes de Dönitz vão emergir no porto de Nova York um dia desses, não farão nada e voltarão para casa sorrindo, com um trunfo. E então vários deles os seguirão — ele apertou os olhos para o copo vazio —, perto do fim do verão de 1941.

— Isso é uma aposta?

— É — assentiu Dowell. — Isso é uma aposta.

— Claro que eles farão isso — resfolegou Pankhurst. — Ei, Reggie. — Ele chamou o garçom, levantando o copo de Dowell. — O sonhador precisa de mais um.

Numa mesa, no centro do salão, Frankie observou um dos homens se inclinar para sua acompanhante e dizer algo em seu ouvido. A garota se curvou na direção dele, escutando, depois sorriu. Frankie baixou os olhos e bebeu um gole do seu uísque. Quando os ergueu, um homem atraente, sentado num dos bancos do balcão, fitava-a.

— Vou dizer no que você deve apostar — falou Harriet, em voz baixa. — Se as cotas de imigração lá em casa algum dia aumentarão.

— Para os refugiados alemães?
Harriet assentiu.
— Vinte e sete mil, trezentos e setenta. É o que temos a oferecer. Vinte e sete mil, trezentos e setenta. E que desgraça de número é esse? E ele não vai mudar, não mudou em dois anos, embora haja multidões aguardando vistos. Encalhadas, aguardando pedaços de papel.
— Existe o medo dos espiões — observou Pankhurst.
— Você e eu temos ciência de que esses refugiados não são espiões nazistas — retorquiu Harriet. — E embora os chamemos de "refugiados" em nossas matérias, pessoas arrancadas de suas casas pela guerra, e toda essa conversa mole, eles são judeus. Sendo deslocados, deportados. Tendo vinte minutos entre o momento em que batem à sua porta até serem conduzidos pela rua, como um rebanho, vinte minutos para juntar o que conseguirem levar. Recebendo ordens de sair da Alemanha, da Áustria, da Europa. E os Estados Unidos não os deixarão entrar a menos que provem que têm recursos. Então, eles estão encalhados. E não importa quais palavras eu use, a indiferença da burocracia, a crise dos refugiados, as histórias não chegarão à primeira página. O que acontece com os judeus está sendo enterrado no meio dos jornais, publicado como notícias secundárias.
— Alguém precisa ir até lá e provar isso. Pintar o quadro das pessoas que tentam sair da Alemanha, acompanhar uma família. Depois talvez fique claro que não por acaso os refugiados são judeus. Essa é a história que precisa ser contada — disse Pankhurst.
Harriet balançou a cabeça.
— Não há como ser feito. As coisas já estão obscuras demais para que possam ser contadas. Conheci uma mulher

na semana passada, no centro de refugiados de Marylebone, que foi separada do marido na fronteira entre a Espanha e a França por um erro de datilografia. Um *n* a menos no seu visto! E embora ela estivesse com seu passaporte, que mostrava o nome correto, e a certidão de casamento, eles a mantiveram presa por vinte horas antes de liberá-la. Ele seguira em frente e tudo o que ela sabe é que ele se dirigia a Lisboa e, então, à América. *América*, ela me disse, como se de algum modo eu soubesse como encontrá-lo. Eles se perderam por completo um do outro, entendem? Não há como reuni-los. Ela não está onde ele pensa, e tudo o que ela consegue dizer, repetidas vezes, a qualquer um que vá ao centro é: *Você é da América? América?* É triste demais. Você até imagina que Deus abandonou o céu, desapareceu. Essa é a merda da história!

— Meu Deus! — disse Frankie. Ansiosa e inquieta, ela batia levemente em seu copo com a unha. Mexia-se no assento, querendo se levantar, querendo fazer alguma coisa. — Meu Deus, quero fazer um pouco de barulho!

— Diga uma coisa, belezinha, você nunca se diverte?

O homem que a observava do bar se inclinara entre ela e Pankhurst. Tinha as feições elegantes e era moreno, com sotaque de gente rica, de Oxbridge. Seus olhos estavam fixos no rosto dela.

— O tempo todo — respondeu ela, ríspida.

— Ha! — Paknhurst deu um tapa em Dowell.

— Então venha dançar. — O homem estendeu a mão, e Frankie, levantando os olhos para ele, segurou-a.

Seguindo-o pelo salão, na direção dos casais que dançavam, ela olhou para trás e viu Dowell e Harriet se levantando e Pankhurst erguendo o copo para eles, em um brinde. O barulho aumentou: a orquestra começou a tocar "In the Mood", o que provocou ondas de exclamações. Na fria escuridão, a cidade esperava, mas ali, por enquanto, tudo era iluminado, havia a oportunidade de rir e um homem a levava até a pista de dança, com tanta facilidade que Frankie sentiu um arrepio na base da sua coluna, onde a mão dele estava, e sorriu com os lábios próximos do paletó dele. Fáceis e familiares, as horas diante deles se estendiam com segurança, pelo modo como ele a segurava e como o corpo dela deslizava na curva de sua mão. E ela se entregou ao que havia surgido como um presente, um presente prestes a ser aberto devagar e com total atenção. O ritmo da música diminuiu um pouco — ou era ele que diminuía de ritmo a despeito da música — um motivo para aproximá-la mais. Fazia meses que não a seguravam desse jeito, e nessa noite ela se sentia como no topo do mundo, querendo ir um pouco mais devagar, olhar ao redor, olhar para trás. Ele estava muito próximo; seus lábios eram grossos e Frankie sentiu cheiro de uísque em seu hálito. Todas as bombas e o barulho recuaram por um instante e, naquele momento intermediário, naquele exato momento, o mundo se afastava e haveria uma única hora inteira. Então, quando a música parou e quando ele eliminou os últimos centímetros entre os dois, ela abriu a boca sob a sua e ele gemeu.

Seguiram para fora, para a noite, ainda se beijando, e Frankie tropeçava contra o corpo dele. Estava muito escuro, mas havia o cheiro de madeira queimando, a madeira da cidade queimando, como se — a mente dela brincou e ela manteve os olhos fechados — eles se beijassem diante de uma lareira, ele houvesse tirado os sapatos dela e acariciasse seus pés, e estivessem num sofá e houvesse neve. Tinha parado de chover. As costas dela estavam apoiadas na parede áspera de tijolos do bar e ela abriu os olhos para vê-lo beijando-a outra vez e, quando ele fez isso, ela o beijou com intensidade. Por cima do ombro dele, as pessoas passavam na rua. Quando ele a ergueu e ela se afundou no corpo dele, ela gemeu alto; as pessoas passavam e olhavam, mas isso acontecia com tanta frequência, casais se unindo sob as bombas, até nos abrigos, embora houvesse crianças. Ali, porém, era escuro e profundo, os dois eram devolvidos à caverna, ao fogo e à centelha de vida nos olhos um do outro; e daí se um suspiro escapava, ou os inconfundíveis gemidos, estaria tudo bem, eram apenas humanos.

Alguém riu e Frankie apoiou a cabeça na parede, o coração em disparada. Ele a levantou com suavidade, enquanto deslizava para fora dela, e, mantendo uma das mãos em torno de sua cintura, tão amável, tão afetuoso, fechava o zíper da calça com a outra.

— Cristo. — Ela suspirou, sentiu-o se inclinar novamente para junto dela e retribuiu seu beijo.

Os dois estavam entrelaçados daquele jeito, descansando, em pé, sonolentos e com os lábios encostados, quando as primeiras sirenes gritaram, distantes mas inconfundíveis, a oeste. Ele se endireitou e ela abriu os olhos.

— Parece ser em Hammersmith — disse ele.

Um segundo grupo de sirenes soou, dessa vez muito mais perto.

— Posso te acompanhar a algum lugar?
— Não. — Ela sorriu para ele. — Não, obrigada.

O sorriso dele era amável e profundo, e ele tocou o queixo dela com os dedos. Um balão passou veloz no céu e coloriu o alto da parede atrás dele.

— Até mais, então — disse ele.

— Vejo você por aí! — exclamou ela enquanto ele se afastava, e descolou-se da parede para começar a caminhar em direção ao seu apartamento.

Ela não avançara mais do que meio quarteirão quando algo cujo som parecia o de um trem de carga passou rugindo e ela teve apenas o tempo suficiente de recuar até a parede quando a bomba caiu com uma intensidade que a arremessou pelos ares e atirou-a com força no chão. Outro grito agudo no ar, e mais outro. As bombas caíam tão perto que o ar parecia tremer. Ela ficou onde estava, no chão, atordoada demais para se mover ou gritar. Chovia poeira ao ser redor e alguém gritou do outro lado da rua. Ela ouviu mais pessoas, e, então, tudo ao redor dela eram barulhos humanos. Perto dali, uma sirene soou. "Cristo", ela soluçou. Tentou se erguer, mas tremia tanto que precisou deitar-se outra vez. Era como se seu coração fosse sair pela boca. Ela ficou deitada enquanto sua mente voltava no tempo e mostrava-lhe os últimos instantes, a última hora, as mãos do homem em seu corpo e os lábios dele — ela nem sabia o seu nome —; perguntou-se se ele estava caminhando naquele momento, e para onde.

Alguém soltou um grito agudo. Ela fez força e se sentou, tentando alcançar a bolsa que voara até o meio da rua; aos poucos se levantou e começou a andar. Os gritos agudos não paravam e, pela primeira vez naqueles meses, ela queria correr em disparada, mas tinha de se obrigar a caminhar devagar na escuridão. Estava tão escuro naquela noite. Onde estavam as bombas? Ela avançou por um pequeno trecho na rua. Por favor — seus pés se moviam —, por favor, deixem-me chegar ao fim da rua. Deixem-me atravessá-la e chegar à próxima rua. Deixem-me chegar em casa, ela implorou. Estava quatro quarteirões de seu prédio.

Frankie tropeçou antes mesmo que o som chegasse, com as janelas se quebrando como um prelúdio do estrondo das paredes despedaçadas. *Bum!* O som tão imenso que se agitou no fundo do seu estômago e, por um momento, pareceu agarrar seu coração e bater por ele também. *Bum!* Os fragmentos das bombas retiniam sobre os telhados. Em frente, a três ou quatro quarteirões dali, outra bomba explodiu e Frankie se abaixou rapidamente sob a escada que levava ao porão de um dos prédios. Então uma terceira bomba explodiu e ela desceu, com esforço, a escada. Ao final, a porta se abriu às suas costas e ela foi puxada para dentro. Ela estava a salvo, disseram-lhe. A salvo. No subsolo, pela primeira vez em todos os meses desde que chegara a Londres. Tropeçou escada abaixo até um mar de mãos que a puxavam para a frente — *pronto, meu bem, cuidado, pronto* — até chegar a um canto e afundar junto a uma parede, recobrando o fôlego. A princípio isso foi tudo o que conseguiu ouvir, pessoas como ela respirando. Devagar, seus olhos se ajustaram à escuridão e ela divisou o que parecia ser uma família ao seu lado, dormindo profundamente, todos amontoados — o pai envolvendo a mãe, que envolvia a criança, sua forma embrulhada por um cobertor que se projetava na escuridão como uma pedra de granito inclinada sobre o mar. Atrás deles, ela podia ouvir ruídos de respiração, mas não tinha como saber quantas pessoas havia ali ou sequer o tamanho do abrigo onde fora parar.

Tudo havia ficado muito silencioso, até demais, como se as bombas estivessem procurando por eles. Ao redor dela, aqueles que não estavam dormindo fitavam o teto. Ela ouvira dizer que Murrow se recusava a entrar num abrigo antibombas, certo de que perderia a coragem. Não havia segurança nos números, todos sabiam. Ainda assim, o sentimento era forte no escuro, enquanto as bombas caíam, caso você levantasse os olhos e se deparasse com o rosto de outra pessoa, se ouvisse vozes humanas, pois, de algum modo, os lamentos, que podiam começar como um riso hesitando dentro da sua boca e ameaçando vazar, se estancavam. Independentemente do que acontecesse, estavam todos juntos. O silêncio se enroscava ao redor deles. O coração de Frankie começou a bater forte, com aquela horrível excitação, como quando ela esperava num armário escuro durante uma brincadeira de esconde-esconde.

Uma chuva de artilharia sacudiu as janelas conforme o fogo antiaéreo na bateria do Tâmisa recomeçava, quebrando a quietude sobrenatural, como se viessem em ondas. Ela apoiou a cabeça na parede e fechou os olhos.

Devia ter cochilado, pois, quando abriu os olhos, tudo lhe parecia um pouco mais claro, ou ao menos a escuridão um pouco mais suave, embora ela ainda não conseguisse ver as horas em seu relógio. Lanternas fracas pendiam a cada 10 metros, aproximadamente, enfileirando pequenas poças de luz pelo abrigo. Ela tateou a saia em busca de fósforos, mas a caixa estava vazia. Seguiu indolente a fileira disforme de corpos adormecidos, contando-os mentalmente um a um até chegar à parede oposta.

O pai, ao lado dela, deu um pulo em seu sono e sentou-se subitamente, tirando o cobertor de cima da esposa e do filho. *Cristo*, disse ele, para ninguém. Fitava reto à sua frente, como se o sonho que acabara de ter continuasse na penumbra. *Cristo*, murmurou outra vez e se virou rapidamente para Frankie. Ela cumprimentou-o com a cabeça de modo amigável, sem saber ao certo se ele estava ou não acordado. Ele respondeu com outro movimento da cabeça, e o gesto funcionou como a mão de alguém na linha de uma pipa, puxando-o para a vigília. *Ah*, ele suspirou, *onde nós estávamos?*, mas não queria uma resposta: o cobertor havia saído de cima da esposa e ele virou as costas para Frankie a fim de cobri-la. Na penumbra, Frankie viu a mulher estender o braço e puxar o marido para perto.

A sirene que indicava o fim do ataque soou por volta das 5 horas, embora ainda estivesse escuro como breu e frio. As pessoas acordavam, uma a uma. A família ao lado dela se movera e se levantara, com os cobertores caindo ao seu redor.

— Olá. — A mão de alguém puxou sua saia.

Ela se virou. Billy, o menino do final do seu quarteirão, estava ajoelhado ao seu lado. Ela se endireitou, prendendo os cabelos atrás das orelhas.

— Olá — repetiu ele.

— Oi. — Ela sorriu, feliz em vê-lo.

Ele havia se abaixado ao lado dela e estava sentado de pernas cruzadas, mas se balançava um pouco como se estivesse numa cadeira de balanço. Frankie se perguntou se ele estaria ferido e pôs-se de joelhos.

— Tudo bem com você?

Os grandes olhos redondos dele a fitavam, mas ele não respondeu.

— Você está sozinho? — Ela olhou ao redor. — Onde está sua mãe?

— Ela foi buscar a vovó — disse ele, rápido. — Mandou que eu ficasse aqui até ela chegar lá.

— Ontem à noite?

Ele assentiu.

— Então talvez ela esteja aqui. — Frankie se levantou, tentando olhar sobre as cabeças das pessoas.

— Ela ainda não deve ter voltado. — Ele balançou a cabeça. — Ela me chamaria.

Frankie olhou rapidamente para ele.

— Claro que sim — concordou. — Quer que eu acompanhe você até em casa?

Ele balançou a cabeça.

— Mamãe não ia gostar disso.

— Então eu fico aqui até ela chegar.

O alívio do menino se revelou no seu pequeno corpo, mas seu rosto não revelava nada. Ela sorriu para ele. Ele a fitou e depois abaixou os olhos.

— Então, Billy — disse Frankie —, acho que não fomos apresentados direito, fomos?

Ele olhou rapidamente para cima.

— Sou Frankie Bard. — Ela estendeu a mão.

— Muito prazer em conhecer — respondeu Billy, cortês. Frankie sorriu.

— E quantos anos você tem, Billy? Eu diria em torno de 6.

— Acabei de fazer 7 — anunciou ele, orgulhoso. — Fiz na semana passada.

— Ora, então feliz aniversário!

— Com seis dias de atraso. — Ele foi firme.

— Feliz aniversário com seis dias de atraso — repetiu Frankie, sorrindo.

Aos poucos as pessoas que antes dormiam foram embora, até que o amplo salão subterrâneo ficou quase vazio.

Frankie olhou para Billy, que fitava a entrada iluminada pela qual a manhã de inverno se insinuava, descendo a escada de pedra até o porão. Ele estava de joelhos agora, e sua agitação havia aumentado.

— Você precisa fazer xixi?

Ele balançou a cabeça.

— Venha — disse ela. — Vou levá-lo até em casa.

Ele hesitou e em seguida se levantou.

— Preciso ir no banheiro sim — admitiu, rígido.

Baixei os olhos para ele e me dei conta de que o menino era meu vizinho. Ele e a mãe moravam um pouco acima, na mesma rua. Olhei ao redor, no abrigo. "E onde está a mamãe?", perguntei, segurando a mão do menino confortavelmente na minha. "A mamãe voltou para buscar a vovó", respondeu ele. Então eu disse, "Venha comigo", e o levei para casa.

Mas, quando viramos a esquina no fim da rua, rolos de fumaça subiam ao céu, que era de um azul absurdo, e o garoto se soltou e correu na minha frente. A bomba tinha aberto um caminho no nosso quarteirão, arrancando todos os telhados, mas deixando intactos, no fim do quarteirão, os alpendres da frente e as portas, até mesmo as janelas dos primeiros andares. Com o coração em disparada, segui o menino, fitando a fachada destruída do meu apartamento. As janelas tinham sido despedaçadas e eu podia ver através do que antes tinha sido nossa cozinha. Olhei para cima, esperando, contra todas as probabilidades, ver o rosto da minha colega de apartamento, Harriet Mendelsohn, olhando para baixo. Mas não havia nada. O menino subira correndo os degraus da própria casa despedaçada, duas portas adiante, e parado na soleira da porta. Mamãe!, ele gritou.

A voz de Frankie falhou na palavra, *mamãe*, e Murrow, sentado ao lado dela, pôs a mão em seu braço. Ela balançou a cabeça. *...para dentro da sua casa. Ele tinha vindo para casa. Mamãe? Ele chamou de novo, com a fé com a qual qualquer criança grita na direção da própria casa, a despeito das bombas. Sua mãe sempre desceria a escada quando fosse chamada; a qualquer momento ela viria, ou apareceria, vindo da cozinha, pelo corredor. "Mamãe!" Agora ele perguntava. Agora ele sabia. Da calçada, ouvi a mudança na voz do menino, embora suas pequeninas costas ainda estivessem retas na soleira aberta da porta.*

Frankie colocou as duas mãos na base do microfone e fechou os olhos, obrigando sua voz a continuar firme, obrigando a bola imaginária em sua cabeça a continuar flutuando, continuar no alto, e levar a história em frente embora as lágrimas escorressem através de suas pálpebras fechadas.

"Billy!" Uma mulher passou por mim na calçada e Billy se virou.

"A mamãe está com você?"

"Oh, Billy", disse a mulher, com a voz muito suave.

E então o menino desabou diante da porta, onde estava, a voz familiar cortando o fio que o mantinha erguido.

As mãos de Frankie seguravam o microfone com tanta força que ele estava quente sob suas palmas. Ela respirou fundo e começou a parte final.

É assim que a guerra destrói a vida cotidiana e estável que erguemos contra o lobo à nossa porta. Porque o lobo não é a fome, ele é o acidente — o erro fatal e terrível de virar à esquerda para ir à estação de metrô mais próxima em vez de virar à direita e seguir pelo caminho mais longo. Tem-se uma sensação ao andar por Londres de noite, a sensação de um

Deus que ficou sonolento, cansado de manter sob Seus olhos o vasto mundo, cansado de fazer sentido — de modo que cacos de vidro apunhalam bebês em suas camas; meninos voltam para casas vazias, e a mulher e o homem que acabaram de se deitar para dormir são esmagados.

Harriet Mendelsohn da Associated Press morreu ontem à noite no bombardeio, depois de cobrir a guerra na Europa por dois anos. Se um jornalista morre, de acordo com a tradição, outros na imprensa se adiantam para apresentar sua história. E a história do menino que vai para casa é algo que ela teria escrito, porém melhor, muito melhor do que eu. Conto-a esta noite a vocês porque Harriet já não pode mais contar.

Aqui é Frankie Bard, de Londres. Boa noite.

No silêncio, depois que aquela voz parou, Emma se viu imóvel diante da pia, com um cigarro a meio caminho dos lábios, lembrando-se de ter 5 anos e estar diante da porta da casa das suas tias-avós, fitando-a, esperando para conhecê-las depois que seus pais haviam morrido. E ocorreu a Emma, pela primeira vez, que a voz na outra extremidade do rádio era a de uma mulher, uma mulher como ela, porém lá. E ela se perguntou o que a moça do rádio fizera nos segundos depois que o menino caiu de joelhos. Ela se perguntou se Frankie ficara parada, do lado de fora do portão, ou se a vizinha a havia mandado embora. Perguntou-se quando ela teria descoberto que a amiga estava morta. Tudo que havia era aquela história, não o que aconteceu às margens. E depois? O que aconteceu em seguida? Onde estava o menino?

— Will? — Sua voz tremia.

Ele estendeu os braços e Emma se esgueirou silenciosa no seu abraço, afundando em seu colo, na cadeira da cozinha.

— Está acontecendo, neste exato momento. Agora mesmo! — Ela se apoiou em seu ombro. — Aquele menino, quem está com ele? Gostaria que pudéssemos fazer alguma coisa.

— Tenho certeza de que ele está a salvo.

Ela foi invadida pela imagem da última vez que vira sua mãe, adormecida na cama do hospital, com o rosto virado sobre o travesseiro e fitando a porta. *Vá*, a enfermeira havia sussurrado através da máscara de gaze, *se despeça dela com um aceno*. E a menina que ela era entendeu, naquele instante, que não haveria ajuda. O mundo adulto fora embora e deixara-a, acenando, completamente sozinha. Ela estremeceu.

O fato de Emma estar quente junto a ele e de sua face descansar em seu pescoço acalmava o mundo que se agitava na cabeça de Will. A imagem do menino fitando sua casa destroçada era tão nítida, mas a imagem da mulher do rádio fitando o menino, fitando-o impotente, foi o que o arrebatou. E a voz da mulher no rádio agitava-o, chamava-o como se ela fosse uma sereia, embora ele não soubesse em direção a quê. Puxou Emma para mais perto e colocou a cabeça sobre a dela.

— Devíamos fazer algo — murmurou ela.

— O quê? — Ele podia sentir o coração dela batendo contra o braço que ele passara em torno de seu peito.

— O menino — disse ela, com a boca próxima ao peito dele. Ele a apertou com força e apoiou a testa nas costas dela; ficaram em silêncio naquela posição por um bom tempo, juntos. A vida parecia a ela um hotel de cidade grande, com muitos andares. Ela não gostava de pensar em todos os corredores que nunca vira, tampouco naqueles pelos quais poderia ter andado se tivesse descido num andar diferente. Não gostava de pensar que havia mais corredores além daquele em que se encontrava, onde não conheceria Will, onde os olhos dele não estariam sobre ela, observando-a, sorrindo diante das coisas que ela fazia.

— Se eu tivesse ficado em casa no ano passado, como pretendia fazer, e não tivesse ido à festa de Natal dos médicos, nunca teríamos nos conhecido.

— Não — sussurrou ele no cabelo dela. — Eu teria encontrado você.

A campainha soou durante um longo instante, alto.

— Dr. Fitch? — Alguém chamou do lado de fora da porta. Em três passadas largas, Will chegara ao hall e encontrara o filho mais velho de Maggie na varanda, batendo os pés no chão para se proteger do frio. Ele havia saído sem um casaco.

— Mamãe perguntou se o senhor pode, por favor, vir. — Ele estava excitado e orgulhoso por dar a notícia.

— Diga aos seus pais que já estarei lá. — Will sorriu para ele, e o garoto concordou com a cabeça, virou as costas à luz da varanda e correu pela estrada até sua casa.

— Não me espere para o jantar — exclamou Will para Emma, pegando sua maleta e abrindo-a para verificar se tudo estava ali.

— Vou preparar algo. — Ela viera até o hall.

— Pode levar a noite toda — disse ele, com suavidade, puxando-a para si e beijando sua cabeça.

— Tudo bem — respondeu ela, e afastou-se para olhá-lo. — Acho que foi com isso que me casei, não foi?

Ela estava tão pequenina à meia-luz do hall, mas levantou o rosto para ser beijada outra vez e ele a beijou.

— Está tudo bem? — perguntou Will, com a voz muito baixa.

Ela assentiu, corando.

— É claro, querido.

— O que você fará?

Emma levantou o trinco.

— Não sei — disse, um pouco animada. — Ainda é cedo. Talvez eu caminhe até a cidade.

— Ótimo — respondeu ele. — Isso é ótimo! — Ele se inclinou, roçando o topo da cabeça dela com os lábios, mas ela recuou e olhou para ele um pouco agitada, como se fosse dizer algo. Neste momento, com o queixo erguido na direção dele, tudo que ele queria era beijá-la, beijá-la como estava acostumado a fazer, devagar, e profundamente e sem nenhuma ideia do que viria em seguida.

Colocou as mãos nos ombros dela e inclinou a testa para tocar a sua. Ela sorriu. Podia sentir o hálito dele pela curva do seu queixo. Era ele, seu corpo. Isso era tudo que seria necessário.

— Vá logo — sussurrou ela.

Ele apertou seus ombros e soltou-a.

— Vejo você mais tarde.

Ele se virou na extremidade do jardim e a viu, ainda na porta, com o cabelo escuro despenteado.

— Will! — chamou ela, segurando o suéter junto ao pescoço com uma das mãos e acenando com a outra. O coração dele desmoronou e ele começou a andar para casa, na direção dela.

— Não! — Ela riu. — Não sei por que o chamei.

Ele parou.

— Pode ir — disse ela, envergonhada por sua ânsia. — Vejo você mais tarde.

Ela estava sendo tola. E, quando ele se virou um pouco adiante na rua e acenou, ela virou a cabeça de lado e empinou o queixo, alegre e corajosa como Deborah Kerr.

Ela acompanhou a silhueta pronunciada do chapéu dele por cima da sebe alta até sumir de vista, substituída pelo ar vazio de novembro. Ficou parada à porta, sentindo o frio e ouvindo o que talvez fosse o eco dos passos dele na calçada congelada. Olhou para a extensão branca do céu, baixou os olhos para o relógio e, em seguida, olhou novamente para a paisagem vazia diante da porta da frente. Havia algumas horas a atravessar.

Ela voltou para a pequena sala de estar, afundou-se na poltrona e fechou, com o pé, a porta que dava para o restante da casa.

Ela sempre pensara que ter uma casa seria uma fonte de grande força, como um baú de memórias que a gente nunca destranca. A casa de sua família tinha sido vendida com tudo que havia dentro, à exceção de algumas fotografias, o conjunto de prata do seu batizado e a pequena aliança de pérola, que ficava frouxa no terceiro dedo da mão de Emma. Ela às vezes se perguntara onde aquelas coisas tinham ido parar. Não censurava a decisão das suas tias-avós — ela vivera dos lucros, afinal, como elas lhe recordavam —, mas às vezes se perguntava se poderia se sentir menos solitária, menos anônima de algum modo, abrindo os olhos pela manhã e vendo a mesma cômoda que seu pai tinha, por exemplo. Ou, algo ainda menos grandioso, usar a chaleira que sua mãe usara para ferver água para eles.

Mas ali — ela suspirou —, lá fora e no andar de cima, não havia nada que fosse seu. Sentiu pela primeira vez na vida o perigo das coisas de outras pessoas, sobre como poderiam apagá-la caso ela não fosse cuidadosa. Um soluço ficou preso no fundo de sua garganta; era aquela reportagem sobre o menino na Blitz. Ela se apoiou na mesa de centro para pegar sua cigarreira. A reportagem tinha lhe recordado sobre o que era ser pequena, apenas isso. Ela acendeu o cigarro e tragou longa e profundamente.

5.

A TARDE de inverno chegara e estava quase escuro, embora o restante de luz do céu pairasse num tom violeta sobre a água que batia contra as vergas do velho píer. Maggie e Jim Tom viviam num dos abrigos ao longo do porto, construídos pelos pescadores para mostrar seus equipamentos e apetrechos. Eram construções pequeninas, de ângulos agudos, como o desenho de uma casa feito por uma criança, e sem janelas além das grandes portas duplas na frente, que corriam para o lado para que saíssem dali as vergas, os arpões, as pesadas linhas de pescar e o mastro da vela. Jim Tom e Maggie se mudaram para o abrigo de pescadores de Winthrop poucos dias depois de seu casamento, e Jim fizera janelas nas paredes, colocara um piso no abrigo e prometera que teriam a própria casa após cinco anos de pescaria. Isso fora dez anos antes. "Deixa para lá", Maggie riu para ele — e ela realmente o fazia. Ela levantava o rosto e via Jim Tom chegando por Lane's End, depois de uma longa jornada de pesca, vindo em sua direção.

Will podia ver o ângulo daquela construção, e a lamparina queimando junto à cama de Maggie; porém, ainda sentindo o calor do corpo de Emma no seu, mesmo o momento tendo passado há muito, ele parou e olhou para trás. O teto de sua casa e o da casa dos Niles, ao lado, eram como fortalezas erguidas para protegê-los da noite que chegava. Será que ele deveria comunicar ao Dr. Lowenstein que Maggie entrara em trabalho de parto? Essas coisas, com ela, eram difíceis e prolongadas, o velho médico havia dito a Will na última vez que esteve na cidade; esse será seu quinto parto no mesmo número de anos. A luz da varanda se acendeu na casa de Will e ele sentiu uma alegria intensa e repentina. Não, não havia necessidade de telefonar. Ele era o médico. Virou as costas à sua casa e se pôs outra vez a caminho do lar dos Winthrop, com a maleta balançando na mão. Jim Tom abriu a porta antes que Will pudesse bater e o médico ergueu os olhos, buscando sinais de preocupação no rosto dele.

Mas Jim Tom passara por isso quatro vezes, e tinha, como Will notou, ido para o único cômodo amplo no andar inferior, colocado uma grande panela com água para ferver e preparado uma tina. Havia também uma chaleira fumegando. A casa estava calma, porém pronta. No andar superior, Jim Tom acenou com a cabeça em resposta ao olhar de Will.

— Vou me lavar aqui, está bem? — Ele abriu a torneira na pia da cozinha e deixou a água correr sobre suas mãos várias vezes, encontrando o sabão enfiado em uma tábua exposta da parede diante dele.

— E onde estão seus garotos?
— Na casa da minha mãe.

Will assentiu e subiu a escada. No caminho, Maggie começou a gemer com a pontada de uma contração. Ele subiu dois degraus de cada vez e seguiu o som até um quarto improvisado por dois armários utilizados como divisórias. De um lado, os apetrechos empilhados de gerações de barcos dos Winthrop, talhas, cordames e mastros jaziam em pilhas ordenadas; do outro, havia uma cama encostada na janela, recém-arrumada ao que parecia, com as cobertas muito esticadas.

Maggie se agarrava à parede, uma das mãos ao lado, curvada e arquejando, mas, quando Will se aproximou dela, ela fez um gesto para que ele se afastasse. Sua respiração vinha em sussurros rápidos e ela seguiu o ritmo deles. Na extremidade da parede, parou, ajeitou-se e virou-se, caminhando na outra direção.

— Merda. — Ela arquejou, apoiando a cabeça na parede.

— Merda mesmo! — concordou Will.

Maggie assentiu, o rosto contorcido durante um breve instante. Ela soltou um gemido profundo e ele viu seus ombros relaxarem. Afundou-se ao pé da cama; um pouco pálida, pensou Will.

— Uau — disse ela.

— Há quanto tempo está tendo essas contrações? — Ele contornou a cama e pegou o punho dela para medir-lhe o pulso, acelerado. Sua testa estava úmida e seu cabelo estava molhado sobre as têmporas.

— Com idas e vindas, quase quatro horas.

— Muito fortes? — Ele mediu seu pulso outra vez, usando como referência o ponteiro do relógio na mesa de cabeceira, cujo confortável tique-taque ressoava no quarto.

— Fortes e demoradas — concordou ela.

— Tão fortes quanto a última?

— E duram a vida toda. É assim que os meus bebês são... Tommy, o menorzinho, levou dois dias para nascer.

Will ajudou-a a se sentar apoiada nos travesseiros empilhados sobre a cama, sacudiu o termômetro e colocou-o em sua boca.

— Bem, vamos esperar que o número cinco venha um pouco mais rápido.

Maggie deu de ombros, com a boca fechada sobre o termômetro. Havia começado; estavam ambos ladeira abaixo. Acontecesse o que acontecesse, só havia uma direção na qual seguir agora.

— Vamos ver se você já está adiantada. — Will empurrou os joelhos dela delicadamente para cima e abriu suas pernas. Deslizou os dedos pela vagina até o colo do útero, onde podia sentir a cabeça da criança, mas não a bolsa d'água.

— Quando a bolsa estourou, Maggie?

— Ela estourou? — Ela franziu o cenho. — Não sei. Anteontem? Aconteceu algo anteontem, mas eu não tinha certeza do que era; havia tão pouco, e eu não senti nenhuma cólica.

Ele retirou a mão e havia um cheiro levemente estranho, um cheiro que ele não se lembrava de ter sentido em outros partos. Lavou as mãos na tina de água quente que Jim Tom havia trazido e deixado junto à cama; secou-as com a toalha, franzindo a testa. Então se virou e tirou o termômetro da boca de Maggie; a temperatura estava um pouco elevada. Sentou-se na lateral da cama.

— Muito bem — exalou ele, superando uma leve preocupação.

Ela se levantou da cama com esforço, precisando caminhar no início de mais uma contração. Will a ajudou a se levantar e esperou junto a ela a contração seguinte, observando como ela respirava. Quando a dor diminuiu um pouco, ela fixou os olhos nele.

— Já estou muito adiantada?

— Seis centímetros, mais ou menos. Ainda falta um pouco, mas você está indo bem.

Ela sorriu sem fazer forças, erguendo-se para se sentar na lateral da cama, estendendo a mão para Will. Ele a puxou até que ela se levantasse e os dois começaram a andar novamente, primeiro até a parede oposta do quarto, depois retornando.

As gaivotas levantaram voo, subitamente, dos postes do píer — os movimentos rápidos de suas asas soando como mãos embaralhando cartas — e Iris seguiu-as enquanto elas giravam no céu, através da sua janela. Atravessou o chão de madeira do saguão, destrancou as portas da frente e uma rajada de vento a atingiu. Rapidamente ela estendeu a mão e soltou a linha no mastro da bandeira, que deslizou em sua correia mastro abaixo, até chegar às suas mãos.

— Boa noite — disse uma voz.

Ela deu um pulo e agarrou o tecido junto ao peito como se ele a houvesse surpreendido fazendo algo escondido.

— Ah, olá — exclamou por cima do ombro, tremendo. Deu-se conta de que deveria ter colocado o casaco.

— Quer ajuda?

Ela balançou a cabeça, soltando a bandeira dos prendedores de metal na linha, e virou-se. Harry Vale tinha um pé no primeiro degrau e uma das mãos segurava levemente o corrimão. Sorriu, ela sorriu também, envergonhada por estar lá no alto desse jeito. Aquilo tinha o efeito de fazer com que ele parecesse muito pequeno.

— Tenho usado sua caneca. — Ela deixou seus olhos baixarem até a mão dele sobre o corrimão, tendo a bandeira ainda amassada em seus braços.

— Ótimo — assentiu ele. Mas sua atenção se desviou para o mastro. — Só os 90 centímetros do alto. — Ele a cutucou de leve. — Concordaria em tirar 90 centímetros para o mastro ficar abaixo do telhado?

Ela prendeu a linha e apoiou a mão na madeira pintada, sem ter certeza do que gostaria de dizer. Aquilo se transformara numa espécie de brincadeira entre eles, algo recorrente, embora não fosse uma brincadeira, e ela soubesse disso.

— Não tive resposta do inspetor da agência dos correios — disse ela.

Ele baixou o olhar para o rosto dela.

— Isso não a preocupa?

Ela corou.

— Não podemos tomar as coisas em nossas mãos desse jeito.

— Por que não? — Ele escorregou a mão pela parte superior do portão.

Com um pequeno e eficiente golpe, a pergunta a ferroou. Eles não concordavam; ela se deu conta, triste.

— Não tem importância — disse ele, gentil. — Boa noite.

— Boa noite — respondeu ela e ele foi embora. Aquilo não acontecera como ela gostaria.

Ela atravessou o saguão com a bandeira nos braços e empurrou a porta nos fundos da agência dos correios, fechando-a com firmeza. As pessoas não podiam se comportar como se a agência dos correios fosse uma construção como qualquer outra e o mastro da bandeira fosse apenas um pedaço de madeira. Representava algo, a ordem. E então, no coração daquele sistema, ela soltou o ar com cuidado. Atrás, as caixas abertas se empilhavam do chão até o teto, prontas para que ela as preenchesse. A ampla mesa de madeira, destinada à triagem, estava limpa para receber o correio matinal. Se havia um lugar na terra por onde Deus caminhava, era a sala de trabalho de qualquer agência dos correios dos Estados Unidos da América, onde o caos espesso da humanidade era posto em ordem. Havia uma caixa postal para cada família na cidade. Cartas, contas, jornais, catálogos e pacotes podiam ser enviados de qualquer parte do mundo, despachados num navio e transportados por água e por terra, resistindo aos ventos e ao tempo, até aquele único, pequeno e bem definido destino. Aquele lugar não era uma Babel. Ali, as linhas emaranhadas das vidas das pessoas se desatavam e os distintos tons de voz colocados numa página podiam romper distância. De mão em mão, os pensamentos eram transmitidos. E a mão *dela* era a última.

Ainda assim o aceno gentil de Harry, conforme ele ia embora, roubou um pouco do prazer daquilo tudo. Ela subiu na cadeira ao lado da mesa de triagem, segurando a bandeira acima dos ombros para que não tocasse o chão, e sacudiu-a como um lençol, segurando na ponta em cada mão. O certificado, guardado no envelope, estava completamente a salvo no seu chalé, no alto da colina, entre suas camisolas na gaveta da cômoda. Ficara ali durante todas aquelas semanas, desde que ela fora até Boston, e, a cada dia que ele entrava na agência dos correios, ela podia sentir o elo entre os dois se estreitando, suspirando ao se estreitar, e ela não tinha a menor ideia do que fazer.

A imagem da sua mãe no corredor a caminho do quarto de seus pais surgiu diante dela. De compleição frágil, mas tendo ganhado peso demais, o corpo de sua mãe era como uma quantidade exagerada de casacos pendurados num cabide. Ela era corpulenta e pálida, mas Iris a surpreendera rindo como uma menina em resposta a algo dito por seu pai no quarto, algo que Iris não conseguiu escutar. Iris apareceu, vestindo sua camisola, no final do corredor e sua mãe se virou, preocupada, mas ainda assim se dirigindo ao quarto, sua atenção inteira ali. Numa das mãos, segurava uma sacola de borracha, como um saco d'água quente, com um tubo comprido saindo dali e passando por cima do ombro de sua mãe. Na outra mão, Iris viu que ela segurava um frasco de vinagre.

— Iris — disse sua mãe —, você está sonhando, querida. Volte para a cama. — E Iris havia voltado.

Como fora a parte seguinte? Ela não era capaz de imaginar. Não conseguia pensar, além do olhar e do sorriso num momento como aquele, alguém com uma ducha na mão, sem qualquer fingimento acerca dos motivos. Uma mulher de pé daquele jeito, aberta como um comunicado.

Ela dobrou a bandeira ao meio duas vezes e segurou-a de encontro ao peito, alisando-a. Ainda segurando uma das pontas, deixou a outra cair, de modo a formar um triângulo. Mais uma vez deixou que o triângulo se dobrasse num segundo triângulo e continuou dobrando a bandeira, até ela estar contida num único triângulo de tecido, no qual ela enfiou as pontas.

A lua nascia quando ela abriu o portão da agência dos correios e voltou ao mundo prosaico no qual sua bicicleta se apoiava na lateral do prédio, na base da escada. Um nevoeiro se aproximava e a sirene cantava sua única e constante nota. Do outro lado do gramado, a luz no mercado Alden brilhava intensa sobre as pessoas. Ela podia ver Florence Cripps e uma outra mulher apoiadas no balcão conversando com Beth, a filha do dono do mercado. Pareciam vultos numa pintura, colocados sob a luz.

Ela ergueu os olhos para o mastro vazio da bandeira; depois olhou na direção onde Harry havia desaparecido e corou. Iria ao cinema, decidiu. Não iria, como de hábito, comer qualquer coisa, não sentia fome. Não voltaria ao seu chalé no alto da colina.

Na construção dos pescadores, nada havia mudado, fosse na frequência ou na intensidade das contrações de Maggie. O relógio ao lado de sua cama marcava o tempo como um coadjuvante, os minutos passavam enquanto ela caminhava e dormia. Ela estava certa. Aquele seria um trabalho de parto prolongado. Will a observava respirar. Quando verificou novamente, sua dilatação não tinha aumentado. Ela caiu num torpor e Will desceu em busca de café.

— Como estão as coisas? — Jim Tom se virou da pia.

— Caminhando — disse Will. — Quer subir?

— Prefiro esperar aqui embaixo, obrigado. — Jim Tom lançou um olhar na direção dele. — Quantos bebês você trouxe ao mundo, Will?

— Quinze. Não, 16 — respondeu Will, abruptamente.

Jim Tom assentiu.

— Então deve saber como elas ficam no fim.

Will olhou para ele, sem entender.

— Não? — Jim Tom sorriu. — Bem, talvez as mulheres em Boston segurem a língua.

No andar superior, Maggie voltou a gemer. Will parou e consultou seu relógio de pulso, marcando a contração. Durou aproximadamente o mesmo, embora o gemido dessa vez parecesse mais baixo e talvez um pouco mais desesperado aos ouvidos de Will.

Will olhou para Jim Tom.

— Você acha que isso a ajuda?

— O quê?

— Fazer esse barulho.

Jim Tom empinou o queixo.

— Pode apostar — disse.

Will assentiu e se dirigiu à escada. Enquanto subia, pôde ouvir Maggie arfar e subiu um pouco mais depressa. Quando entrou no quarto, ela estava ajoelhada na cama, de costas para ele, segurando a cabeceira, com a cabeça entre os braços esticados. Ele esperou até que ela tivesse terminado e entrou no quarto. Ela se virou e Will percebeu que ela estava ficando cansada, e isso o preocupava.

— Como estão as coisas por aí, Maggie? — perguntou ele, em voz baixa.

Ela soltou o ar.

— Bem — respondeu.

Ele tirou um instrumento da maleta para checar as batidas cardíacas do bebê; o som, regular e constante, parecia a mão de alguém estendida para ele do outro lado, em uma saudação.

— Ele está bem, esperando. — Will tranquilizou Maggie.

Ela assentiu, soprando o ar quando a contração seguinte começou. Enquanto Will observava seu rosto, sentiu tanta saudade de Emma, dos olhos tranquilos dela nos seus, da sua calma — sim, ela era sua calma — que se levantou e caminhou até a extremidade do quarto, sem pensar. Queria lhe dizer mais uma vez, com firmeza, que ele a teria encontrado.

Quando a viu pela primeira vez na festa de Natal do hospital, dois anos antes, ela estava olhando pelas enormes janelas enfeitadas com azevinho e veludo, de costas para a movimentação. Os médicos e as enfermeiras que encerravam o expediente chegavam com o ar frio ainda preso a eles, suas vozes animadas encontrando a alegria indistinta das pessoas que deixavam a festa. Há vários minutos ela não se mexia, e sua absorção fazia com que tudo o mais naquela sala parecesse pequeno. Num desafio particular, ele andou até ela. Se ela se virasse antes que chegasse lá, teria como dar uma olhada, mas não conseguiria conversar. Se continuasse olhando para fora, de costas para ele, iria lhe oferecer uma bebida.

Mas ela se afastou da janela sem se virar, topando com ele. Por um instante, ele sentiu seu corpo leve e o cheiro de limão em seu cabelo. Ela se afastou com um pulo e se virou, com o rosto cor-de-rosa:

— Sinto muito!

— Eu não. — Ele abriu um sorriso e estendeu a mão. — Will Fitch.

— Sim. — Ela segurou a mão dele, apertou-a e largou-a logo em seguida.

— Divertindo-se?

Ela olhou diretamente para ele, com um leve sorriso nos lábios.

— Não — respondeu. — Nem um pouco.

— Por que não?

— É Natal — falou.

— Entendo — disse ele, notando a linha suave do seu queixo erguido enquanto ela o observava. Não tinha a menor ideia do que dizer em seguida.

— Não gosta muito do Natal? — arriscou ele.

Ela abriu um sorriso um pouco mais largo, embora ainda um pouco tímido.

— Não.

— E por quê? Se você não se importa que eu pergunte.

Ela não respondeu. Ele se apoiou na parede ao seu lado. Depois de um minuto, ou algo assim, deu-se conta de que ela não responderia. Afastou os olhos.

— Acho que você se importa que eu pergunte.

Ela olhou para ele.

— Não o conheço.

Ele se endireitou.

— Verdade, sinto muito.

Ela se virou para o salão.

— Não sou muito boa nesse tipo de conversa. Pode me servir uma bebida?

Will ficou súbita e dolorosamente feliz.

— O que gostaria?

— Bourbon — respondeu ela, rápida — e água.

Ele assentiu e abriu caminho pela multidão até o bar, do outro lado do salão. Johnny Lambert estava parado ali, cercado por dois ou três outros residentes. Contava uma história, e o círculo ao seu redor se inclinava um pouco para a frente, a fim de escutar. Houve uma pausa de efeito dramático e o grupo explodiu em risos, um dos homens dando um tapa nas costas de Johnny, como se marcasse o tempo da sua risada. O som irrompeu sobre o restante da multidão, carregando a deliciosa piada, a alegria espessa e quente abarcando a todos. Durante um momento, o salão pareceu se reunir na risada propagada por Johnny, cuja graça e talento residiam em tratar o mundo como uma bola que ele girava na ponta do dedo comprido.

Will vira isso no momento que chegara a Harvard, oito anos antes. A graça de Johnny se repetia na inclinação confortável do corpo dos rapazes de Boston, sentados tomando nota em seus cadernos afastados deles, as pontas alongadas de seus lápis sobre as páginas brancas como algum jazz prolongado, sem excessos, uma música estrangeira inescrutável soando além dos ouvidos de Will. Hunnewell. Cabot. Phipps. Claro, eles trabalhavam, com afinco, mas era sem ardor e sem preocupações. Os prêmios que lhes eram dados no fim do ano eram recebidos com informalidade e usados de modo superficial. Aqueles rapazes eram melhores do que os desafios que Harvard lhes apresentava, inquestionavelmente melhores.

Enquanto ele era Fitch. Claro, o nome significava o suficiente para colocá-lo no grupo certo no segundo ano e para garantir um grau de interesse quando ele era apresentado. Mas então, na frase seguinte: — Franklin? Lá no final de Cape Cod? As pessoas moram mesmo num lugar tão distante? Achei que tudo aquilo fechava depois do Labor Day.

"Ha, ha, ha", ele abria um sorriso. "Ha, ha, você ficaria surpreso. Uns trezentos ou quatrocentos de nós ficam por lá depois que todos vocês vão embora." "É mesmo?", o outro perguntava, arrastado, o interesse já minguando. Will Fitch, de Franklin. Ele era uma curiosidade, um exótico. Não era alguém a ser deixado de lado, mas também não era alguém com quem rivalizar. Durante todos os anos em que esteve em Cambridge, ele era "Fitch, de Franklin". E aquele não era um lugar de onde se podia começar.

A piada de Johnny havia varrido todo o lugar. Alguém sugeriu mais uma rodada e Johnny concordou, sem levantar os olhos, com a mão em concha ao redor da chama pronunciada do seu isqueiro. A qualquer minuto ele irá se virar e verá Will, sozinho, um bobo no meio de uma festa.

Subitamente, o que fazer em seguida tornou-se simples e claro. Will se virou e se dirigiu para a janela, com medo de que ela tivesse desaparecido. Mas ele a viu; esperando-o, Will se deu conta, animado.

— Olá — disse, parando diante dela.

— Acabaram as bebidas?

— Não. — Ele sorriu. — Ainda tem, mas há gente demais. Vamos beber algo em outro lugar.

Ela levantou os olhos para ele outra vez.

— Sou Emma Trask. — Ela lhe ofereceu a mão.

— Tudo bem — disse ele, pegando-a com a sua. Seus dedos longos tocaram a parte interna do punho dela, onde seu pulso batia, e ele sentiu a aceleração como se tivesse segurado seu coração. Colocou a mão dela sob seu braço e a conduziu para fora da festa.

Will se virou para Maggie.

— Vamos ver novamente — disse, com suavidade.

Empilhou dois travesseiros na base da cama e colocou os pés dela em cima. Ela abriu os olhos e observou seu rosto enquanto ele deslizava os dedos para dentro dela mais uma vez, buscando sentir a cabeça do bebê. Ele sorriu para ela, aliviado. O colo do útero estava quase completamente dilatado, e a cabeça estava pronta para entrar na pélvis.

— Está mais perto — disse ele, reconfortando-a, e estendeu a mão para medir o pulso dela.

Assim que seus dedos encontraram o ponto no punho de Maggie, ele soube que algo estava errado. Segurou-a por mais um minuto completo, contando as batidas para ter certeza. Estava definitivamente acelerado; se estivera rápido antes, naquele momento estava em disparada. A preocupação anterior, que ele havia abandonado, retornou. Houve aquele cheiro, sua temperatura estava elevada, e o pulso era rápido e irregular. Ele olhou para ela por um breve instante, preocupado pela primeira vez de que aqueles fossem sinais de uma septicemia.

Ela fechou os olhos e gemeu, um gemido grave e sombrio, como o gemido estrangulado de uma vaca, o som parecendo vir do chão sob seus pés. *Ohh,* o som aumentou de volume e se espalhou pelo quarto. Ele realizara 16 partos e chegara até mesmo a fazer duas cesarianas, mas aquelas mulheres nunca haviam gemido tão alto assim. Havia enfermeiras e éter no hospital, e os bebês deslizavam para fora como focas. Ele nunca fizera um parto sozinho. E, de algum modo, no minúsculo quarto do andar superior daquela casa, era como se aquele fosse seu primeiro parto, a primeira vez que ele compreendera o quão longe do treinamento as mulheres o levavam, ao fundo espesso de tudo, ao ensopado de sangue escuro onde a vida começa. *Ohhh, ohhh, ohhh,* os gemidos eram como golpes desferidos contra ele. Com um grito, o alívio agudo de um grito — como um apito ou o trecho de uma música —, ele poderia lidar, mas aquela repetição grave e profunda o deprimia, e muito. Os olhos dela estavam fechados, como se tentasse se lembrar de algo ou avançar até algum lugar, enquanto sua boca abria-se no ápice de cada contração, berrando sua dor.

De forma quase indistinta, através das tábuas do chão, Will ouviu as crianças mais velhas voltando para casa. Ao ouvi-las, Maggie deu um sorriso fraco.

— Eles deveriam voltar para a casa da avó — disse Will, mais áspero do que pretendia.

— Eles não conseguem dormir longe de suas camas — murmurou ela.

— Mas...

— Eles já ouviram isso antes — suspirou ela.

O gemido seguinte chegou, grosso e profundo. Will se levantou da cama de forma abrupta. Deveria haver mais luz no quarto. No hospital, cenas como essa eram reconfortantemente iluminadas, nunca havia perguntas sobre onde colocar suas coisas, aonde se poderia ir se fossem necessárias água quente ou toalhas. A luz era um contrapeso ao horror pelo qual Maggie passava. Ele caminhou em passos largos até a porta e ligou o interruptor; o lustre bojudo de cerâmica branca se iluminou no alto, afastando o desespero que ele sentia. Era um quarto simples, com uma cômoda, três janelas, uma cadeira de balanço e um tapete redondo e recurvado ao lado da cama.

No andar inferior estavam as outras crianças, e Will pensou em Lowenstein, que trouxera aqueles outros ao mundo, e desejou que ele estivesse ali para discutir com ele, um par de mãos experientes e de olhos acostumados a fazer diagnósticos. Ter mais alguém no quarto, além daquela mulher gemendo. Aquela mulher — obrigou-se a olhá-la e sorriu enquanto ela girava a cabeça contra o travesseiro e fechava os olhos —, aquela mulher que era Maggie, que fora a Maggie da sua sala de aula. Maggie no porto, com suas pernas compridas emaranhadas no cordame do barco de seu pai, no alto. Maggie, que olhava bem dentro de seus olhos quando ele a examinava, seus dedos inquisidores deslizando para dentro dela a fim de checar se estava tudo em ordem, não como a maioria, que fechava os olhos ou fitava o teto.

O velho pavor se esgueirou das sombras. Tudo sempre dera errado para os Fitch. Por que pensou que poderia ser diferente? Por que pensou que poderia recomeçar na mesma cidade, com o mesmo nome do seu pai? Quase riu em voz alta, com a bolha de medo se avolumando no peito enquanto ele escutava Maggie. Aquele profundo e sombrio pavor, grunhindo, aquilo era o que subsistia. Ele se casara com Emma, voltara para a cidade como médico, achara que poderia planejar um futuro e beijar sua esposa como todos fazem. Mas a verdade era que aquela antiga e sombria sensação estava bem ali. Nunca iria embora; e ali estava a prova.

De repente, com uma energia imensa, Maggie pulou da cama e se virou para o lado, olhou para Will de forma arrebatada, mas não pareceu vê-lo, esticando-se na cama com as mãos na parede atrás da cabeceira. Virou-se de lado e depois disse, gemendo *pare, pare, pare*; as palavras saíam em arquejos, regulares como uma máquina. *Pare, pare, pare, pare*. Sua voz se elevou e ela então arqueou as costas para fugir à dor que se movia dentro dela e, quando terminou, ela gemeu sem palavras e desabou sobre os travesseiros. Will a observava, nervoso. Era como se tivesse visto uma boneca de trapos sacudida na boca de um cachorro, seu corpo atirado para cá e para lá e jogado para longe; via a boneca caída ali, mole, pálida e suada.

O som lúgubre de uma criança cantarolando para si mesma chegou a eles, vindo do andar inferior. Era miúdo e indecifrável, e atravessava com tanta pureza as tábuas do chão que Will se deu conta de que aquelas paredes não abafavam barulho algum, que as crianças tinham ouvido sua mãe e que ela poderia muito bem estar atrás de uma cortina numa apinhada enfermaria pública.

— Maggie? — sussurrou ele, passando a língua sobre os lábios.

Talvez ela houvesse adormecido subitamente, embora estivesse pálida e suando, com os olhos fechados. A melodia da criança se movia pelo ar, sem destino ou padrão aparentes. Will se sentou e escutou, o próprio cérebro embotado e cansado, a luz aos poucos indo embora do sótão, deixando as velas brancas e velhas reluzindo onde tinham sido empilhadas. *Oh* — cantava a criança — *oh, oh, oh, that opportunity rag.* Will tentou se lembrar dos nomes e das idades das crianças. Quem estava cantando lá embaixo, e onde estavam as outras? *Oh,* cantarolou a criança outra vez, com a voz mais baixa. A mão de Maggie caiu sobre a cama. Ela havia desmaiado ou estava dormindo? Estava dormindo, Will notou, dormindo profundamente, com a boca um pouco aberta e as bochechas coradas. A série de ondas que a havia carregado, arrebentando repetidamente, tinha cedido e a deixado adormecer. Will girou o punho para ver as horas. Quatro minutos se passaram. O menino — deve ser um menino, concluiu Will, o tom era tão puro — tinha ido para a frente da casa e a voz agora vinha dali, deslizando pelas tábuas do piso sob os pés dele. As pálpebras de Maggie moveram-se levemente. Será que ela havia escutado uma criança, ele se perguntou, chamando a outra? Era isso o que parecia, aquele pequeno e amável passarinho lá embaixo cantarolando no meio daquela cena terrível, a mãe nada mais do que uma corda segura pelos punhos tenazes do bebê que ainda não tinha nascido e a criança já ali, e impulsionada sem piedade para a frente. Ele se levantou e colocou uma toalha na tina, torcendo-a.

— Maggie? — Ele colocou a toalha em sua testa.
— Ah... — suspirou ela. — Onde está Jim Tom? — Ela parecia composta pela primeira vez em três horas.

— Lá embaixo — disse Will, tão aliviado que quase engasgou. Ela poderia ser despertada; afinal, ela estava bem ali.

— Mas quem é esse?

— Um dos seus filhos, acho. Jimmy, talvez?

Ela sorriu.

— Não, Jimmy não sabe cantar. — Ela abriu os olhos e, sob a escuridão que aumentava, a parte branca deles tinha o mesmo lume difuso das velas. O coração de Will se sobressaltou por um momento, com a sensação de que ele olhava para um fantasma. — Henry? — chamou ela.

A cantiga parou e passos correram até a base da escada.

— Sim, mãe? — exclamou Henry, lá para cima.

— Cante mais um pouco, meu bem — exclamou ela e adormeceu outra vez.

6.

ESGUEIRANDO-SE PARA dentro da sala de cinema, Iris ficou no fundo, deixando seus olhos se ajustarem à escuridão. O fim de um noticiário era exibido e, na tela, filas de soldados alemães marchavam em sua direção por campos franceses congelados. Seus corpos se moviam como marionetes, com as cabeças rígidas virando-se da esquerda para a direita conforme se aproximavam. Por ela estar em pé, eles marchavam em sua altura, e ela teve a sensação de ser ultrapassada por uma multidão.

— Malditos alemães! — gritou alguém. As silhuetas das pessoas sentadas apareciam contra a parede de soldados ainda em marcha e suas cabeças formavam sombras como um antigo padrão grego na base de um vaso. Iris avançou um passo e escolheu um assento.

O noticiário terminou e as luzes continuaram baixas enquanto os créditos apresentavam o filme. Iris se inclinou para a frente, para tirar o casaco dos ombros, e depois se acomodou outra vez no assento. Era um filme dos anos 1930 que ela esquecera que já tinha visto. Quando a cena de abertura surgiu sob a voz aveludada do narrador, ela se lembrou de que já estivera ali. Era uma história antiquada de um amor interrompido pela guerra, e ela se sentiu, aos poucos, sucumbir aos personagens, à conversa em um inglês brilhante dos atores enquanto o caso amoroso começava. O filme a penetrava, e ela não se lembrava do suficiente para ficar irritada. Na verdade, tinha a deliciosa sensação de regressar a um lugar do qual outrora havia gostado muito, mas do qual se esquecera, como um quarto da infância. Os amantes haviam se casado e agora ali estava ele, um homem corajoso rumo à guerra.

Seu coração começou a bater um pouco mais rápido, como se ela andasse por um corredor comprido e sinuoso. Lembrava-se do final daquele filme, mas não exatamente de como tudo acontecera. O homem fora pego atrás das linhas inimigas, estava cercado e marchava até o comandante. Iris estava sentada muito reta e lembrou-se de tudo; a ansiedade do que estava por vir fez com que seu coração batesse com mais força. Ele não conseguiria, era isso. Ele não conseguiria porque o sinal luminoso que atirara ao céu antes de ser capturado não seria visto, mesmo seus compatriotas estando a menos de 2 quilômetros de distância.

O que ele não sabia, não poderia ver — era isso o que Iris não conseguia suportar e que quase a fez se levantar, quase; horror no centro do filme era, para ela, como uma flor se abrindo de modo tão encantador — era que seus compatriotas estavam mortos. "Corra", ela queria dizer à tela. "Corra", ela queria dizer a ele, marchando ágil para a frente sem lançar um olhar às suas costas. "Você está sozinho. Não sobrou ninguém para ajudá-lo. Corra!"

Mas a história não iria salvá-lo: os homens estavam mortos e apenas ela e os outros espectadores sabiam. Enquanto observavam o filme passar diante deles, havia o terror desse conhecimento e o medo que o personagem deve ter sentido no momento que compreendeu. Ele estava sozinho, as pessoas sentiam. E o arrependimento. Assistir impotente, pensou Iris, era a pior parte. Mas também ver o padrão. O terrível e inexorável que havia ali — os mortos, os moribundos e a consciência de que ele poderia ter corrido mas não correu. Seguiu pelo caminho errado, fez a escolha errada. E morreu.

As luzes se acenderam com a música alta no ar. Iris fitava a tela, sem querer ver os outros se movendo ao seu redor. Ficou em sua poltrona até que o restante do filme passou rapidamente e o rolo estalou às suas costas. Então ela virou a cabeça e, sentado a seis ou sete poltronas dela, estava Harry Vale.

Ela corou. Ele poderia ter pensado que ela o seguiu, que ficara parada nos degraus da entrada observando aonde ele iria. Mas ela não o seguira, pensou, irritada. Terminara seu trabalho e então fora ao cinema. Por que, aliás, ele tinha de estar ali? Talvez não a tivesse visto. Ela tentou não se mexer nem chamar atenção. Havia um corredor ao lado dele, e ele podia simplesmente se levantar e sair. Ela decidiu esperar que ele fosse embora e se curvou para a frente, como se precisasse pegar algo no chão. Quando se recostou outra vez, ele estava em pé, olhando diretamente para ela.

— Perdeu alguma coisa?

— Não, eu...

Ele assentiu. Ela estava sentada muito reta em sua poltrona, com seu casaco abotoado pela metade.

— Não achei que fosse vê-la aqui.

— E por quê?

Ele deu de ombros, e aquele sorriso largo surgiu novamente, como o de um urso.

— Filme de guerra.

— Não é sobre a guerra — disse ela, rápido demais.

— Enganou a mim, ao menos.

Ela terminou de vestir o casaco.

— Não acho que a guerra seja o mais importante.

Ele ficou observando enquanto ela alcançava a outra manga e pegava o cachecol.

— O que é o mais importante, então? — Ele avançou pelas poltronas que havia entre os dois.

— O fato de que ao fim não há ninguém.

Ele não disse nada, mas ficou parado ao seu lado. Ela corou.

— Imagino que você discorde.

Ele balançou a cabeça.

— Não, no fim não há ninguém.

— Exceto Deus — corrigiu ela, mais para si mesma do que para ele.

— Deus — repetiu ele, sem inflexão, como se tivesse dito "banco" ou "pino".

— Parece que você não acredita que Ele estará lá.

— Ah, Ele estará lá! Tenha certeza.

Ele tinha cheiro de Old Spice e de graxa, e uma das mãos repousava na poltrona diante dela de um jeito tão casual, com tanta facilidade, que ela ficou inexplicavelmente feliz.

— Sei que Ele estará lá. Todas as vezes que me deparo com um erro no trabalho, sei que é Ele. De outro modo, como eu teria visto?

— Porque você é boa no que faz.

— Mas — ela sorriu, quase flertando — por que eu sou boa?

Ela se levantou da poltrona e se virou para sair do cinema. As luzes fracas ao longo das paredes eram como a iluminação de velas. Ela podia ouvi-lo às suas costas.

— Acompanho você até sua casa?

— Estou de bicicleta.

Ele não fez nenhum comentário. Sem saber se tinha dito sim ou não, Iris se virou na direção da agência dos correios. Ele a seguiu. As vozes e o riso de outras pessoas ricocheteavam no escuro, e as explosões desconexas de conversas iam e vinham como fogo. Ela cruzou os braços na frente do corpo, com o livro pendendo de um dos cotovelos.

— Uma noite agradável.

— Sim. — Ela sorriu consigo mesma e concordou, mais uma vez. Lá fora, em meio aos outros, o fato de que os dois caminhavam lado a lado tornava mais claro o fato de estarem caminhando juntos.

— Oi, Joe.

— Olá — disse outro homem ao passar cambaleando em sua bicicleta.

— Aonde ele está indo a essa hora?

— Pescaria noturna, eu acho... E que se danem os alemães.

— Os alemães — disse Iris com firmeza — estão bombardeando os ingleses.

Ele virou a cabeça e olhou para ela, mas ela não conseguia decifrar a expressão em seu rosto. Ele olhou para ela e, em seguida, desviou os olhos. Por um instante muito breve ela sentiu mais uma vez que talvez tivesse sido avaliada e que estava aquém das expectativas. Os raios da bicicleta estalavam sem parar entre eles.

— Seja como for, nunca deixariam que eles chegassem tão longe.

— Vou dizer uma coisa sobre você — disse Harry, à vontade. — Você tem mesmo muita fé em Deus e no governo.

— Eu trabalho para o governo — observou Iris, aliviada pelo tom de voz dele. Talvez não o tivesse decepcionado.

— É o que quero dizer.

Iris olhou para ele e viu seu sorriso largo. Balançou a cabeça.

— O que você quer dizer?

— O governo é só um monte de seres humanos iguais a nós.

— Com um plano.

Ele assobiou.

— Quem criou esse plano?

— As pessoas no controle — respondeu ela, rapidamente —, que têm uma visão ampla da situação. As pessoas que prestam atenção, que sabem. É o trabalho delas.

— Assim como você.

Ele se afastou para deixar um grupo passar, mas ela continuou andando, querendo que ele visse o sentido de suas palavras, que compreendesse.

— De jeito nenhum — disse, bruscamente, quando ouviu que ele estava outra vez ao seu lado. Ele inclinou a cabeça para escutá-la e seu braço estava logo abaixo do cotovelo dela enquanto Iris falava. — Sou paga para ficar atenta aos acidentes, às falhas na maquinaria. Meu trabalho é evitar que o sistema saia dos trilhos.

— E como você pretende fazer isso?

— Eu presto atenção — disse ela, com firmeza. — O tempo todo, fico atenta. Esse é o meu trabalho.

Ele deu uma risadinha na escuridão.

— Você é meio doida, não?

— Depende — ela sorriu também — do seu conceito.

— Olá, Frank, Marnie — Harry havia parado.

Iris engoliu em seco e cumprimentou o casal diante deles com um gesto de cabeça. Marnie Niles estava embrulhada num casaco longo, ao lado de seu marido. Ela deu uns tapinhas na mão de Frank, que repousava à vontade no seu quadril. "Harry e a agente dos correios", a mão dizia. O coração de Iris deu um pulo.

— Olá, Harry. — Frank Niles sorriu. — Srta. James.

Harry fez um gesto com a cabeça. Iris ficou parada ao lado dele, sentindo-se como se as luzes tivessem sido apagadas de repente.

— Para onde vocês estão indo?

— Estou acompanhando Iris até em casa — respondeu Harry rapidamente e virou-se para ela, esperando; esperando por ela. Iris assentiu, com medo de confiar nas próprias palavras. As pálpebras de Marnie baixaram sutilmente, como se ela tivesse visto um sinal.

— Até logo — disse Harry.

— Até mais — exclamou Marnie. Iris desceu da calçada, acompanhando Harry. Eles se afastaram da luz brilhante da cidade, caminhando na direção oposta, e começaram a subir devagar a Yarrow Road até o chalé de Iris. Depois de um longo trajeto em silêncio, ouviram passos no asfalto, embora o farol da bicicleta de Iris não mostrasse nada além da cerca viva escura e das roseiras. Um homem apareceu na luz.

— Otto — disse Harry.

Alarmado, o alemão ergueu os olhos que fitavam a estrada; parecia não ter visto os dois se aproximando ou o farol da bicicleta. Contornou o facho de luz e se aproximou deles.

— Harry — disse ele, e cumprimentou Iris com um aceno de cabeça.

— Tudo bem com você?

— Sim, sim. Estou apenas caminhando. — Ele gesticulou novamente.

— Certo, Otto. — Harry deu uns tapinhas em seu ombro. — Boa noite.

— Boa noite. — Seus passos seguiram atrás dele até a escuridão. Ela se perguntou como ele conseguia caminhar numa escuridão daquela.

— Ele caminha até aqui na maioria das noites. — Harry se pôs a andar outra vez.

Iris impulsionou a bicicleta.

— Por quê?

— Ele vem até o penhasco ver a França.

— Meu Deus — suspirou Iris.

A mão de Harry encontrou a de Iris no guidom da bicicleta e se fechou sobre ela. Subitamente, ela pensou, surpresa. Continuaram andando sem dizer uma palavra; quanto mais longe iam, mais silencioso ficava, e mais claro ficava que haviam chegado. É como essas coisas começam, com tão pouco.

E então, bem devagar, ele diminuiu o passo, virando-se para ela, deixando uma das mãos sobre a bicicleta, de modo que ficaram ambas segurando-a para mantê-la de pé. Ele a puxou para si e ela teve de se mexer um pouco para chegar mais perto, talvez uns milímetros mais alta do que ele; quando seus lábios encontraram os dela, ela teve realmente de se inclinar ligeiramente. O beijo dele foi sutil a princípio, com seus quadris suaves contra os dela, uma apresentação. Depois ficou mais decisivo, pois ele a puxou com mais força e a abraçou. No escuro, de olhos fechados, ela apenas entrara por uma porta neste lugar macio e úmido, circundada por um homem, beijando-o, e poderia estar em qualquer lugar, deu-se conta — em qualquer lugar mesmo. Se aquele homem a beijasse na agência dos correios, ela entraria satisfeita naquele círculo e se perderia quantas vezes fossem necessárias para encontrar aquele ponto na escuridão, aquela abertura úmida e larga.

Eles se beijaram durante um bom tempo e, quando se afastaram, ela se deu conta de que ainda estavam parados no meio da Yarrow Road, e que sua mão estava dura de frio no guidom da bicicleta. Colocou-a no bolso, deixando a bicicleta cair sobre seu quadril.

— Quer um pouco de chá?

— Sim — disse ele, e voltaram a subir a estrada; como se nada tivesse acontecido, ela notou, maravilhada. Havia todo tempo do mundo, porque aquilo iria acontecer. Ela nunca se sentira tão livre. Era assim que essas coisas começavam. Não era preciso muito. Ela se virou e sorriu para ele na escuridão, voltaram a caminhar devagar.

Do lado de fora do abrigo de Jim Tom e Maggie Winthrop, alguém estava sentado na escada, e a brasa vermelha de um cigarro aparecia como um buraco na escuridão.

— Noite — exclamou uma voz para eles.

— Quem é? Jim Tom?

— Sou eu.

— Tudo bem?

— Maggie está tendo o bebê.

— Está tudo bem?

— Tudo. Will Fitch está lá dentro.

— Boa sorte.

— Certo, obrigado.

Seguiram em silêncio pelo resto do caminho ladeira acima, tendo as luzes de Franklin atrás deles, como um reflexo baixo das estrelas. As paredes de madeira das casas pelas quais passavam reluziam em tons de violeta sob a meia lua. A luz da varanda estava acesa na casa dos Fitch, tornando ainda mais escura a fileira de chalés dos quais o de Iris era o último, o único em que o dono, Sr. Day, havia instalado isolamento térmico e um fogão para uso próprio.

— Costumávamos entrar aqui às escondidas quando éramos adolescentes para fumar, na baixa temporada — disse Harry, acompanhando Iris até a varanda do pequeno chalé e entrando nele.

Ela estendeu a mão para o interruptor sob a cúpula do abajur e a luz surgiu. Embora fosse o maior da fileira, o chalé de Iris tinha sido mobiliado como todos os outros. Duas cadeiras de balanço e um sofá pequeno, dispostos "para conversa" ao redor de um tapete de lã. Dois quartos pequenos, um de cada lado da sala e, entre eles, uma pequena copa-cozinha junto à parede dos fundos. Tudo era novo, tudo brilhava. Nada era importante além do ar e da água que ondulava preguiçosamente do outro lado das janelas. Em todas as varandas, duas cadeiras de madeira viradas para o porto. Era exatamente o que Iris queria quando chegou, no ano anterior.

Sem olhar para ele, foi pegar a chaleira e levou-a até a pia, a fim de enchê-la. A água engasgou no cano depois saiu, gorgolejando.

— Quem entrava aqui?

— Frank Niles e eu. E Fitch. O pai do médico.

Ela colocou a chaleira no fogão e acendeu a chama. Pegou duas canecas na prateleira acima do fogão e colocou-as sobre o balcão. Apoiada na parede da cozinha, ela pôs a mão no bolso da saia, em busca dos cigarros e do isqueiro, sacudindo um cigarro para fora e colocando-o na boca, feliz por ter essa distração.

— Ouvi dizer que ele era um bêbado.

— Sim. — Foi tudo que Harry disse.

Ela ergueu os olhos. Ele tirou o isqueiro com gentileza dos seus dedos e então esticou a mão e tirou o cigarro dos seus lábios. Iria beijá-la novamente, ela percebeu, e se sentiu mais esquisita ali, na luz, no meio de sua cozinha. Ele se inclinou na direção dela, colocando as mãos na parede atrás de sua cabeça, e aproximou os lábios dela dos seus; sem pensar, ela colocou as mãos no casaco dele e puxou-o, para si. Sob a boca dele, ela sorriu.

— O que foi? — perguntou ele, junto aos seus lábios.

Ela balançou a cabeça. Uma coisa levaria à outra, ela não precisava pensar em absoluto. A chaleira apitou e ele estendeu a mão e desligou-a.

Depois de um tempo, afastou-se.

— Eu deveria ir embora — disse.

— Deveria?

Ele a beijou outra vez.

— Deveria. — Sorriu. — Mas não gostaria.

A mão dela segurou o tecido do seu casaco e puxou-o, feito uma criança.

— Espere.

— O que foi?

— Tenho algo. — Ela corou e voltou pelo corredor até seu quarto, parando diante da cômoda. Seu coração batia com tanta força que quase a machucava. Ela havia imaginado entregar o certificado a ele, caprichado, oferecendo-o com um sorriso para que ele soubesse que tudo havia sido feito de bom grado. Mas parada ali, diante da cômoda, seu rosto no espelho parecia aterrorizado. O que será que ele pensaria? Ela hesitou.

— Ah, pelo amor de Deus — sussurrou ela para si mesma. Curvou-se e abriu a gaveta, colocou a mão lá dentro e fechou-a sobre o envelope entre suas camisolas.

— Tome. — Segurava-o na frente do corpo. — Queria entregar isto a você antes que...

Ele olhava para ela, curioso.

— O que é?

— Tome — repetiu ela.

Ele pegou o envelope das suas mãos.

— Você está me dando uma carta?

— Um tipo de carta. — Ela não conseguia encará-lo. Ele abriu o envelope e tirou o certificado.

— Intacta?

Ela assentiu, corando furiosamente.

Ele colocou as mãos em torno da sua cintura.

— Sou um homem velho, arruinado; não sou um bom partido.

— Oh, eu não quis dizer isso! Não quis dizer que estava querendo fisgá-lo.

Ele riu.

— *Eu* não estou intacto.

— Eu só achei que...

— Shi. — Ele tocou seu rosto. E ela viu que estava tudo bem.

Havia tantas estrelas que não era possível colocar o dedo através de um buraco no céu. Harry se pôs a caminhar na direção da cidade, com seu corpo eletrizado pela lembrança recente da mulher que ele observara durante tanto tempo simplesmente vindo para os braços dele. Após alguns minutos, ele se virou e contou as luzes das casas brilhando enfileiradas — da casa de Bowtch à de Fitch, e até onde a cidade terminava, com Iris. A imagem dela seguindo caminho, erguida ao lado dele em meio à multidão, naquela noite, voltou à sua mente. O que ela estava dizendo? Ele teve a impressão de sentir cheiro de limão em seu cabelo e se inclinou mais para perto enquanto ela falava. Deslizou os dedos para o bolso do casaco, onde o certificado repousava junto ao seu coração, e andou pelo resto do caminho até a cidade com a mão frouxa sobre o papel.

À sua frente, ergueu-se um ruído como um animal preso numa armadilha. Ele franziu a testa e ficou parado, escutando. O som virou um gemido, que inchou, e até mesmo de onde estava, a uma distância de mais de 5 metros, ele soube que era Maggie. *Cristo.* Ele empalideceu enquanto escutava. *Santo Cristo.* Ele se virou e seguiu o mais silenciosamente possível para longe daquele barulho, pela estrada escura, até a cidade.

7.

ENQUANTO SEU grito morria no quarto, Maggie estava deitada, suando na cama, e visivelmente cada vez mais fraca. Pior do que isso, suas contrações ficavam mais lentas. Onze minutos tinham se passado entre aquela e a anterior.

— Maggie — sussurrou Will. — Preciso levar você a Nauset.

Ela tremia e ele não sabia se ela o havia escutado.

— Maggie. — Ele estendeu a mão para ajudá-la a se levantar.

De repente, Maggie deu um grunhido.

— Preciso me levantar — gritou ela. — Will, preciso me levantar!

Ela ergueu para ele os olhos arrebatados, que nada enxergavam, com o peito oscilando. Jesus, ele precisaria de outro par de mãos! Um tremor espasmódico sacudia as pernas dela, e ela se jogou para o lado, mas estava fraca demais para se levantar.

— Muito bem — disse ele. — Muito bem, Maggie. — Sentou-se atrás dela, passou os braços por baixo de suas axilas e ergueu-a. Deram dois passos para longe da cama e Will se deu conta de que ela estava fraca demais para conseguir ficar em pé sem qualquer ajuda. Quando ela se curvou para a frente, seus olhos se fecharam e, com um único e profundo grunhido, o bebê foi expelido por entre suas pernas, direto sobre o chão. Ela deu mais um imenso gemido e perdeu as forças.

— Merda — exclamou Will. Maggie caiu de joelhos, obrigando Will a segurá-la e a baixá-la devagar até um local ao lado do bebê coberto de sangue se contorcendo no chão.
— Tudo bem. — Ele arquejou. — Tudo bem, Maggie, vamos com calma.

Seu treinamento assumiu o comando. Movendo-se depressa, ele limpou os olhos, o nariz e as vias aéreas do bebê, com uma seringa em forma de pera. Puxou-o para perto e seu pequenino peito inchou com o esforço da primeira respiração.

— É uma menina — disse ele, exultante. — O que você acha disso, Maggie? Uma menininha?

Rapidamente ele prendeu o cordão com o grampo e o cortou enquanto uma onda súbita de felicidade o atravessava; limpou todo o seu corpo e envolveu a pequenina numa coberta limpa. Estava tudo bem. A luz começava a tingir a noite, em gloriosas explosões rosadas. Havia terminado. O bebê deu mais um furioso e pequeno choro, e ele riu para ela, embalando-a no braço, e virou-se para entregá-la à mãe.

Olhou por cima do ombro. Maggie adormecera ali mesmo, no chão, os olhos fechados, pingando suor e arquejando, cinzenta. O choque começava; o cheiro e a febre tinham sido advertências. Ele colocou o bebê no centro da cama.

— Maggie — disse, com intensidade, tentando acordá-la.

Com o máximo de rapidez possível, Will ergueu Maggie e a empurrou parcialmente, até ela ficar outra vez em pé, e deitou-a na cama, ao lado de seu bebê. Afastando sua camisola, tateou o útero a fim de ver se a placenta estava prestes a ser expelida; porém um coágulo de sangue quase do tamanho de um melão foi expelido; entre suas pernas, fedendo a algo apodrecido.

— Muito bem, Maggie — disse Will, aterrorizado. O cheiro era denso e espesso no quarto. — Muito bem, vamos lá.

Havia sangue demais, uma quantidade imensa, e ele continuava escorrendo por entre as pernas de Maggie. O bebê abriu a boca e dali saiu um choro fraco e esganiçado, que Maggie não parecia escutar. Ela parecia determinada a fugir da vida; a cor se esvaía de seu rosto e sua respiração vinha em arquejos. Ela estava ensopada de suor; e o sangue não parava de brotar. Ela morreria de hemorragia.

— Maggie? — Will sentiu a pulsação dela, desesperadoramente fraca.

— Maggie, pare. — Will ouviu-se implorar ao vulto arquejante na cama, como qualquer homem desesperado, não um médico, gritando para o túnel no qual Maggie parecia escorregar. — Pare! Você precisa ficar bem aqui!

Ele remexeu sua maleta em busca da ergotamina e pegou a seringa, batendo com o dedo no vidro para que o líquido translúcido chegasse à ponta da agulha. Quando se virou para a mulher silenciosa e caída sobre a cama, Maggie havia parado de arquejar, simplesmente parado. Ele tentou outra vez sentir seu pulso, mas dessa vez não havia nada. Will se levantou, a seringa derramando o líquido desnecessariamente sobre os lençóis. O tempo se distendeu de um modo impossível e seu cérebro tentava entender que não havia como voltar ao outro lado daquilo, momentos antes, quando Maggie estava viva e o bebê em suas mãos. Não havia como voltar no tempo.

Como ele a havia perdido? Como ele havia...? (Ele havia? Ou estava nela? *Estava* tudo nela?) Ninguém teria conseguido deter aquele sangramento, ele sabia disso em algum lugar do seu cérebro, pois o útero parara de funcionar e desligara o corpo. Talvez se eles estivessem num hospital, talvez se houvesse mais médicos, uma enfermeira. Um soluço subiu por sua garganta, e Will balançou a cabeça com fúria; não havia tempo para lágrimas.

Ele podia ouvir os passos de Jim Tom na escada, subindo em direção a eles. Precisava cobrir Maggie, precisava arrumar a cama. O que poderia fazer? O bebê tirou um punho fechado da coberta que o envolvia e Will viu o futuro daquela menininha e dos garotos sem a mãe deles. Viu o mais velho, aquele que cantava, levantando os olhos enquanto seu pai entrava, pesado, no quarto. Viu os jantares seguintes, os garotos e seu pai à mesa, o lugar vazio perto do fogão. Viu um dia no futuro, no verão, talvez dois anos depois, a menininha andando, os garotos e ela, todos passando por ele, o médico, na rua. Viu-os olhando fixamente para ele.

E ele saberia, apesar da solidariedade da cidade — os sussurros e os gestos de cabeça, "o doutor fez o melhor que pôde" —, que Maggie havia morrido porque ele não lera os sinais. Houve advertências e ele não as percebera rápido o bastante para salvá-la.

Will ficou parado, manchado de sangue e imobilizado em um ponto no chão, no meio do quarto, compreendendo a cena com a clareza perfeita de uma mente já exausta. Maggie havia morrido pelo fato de ele ter falhado. Ele era um Fitch, afinal. Aquele era o seu lugar na loteria, ali era a sua guerra. A mão havia mergulhado na tigela e pescado seu número. A vida de todos repousava num acontecimento central, Emma insistia. E ali estava o seu.

— Will? — chamou Jim Tom, da porta.

8.

"BOA NOITE", as pessoas exclamavam para Emma, na rua. "Boa noite", e depois "Bom dia". Durante todo aquele mês, depois do funeral de Maggie e da volta ao trabalho de Will, dia após dia todos na cidade foram muito gentis; essas eram as palavras que Emma continuava revirando na sua mente, envolvendo-se nelas como se fossem um cachecol. Certa noite, Emma estava no mercado e abaixou-se para pegar o amido de milho, e a mulher no outro corredor não a tinha visto.

— Vi o bebê — dizia Marnie Niles a Florence Cripps. Emma se virou.

— Ela é linda, não é? — respondeu Florence.

— Jim Tom parece estar dando conta.

— Aposto que Will se culpa — suspirou a Sra. Cripps.

— Bem, até mesmo os bons médicos têm seus pequenos cemitérios, Deus sabe.

Sem dizer uma palavra, Emma se virou e passou, aos empurrões, entre as duas mulheres, saindo pela porta do mercado e ignorando os chamados das duas. Caminhou pelos três quarteirões, pela rua que escurecia, para ver Will. Mas não havia luzes acesas na enfermaria e, quando ela chegou, viu um papel com a letra miúda dele, pendurado na porta. VOLTO AMANHÃ, dizia. Somente isso. Os olhos se encheram d'água, ela se virou e começou a andar a caminho de casa.

Na manhã em que Maggie morreu, ele voltara para casa e ela correra para recebê-lo, tão feliz em vê-lo que não pensou que em seu rosto cinzento pudesse haver qualquer coisa capaz de feri-la. A princípio achou que só estava exausto da longa noite na casa de Maggie, mas então se deu conta de que ele estava se segurando nela.

— O que aconteceu? — perguntou Emma, começando a sentir medo e se afastando para fitá-lo.

Ele balançou a cabeça.

— O quê? O que houve? — Ela recuou, ainda perto dele. Ele começou a chorar com o rosto em seu cabelo, e ela o abraçou, deixando suas lágrimas correrem por seu cabelo e sobre sua testa, tentando entender o que havia acontecido.

— O bebê? — sussurrou ela por fim. — Aconteceu alguma coisa com o bebê?

Ele a abraçou com mais força.

— Will?

— Não — disse ele, chorando. — Maggie.

— Maggie? — Ela não entendeu o que ele havia dito.

— Perdi Maggie.

Ela se afastou dele.

— Não estou entendendo. O que você quer dizer? — Mas seu coração batia com muita força dentro do peito.

— Maggie está morta. Eu a perdi.

— Não perdeu, não — disse ela, depressa. — Não perdeu não, Will. Não foi você. Devia haver alguma coisa errada. Não foi você.

Ele não respondeu.

— Will?

— Não consegui fazer com que ela parasse de sangrar.

Ele não pareceu notar que ela o abraçava outra vez. Emma afagou seu rosto.

— Está tudo bem — sussurrou ela. Ele fechou os olhos.

— Está tudo bem. — Ela tentou acalmá-lo. Will a escutava, e ela quase achou que ele havia adormecido quando ele se levantou e balançasse a cabeça, como se tomasse uma decisão.

— Não importa.

As mãos delas se imobilizaram no rosto dele.

— O que não importa?

Ele estendeu as mãos, tomou as dela e puxou-a, para se sentar ao seu lado.

— O que não importa? — perguntou ela outra vez.

— Nada disso.

— O que você quer dizer?

Ele ficou em silêncio.

— Responda, Will — disse ela, enérgica. — Olhe para mim.

O rosto que ele ergueu estava tomado por tanta angústia que ela quase tapou sua boca com as mãos para que ele não respondesse.

Ela entrou pela porta da frente e tirou o cachecol devagar, dobrou-o e colocou-o sobre o banco. O rádio estava ligado — Will sempre o deixava ligado —, mas era difícil distinguir as palavras. Ela tirou o chapéu e colocou-o sobre o cachecol dobrado. Por último, tirou o sobretudo, com um movimento dos ombros, e pendurou-o no cabide. Quando apareceu na entrada da sala da frente, Will ergueu a mão.

Vi pela primeira vez a multidão num abrigo subterrâneo — dizia o homem — *na grande estação de metrô de Liverpool*

Street. Era por volta das 20 horas numa noite sem ataque e, de algum modo, eu deveria ter pensado que não haveria ninguém lá embaixo naquela noite ou que, se houvesse, seriam pessoas invisíveis ou coisa assim, porque eu não estava nem um pouco preparado emocionalmente para ver, nos bancos de cada lado, como se estivessem sentadas ou deitadas num comprido bonde, as pessoas, centenas delas. E, quando entramos, elas se multiplicaram, tornando-se milhares. As pessoas levantavam os olhos conforme passávamos em nossas roupas boas e chapéus obviamente americanos. Eu tive uma terrível sensação de culpa ao andar ali — sentia-me envergonhado por olhar. Um edifício bombardeado se parece com algo que você já viu antes, é como se um furacão tivesse passado. Mas a visão de milhares de pessoas pobres e sem oportunidades deitadas em posições esquisitas, de encontro ao metal frio, com todas as suas roupas no corpo, arqueadas dentro de cobertores, luzes brilhando nos seus olhos, respirando um ar fétido, deitadas ali, debaixo da terra, como coelhos, sem brigar, sem nem mesmo se irritar, apenas impotentes, açoitadas, esperando, sem forças...

— Está ouvindo? — perguntou Will, da porta.

— O quê? — Emma olhou para ele e em seguida, fatigada, para o rádio.

Obrigado, Sr. Pyle, disse o rádio. *Encerramos a transmissão de Londres.*

— Está ouvindo o que ele diz? E como é? Cada vez pior. Eles precisam da nossa ajuda. Médicos estão em falta.

E em Washington hoje pela manhã... Uma voz prática entrou rapidamente na sala.

Will se adiantou e desligou o rádio.

— Tenho de ir.

— Ir? — perguntou ela, arrebatada. — Ir aonde?

— Londres — disse ele, como se fosse a coisa mais simples do mundo.

— Will — disse ela com a voz suave; com medo de falar mais alto, com medo de pronunciar aquilo com mais intensidade. — Você é o médico. Não pode ir.

— Há Lowenstein.

— Ele está aposentado.

— Ele é um bom médico. — Will empinou o queixo. — Nunca cometeu erros.

— Ah. — Ela percebeu o que ele fazia, sua matemática melancólica. — Você em troca de Maggie.

Ele balançou a cabeça, agitado.

— Foi você mesma quem disse, no mês passado, que deveríamos fazer algo, lembra-se, a respeito do menino?

— Do menino? — Ela fechou os olhos. A ansiedade dele brilhava como uma febre. — Que menino?

— Que perdeu a mãe, o menino que a mulher do rádio levou para casa. Ele estava completamente sozinho. E você se lembra, você disse isso, meu bem. Tudo está acontecendo lá, nesse exato momento. O menino pode estar andando a esmo...

— Pare! — gemeu ela, abrindo os olhos, muito triste. O perigo nunca estivera no sorteio militar, mas em Will. No próprio Will.

— Meu bem, há pessoas precisando de ajuda, precisando de mais um par de mãos, e eu posso levá-los. É isso. É o que você dizia, mas não em voz alta. Quando sabemos que há pessoas necessitadas, nesse instante em que respiramos, não podemos afastar os olhos. Não é abstrato, temos de ir. Isso é a humanidade, no que tudo se baseia. Os seres humanos não desviam os olhos.

Ela fitou-o. O quão pouco o conhecia, o quão pouco o conhecia afinal.

— Não importa como você queira colocar as coisas, Will, você não precisa ir. Não precisa provar coisa alguma. O que aconteceu não foi culpa sua — insistiu ela — E o que está fazendo não tem sentido.

— Sentido? — Ele se levantou num salto. — É a única coisa que tem alguma merda de sentido. O que aconteceu com Maggie *foi* prova.

— Prova de quê?

Ele não respondeu.

— Que prova, Will? — Ela mal conseguia respirar. — Prova de quê?

O fantasma do pai dele — não, nem sequer o fantasma, mas o pai dele — estava ali quase que em carne e osso, jogado numa das cadeiras da cozinha, com seu cabelo branco cuidadosamente penteado e coberto com brilhantina, fedendo a gim. Completamente inofensivo, exceto para sua família.

Will não respondeu. Seu pai levantou os olhos para ele e abriu o sorriso vago e familiar. Derrotado.

— Papai era dono do banco da cidade e o perdeu. — Ele parou e balançou a cabeça. — Pior do que isso. Quando o perdeu, quando todos os bancos faliram em 1932, ele fechou as portas e se trancou longe da cidade, por três dias. Por três dias ele ficou sentado, sem dizer nada. Não chegava nem mesmo à janela. E Sr. Cripps, Frank Niles, Lars Black, e todos os homens que você conheceu, batiam à porta. Dia após dia. Na manhã do quarto dia, Harry Vale e alguns outros trouxeram da praia o mastro de um barquinho e arrombaram a porta do banco.

Ele nunca havia contado a ela essa parte.

— Papai estava sentado lá dentro, com uma baioneta alemã da Grande Guerra sobre os joelhos, gritando. — Will resfolegou. — Como algum tipo de herói do Álamo, ou alguma ideia estúpida que ele tivesse sobre seus deveres. De proteger...

— O que aconteceu? — perguntou ela, num sussurro.

— Absolutamente nada. Ele largou a arma, saiu do banco e foi para casa, para junto da minha mãe.

Emma esperava, tão nervosa que não conseguia falar.

— Ele continuou, como algum personagem cuja parte num livro acabou. Durante anos, parecia um empregado, com o cabelo cuidadosamente penteado para trás, de calças cáqui e camisa. Deveria ter morrido, naquele instante, naquele momento de desafio. Teria sido melhor para minha mãe e para mim, que ficamos esperando com ele.

— Esperando o quê? — Emma estava incrédula.

— A *vida* — gritou Will. — Quando ela deveria ter acabado, deveria ter terminado... — Will estalou os dedos.

Emma recuou.

— Você pretende morrer lá — disse ela. — É isso?

— Que coisa estranha de se dizer.

— Estou tentando entender o que você pretende fazer — disse ela, desamparada.

— Pretendo ajudar.

— Você está fugindo — acusou ela. — Está fugindo.

Ele se imobilizou.

— É o que você pensa?

— É.

Ele assentiu, apoiou-se na porta da cozinha e a atravessou. Emma ficou parada no centro da cozinha, vendo a porta oscilar até se fechar completamente. Que se matem, que cortem as gargantas uns dos outros — por que deveríamos ajudar? Por que as vidas das outras pessoas deveriam importar mais do que as nossas? Por que a Europa deveria levá-lo e privar sua própria cidade? Ou a ela? Por que ela, que já havia dado o suficiente, que já havia sofrido, deveria oferecer ainda mais?

Um grito monótono surgiu entre as casas e ela virou a cabeça na direção da janela sobre a pia. Seria uma criança? Escutou. Mais uma vez, uma criança lutando contra o sono, talvez numa das casas próximas. Ela fechou seu cardigã. Um segundo grito veio, muito mais perto dessa vez. Então ela viu o corpo branco atravessar a janela, lançando-se no ar, com o bico afiado aberto e gritando enquanto planava no céu. Uma gaivota, era o grito de uma ave. Ela estremeceu enquanto o ponto branco desaparecia no cinza, sentindo-se desconfortável por ter sido enganada.

Caminhou através da porta da cozinha e pelo corredor. Ele estava sentado no escuro, na sala da frente, apoiado nas almofadas de sua mãe.

— Will?

— Seis meses — sussurrou ele. — Estarei de volta no verão.

Ela olhou para ele por um longo tempo antes que seus lábios se abrissem para responder. O que ela poderia dizer? O que iria detê-lo? Ele já havia partido.

— Está bem — disse ela, devagar e em voz baixa.

Três semanas depois, ele recebera uma resposta do City Hospital, em Londres. Estavam encantados por contar com a ajuda dele. Seis semanas depois, ele tinha passagens e documentos. No fim, havia muito pouco a levar. E, quando a última manhã chegou, Will estendeu a mão e tocou a maçaneta da porta da frente, abrindo-a como se fosse um dia qualquer. O sol frio do inverno varreu o hall. Emma agarrou a bolsa junto ao peito e saiu, passando por ele.

— Espere — disse ele, e puxou-a outra vez para dentro. — Beije-me aqui dentro.

Ela ergueu os olhos para ele. Sua atenção estava voltada para a sala de estar, como se ele quisesse envolver tudo com um cobertor e jogar por cima do ombro, levar consigo. Ela colocou as mãos em seu sobretudo e fechou os olhos enquanto suas mãos buscavam a solidez dos seus braços dentro das mangas. — Até logo — sussurrou ele. Ela segurou seus braços e, em seguida, chegou ainda mais perto, passando os braços em torno do seu pescoço e abraçou-o com muita força. *Deus* — a palavra se deslocava em sua cabeça, a garganta apertada demais para pronunciá-la — *Deus. Deus. Deus. Deus. Olhe para baixo.*

— Prove isso para mim, Will — disse ela, dentro do casaco dele.

— Provar o quê?

— Prove para mim que as pessoas sobrevivem.

— Você verá — disse ele, dentro dos seus cabelos, e a soltou.

Saíram de casa. No alto, as gaivotas mergulhavam no dia frio e azul. Emma se aconchegou debaixo do braço de Will. A mão livre dele repousava no cinto do casaco dela, e ele a alcançou com a outra; davam as mãos e se moviam como se estivessem patinando. Ele não a olhava, mas ela sentia seu quadril ao encontro do dela enquanto ele a conduzia pela Yarrow Road.

Ela queria empurrar tudo para longe; que não houvesse tempo, que não houvesse cidade, que não houvesse nada além das suas mãos e do ritmo da sua caminhada. O céu parecia arquear e se afastar, curvando-se como um gato. Era uma manhã amena, como acontecia às vezes, como se maio houvesse deslizado em silêncio para aquele dia de janeiro. Não ventava. Eles continuaram caminhando e, sob o silencioso céu matinal, ela imaginou ser capaz de esticar o tempo como se fosse uma goma, distendendo-o cada vez mais entre suas mãos até o ponto mais fino ter sido alcançado, o ponto exatamente antes da ruptura, onde ela poderia viver. Um ponto no centro do tempo, sem ter de olhar para a frente ou para trás. Unidos dessa forma, sem falar, caminhando sem um fim discernível, ela quase podia crer que eles andavam sobre o tempo.

A rua continuou vazia por todo o caminho até a cidade. Não havia ninguém para dizer adeus. O ônibus estava parado, com o motor ligado, diante da agência dos correios. Flores estava tendo alguma dificuldade com a porta do compartimento de bagagens e houve um pequeno atraso enquanto ele e Will forçavam o trinco. Então, de repente, o último beijo veio, e Will se foi.

Inverno

1941

9.

ALGUÉM QUE você via diariamente, e no dia seguinte não estava lá. Foi a única maneira que Frankie encontrara para falar da Blitz. O policial baixinho na esquina, o homem do mercado, cego de um olho, as pessoas com as quais caminhava para ir ao trabalho — nas lojas, no ônibus —, as pessoas que você não conhecia mas que faziam a mesma rota, que participavam anonimamente da sua vida. Edifícios, jardins, a silhueta das construções contra o céu: seria possível descrever a ausência dessas coisas. Mas, para o desaparecimento de um homem, de um menino ou da mulher que costumava esperar o ônibus no mesmo horário que ela, Frankie encontrara poucas palavras. *Antes eles estavam lá, e eu os via.*

Fazer uma reportagem significava reunir os detalhes — o calor de um dia, a bainha puída da saia de uma mulher —, como pedrinhas numa praia, jogadas para serem apanhadas e arrumadas numa história. Ela viera até a Europa e anotara detalhe após detalhe, para Ed Murrow e para si mesma. As pilhas de vidro como neve, as bombas chovendo, o céu preto com bombardeiros do tamanho de um quarteirão, a impaciência sobressaltada das pessoas nos abrigos, aguardando até que tudo acabasse ou até não aguentar mais, *não conseguir aguentar, está ouvindo?* E então se levantavam e saíam para a rua no meio de tudo — impacientes para que a noite acabasse, para que as bombas terminassem — e eram mortos, furiosos para que o fim chegasse e os encontrasse.

E ela acreditara que os frangalhos de vida compunham uma forma de viver. Mas ela não existia na manhã depois que ela deixou o menino, Billy, em sua casa, e empurrou sua própria porta, trazendo o cheiro intenso de gás e de cinzas imediatamente. E enquanto sua mente via o céu azul nos fundos da casa, arrancados da frente pela força das bombas, de modo preciso, ela havia subido correndo a escada, embora o céu se estendesse pela extremidade arrancada do hall. Os fundos do apartamento haviam simplesmente desaparecido, enquanto a frente continuava igual; o abajur sobre a mesa, os ganchos diante da porta, de onde pendia o casaco de Harriet e o de Dowell. Era irreal. Não havia uma forma. Nos primeiros segundos, ela ficou parada à porta, olhando para o casaco de Harriet, vendo que já não havia o quarto à esquerda enquanto que, à direita, a luz da manhã se estendia até as janelas sem vidro do quarto da frente. Ela viu que havia uma carta do primo de Harriet, da Polônia, aguardando pacientemente por Harriet, junto à porta de entrada, tranquilamente apoiada na parede.

— Harriet? — chamou ela, com sua voz apavorada presa na garganta.

Não havia uma forma de viver para detalhes como aquele. Era uma mentira do romancista.

E, no entanto — ela pensou, a caminho da rádio — a história que obcecava Harriet, sobre os judeus, estava tomando forma, tornando-se nítida e horrível. No quarto que alugara depois que Harriet foi morta, Frankie levou adiante o hábito da amiga de produzir histórias devotadas aos judeus na Europa. Uma louca colcha de retalhos de papel se estendia na ampla parede diante de sua mesa improvisada: presas com tachas, sem qualquer ordem particular, estavam notícias, cartas dos primos poloneses de Harriet, anúncios manuscritos que ela encontrara nos parques e nas laterais dos edifícios, como: *Jens Steinbach, você está aqui?* — esse estava manuscrito em alemão e em inglês.

A essa altura, os judeus alsacianos enviados à zona não ocupada haviam se juntado aos alemães, empurrados através da fronteira para se unir às multidões de judeus enviados da Áustria, de Danzig e da Tchecoslováquia. Todos eram reunidos no sul da França e os homens eram enviados a campos em Le Vernet ou Les Milles; as mulheres e crianças, a Gurs. A falta de comida, roupas, abrigo e suprimentos médicos significava que a corrida daquelas pessoas, fugindo para outras nações, tornara-se uma corrida contra a morte.

No mês anterior, Vichy dera a entender que libertaria milhares de pessoas dos campos, desde que pudessem provar que outros países iriam admiti-los. Pedia aos Estados Unidos que concedessem asilo em especial aos "judeus obrigados a deixar Luxemburgo, Bélgica e Alemanha". Mas o secretário de Estado, Cordell Hull, recusou, afirmando que os "princípios básicos" do Comitê Intergovernamental para os Refugiados não poderiam ser vistos em favor de uma raça, nacionalidade ou religião. Os judeus estavam sendo exilados porque eram judeus, e lhes negavam asilo pelo mesmo motivo.

Esses erros burocráticos, Harriet havia escrito, são seres humanos reféns de pedaços de papel e metidos em campos como Gurs, com sessenta pessoas num quarto. *Enviem comida, roupas, roupas de baixo e remédios*, eram as palavras que vinham do campo, via telégrafo, em busca de parentes que haviam escapado. *Enviem comida, roupas, roupas de baixo. Digam à minha irmã. Digam ao meu primo.* Pedaços de papel eram colocados nas mãos dos visitantes enquanto eles saíam daquele lugar, onde dez mil mulheres aguardavam notícias. Dez mil pedaços de papel.

"O Departamento de Imigração não recusa vistos", Kirchway, amiga de Frankie, havia escrito em *The Nation*, "apenas cria uma série de obstáculos".

Havia uma professora em Farmington, onde Frankie fora à escola, que mastigava sua comida tão devagar a ponto de Frankie achar que perderia a cabeça entre dois bocados, sentada diante da mesa redonda, os garfos à esquerda, as facas à direita e as garotas em círculo, paradas, toda a conversa mais lenta, no ritmo da professora que mastigava e pensava e mastigava. E, certa noite, Frankie simplesmente se inclinou para trás em sua cadeira, abriu a boca e gritou.

Du calme — Frankie ouviu a voz de sua mãe na cabeça —, *du calme*.

Mas era quase impossível desviar os olhos do que estava acontecendo na Europa. Os judeus estavam num pogrom permanente e interminável. E o hábito patrício de desviar as paixões intensas ou certas percepções para águas mais calmas, a fim de refleti-las e avaliá-las, fazia parte da geração da mãe dela. Ótimo para a Sra. Dalloway, impossível para a Sra. Woolf. Um escritor, um escritor de verdade, de posse de uma história, rumava direto para as corredeiras, com os olhos na água, remando rápido para chegar ao centro, de modo a ver o mais perto possível. Para enxergar dessa forma, era preciso considerar a existência da crueldade simples e brutal. Os alemães estavam, na verdade, reunindo os judeus nos campos e nos guetos e simplesmente os *deixando morrer*. Se Frankie pudesse contar essa história, se pudesse contá-la tão bem quanto Murrow contava a história da Blitz, poderia levar os judeus e sua situação difícil às primeiras páginas, poderia trazer à tona o que estava sendo enterrado nos detalhes, o que podia ser dispensado como aleatório e não intencional à luz da narrativa.

— Não gosto do que aconteceu com sua voz, Frankie, querida — disse sua mãe ao telefone na semana passada. — Você parece... — Houve um longo assobio na linha, o vasto silêncio do mar entre ela e a mãe.

— O quê, mãe?

— Desesperada.

— É a verdade.

— Venha para casa, meu bem — disse sua mãe, por fim.

— Venha para casa descansar.

A lua estava vermelha naquela noite, colorida pelos fogos refletidos no Tâmisa congelado. Embora a essa altura ela estivesse acostumada a observar tais detalhes, a descrição quase não parecia suficiente. Tudo que venho fazendo — Frankie por pouco não subiu correndo a escada até Murrow — é pintar vívidas fotografias com palavras, fotografias da Blitz. Enquanto a história de Harriet cresce.

Ela parou na porta aberta do escritório de Murrow.

— Frankie. — Ele se levantou e deu a volta na mesa, vindo na direção dela e fazendo um gesto para que ela se sentasse. Ela o cumprimentou com um sorriso e afundou-se na cadeira. Havia uma edição do *New York Times*, de duas semanas antes, dobrada ao lado de seu sanduíche, sobre a mesa. Um cigarro queimava no cinzeiro diante dele. Ela pegou um cigarro e ele estendeu a mão com o isqueiro. Ela se curvou para a frente e agradeceu com um gesto de cabeça, soltando a fumaça.

— Mande-me para a França, Sr. Murrow. Por favor.

Ele fechou o isqueiro e recolocou-o no bolso.

Ela mantinha uma urgência agitada, mas, sabendo como devia ser sua aparência para seu chefe, exausta e excitável, apontou com o queixo o jornal sobre a mesa.

— Alguma novidade?

Murrow olhou para ela com calma.

— Como vai, Frankie?

— Tudo bem. — Ela olhou para ele e apontou para o *Times*. — Houve somente uma história sobre a situação dos refugiados judeus na França capaz de chegar à primeira página desse jornal. E foi sobre a resposta do secretário Hull aos franceses. Tudo que Harriet escreveu ficou enterrado nas páginas internas. Por que as histórias não ganham mais destaque? Por que eles não conseguem ver?

— Ver o quê, Frankie?

— Começando pela Espanha — ela acertou o tom de sua voz —, os anos de guerra na Europa destruíram a fronteira entre o campo de batalha e o lar, avançando pelas cidades, fazendo as pessoas fugirem de suas casas, da Espanha à França. Acrescente a isso os judeus enviados pelos nazistas e terá uma maré humana varrendo a Europa e, então, presa no sul da França, esperando parados, de costas para o mar.

— Continue.

— Refugiados numa guerra é uma história que todos conhecemos. Mas quem está realmente nesses campos e por quê? Por que estão lá? Fizeram algo? Ouvi pessoas falarem como se houvesse um motivo real. Pessoas comuns acabam não prestando atenção porque não pode ser verdade que indivíduos sejam simplesmente reunidos e que lhes deem vinte minutos para se aprontar e deixar suas vidas, sem levar dinheiro algum, só para enfrentar uma burocracia que insiste nos papéis, no dinheiro e nas coisas em seus lugares. "Não pode ser verdade", pensa o mundo civilizado, "por que isso seria uma *loucura*".

Sua voz tremia. Ela enfiou as mãos nos bolsos e se inclinou para a frente.

— E se as pessoas pudessem ouvir as vozes deles? Podíamos tornar reais os refugiados. Conseguiríamos as histórias das pessoas presas... — sua garganta se fechou. — Droga. — Ela sorriu para afastar as lágrimas que brotavam em seus olhos.

— Está tudo bem — disse ele.

— Tudo bem? — Ela empurrou o lenço que ele lhe oferecia e enxugou os olhos com a ponta dos dedos. — Tudo bem? — repetiu, quase rindo, e então se entregou e cobriu o rosto com as mãos.

— É difícil — repetiu Murrow, com a voz mais baixa.

— Quero continuar o que Harriet começou, contar essa história, contar tudo.

Ele assentiu.

— Para quê?

"Para que a gente levante a bunda da cadeira", ela não disse.

— O que estamos fazendo, Ed? O que as pessoas estão fazendo, por Deus?

— Vivendo suas vidas.

— *Como* podem estar?

Ele não respondeu e ela sabia que tinha acabado de entrar num barco que se afastava da costa.

— Naquela primeira semana, você se lembra, Ed? Lembra-se de todas aquelas pessoas, milhares delas, no East End com suas malas, em fila, esperando que os ônibus viessem levá-las da South Hallsville School para outras partes da cidade, para a segurança.

Ed assentiu.

— Bombardeados para fora de suas casas, eles receberam a promessa de ser transportados e lhes disseram que ficassem ali até os ônibus virem. E eles ficaram. E a metade foi morta até a terceira noite, porque os ônibus nunca vieram; os que sobreviveram à primeira noite morreram na terceira, porque os ônibus nunca vieram...

— Tudo bem, Frankie.

Ela se levantou.

— O que quero dizer, Ed, é que as pessoas são bombardeadas para fora de suas casa mas está claro que a maioria das pessoas nos campos de detenção estão ali *porque* são judeus. Mesmo que o noticiário insista que há muitas nacionalidades, os refugiados são judeus. É deliberado! Eles foram deportados e reunidos. Qual é o plano? Existe um plano? Isso é tudo que Harriet estava procurando. Não queremos saber? Não deveríamos descobrir?

Ele não respondeu.

— Quero uma história que abra a ideia de que a situação dos judeus é apenas a face comum da guerra...

— Qualquer que seja ela — respondeu Murrow, áspero.

— Muito bem — concordou Frankie. — Mas isso não é uma casualidade. É anormal, é um *pogrom*.

— Continue — disse ele, depois de um breve instante.

— Deixe-me ir até lá... Deixe-me gravar as vozes deles, como o "Children Calling Home" da BBC. Poderíamos chamar de *Vozes da Europa,* ou algo parecido. Uma transmissão de pessoas comuns, tão reais quanto os ouvintes. A voz da guerra, pessoas nos campos de detenção tentando deixar a guerra, tão verdadeiras quanto as bombas. Não foi sempre essa a nossa história?

— Em inglês? — Murrow estava cético. — Como você fará com os idiomas?

— Seja lá qual for o que eles falam... estão falando. *Eles* estão vivos. E são reais, talvez ainda *mais* se estiverem falando em outro idioma. E todos os dias de 15 a 25 mais deles morrem, em lugares como Gurs.

Ela esperou. Nós não criamos uma ideia, Murrow lhe havia dito, num sermão, assim que ela chegou; apenas dizemos o que há para ser dito. Nosso trabalho não é persuadir, e sem fornecer notícias honestas, de uma pessoa a outra. E quando não há notícias, bem, é só dizer. Notícias não precisam de uma atmosfera — embora houvesse prateleiras de discos na Estação Radiodifusora que costumavam ser usados exatamente para isso, com sons de grilos e pássaros cantando, o Big Ben soando, e quase sessenta trilhas dedicadas a alarme falso, desde vozes alegres a ruídos de xícaras de chá. O noticiário da guerra era ao vivo, misturando as vozes dos locutores, o progresso das bombas captados por um microfone no telhado e a conversa entre os locutores no momento exato da Blitz. O mundo podia ouvir a guerra como se estivéssemos todos na linha de fogo.

Murrow balançou a cabeça.

— É disperso demais, falta foco, sobretudo se as vozes não forem traduzidas. Serão apenas sons, vozes sem uma história. As pessoas precisam saber o que estão ouvindo e por que estão lhes pedindo que ouçam.

— Ou não entenderão?

— Não ouvirão — disse, impaciente. — Você tem de apontar, Frankie. Tem de focalizar a atenção das pessoas naquilo que quer que elas escutem.

— Mas...

— Não é notícia. — Murrow tinha acabado. — E eu preciso de você aqui.

Ela olhou para ele, inexpressiva, e se levantou.

— Tudo bem, chefe.

— Você entra no ar em minutos — disse o engenheiro, quando ela emergiu do escritório de Murrow.

— E eu não sei disso? — Ela fez um gesto com a mão, controlando-se até entrar no banheiro feminino, onde finalmente cedeu, em grandes soluços sufocados, com a testa apoiada nos azulejos frios. E, quando já havia posto tudo para fora, afastou-se da parede e abriu a torneira, inclinando o rosto sobre as mãos em concha e encharcando-o na água.

Há muitas notícias positivas, ela começou, alguns minutos mais tarde, fechando os olhos ao microfone, à luz e a Tom, o engenheiro de som, sentado atrás do vidro diante dela. E imaginou sua mãe, como sempre fazia, com o ouvido voltado para ela.

Há muitas notícias positivas sobre a Europa chegando até nós. Só se passaram poucas semanas desde que o Sr. Laveleye propôs o sinal do V de vitória para unir os povos ocupados da Bélgica, da França e da Holanda, e temos notícias de que o símbolo apareceu, pelo visto, em toda parte. Escrito com giz nas paredes dos celeiros, nas calçadas das ruas, nas laterais dos caminhões que passam pelas cidades, o V resiste. Quando é apagado, reaparece horas depois. Como um dedo fantasma, apontando. O sinal, sempre o mesmo, repetido infinitamente, deve lembrar a um soldado alemão ocupando posição que ele está cercado. E as paredes falam: "estamos observando, estamos esperando vocês caírem." Por toda a Europa, o V silencioso e invisível proclama as vozes que não podem falar, declara a presença das pessoas sob tudo aquilo.

Frankie parou por um momento infinitesimal, o pulso do silêncio que carregava melhor as palavras.

Ontem à noite eu me vi, mais uma vez, deitada de bruços, na calçada, por proteção, depois de escapar por pouco. Nada havia sido atingido nos arredores, mas o som fora ensurdecedor, e há sempre três ou quatro segundos depois de uma bomba nos quais você treme demais para ficar em pé. Depois de um breve momento, eu me levantei com esforço, ficando primeiro de joelhos, e depois, devagar, em pé. Do outro lado da rua, dois meninos, com uns 10 anos, também tinham se levantado e estavam ocupados tentando fazer com que seu cavalo assustado voltasse para o lugar, na frente de sua carroça de entregas. "Vamos", eles tentavam atraí-lo, chorando, enxugando as lágrimas nas mangas. "Vamos", os meninos lhe davam tapinhas e murmuravam, embora não conseguissem conter os próprios soluços. E devagar, muito devagar, o animal se acalmou e ficou parado. Fungando, os meninos subiram na carroça, estalaram as línguas e puxaram as rédeas, e saíram mais uma vez rua afora.

Iris havia parado em frente ao rádio, na estante na sala de triagem da agência dos correios e acima de uma chapa e da chaleira.

Esperando e observando. Chorar em suas mangas — esses não são os traços dos heróis, nem de Ulisses, nem de Eneas e nem de Jasão. Pensem, antes, em Penélope. Pensem em todas as mulheres, ao longo dos anos, que observaram e esperaram, mas que, como os meninos com seu cavalo, choraram e se ergueram e seguiram em frente, e vocês terão uma pequena noção, então, dos heróis aqui. Os ocupados, os bombardeados e os muito, muito corajosos. Aqui é Frankie Bard, de Londres. Boa noite.

Iris estendeu a mão para o botão e girou-o devagar para a esquerda. Ela não gostava da voz daquela mulher, não gostava daquela impressão, que sempre parecia presente, de que ela detinha a verdade e de que era melhor que as outras pessoas dessem uma boa olhada à sua volta. Ainda assim — Iris se afastou do rádio e cruzou os braços — tinha certeza de que a mulher acabara de redefinir a natureza de um herói. Ela ficou estudando a caixa-preta. Sim, tinha certeza de que era o que a Srta. Frankie Bard havia feito.

10.

HARRY VALE estava sentado no alto da prefeitura em busca de alemães. Era uma noite clara e fresca. O mastro da bandeira na agência dos correios dividia o porto de Franklin ao meio, apontando como a agulha de uma bússola para o norte, e ainda o deixava nervoso como o diabo. As janelas do sótão ofereciam essa vista desobstruída do porto numa das extremidades e, na outra, abriam-se para o ermo das dunas e para o mar. Em frente, depois da ondulação de Land's End, os borrões escuros dos barcos oscilavam para cima e para baixo no azul.

Ele não dava a mínima para o que Roosevelt dissera sobre rapazes americanos não lutarem em guerras estrangeiras: o fato de haver 60 quilômetros de costa desprotegida, dali até Nauset, fazia com que Harry se sentisse desprotegido como uma menina. E quanto mais a Blitz continuava, na Europa, menos Harry conseguia se livrar de um pressentimento crescente de que os alemães estavam atraindo as atenções para Londres enquanto outra coisa se aproximava na escuridão. Tinha passado várias noites caminhando, para um lado e para outro, no penhasco acima da cidade, depois de deixar Iris, de pé, olhando para o mar.

Supunha que se os alemães os atacassem aportariam na costa, tomando Franklin primeiro, e então varreriam Cape até chegar a Boston. E os alemães ultrapassariam a todos eles em habilidade, como sonâmbulos, até mesmo os rapazes que seriam convocados — sobretudo esses, ele corrigiu —, como J. Johnny Cripps e o restante, sentados em fileiras nos bancos dispostos em frente à prefeitura, implicando:

— Já viu algum alemão, Sr. Vale? — Suas risonhas perguntas frívolas e persistentes como mosquitos.

— Hoje não. — Ele abriria um sorriso e passaria pelo grupo. A Guarda Costeira não era melhor. Garotos, mais uma vez. Nenhum entre eles pensava realmente que um alemão pudesse chegar perto o bastante para ser visto, embora houvessem ido até lá em 1918, em um submarino que emergiu à superfície diante de Nauset. Mas não dessa vez, os garotos se jactavam. Não em 1941.

— Posso ver tudo com tanta clareza — disse ele a Iris certa noite.

— Harry... — protestou ela.

— Eles estão vindo — suspirou ele. — Mas não sei dizer quando.

Por fim, Harry não conseguiu pensar em mais nada além de subir até ali, na hora do almoço, e sentar-se com seus binóculos, de frente para o mar. Não esperava ver algo, mas aquilo certamente fazia com que se sentisse melhor.

No primeiro dia, manteve seus binóculos nivelados com as águas calmas com um sanduíche desembrulhado na mão. Ficou ali por algumas horas, observando, depois retornou à oficina.

No dia seguinte, ele subiu novamente os degraus da prefeitura. E, depois, mais uma vez. Então passou a ficar lá em cima todos os dias, a partir das 16 horas — ninguém precisava mesmo de gasolina! Ele observava o horizonte vazio diante dele, certo de duas coisas: ele era um idiota e ele teria razão. Mais cedo ou mais tarde, os submarinos atacariam. Ele esperava como um homem que sacode uma isca para o bacalhau, tendo a linha espessa e frouxa nas mãos, os olhos virados para o lado; relaxado, mas com cada músculo do corpo pronto para atacar.

Embaixo, do outro lado do parque, Iris apareceu na entrada da agência dos correios com um esfregão molhado. Ela torceu a ponta sobre a balaustrada, em três rápidos movimentos. Seu cabelo ruivo balançava para a frente e para trás enquanto ela fazia isso, brilhando e reluzindo sobre o azul-marinho simples da sua blusa.

Ela sacudiu o esfregão com força, no fim, e desapareceu outra vez no pórtico de entrada e através das portas. No ar, em torno da porta pela qual ela desaparecera, havia uma quietude, como a de algo que tivesse provocado uma repercussão inesperada, e Harry se viu olhando fixamente, para ver se ela voltaria. Um Ford desceu vagaroso, com seu motor indolente, a Front Street. Alguém gritou. Mas na agência dos correios nada acontecia.

Harry abaixou os binóculos até o peito, dando-se conta subitamente de que estivera prendendo a respiração.

No fim do dia, Iris baixava a persiana de metal na janela do saguão e apagava a luz aos fundos, atravessando o piso de madeira gasto do saguão à luz da rua em frente. Todas as noites ela colocava a mão na porta, preparando-se para encontrar a entrada vazia, o que certamente aconteceria, não? Ela colocou a mão na porta e a puxou. E ali estava Harry, como sempre, esperando-a.

— Olá. — Ela inspirou, satisfeita.

Ele se levantou.

— Escute — disse ela, fechando a porta da agência dos correios —, tenho uma boa notícia para você.

— Mande. — Ele sorriu.

— Você ficará feliz em saber. — Ela arqueou as sobrancelhas. — O inspetor da agência dos correios está analisando seriamente a questão do mastro da bandeira.

— Isso me deixa mesmo feliz! — falou ele, irônico.

— Vamos lá... — Ela tentou alegrá-lo, seguindo-o escada abaixo. — É um começo.

— Você está certa.

Ela parou onde estava, no meio da descida.

— Harry — disse —, eu pedi por você.

Ele então se virou.

— Obrigado, Iris.

Ela o estudou, para ter certeza, mas não havia traços de ironia em seu rosto.

— Obrigado — repetiu ele. — Talvez eles vejam que faz sentido.

Ele estendeu a mão.

Os dois se puseram rapidamente a caminho pela rua vazia. Era uma típica noite de quarta-feira e, por todo o trajeto, seus vizinhos estavam metidos ao redor de mesas, ou descansando com os pés para cima. Embora ainda fosse o final de fevereiro, havia pêssegos enlatados em tigelas, mantendo o dourado do verão passado, com a calda doce deslizando pelos pedaços redondos. Count Basie começaria a tocar em breve. Havia lenha empilhada no local de reserva. As folhas chacoalhavam nas árvores do caminho, e a tranca dos portões se abriam e se fechavam com um estalo. Iris estava contente por ter decidido colocar um cachecol. Caminharam juntos, em silêncio, as mãos nos bolsos do sobretudo.

Enquanto subiam a Yarrow Road, saindo da cidade, Harry pegou a lanterna e a acendeu, dirigindo o facho de luz para o caminho diante deles. A luz capturou o capim congelado e prateado e a areia que se estendia em almofadas e vales, por toda a extensão até o penhasco, onde se via o teto da casa dos Fitch. Do leste, um vento fraco soprava, vindo da faixa escura do mar.

— Ouça. — Harry pigarreou.

Ela olhou para ele.

— Gostaria de entrar, essa noite.

— Claro — disse ela, com o coração aos pulos.

— E ficar.

Ela o fitou por um momento, e sorriu.

— Claro — disse, outra vez.

Quando chegaram ao seu chalé, Iris simplesmente entrou e ficou parada no centro da sala. Harry pôs as mãos em seus braços e a guiou até a cadeira, onde fez com que se sentasse. Iris ergueu os olhos para ele.

Ele se inclinou para a frente e tocou sua face. Iris fechou os olhos e sentiu os lábios dele roçando os seus e se afastando. Quando ela abriu os olhos, Harry estava diante dela, o rosto muito próximo, estudando-a. Iris sorriu e fechou os olhos novamente, sentindo aqueles lábios regressarem, dessa vez com mais firmeza e a intenção de ficar. Ela inclinou a cabeça para trás, apoiando-a na parede, e Harry aumentou a pressão, sua boca quente brincando com os lábios de Iris, até que ela abriu sua boca com um arquejo; os lábios dele saíram dali, viajando e beijando seu pescoço, seu queixo e outra vez sua boca. Iris não abria os olhos, acompanhando os gestos em sua mente.

Harry puxou-a da cadeira.

— Vamos nos deitar.

Ele se levantou e levou-a com muita delicadeza até o quarto, e, ainda com a mão dela na sua, mantendo-a perto de si, estendeu o braço e acendeu o abajur sobre a cômoda. Em seguida se sentou na beirada da cama e puxou-a, para que se sentasse ao seu lado. Ficaram ali por um momento. Então ele se inclinou para a frente, desamarrou a bota direita e a tirou, depois a bota esquerda. Depois as meias, que colocou sobre as botas. Ela estava sentada ao seu lado e ali estava ele, descalço, na cama, ao lado dela. Virou-se e olhou para Iris.

— O que eu faço? — perguntou ela.

— Eu gostaria de vê-la — respondeu ele.

Devagar, ela tirou o cardigã e começou a desabotoar a blusa, sentada, muito reta, ao lado dele. Ele estendeu o braço e tocou o triângulo de pele nua acima do sutiã. O coração dela saltou de encontro à mão dele. Deitaram-se lentamente e ele voltou a beijá-la, com suas mãos deslizando pelo corpo dela, subindo pela saia e descendo por suas pernas, tocando devagar sobre seus seios cobertos de algodão e afagando-a. Ela estendeu a mão para terminar de desabotoar a blusa, para que a boca dele pudesse encontrá-la. Queria a pele e o calor suave daquele homem contra ela, queria que aquela boca a escalasse e vagasse pelo seu corpo. E aquela boca se moveu sobre ela, por todo o seu corpo, como se fosse sua propriedade; ocupava-a e caminhava sobre ela como se a conhecesse e soubesse, desde sempre, onde ela se escondia. Ela fechou os olhos e sentiu como era ser abraçada e tocada e, depois de algum tempo, empurrou-o delicadamente e se pôs de pé junto à cama. Abriu o fecho do sutiã e jogou-o no chão, desabotoou a saia e a despiu, puxou a calcinha para baixo, enrolando as meias até os tornozelos. Ele se levantou, desafivelou o cinto e tirou suas roupas; então eles estavam de volta à cama e ela podia senti-lo cutucando-a, e estendeu a mão para guiá-lo para dentro dela.

— Oh — disse ela, e ele parou. O rasgão fora rápido e abrupto, mas o espesso calor dele pulsava dentro dela.

— Está tudo bem — disse ela diante do rosto dele e, com um leve gemido, ele empurrou um pouco mais. Ela fechou os olhos, sentindo tudo, sentindo-o entrar um pouco mais, e depois um pouco mais, e finalmente entrar por completo. E a surpresa de tê-lo dentro de si, tão apertado, inteiro. Ela se sentia ao redor dele, segurando-o. E, então, ele começou a se mover, dentro *dela*.

Quase dormindo, naquela noite, Harry colocou a mão, pesada e quente, no ponto entre os seios de Iris, sobre o osso. E ela sorriu. O peso, o toque tão dele entre seus seios ficou ali, mantendo-a na cama, naquele lugar. Nunca lhe ocorrera que ela estava procurando por um elo. Sempre pensou que era ela quem apressava as coisas, quem colocava tudo em movimento, mas ali estava ela, pela primeira vez, entregue.

11.

UMA NEVE bela, como em um sonho, começara a cair, como se o céu não estivesse seguro sobre soltá-la ou segurá-la. Um floco, depois outro. Depois seis ou sete de uma vez, até que finalmente a neve começou a cair, reta e espessa como chuva, sobre a areia e a água, deslizando pelas fendas íngremes dos telhados. Na neve, pensava Emma olhando para a tarde que desaparecia sob a brancura que caía tão suave, nada de terrível pode acontecer. Coisas repentinas, movimentos rápidos e violentos, ficariam borrados e manchados. Fazia 45 dias que Will havia partido.

Num dia como aquele — ela se curvou e cobriu o lado de Will na cama — o mundo não suportaria ferir uma mulher no início da gravidez. Talvez houvesse uma cláusula, não exatamente divina, mas primordial, segundo a qual o mal pararia no portão — vendo a mulher passando, com a mão sobre a barriga — e não levantaria o trinco ou a atravessaria. Ela parou. Será que não poderia acreditar nisso? Será que não poderia ser assim?

Ela estendeu o braço e pegou o maço de cigarros ao lado da cama, acendeu um e soltou a fumaça. Estava na hora do jantar em Londres, antes da bombas. Ela imaginou Will diante de uma mesa de café, seu corpo grande e comprido curvado sobre o prato e comendo com a concentração fixa e regular que os homens dispensam à comida. Ela adorava observá-lo comer. A fumaça subiu na direção da janela e ela a acompanhou enquanto passava pelas quatro paredes do quarto deles, saindo para a estrada, congelada naquela tarde sob o sol do inverno.

Mais três bombardeiros haviam aparecido na linha do horizonte, voando baixo e na direção do mar. E, na quietude que eles deixaram no horizonte, ela foi até o quarto da infância dele. Querido, ela pensou, indo até a escrivaninha diante da janela que dava para o lado oposto ao do porto e olhando diretamente para as silhuetas dos telhados da cidade contra o céu, estou desaparecendo. Afundou-se na cadeira e estendeu a mão para pegar a caneta que Will ganhara quando se graduou pela Franklin High School e uma folha de papel. A página em branco fitou-a. Ela escreveu três palavras, *Venha para casa.*

Dobrou o papel rapidamente, mais de uma vez, para que coubesse com facilidade no envelope estreito. Levou-o aos lábios, lambeu e o alisou com a mão. Pronto. Era tudo o que ela diria a naquele dia. Fitou o envelope fechado. *Dr. William Fitch*, escreveu na frente, aos cuidados de *Sra. Peter Phillips, 28 Landgrove Rd., Londres.* No canto superior, escreveu *Sra. William Fitch, Franklin, Massachusetts.* Seu nome olhava para o dele. *Por favor*, ela escreveu, rapidamente, na aba; mas cobriu as palavras com a mão.

Levantou-se abruptamente e desceu com sua xícara de chá. Não dissera a Will que estava grávida, não dissera a ninguém. Por ora, o segredo ficava entre ela e o bebê. Através da janela da cozinha, acima da pia, os longos cascos dos navios oscilavam sobre a água. Nos meses seguintes que o presidente prometera a Churchill cinquenta destróieres, o horizonte se tornara como as paredes de uma fortaleza, com intervalos entre aqueles navios distantes. E depois que ele prometera ainda mais parecia haver um distante muro de metal no mar. Através da neve, ela não sabia dizer se iam, voltavam ou sequer se moviam. Os navios da Marinha estavam ali, e ela fitava as ondas cinzentas golpeando os cascos de ferro dos destróieres.

Aquela água, aquele único oceano, era tudo que havia entre nós e o terror, o Sr. Walter Lipman comentara no rádio, na noite passada. *Precisamos ajudar os ingleses a manter o controle do Atlântico, ou tudo aquilo que nos é caro afundará. Seus rapazes, suas casas, os prazeres simples da conversa com seu vizinho, bem-intencionada, americana, livre — pense nisso desaparecendo, pense nisso desaparecido* — e ela desligara o rádio.

A neve havia parado. Ela pegou seu cachecol amarelo e amarrou-o sobre a cabeça ao sair de casa.

Sob seus pés, pouco mais de 2 centímetros de neve cinzenta. Emma pegou a vassoura junto à porta e varreu a varanda e os degraus e, então, numa espécie de frenesi, todo o caminho até o portão. Quando terminou, olhou para a casa e viu o caminho asseado como um desenho de criança, levando até a porta da frente. Sentiu-se intensamente orgulhosa, como se tivesse oferecido algo e a casa tivesse aceitado. Deixou a vassoura nos fundos do jardim e se pôs a andar em direção à cidade.

— Olá. — Iris James veio da sala de triagem e sorriu para Emma. — Há mais uma carta para você hoje.

— Que bom — assentiu Emma, tímida, enquanto atravessava o saguão e andava até sua caixa, pegando a chave na corrente debaixo do seu suéter. A chave entrou com facilidade e girou. Ela tirou o único envelope, fechou a caixa e abriu a carta ali mesmo. Podia ver, com uma olhada, que era desgraçadamente curta. *Querida*, começava, *não há nada para contar além de rondas regulares e uniformes.*

Como ela sobreviveria com aquele tipo de conversa? Sem os braços dele ao seu redor, sem o sorriso chamando sua atenção do outro lado da mesa, sem o cheiro do cabelo dele e o gosto de sua boca na dela. As palavras que aquela boca poderia dizer não significavam nada. Aquela carta não passava de uma casca em sua mão.

Tinha consciência de que a Srta. James interrompera o que estava fazendo e, ao levantar os olhos, viu a agente dos correios na janela, observando-a. Recolocou a carta de Will no envelope.

— Como andam as coisas?

— Tudo bem, obrigada.

Por trás da agente dos correios, a máquina de telégrafo acordou com um ruído vibrante, batendo uma mensagem num abrupto staccato. Emma congelou, mantendo a mão na caixa. Iris mantinha os olhos na esposa do médico, escutando os martelos de ferro — um dois, um e dois — imprimirem letras negras no papel branco. Virou-se ligeiramente de costas, avaliando o tamanho da mensagem. Emma fitava a agente dos correios. O tambor de aço girou depois do som agudo ao fim de uma linha. A mensagem continuou, retinindo no silêncio das duas mulheres. O tambor girou novamente.

— É muito longa — comentou Iris.

— Por favor — Emma soltou o ar de uma vez —, vá ver.

Iris a estudou por um minuto. Então virou as costas à janela e caminhou até os fundos da sala de triagem, onde o telégrafo ficava, junto à parede. Continuava escrevendo, bem além do *Lamentamos informar* e, mesmo que Iris tivesse certeza de que se tratava de uma mensagem para o Sr. Lansing ou o Sr. Pete, na prefeitura, a preocupação da moça era difícil de ignorar e ela hesitou por um instante antes de se debruçar sobre a mensagem. *Crédito bona fide,* começava. Ela se virou e voltou à janela.

— Nada importante.

— Estou sendo uma boba. — Emma abriu um sorriso fraco.

— É totalmente compreensível.

Emma concordou e deslizou sua carta para Will pelo balcão, junto com três moedas de um centavo. Iris abriu a gaveta e tirou dali um selo, passando-o sobre a esponja e colando-o com firmeza no envelope. Emma observava.

— Acha que ficará tudo bem, Srta. James?

Iris se virou, com uma confusão visível no seu rosto.

— Ah, vamos lá... — Emma brincava, em parte. — Pode mentir para mim.

— Sim — respondeu Iris. — Ficará tudo bem.

Emma abriu seu primeiro sorriso verdadeiro para Iris.

— Parece ter tanta certeza — disse, com gratidão.

— Até logo — disse Iris, em voz baixa.

Emma acenou sobre o ombro. Iris a observou por todo o caminho, até que ela descesse a escada e sumisse na rua. A esposa do médico entrava na agência dos correios e saía todos os dias às 16 horas, depois que a correspondência havia sido separada; sempre com o queixo erguido, as costas retas, andando feito dentes-de-leão oscilando na primavera. Era como Iris pensava nela. Todos os dias ela se aproximava da caixa com o mesmo andar determinado, destrancando-a, colocando a mão lá dentro, sem olhar, puxando o envelope e se permitindo apenas um pequeno sorriso quando ele já estava firme em suas mãos. Cada tarde era uma luva atirada sobre o balcão. Cada dia, Iris observava Emma corajosamente pegá-la e colocá-la de volta, seus ombros relaxando com alívio conforme ela saía da agência dos correios.

As cartas levavam duas semanas para atravessar o Atlântico e, embora houvesse uma carta todos os dias desde que o médico havia partido, Iris temia pela tarde em que a caixa pudesse estar vazia. Claro que haveria algumas razões para um dia sem uma carta, e Iris estava pronta a oferecê-las, mas a verdade era que, na véspera do dia em que ele deixara a cidade, ela estava sentada em seu banco, nos fundos, e vira o Dr. Fitch andando para lá e para cá no pequeno saguão, com as mãos nos bolsos, e sem nada, aparentemente, para postar.

— Srta. James? — chamou ele, por fim.

Ela viera até a janela. Um envelope branco estava sobre o balcão, mas ele colocou a mão sobre a carta, como se ela pudesse tomá-la dele. Ela levantou os olhos para ele.

— Eu... — Ele olhava para a própria mão e Iris podia ver que não havia nada a dizer. Ele balançou a cabeça e finalmente disse o que era. — É para minha esposa — falou —, se eu morrer.

Iris mantinha os olhos fixos nele, esperando. Ele continuava sem olhar para ela, fitando aquela carta.

— Quero ter certeza de que ela a receberá — disse, à guisa de explicação.

— Tudo bem — disse Iris finalmente. E então ele ergueu os olhos, fitou-a e sorriu.

— Você não se opôs ao que eu disse — falou, grato.

— Como poderia?

Ele concordou, mas não parecia querer sair dali.

— Deixe-me perguntar uma coisa.

Ela esperou.

— Se algo acontecer comigo, como Emma receberá a notícia?

A palidez em seu rosto fazia com que ele parecesse um garoto doente, ela pensou. E ele fazia perguntas como um garoto doente, com os olhos febris por cima do sorriso, imaginando o pior.

— Você entende, não estarei na Europa em função militar — prosseguiu antes que ela pudesse responder —, estarei sozinho e por isso faço essa pergunta. Quando uma pessoa está viajando, por exemplo, para o exterior, e algo acontece, como a notícia chega?

— Por telegrama, eu acho — respondeu ela. — Se algo acontecer.

Will assentiu. Isso parecia satisfazê-lo, até mesmo reconfortá-lo.

— Então será você.

— Se for uma pessoa — disse ela, com a voz suave. Tinha de dizê-lo.

— Está tudo bem, você sabe. — Ele balançou a cabeça, um pouco impaciente com a gentileza dela.

Iris inspirou ruidosamente.

— Para você, talvez.

Ele a olhou.

— Então, você *realmente* observa. Presta atenção em todos aqui.

Ignorando a observação, ela pegou o maço de cigarros enfiado no canto interno do balcão. O médico já tinha o isqueiro a postos e, quando ela se inclinou na direção da chama, sentiu cheiro de tinta nas mãos dele.

Ele apagou o isqueiro, fechando a tampa.

— Emma não acredita que alguém a esteja olhando.

— O quê?

— Olhando por ela, é o que quero dizer.

— O que isso significa?

— Ela acredita que, se você está no mundo sem pais ou alguém que o ame, você se torna invisível. Ninguém o vê, porque ninguém precisa vê-lo. Ninguém precisa cuidar de você.

— Bem — disse Iris —, isso é verdade.

Ele balançou a cabeça.

— Mas você acabou de me repreender por causa dela!

Ela soltou o ar, estudando-o.

— Dr. Fitch, eu não o repreendi.

— Repreendeu, sim. — Seu rosto simpático se abriu num sorriso. — E isso me faz pensar que não é tão desinteressada quanto parece.

Iris se limitou a erguer as sobrancelhas.

O sorriso no rosto dele se dissipou devagar, mas ele estendeu a mão para Iris.

— Fique de olho nela, está bem?

Ela assentiu e apertou a mão dele.

— Boa sorte, doutor.

Em seguida ela pegou a carta e colocou-a na gaveta, junto com os livros das cadernetas de poupança. A carta entrara e saíra de seu campo de visão quase todos os dias, durante meses, com tanta frequência que ela conhecia a caligrafia do médico talvez tão bem quanto sua esposa.

Iris olhava para a carta que Emma deslizara sobre o balcão. Nas costas do envelope, na aba, Emma escrevera *Por favor*. Em seguida, deve ter colocado a mão por cima e acompanhado o traço das letras, de modo que elas se espalhavam pela aba do envelope como um pequeno fantasma. O coração de Iris quase se partiu diante da caligrafia tão frágil que ocupava com tanto capricho o envelope, e daquele "Por favor". *Por favor* o quê? Iris levara a carta até as malas postais com o coração aos pulos.

Nunca antes sua fé no seu papel no sistema tinha sido tão abalada quanto naqueles meses desde que os homens foram convocados e enviados à Flórida ou à Geórgia, um daqueles estados que terminam com *a*, sobre os quais Iris formara há muito uma opinião negativa. Havia John Dimling, para quem sua esposa escrevia todos os dias, fielmente, e cujo persistente silêncio em retribuição deixara Iris tentada a quase romper seu código de conduta e escrever uma mensagem no verso de um dos envelopes da sua esposa, dizendo simplesmente *Vergonha*.

Por favor, a esposa pedia ao marido. O quê? E embora Iris quisesse que Emma soubesse o que ela vira, tinha de deixar as frases passarem por conta própria sob seus dedos, girando até o fim, atenta. Proteger as palavras que passavam através do tempo e da distância, essa era sua incumbência especial, sobretudo quando os autores das cartas poderiam sofrer. Não importava como as pessoas se comportavam nas ruas, nas suas salas de estar ou seus quartos, sua correspondência seguia como testemunhas silenciosas. Como agente dos correios, ela sabia o que todos faziam e conhecia os pecados da maioria. Alguns agentes dos correios se apaixonavam pelos segredos e os acompanhavam com a respiração suspensa, como se fossem um romance ruim; não conseguiam tolerar apenas ser leais à sua função. Mas ela olhava para a pessoa que lhe entregava a correspondência, sorria gentilmente e, então, se virava e jogava no saco o que fosse que lhe dessem, passando-o adiante. Observava tudo e nunca dizia uma palavra. Tudo dependia do seu silêncio. Ela tinha consciência de que ninguém mais na cidade pensaria nela daquela forma e era de espantar que uma mulher solteira, da sua idade, não ficasse tomada pelo desejo de espiar os segredos dos outros, nunca lesse seus cartões-postais, nunca notasse o endereço dos remetentes. No entanto, ela jurava as cartas diante de si e pensava, de modo arrebatado, que precisava ser assim. *Por favor,* Senhor. Ela jogou a carta, fechou o último saco de correspondências e trancou-o. Balançou a cabeça: esse era seu trabalho.

Uma coisa após a outra, lembrou-se, e cortou o barbante dos recém-chegados catálogos da loja Sears. Havia dois a mais. Sem pensar, colocou um na caixa vazia de Emma Fitch.

Primavera

1941

12.

A ESSA altura, a morte já perdera há muito tempo sua capacidade de chocar. Todos tinham uma história, havia milhares empilhadas no coração de Londres. Desde o primeiro ano, porém, Hitler andara brincando com os nervos de Londres. Houvera três noites de bombardeio em janeiro, seguida de uma semana de silêncio. Depois voltaram, mais forte, e sumiram novamente. Dois dias de bombas em março e então nada por tempo suficiente para que os dentes-de-leão aparecessem e a grama começasse a brotar nas margens do Tâmisa. A cidade ingressou abril em calmaria, mas vieram os bombardeios de quarta-feira e de sábado — bombas tão intensas, Ed Murrow brincou, que você usava suas melhores roupas na cama para o caso do seu armário não existir na manhã seguinte. E, desde então, a memória daquelas noites se instalara no modo como todos andavam, desconfiados e com passos rápidos, com atenção fixa no céu. Eles voltariam naquela noite ou havia acabado? Não se sabia, e todos se deitavam prontos para fugir.

QUERIDA — Emma levantou os olhos, mas o saguão da agência dos correios ainda estava vazio e a Srta. James fora à sala dos fundos.

Hoje pela manhã o céu estava amarelo, espesso e amarelo, com cinzas e fumaça e, em meio a tudo isso, o sol por fim nasceu, vermelho. Há roupas nas árvores, Emma, arremessadas das casas que as bombas destruíram. Os incêndios ainda queimam hoje à noite. Se voltarem, será o nocaute, eu diria.

Na noite passada, fui até o coração de Londres, onde ficam as docas, os armazéns e os pobres, onde as bombas caem com maior intensidade e os incêndios guiam os aviões da Luftwaffe repetidas vezes. Os rostos exaustos dos homens e das mulheres nos abrigos subterrâneos se viraram para mim e, eu vou lhe dizer, querida, eu me curvei sobre eles, falando enquanto tomava seu pulso e segurava suas mãos, e, embora eu seja o médico, é como se eles tivessem algo para me dar. É assim que me sinto, nesse momento, esse trabalho. Tremendo, inspirador, completo — meu amor, se...

Ela amassou a carta e colocou-a dentro da bolsa.

— Está tudo bem? — A Srta. James aparecera.

Emma parou por um instante.

— Sim. — Ela se recompôs. — Parece que ele está bem.

Ela não parecia, pensou a agente dos correios, estar dormindo muito bem. Havia um montinho onde o bebê crescia e, no entanto, Emma parecia estar de algum modo mais delgada, mais frágil.

— São boas notícias, Emma.

— Eu sei — respondeu Emma, insubordinada. — Claro que são. — Porque significavam que ele estava vivo, ela sabia o que Iris tentava lhe dizer. Vivo, com saúde e bem. E essas eram boas notícias, é claro que eram, mas ela estava cansada de fingir que estava tudo bem, de aparentar alegria. Na verdade, gostaria de ficar na agência dos correios, trazer uma cadeira e se sentar, enquanto Iris cuidava do seu trabalho. Adormeceria, talvez, e ocasionalmente a Srta. James se aproximaria, na ponta dos pés, para ver se estava tudo bem. E ela poderia dormir ali até o bebê chegar e Will voltar para casa.

— Ele parece tão feliz em suas cartas — disse, melancólica, depois de um momento.

— Ele acredita no que está fazendo.

— Sim, mas o que *eu* estou fazendo? E quanto a ficar aqui aguardando notícias? Tudo no que penso é em ter notícias, e não consigo enxergar direito, às vezes. Gostaria que houvesse uma voz sobre a minha cabeça, dizendo algo como "está tudo bem", ou melhor, "não está tudo bem". Então eu poderia seguir em frente. — Ela corou e baixou os olhos. — Gostaria que, quando a parte ruim começasse, Deus se arrumasse na cadeira e exclamasse: "Cuidado, Emma..."

— Como nos filmes.

— É uma tolice.

— Nem tanto, na verdade. — Iris balançou a cabeça. — Mas você não deveria pensar assim.

Às vezes era simplesmente mais fácil ficar quieta. Emma fitava Iris. A maioria das pessoas crescera com os pais, com dois pares de olhos sobre elas. Não havia como fazer alguém acostumado a essa atenção entender o quão rapidamente ela poderia desaparecer.

— Olá, Harry. — A voz da agente dos correios baixou quando as portas atrás de Emma se abriram com um estremecimento.

Emma endireitou o corpo e se virou.

— Iris — respondeu Harry. — Olá, Sra. Fitch. — Ele parou ao lado dela, diante do balcão.

Lágrimas surgiram ao som do seu nome.

— É bem difícil — disse ele. Emma olhou para ele, agradecida, e assentiu. Ele estendeu o braço e deu uns tapinhas na mão dela. Então voltou toda sua atenção a Iris.

— Como anda seu dia? — perguntou ele, em voz baixa.

Havia escuridão naquele tom e sorrisos naquela escuridão, Emma se deu conta. Iris colocou a mão no bolso e pegou seus cigarros. Harry ofereceu-lhe o isqueiro e ela se inclinou para a frente bem na direção da chama. Na rua, os primeiros brotos da primavera surgiam, havia carros correndo pelo asfalto negro, sinos de bicicletas e um casal namorando no banco do parque. As pessoas riam ao passar por eles. Um homem cantava. O sol avançou mais um centímetro sobre a bela e brilhante terra, mas ali tudo havia parado. Uma mulher deu sua primeira e longa tragada no cigarro, e o homem se afastou dela, depois de lhe oferecer o isqueiro. Estavam separados por 45 centímetros de mármore — e por ela.

— Até logo — disse Emma, apressada.

— Até mais, Emma.

Emma parou e se virou, com a mão na porta. A Srta. James estava apoiada nos cotovelos observando-a, e o Sr. Vale, com o quadril apoiado no balcão, também se virou para vê-la ir embora. Emma fez um sinal com a cabeça e empurrou a porta, com as lágrimas escorrendo pela face enquanto ela saía da agência dos correios e atravessava o portão, fitando, cega, a rua.

O telhado e a chaminé dos Bowtch apareceram e, acima, o telhado e a chaminé dos Snow. Depois disso, no ponto mais elevado, surgiu o próprio telhado. Um brilhante sol de primavera batia com força na água, e ela precisou virar o rosto, afastando-o do clarão do porto e fitando em vez disso a fachada da casa, de ripas de madeira, pela qual passou ao subir a colina. Estava cansada. Havia pessoas na cidade, em todo o mundo, muitas pessoas, suando, gritando e agarrando punhados da vida, para atirar ao seu redor, um para o outro, ou para longe. Sentiu seu peito apertar. Quando ela fora para aquele lugar, pensara que poderia se unir a eles. Pensou que se unia a eles quando pôs o pé direito no tapete, na nave da igrejinha e hesitou por um minuto, erguendo os olhos e vendo Will na outra ponta, e então correndo na direção dele. Pensou que apagava a linha em seu coração que dizia que ela estava sozinha no mundo. Colocou a mão cansada no portão. Outras pessoas acreditavam estar amarradas ao mundo, com laços que não podiam se romper. Mas ela sabia. A memória da voz da sua mãe era tênue e vaga, como um véu deslizando pelas costas de uma cadeira. Tudo que restava do seu irmão era a memória da sua cama compartilhada e a respiração dele sobre o rosto dela, encontrando-a no escuro às vezes, logo antes do sono. A morte era o beijo mais suave, o toque mais fresco, e você partia.

Adiante, Jim Tom Winthrop vinha em sua direção, com o bebê amarrado às suas costas numa bolsa improvisada. Emma tropeçou e baixou os olhos, esperando não chamar a atenção dele.

— Olá! — chamou ele e puxou o boné por cima das orelhas. Não havia nada a fazer além de acenar enquanto ele caminhava até onde ela aguardava, na calçada. — Aonde vai?

— Estou voltando para casa. — Os olhos dela se desviaram para o fardo nos ombros dele.

— Quer vê-la?

Ele se virou para que ela pudesse afastar a coberta que ele colocara por cima da bolsa e espiar. O bebê dormia profundamente com a boca aberta.

— Ela é bonita, não?

Emma concordou e recolocou a coberta no lugar.

— Como vão as coisas? — Jim Tom fitava-a, próximo.

Ela enfiou a coberta sob as alças da bolsa, sem coragem de olhá-lo.

— Vão bem — respondeu, subindo na calçada. Olhou para a rua, na direção da cidade, esperando encontrar algo que a distraísse ou alguém se aproximando, mas a rua estava completamente vazia. — Como vão vocês?

— Ah, estamos nos virando...

— Que bom. — Emma o encorajou, polida, afastando-se um passo e tentando indicar que estava a caminho de casa.

— É bom ouvir isso.

— Vou caminhar um pouco com você — ofereceu ele.

— Ela dorme, contanto que eu esteja me mexendo.

— Tudo bem — respondeu Emma e se pôs a caminhar, um tanto desesperada.

— Espere aí — brincou ele.

Ela diminuiu o passo.

— Os meninos têm sido ótimos — continuou ele e acertou seu passo com o dela —, e a pequena Maggie nos dá algo para fazer, de modo que não pensamos muito em... — Sua voz de repente falhou. Emma não olhou para ele. Ele tirou um lenço do bolso e assoou o nariz. — Ah! — ele exclamou, com a voz grossa no lenço. Balançou a cabeça, enxugou os olhos e se virou para ela. — Desculpe — falou —, isso me acontece.

Emma enrijeceu.

— É duro, não? — Jim Tom deslizou o lenço para o bolso. — Para nós, sermos deixados para trás.

Nós? Uma fúria arrebatada e irracional surgiu no peito de Emma.

— Desculpe — ela se virou para ele —, mas Will não *morreu*.

Ele parou de andar e ela apenas continuou, sua fúria impulsionando-a como jatos para a frente e para longe. Fora horrível, *pavoroso*, mas ela não se importava. Havia lareiras acesas nas casas pelo caminho e o cheiro da comida que alguém preparava; o conforto com que essas coisas evocavam o lar alimentou sua fúria. Estava errado Will ter ido embora. Devia haver algo de errado bem antes de Maggie entrar em trabalho de parto. Não foi culpa de Will. Ele não devia nada ao mundo, mas a morte de Maggie fizera com que pensasse que sim. Lar? Não havia lar.

Ela chegou sem perceber ao seu portão e parou. Naquela primeira tarde, ela e Will haviam se virado, ali, e ela levantara os olhos para a casa deles. Tentou se lembrar de ter visto as ripas de madeira desgastadas pelo tempo e a soleira cinzenta da porta, mas tudo do que se lembrou foi a mão de Will em seu cotovelo, guiando-a para a frente.

— Você deveria pintar.

Ela deu um pulo.

O homem de sobretudo, que ela vira pela cidade, estava ao seu lado. O alemão que trabalhava para Sr. Vale, bem próximo dela.

— Ah — disse ela —, olá.

Ele a observou durante um momento, como se tivesse algo a lhe dar, pensou Emma, irracionalmente. Ele estava muito perto, tinha cheiro de sal e de algo denso e escuro, como pão. Muito perto.

— Você deveria pintar — repetiu.

Sua voz se enroscava devagar nas palavras em inglês, como se ele fizesse uma curva perigosa.

Ela franziu a testa.

— O quê?

Ele apontou para as janelas onde, era verdade, a tinta descascava das venezianas e do batente, deixando a madeira nua.

— Está apodrecendo — disse ele, mais devagar.

Ela assentiu. Os dois fitavam a casa.

— Gosto do branco recém-pintado — prosseguiu ele. — Dá para ver a quilômetros de estância.

— A quilômetros de distância — corrigiu ela, pensativa.

— Eu poderia fazer isso para você.

— Ah. — Ela quase riu e se virou para ele, compreendendo. Ele precisava de trabalho, apenas isso.

— Não posso. Meu marido viajou e... não tenho dinheiro — mentiu ela. Havia dinheiro suficiente para consertos na casa. Will havia deixado até mesmo instruções sobre como agir no caso de um vazamento.

O homem diante dela tinha olhos azul-escuros e uma ruga profunda que descia de um deles quando ele sorria.

— Um dia.

Ela corou.

— Não posso pintar a casa.

— Mesmo? — Ele se curvou em sua direção. — Então está bem. — E continuou seguindo rumo às dunas, depois da cidade. Antes de abrir o portão, ela se virou para observá-lo. Queria chamá-lo de volta, quase o fez, mas deixou o impulso passar.

— Olá? — chamou ela dentro da casa vazia, como fazia todos os dias ao voltar.

Foi direto até a cozinha, nos fundos.

— Olá? — Um dos pratos caiu no secador. Os barcos tardios voltavam ao píer e ela os fitava, apoiando a barriga na beirada da pia.

A casa devia ser pintada. Emma pegou a chaleira e foi até a pia, deixando a água mais fria correr antes de enchê-la. Colocou-a sobre o fogão, pegou os cigarros e os fósforos e se virou, compreendendo finalmente o que o estrangeiro quisera dizer com "quilômetros de distância". Como as migalhas de pão de João e Maria marcando um caminho pela floresta escura, para que encontrassem o trajeto de volta, o alemão quis dizer que a casa deveria poder ser vista da costa. Ela puxou o ar diante do fósforo e acendeu o cigarro.

Will?, soltou o ar.

Afastou-se da janela e foi até o hall, onde o ponteiro do rádio, contra a parede da sala de estar, reluzia, forte, com um tom de verde embaçado.

Mais do que qualquer outra coisa, ela queria girar o botão e sintonizar Will falando, sua voz chamando: *Emma, Emma*. Fungou. Girou o botão até o chiado dar lugar a uma voz, trazendo até ela algo para encher a casa vazia. Ela queria alguém para falar com ela, qualquer corpo humano. *Aja com prudência, minha mãe me escreve. Tome cuidado* — a mulher disse, bem devagar. *Mas o que é a prudência, hoje? Pela manhã, acordar em meio ao silêncio, numa cidade dominada pela quietude, como uma coberta sobre a gaiola de um periquito. Há muito o medo fora domesticado.* FIQUE CALMO E SIGA EM FRENTE, *os cartazes dizem por toda a cidade, colados nas paredes laterais, de tijolos, dos prédios.*

FIQUE CALMO E SIGA EM FRENTE.
Emma estendeu a mão e acendeu a luz sem respirar. Então ficou parada diante do rádio, com os braços cruzados sobre o peito e o coração batendo forte.

Nos grandes romances do século passado, havia tempo — continuou Frankie Bard —, *tempo para observar minuciosamente vastas extensões, um vulto se aproximando pelo mato, uma menina sentada à janela ensinando um menino a ler, sob a sombra da fábrica. Havia tempo e havia quietude para muitas páginas. O que poderia ser escrito para falar das bombas que caem, do barulho e da ira nos céus? De como somos arrancados da cama, sem ter tempo para pensar — talvez você não possa mais ouvir uma história como as antigas. A cura mais rápida para a onisciência — a crença em algum olho ordenador que observa tudo — é a guerra. De modo caótico e sem ordem, as pessoas morrem ou são salvas sem um braço orquestrador. A orquestra toca acordes, mas as notas somem logo em seguida, vacilantes.*

— Cale a boca — sussurrou Emma ao rádio. — Por que não cala a boca?

13.

Em 10 de maio, cem bombas por minuto choveram sobre Londres durante cinco horas seguidas, na noite mais devastadora da Blitz. Incêndios explodiam em toda parte, e mesmo onde houvera, mesmo nas outras noites, recôncavos de calma e de paz, o barulho no céu poderia enlouquecer as pessoas. Foram atingidos o Parlamento, o Big Bem, a Abadia de Westminster, e inúmeras casas ficaram em pedaços.

Uma semana depois, mais do que qualquer outra coisa, Will precisava dormir. Trabalhara com regularidade desde o dia 10, e seguir para sua cama quando a sirene do ataque aéreo soou na noite, em algum lugar a oeste. Will esfregou os olhos e fitou a carta que escrevia para Emma. Precisava de sono. Precisava de uma noite na própria cama. A artilharia antiaérea golpeava o céu. Talvez as bombas naquela noite ficassem num único lugar e ele pudesse ficar em casa, pensou, olhando para sua cama no momento que a sirene mais próxima, a três quarteirões dali, começou sua lamúria como a dos índios antigos. Ele gemeu e se espreguiçou. Precisava ir até um abrigo se quisesse dormir em absoluto naquela noite.

Olhou outra vez para a carta. *"Emma, querida"*, ela dizia. Ele queria contá-la sobre a estranha imagem que vira naquela noite enquanto caminhava até em casa. *Querida*, ele escreveu, mas perdeu o fio do que viria em seguida. *Boa noite, meu bem. Escrevo amanhã, prometo.* Ele terminou às pressas e dobrou-a, colocando-a no envelope e lambendo a aba. *Emma Fitch*, ele escreveu na frente. *Caixa postal 329, Franklin, Massachusetts, EUA*, e colocou-a no bolso do paletó. Uma terceira sirene começou a soar, dessa vez ao norte Ele pôs o isqueiro e os cigarros no paletó, levantou-se e estendeu o braço para pegar o chapéu.

— Dr. Fitch. — Sua senhoria bateu à porta. — A sirene está tocando.

— Estou acordado, Sra. Phillips, obrigado por vir conferir. — Ele abriu a porta e exclamou para ela, que já descia às pressas a escada. Ele se virou e puxou a coberta da cama, pensou nos travesseiros, mas deixou-os para trás.

Na rua, as pessoas corriam rumo ao abrigo no final do quarteirão. Os incêndios ao norte rugiam no céu. Houve um assobio, e uma bomba caiu tão perto de Will que ele sentiu como se seus pulmões fossem sugados para fora do peito. Cambaleou de volta até a pensão. Conseguiu respirar e começou a correr, dirigindo-se à estação de metrô de Kensington High Street, julgando que ainda haveria espaço. Assim como havia acontecido no dia 10, o zumbido constante dos aviões era uma coberta sobre sua cabeça. Ele chegou até a escada e desceu para o túnel, diminuindo o passo conforme avançava.

Havia salas intercomunicantes na estação, como cavernas ladrilhadas iluminadas de modo inconsistente. Will abriu caminho através das duas primeiras, já cheias, e encontrou um lugar, no canto da terceira, onde pôde se afundar e descansar. Relativamente confortável, pensou, esticando suas pernas compridas sobre o chão, com espaço suficiente para dormir.

Mas ele não se preparara para o fedor e para a facilidade com a qual o medo inquieto e impaciente circulava pela sala. Uma segunda série de bombas caiu, uma após a outra; pelo som, tão ensurdecedor que Will se abaixava instintivamente, mesmo se encontrando 15 metros abaixo da terra, parecia que as bombas caíam bem acima de suas cabeças. As explosões duraram 15 segundos e pararam. Ele começou a se levantar para ir embora, mas estava tão cansado que se deu conta de que suas pernas haviam adormecido, mesmo que o resto do seu corpo estivesse desperto. Um fluxo constante de pessoas se arrastando, em busca de espaço no abrigo, começou; famílias tentavam acalmar as crianças que choravam, os homens e as mulheres se enrolavam em cobertores e se apoiavam uns nos outros. Alguém que chegava tarde, uma loura alta, abriu caminho, vacilante, em meio às pernas esticadas dos outros e afundou num espaço livre à sua frente. Durante um longo tempo, ela deixou a cabeça apoiada na parede e fechou os olhos. Então, levantou, tirou o suéter e colocou-o debaixo do corpo.

Era o tipo de mulher que os homens diziam ser capaz de deixá-los loucos, de imobilizar uma sala com seu sorriso, embora Will tivesse quase certeza de que ela não tentaria. Ele observou as pernas compridas, cruzadas uma sobre a outra, de forma graciosa, no ângulo do calcanhar. Loura, inteligente, tendo passado da idade de se divertir. Parecia mais o tipo que tem algo e sabe disso, mas não precisa alardear. Como Emma.

O nome dela projetou um fluxo de calor em seu peito. Fechou os olhos e apoiou a cabeça na parede. *Emma*, ele a evocou mais uma vez. *Emma, Emma* — como um fole —, mas tudo que apareceu foram suas partes provocantes e incongruentes: sua cabeça apoiada no ombro dele, a curva dos seus cabelos cuidadosamente desenhada para dentro e repousando sobre seu pequeno pescoço, o cinto estreito de couro que ela usava na cintura. Recentemente, ele já não conseguia trazer seu rosto por completo à memória. Tinha uma fotografia dos dois, feita no dia do seu casamento, porém quanto mais tempo se passava, menos aquela garota ao lado dele se parecia com Emma. Ela era uma garota bonita, sob o braço de um sujeito bem-apessoado. Ele tinha um medo absurdo, mas persistente, de que a garota na fotografia — com seu cabelo castanho, seus olhos castanhos, seu queixo macio e pequeno apontando para cima como se alguém acabasse de lhe dizer para ser corajosa — houvesse apagado Emma. De modo que, quando alguém lhe perguntava sobre ela, ele só se sentia capaz de dizer "cabelo castanho, olhos castanhos". Ele acendeu com um fósforo o cigarro, e sacudiu-o com um movimento exasperado do punho. Pelo amor de Deus, ela parecia uma garota de um conto de fadas. E não era uma garota, eles tinham feito amor. Pronto: ele se lembrava dela corando diante dele, perguntando se Tolstoi queria mesmo dizer aquilo. Fazer amor. Naquelas duas palavras, ela estava ali. Ela era real, mas, na escuridão, era também tão suave, movendo-se sob sua mão, ele quase podia senti-la. E a imagem que vinha à mente não era seu rosto, mas seu corpo visto de trás. O vestido, o cinto, a linha delicada de suas panturrilhas até os sapatos baixos. O modo como ele havia se aproximado dela na festa, chegando devagar; e então, um ano depois, quando ele a pedira em casamento e, sem se virar, sem dizer uma palavra, ela apenas se inclinara para trás sobre o corpo dele, confiando que ele havia permanecido no mesmo lugar.

Ele abriu os olhos. Estava no mesmo lugar, afastado dela por quase 5 mil quilômetros de oceano, num abrigo antiaéreo, enquanto os alemães faziam chover bombas sobre sua cabeça. A cada dia, a cada hora, ele corria o risco de perdê-la, e sabia disso. E embora cuidasse dos feridos e dos moribundos, recentemente passara a caminhar tarde da noite, buscando o rosto de Emma entre as mulheres, na rua — ou uma mulher parecida com ela — para consertar outra vez a imagem dela sua mente. Uma mulher olhando de relance para trás, sobre o ombro, uma mecha de cabelo caindo sobre o queixo. Não o dela, mas trazendo-a por um momento fugaz à realidade. Ele buscava a sombra do seu amor. E, de alguma maneira insensata, acreditava que enquanto caminhava, buscando-a, ela o protegia. O rosto dela, que não podia imaginar sozinho, sem aquelas outras mulheres, tinha se transformado num amuleto contra as bombas.

— Você pretende morrer lá? — perguntara ela, com calma, na véspera da sua partida, tendo o queixo firme e os olhos escuros e sérios erguidos para ele.

— Que coisa esquisita de se dizer. — Ele a puxara para si, estendendo as mãos sobre a base da sua coluna e sentindo seu corpo sob a blusa. A torneira da cozinha pingava sobre a cuba de cobre atrás deles.

— Porque se isso acontecer — disse ela, com a boca na camisa dele —, isto é, se morrer, terá sido em vão.

— Você não está falando sério. — Ele recuou e ergueu a cabeça de Emma com a mão.

Ela não respondeu. Ele apertou os braços dela. Ela olhou para ele.

— Estou. — Ela se afastou dele, de suas mãos. — Não me importo com eles! Deixem os ingleses cuidarem de si mesmos.

— Em...

— E o que você fará não significará nada. Não é correto, nem bom. Não vai fazê-lo se sentir melhor, Will. — Ela era selvagem em sua calma. — O que aconteceu não foi culpa sua — disse ela —, e isso é tudo.

Ele se mexeu no escuro. *Correto. Bom.* As velhas palavras ressoaram em seus ouvidos como as capas dos reis. Ele chegara ali, em meio às bombas, como quem busca um céu alternativo, e então percebeu como se tratava de uma equação simples: ele, em troca de Maggie. Como se um mais um fosse igual a dois; uma ideia infantil de redenção. Mas acabara compreendendo que cada um estava vivo, intensamente vivo, até o momento da morte, quando cada um de nós partia e não poderia haver substituições. Ele havia segurado tantas mãos moribundas que finalmente compreendia isso. E o que queria falar, na carta que acabara de escrever a Emma, era que estava feliz, além de qualquer medida; mas não poderia dizê-lo às pessoas sobre cujos rostos se debruçava e, sobretudo, não a Emma, que escapulia.

Embora ele lhe escrevesse todas as noites, depois do jantar, descobriu que não conseguia escrever nada além das notícias e o fato de que a amava. Ele a amava, porém seu pensamento mais abrangente, o motivo pelo qual ele continuava em Londres, e pelo qual ele ficaria além dos seis meses que havia estabelecido, pendia ao seu lado, mudo. A vida que ele levara em casa havia acabado. Como ele poderia dizer isso a ela sem a assustar? Se voltasse, nada até o momento teria importado, o que equivalia a dizer que nada mais precisaria ser provado. E naquela noite, caminhando de volta para casa, vindo do hospital, no escuro, sem prestar atenção no que acontecia, ele subitamente se dera conta de que encontrava seu caminho, guiando-se apenas pelas luzes dos cigarros acesos, o sinal de outras pessoas caminhando, incorpóreas, pela escuridão, na direção dele. Pessoas cujas faces ele não podia ver, mas cujas vozes ouvia, cujos passos soavam pela rua.

E ele quase irrompera em lágrimas. Aquelas pequenas luzes vermelhas no escuro, seguindo em frente e se afastando, aqueles Lucky Strikes avulsos, ser humano era isso. Vivíamos e morríamos, todos nós — *lucky strikes*, lances de sorte. Ele deslizou a mão sob a jaqueta, tateando em busca da carta para Emma, e ali estava. Colocaria no correio assim que possível. E talvez amanhã o que gostaria de dizer estivesse mais claro do que *somos todos lances de sorte*.

— Tem fogo?

— Jesus! — Ele pulou.

A loura de pernas compridas estava de pé diante dele. Ele não a vira se mexer.

— Você é americano. — Ela olhava para ele, divertindo-se.

— Sim. — Ele se levantou devagar e ela percebeu que era bastante alto, com braços e pernas compridos e um rosto franco e afável. Boa estrutura óssea; a mãe dela teria aprovado. Um homem que com certeza traria lucros. Ele pegou o isqueiro e se inclinou na direção dela. Ela protegeu a mão dele com a sua, em concha, e tragou o cigarro diante da chama. Levantou mais uma vez os olhos e viu que ele a fitava, como se pudesse encontrar algo em seu cabelo ou na curva íngreme de seu queixo.

— Recordo alguém a você?

Ele sorriu e fechou o isqueiro com um gesto rápido.

— Nem um pouco.

Havia espaço junto à parede ao lado dele, e ela fez um gesto com a cabeça.

— Você se importa se eu me sentar aqui?

— Nem um pouco.

— Você é muito educado. — Ela se abaixou. Estava mais escuro ali, longe das janelas, e ela teve a sensação de ter sido empurrada ainda mais para o interior de uma caverna. O chão tremeu quando ela se sentou. Algumas bombas caíam perto, embora o som fosse abafado pelo prédio acima de suas cabeças. Houve uma pausa e, em seguida, novamente as armas abriram fogo, com o som inconfundível de mais uma bomba descendo. As paredes tremeram e o ar pareceu ser sugado para fora e depois soprado de volta, exalando a umidade do porão.

— Tão ruim quanto o dia 10, você não acha?

— Não. — Ela balançou a cabeça. — Também não está sendo como o bombardeio de quarta-feira.

— Eles não vão se deixar dominar — comentou Will em voz baixa, para o teto, como se contasse um segredo aos alemães.

— É claro que não — afirmou ela.

— É incrível.

— Bem, o que mais vão fazer? — perguntou ela, seca, falando na direção do próprio cigarro. — Desistir?

— Sim. — Ele abaixou os olhos para ela. — É sempre uma possibilidade.

Ela franziu a testa.

— Engraçado, eu imaginei que você fosse mais do tipo entusiástico.

— Como assim? — Ela percebeu a graça na voz dele.

— Você sabe, enfrentar tudo, jamais desistir, esse tipo de discurso.

Ele riu.

— Sou o cara errado.

— Mesmo? — Ela sorriu, na escuridão. Sempre se começava com aquilo que se via, um homem bem-apessoado num bom terno, e então se cutucava para ver o que havia por trás; nunca se sabia o que seria encontrado, e essa era a parte emocionante. Esse era o jogo. Ela manteve sua voz neutra, de repórter. — Quem é o cara certo?

A ponta do cigarro dele brilhou, depois esmoreceu. Ele se levantou. Ela o observou se espreguiçar com a languidez de um homem grande, espalhando-se de modo confortável, as mãos esbarrando no teto acima deles, e percebeu que ele não responderia. Ele abaixou os braços devagar e estendeu a mão direita.

— Will Fitch.

— Frankie Bard. — Ela lhe estendeu a sua.

Ele assobiou, ainda segurando a mão dela.

— A moça do rádio?

— Isso mesmo. — A mão dele era quente e larga.

Ele a soltou e se abaixou ao seu lado, dobrando-se no recanto escuro.

— Nunca achei que fosse vê-la num desses abrigos — observou ele. — Você geralmente está lá em cima.

— Em geral, estou — respondeu ela. — Quase caí aqui, fui atirada para cá pela última. — Ela deu de ombros. — Acho que, se cheguei sem um arranhão, melhor ficar quieta. Mas detesto os abrigos.

— Concordo com você — disse ele. — Há quanto tempo está aqui?

— Pouco mais de um ano.

— E o que a trouxe?

Ela olhou para ele, com um ar conspiratório.

— Por quê?

— É apenas uma pergunta. — Ele encolheu os joelhos e balançou a cabeça. — Para passar o tempo. Pergunto-me o que faz uma mulher como você nesse buraco.

— Vim para salvar o mundo, irmão — disse ela, com a voz arrastada.

Ele riu.

— E como conseguirá fazer isso?

Ela trocou de posição, afastando os joelhos, e, durante um breve instante, colocou a mão no ombro dele, a fim de se equilibrar, o cabelo oscilando em sua direção.

— Dizendo a verdade. — A voz dela era tão suave quanto havia sido seu toque, mas não havia um sorriso.

— Acredita mesmo?

— Claro que sim — disse Frankie, direta.

Para sua satisfação, ele assobiou.

— Bem, você é boa. Suas histórias faziam Emma chorar.

— Sua namorada?

— Minha esposa.

Frankie levantou as sobrancelhas.

— O que faz aqui se tem uma esposa em casa?

Ele cruzou os braços sobre o peito e se inclinou para o lado, afastando-se um pouco dela.

— O mesmo que você, aposto — disse, ao seu lado. — Exceto salvar o mundo.

— É? — Ela ajeitou o corpo, empurrando para a frente o caderno sobre seu colo. — O quê?

— Ajudando, se puder. Tentando dar algum sentido para as coisas.

Há um bom tempo ela não ouvia aquela segurança natural americana.

— Isso é muito nobre — incitou ela a convicção dele.
— Eu queria estar junto à ação.

Ele olhou de relance para ela, que retribuiu seu olhar.

— Bem... — disse ele. — Não acredito nisso nem por um minuto.

Ela ergueu uma sobrancelha.

— Por que não?

— Uma garota como você?

— O que quer que isso signifique.

— Vamos lá... — implicou ele. — Você não me engana. Certamente vem de alguma casa elegante em algum lugar com arbustos no jardim.

Ela riu.

— Sou de Nova York.

— Mas é uma daquelas casas de pedras marrons — sugeriu ele.

Ela soltou um riso rápido, admitindo.

— Sim, está bem.

Alguém gritou no sono e, com um sobressalto, Frankie se deu conta de que havia se esquecido dos outros ao seu redor. Tirou o caderno da bolsa e o abriu.

A linha perfeita da sua testa e do seu nariz comprido e regular fez com que ele pensasse numa improvável guerreira virgem. Uma Diana que usasse lábios vermelhos como uma espada. E a folha de papel em seu colo — ele observou enquanto ela pegava um lápis no escuro, como se fosse escrever algo —, um escudo.

— Que tipo de trabalho você faz aqui, se não se importa que eu pergunte?

Ele apontou com a cabeça para o bloco.

— Vai me entrevistar?

— Talvez.

Ele balançou a cabeça.

— Não sou uma história.

— Muito bem. — Ela largou o lápis.

— Sou médico.

— Que tipo de médico?

Ele fez uma pausa.

— Clínico geral. Tenho meu consultório na América.

— Onde?

— Franklin, Massachusetts. — Ele se inclinou para a frente, como em uma confidência. — Onde o *Mayflower* aportou.

— Em qual livro de história?

— Num pouco conhecido. — Ele sorriu. — Eles aportaram, deram uma olhada para as árvores inclinadas pelo vento e voltaram.

— Você parece bem feliz com isso.

— É a melhor maneira de descrever sua população.

— Não são puritanos, suponho.

Ele balançou a cabeça.

— Seus pais ainda vivem lá?

— Não. — A voz dele estava mais tensa.

— Ei — respondeu ela, descontraída —, estou apenas passando tempo.

Um carro de bombeiros passou, com a sirene ligada, e desapareceu.

— Como é, lá?

— Por quê?

— Por que não continuar conversando? — Ela havia apanhado o lápis outra vez, escrito as palavras *o que aconteceu em casa?*, circundado-as e continuado a desenhar um círculo em torno delas, cada vez mais amplo sobre a página. Ele podia ouvir o grafite arranhando a folha, traços longos e curtos que não poderiam significar algo. Perguntou-se por um breve instante o quanto ela teria dormido. Parecia incapaz de ficar quieta, um espírito impaciente e errante, como um mensageiro num saguão de hotel, pensou ele. De algum modo, isso trouxe Emma de volta com tanta força, no escuro, que ele quase gemeu. Ali estava ela, de repente, diante dele, olhando-o com aquela capacidade peculiar de esperar, de escutar e de chamá-lo com sua quietude. Sem qualquer agitação, parada. Deus. Ele se afastou um pouco de Frankie no escuro.

— É uma cidade como a maioria, eu acho. A última em Cape Cod, a mais exposta.

— Quantas pessoas?

— Quinhentas, mais ou menos. O dobro, no verão.

Ele se afastava, recuava diante das suas perguntas simples, degrau após degrau. Ela surpreendeu a si mesma e sorriu. Ela o *estava* entrevistando, embora não tivesse ideia de onde queria chegar. Ele se apossou dela, não o contrário. Nunca era o contrário. Você simplesmente segurava a corda e subia junto, às cegas, seguindo até o fim.

— E você deixou tudo isso para vir — observou ela, em voz baixa.

Ele não respondeu. Quando ela ergueu os olhos, ele a fitava.

— Vocês não se parecem nada — refletiu ele. — O nariz dela é menor, um pouco arredondado na ponta, aqui — ele indicou —, e o...

Frankie pigarreou. Ele ergueu os olhos, encontrando os dela.

— Desculpe — disse ele, rapidamente. — Isso se tornou um hábito meu.

— Fitar as mulheres?

— Estudá-las — corrigiu ele, um tanto envergonhado.

Ela assentiu e desviou o olhar. Ele tinha mãos grandes. Estavam paradas como cães bem treinados, abertas e presas sobre as pernas dele.

— Imagino que você sinta a falta dela.

— Eu temo tê-la perdido.

— Bobagem — respondeu Frankie. Poderia apostar que a esposa dele era uma daquelas mulheres infantis que usavam meias até o joelho e pérolas, como a maioria das garotas com quem ela havia estudado. — Ela estará lá quando você voltar, se perguntando por que você não levou caxemira em vez de lã.

Ela errou tanto que Will sorriu.

— Emma não pensaria em caxemira — disse ele.

Do canto mais afastado do abrigo, à esquerda deles, surgiu um gemido suave e inconfundível. Frankie endureceu. Um segundo, longo e grave, se seguiu, mais profundo na escuridão — a onda de prazer de uma mulher se abrindo diante de todos eles, até desaparecer no fundo da sua garganta, de onde viera, seguida pela risadinha de um homem e um silêncio abrupto, como se ele houvesse fechado a porta. Depois, o silêncio restante no abrigo estava cheio do sexo deles. Todas as outras pessoas se viram em silêncio, de ouvidos atentos diante do buraco da fechadura, carentes na escuridão, desejando mais.

— Cristo — suspirou o médico, pegando novamente os cigarros.

— Não, obrigada. — Frankie balançou a cabeça.

Ele deixou um cigarro escorregar, guardando o resto no bolso. Bateu com o cigarro em seu longo dedo indicador e, colocando-o na boca, estendeu o braço na direção dela. Ela sentiu a mão dele envolver seu braço, logo acima do cotovelo.

— Essa parte dela — disse ele, em voz bem baixa — faz com você querer segurá-la.

Frankie olhou para ele e então abaixou os olhos para onde a mão grande dele a segurava, seus dedos quase conseguiam dar uma volta completa em seu pulso. Estremeceu. E a mão que a segurava a soltou, deslizando para dentro do bolso dele e tirando dali o isqueiro.

— Engraçado conhecer você — falou ele, puxando o ar diante da chama.

— Como assim?

Ele guardou o isqueiro no bolso.

— Houve uma história sua há alguns meses. Sobre um menino. — Ele pigarreou.

Ela assentiu, seus olhos sob o brilho do cigarro que se movia na escuridão.

— Um menino depois de um dos bombardeios — prosseguiu ele. — Você o levava para casa.

— Sim — concordou ela. — Billy. Foi uma história minha.

— Foi uma boa história — disse Will Fitch.

— Uma boa história... — suspirou ela. — Aquela história me arranjou problemas.

— Por quê?

— Muito soturna — Frankie soltou o ar —, e minha voz tremeu.

— E daí?

— Emotivo demais. O noticiário não pode ser emotivo.

— Bem, quanto a isso, eu não sei — respondeu Will —, mas nos tocou fundo, aos dois. Você nos deixou sentados, imaginando o que teria acontecido em seguida... — Ele parou. O que aconteceu em seguida foi Maggie, Will se lembrava. O menino na Blitz fora uma história antes que ele perdesse Maggie. Ele estremeceu sutilmente. — Alguma ideia do que aconteceu com ele?

— Não — respondeu ela. — Não sei. Eu me mudei.

— Deve ser difícil não saber o que aconteceu, não saber se está tudo bem com ele.

Ela não respondeu. A verdade era que havia passado pela casa de Billy várias vezes nos últimos seis meses, com a esperança vã de que ele estivesse lá, mas ele desaparecera na guerra. Sentindo-se desconfortável, ela esticou as pernas sobre o chão. Seu pé tocou algo macio, que se afastou.

— Faz com que pensemos em *todas* as partes de uma história que nunca vemos — ele pigarreou —, as partes além. Você traz algo a mais, como aquele menino tão vivo diante de nós, solto em nosso mundo de modo que não conseguimos parar de pensar nele. Então a notícia acaba, o menino desaparece. Ele era apenas um menino numa história cujo fim nunca saberemos, nunca chegaremos a fechar o livro; e nos perguntaremos o que acontece com as pessoas depois que a história cessa. Todas as histórias que você relatou, por exemplo. Onde estão eles agora?

O coração dela começou a bater forte. Ela não gostava do rumo que aquela conversa tomava e pensou em se levantar. A voz dele, porém — com os matizes familiares de Harvard, jantares e da garantia do dinheiro de famílias ricas há muitas gerações, com os quais ela própria havia sido criada —, era como duas mãos em suas mãos, e ele não largaria até que terminasse. Não pararia, e ela não poderia fazê-lo parar.

— Deve ser bem difícil — continuou ele, ao lado dela.

— Eu não aguentaria. Acho que gosto de saber como as coisas terminam.

— Bem, não tenho que *aguentar*. — Frankie olhou para ele, sentindo-se provocada. — Narro o que vejo. Observo, escuto e conto tudo. Esse é o trabalho — disse, impaciente.

— Contar, transmitir os fatos. Esse é o objetivo.

— É claro que sim. — Ele não parecia convencido.

Ela olhou para ele.

— Ouça, a única maneira de sair disso é contar tudo o que acontece, o tempo todo. E a única maneira é seguir em frente. Seguir em frente e contar.

Ele a observava com a cabeça de lado, como se escutasse através de um estetoscópio.

— A única maneira de sair do quê?

Na breve pausa, ela sentiu algo lhe escapar tão rapidamente que não teve certeza do que era. Deu de ombros.

— Desse caos.

— Por que você desejaria sair? — perguntou ele, de modo bastante suave.

— *Eu* não quero sair de nada — disse ela, exasperada, na direção do ombro dele. — Sou eu quem está aqui, não sou? Sou eu quem tenta entender o que acontece por aqui para que possamos... ah, meu Deus — ela parou subitamente —, não importa.

— Para que possamos o quê?

Ela não respondeu.

Ele abandonou o assunto, apoiando a cabeça na parede.

— Às vezes estou em pleno inferno, no meio de pessoas gritando e daquele fedor de gás e de fogo, e preciso virar o rosto para esconder meu sorriso. — Não havia como confundir a alegria na voz dele. — Tudo importa, aqui — disse ele, em voz baixa. — Tudo significa alguma coisa.

Ela olhou para ele.

— Nada relativo a isso significa alguma coisa.

— Não é verdade — disse ele. — Isso é tudo o que há.

— Maluquice — respondeu ela, irritada. — As coisas acontecem ao acaso, parece o inferno. É o inferno. Acidentes ao acaso, incompreensíveis, noite após noite. Um homem chamando seu filho para que venha correndo até ele, por segurança, e, no momento que o menino corre, nos vinte passos que separam os dois, ele é atingido, é morto...

— E você viu isso.

Ela franziu a testa.

— Isso é tudo; é o que estou dizendo. E você viu.

— Maluquice — ela balançou a cabeça.

— Escute, vim para Londres porque tinha uma ideia excêntrica da ordem das coisas, porque uma mulher morreu sob meus cuidados e achei que deveria ir a um lugar onde pudesse fazer o bem, impedir outras mortes. Mas você não.

— Não o quê?

— Não impede nada. — Ele estava tão seguro que era quase elétrico na escuridão. — Você pode apenas observar.

— Ah, pelo amor de Deus. — Ela se afastou. Aquela excitação tão crua era embaraçosa. Ela a ouvira na voz de seu pai, depois que ele bebera demais. Corado e possuído pelo vinho e pelo fervor, ele denunciava algum político ou fazia algum gesto absurdo, e o fogo dentro dele ardia mais forte, forte demais, como algum garoto bonito e notável; era o que ela sentia, olhando para sua mãe, envergonhada. Forte demais. Ela desviou o olhar para as sombras. A memória de seu pai vinha em sua direção, pálida e urgente, através da escuridão e das correntes graves da voz de Will Fitch. Seu pai, tristeza arruinada.

— Nas primeiras semanas que cheguei aqui — prosseguiu ele —, caminhara pela enfermaria do hospital todos os dias, desesperado para curar, aliviar, salvar. Trabalhei durante horas seguidas, sem parar, mais como um mineiro do que como um homem. Caminhando devagar por entre as camas, conferindo pulsos, temperaturas, costurando e atando ferimentos. Mantendo registros cuidadosos. Quantos, quem. Depois de um mês, eu havia trabalhado por mais tempo e visto mais pacientes do que qualquer outro médico no hospital. E eles não paravam de chegar, dia após dia. Não importava o que eu fizesse, eles continuavam morrendo. Ou vivendo.

"E então, um dia, eu entendi. Levantei a cabeça do peito da criança que eu auscultava e me dei conta, com um choque de alívio, de que o que quer que viesse, viria. É isso o que sustenta tudo. Estamos todos no meio do caos, e não há como contorná-lo. Estou sempre diante de uma voz e de um par de mãos únicos. Não é mais o filho de alguém, não o marido de alguém. Anônimo, mas necessário, vital. Um *Lucky Strike*."

— Escute — disse Frankie, ríspida. A felicidade dele era enlouquecedora. — O que quer que tenha de vir *não* apenas vem, como você diz, mas é ajudado pelas pessoas que desviam deliberadamente o olhar, pessoas que desenvolveram o hábito de engolir mentiras em vez da verdade. No instante que começa a pensar em outra coisa, a pessoa parou de prestar atenção. E prestar atenção é tudo o que temos.

— Estou olhando tudo de frente, Srta. Bard — respondeu Will, com calma. — É impossível sair do caos. É impossível mudar o que virá. — Ele olhou para ela. — E você não deveria tentar.

Com um suspiro impaciente, Frankie empurrou o corpo contra o chão e se levantou, precisando de movimento, de um pouco de ar e de um pouco de luz. Estendeu a mão para fechar outra vez a saia, que havia desabotoado atrás, e, ao se curvar para pegar seu suéter amarrotado, percebeu que o médico não havia se movido. Irritada, pegou a bolsa ao lado dele.

— Se o mundo tivesse prestado mais atenção em 1939 — disse, ríspida —, talvez não estivéssemos sentados aqui, no escuro, fugindo das bombas.

— Estaríamos sentados em outro lugar.

— Com sua esposa, por exemplo.

— Sim, certo — concordou ele, tristemente. — Com minha esposa.

A porta do abrigo se abriu com violência, e o ganido longo e agudo da sirene que anunciava que o perigo havia passado soou, enquanto a primeira luz do dia se esticava pela entrada. Algo como um soluço brotava dentro dela, e ela passou a bolsa por cima do ombro, acomodando-a sobre o peito.

— Você precisa apenas ir para casa — disse, com cuidado. — Isso é tudo que precisa.

Ele se levantou e estendeu a mão.

— Não sei.

Frankie hesitou, com a mão na dele por um breve instante, antes de soltá-la e sumir no bando de londrinos acordando e saindo para o azul suave da manhã. Parou por um instante na calçada acima do abrigo, de volta ao ar da primavera.

Passava um pouco das 5 horas. A luz mudava na rua, subitamente diminuindo no escuro, depois subitamente muito clara sobre a calçada. Não importa o que acontecesse, a primavera se comportava como sempre. Ainda era apenas uma manhã no final de maio.

O final de maio em Londres. Em sua cama, sob os beirais na escola, aquelas teriam sido as palavras capazes de trazer à mente festas, morangos e Henry James, quando toda a civilização podia caber dentro das fronteiras azuis do céu inglês. À exceção dos edifícios fumegantes e do fedor de borracha e de metal queimado, seria quase possível imaginar Dorian Gray, corado e magnífico atrás de uma daquelas janelas, e a Sra. Dalloway andando até a praça. Quase, pensou Frankie, notando um buraco na lateral de uma casa, do outro lado da praça. Como se houvesse levado uma mordida.

— Até logo — disse Will Fitch às suas costas. — Vou escutar seu programa.

— Até logo. — Ela o cumprimentou com um gesto da cabeça mais uma vez e o observou caminhar energicamente, sozinho pelo longo quarteirão de Wilmot, em direção à atividade intensa de Oxford Circus. Ela o observou colocando o chapéu e viu seu paletó se estreitar, elegante, enquanto ele o abotoava na cintura. E sentiu-se relaxar enquanto ele se afastava. Deus, ele a havia afetado intensamente. O que acontecera com ela? Ela puxou a alça sobre seu peito, envergonhada no mundo por causa de sua reação ao médico no esconderijo. Estremeceu. Estava escuro demais; e eles dois, próximos demais. Havia a voz dele ao seu lado, sondando, estocando, insistente como um fantasma. Uma voz americana. Na superfície, na ruína familiar, sentia-se mais ela mesma.

O médico havia quase chegado ao fim da rua. Ela abafou uma vontade momentânea de chamá-lo e ficou parada, um minuto mais, para vê-lo desaparecer. A distância, na esquina, homens e mulheres atravessavam a rua. Parecia que iria chover. Uma mulher caminhava na direção dele, em sentido oposto, com um bebê nos braços.

Frankie não conseguia se lembrar, mas algo que a mulher fez levou o médico a se virar e olhar para ela, como se a tivesse reconhecido; ele não viu o táxi londrino vindo da direção para qual os americanos não pensam em olhar, não viu a máquina preta e eficiente, e desceu da calçada. Frankie deu um passo à frente, com um grito, e as pessoas que saíam do abrigo se viraram e viram o homem alto ser arremessado pelos ares — onde, ainda assim, embora todos tivessem visto, ele poderia estar vivo, poderia não precisar cair de volta — até ele cair de costas sobre a rua, com força, em um baque aflito e inconfundível, seu corpo como um saco furado.

Ela ouviu um sibilar baixo vir da frente do carro. O motorista estava sentado lá dentro, imóvel, mantendo as mãos no volante, e o táxi se aproximava devagar do ponto onde Will caíra.

— Pare! — Frankie correu rua abaixo. — Puxe o freio! — Ela foi, aos tropeços, até onde Will estava e afundou ao seu lado. Seu nariz estava quebrado e o osso perfurara a pele, nu e torto. Um fluxo constante de sangue escorria pela sua face. Ele fitava o céu acima do ombro dela. Frankie tentou limpar o sangue com a mão, mas era muito, e a marca dos seus dedos ficou atravessada no rosto dele. Ela tentou pegar uma ponta da saia para limpá-lo, mas o sangue continuava fluindo, cobrindo as marcas. Os olhos dele se abriam e se fechavam, e ele gemia.

Frankie não conseguia ver nada quebrado além do nariz, embora, sob o ruído da respiração dele, ouvisse um suspiro baixo e persistente, como se o ar escapasse em algum lugar.

— O que eu faço? O que eu faço? — O motorista havia saído do táxi.

Ao redor de Frankie, uma multidão fitava Will, com sua respiração difícil e chiada, seus olhos abertos. Atrás deles, ouviam-se sirenes de ambulância, e o tráfego diurno da cidade buzinava e se agitava. Até mesmo numa cidade em que o número de mortos chegava aos milhares, onde o cheiro podre de carne e de borracha queimada pairava no ar, e onde os rostos exaustos e sujos de homens e de mulheres pela manhã, nas ruas, não eram notáveis, aquilo era. O homem simplesmente não prestara atenção. Não tinha nada a ver com a guerra. Eles não conseguiam evitar, precisavam falar, e suas vozes acima de Frankie soavam como o cacarejar desordenado de aves.

— Chame uma ambulância! — gritou Frankie. — Alguém chame uma ambulância!

Will fez um ruído, como se estivesse pigarreando. Saía sangue da sua boca e Frankie se sentia fraca.

— Meu Deus... — o motorista do táxi sussurrou.

Frankie passou as mãos sob os braços de Will.

—- Ajude-me! — gritou ela para o motorista. Ele se abaixou e os dois arrastaram e empurraram Will para o colo dela. Ela apoiou a cabeça dele em seu cotovelo e olhou para um rosto cujo destino já havia sido traçado. Uma poça quente se espalhou sobre o colo dela, embora ela não pudesse ver a fonte do sangramento. Ela passou os braços ao redor de Will para mantê-lo aquecido, e o som frenético da sirene da ambulância se aproximava, cruzando a Oxford Street. Alguém tinha chamado uma ambulância?

O motorista do táxi tentava dar algo a ela. Um envelope. Ela o fitou.

— Estava na rua, ali. — Ele apontou. — É dele, eu acho. — Ela olhou para o endereço, colocou o envelope no bolso da sua jaqueta e viu os olhos de Will sobre ela.

— Está tudo bem — disse a ele, em voz baixa, embora soubesse que ele não poderia ouvir ou responder. — Estou com você. — E ela pousou uma das mãos em sua cabeça e a outra em seu coração, até o sentir parar.

14.

MUITO TEMPO depois que a ambulância havia ido embora com o corpo do médico, Frankie ainda estava sentada na calçada, relembrando, desordenada, os minutos em que ele esteve sentado ao seu lado na escuridão, antes do ar, da luz e do táxi. A aurora de Londres, num estardalhaço, transformou-se em manhã, e a multidão que havia se reunido ao seu redor aos poucos derreteu dentro dela. Táxis continuavam subindo e descendo a rua. Ela ficou sentada por dez minutos, vinte, mais meia hora. No pequeno jardim do outro lado da rua, a corola pesada de orvalho de um narciso pendia de lado sobre a grama. De uma das janelas abertas chegava o choro de um bebê. Passos fortes ressoavam na calçada. A porta de uma das casas fechou com um baque, mais acima na rua. O sangue na sua saia havia secado. Por fim, ela se levantou e seguiu para casa.

Por volta das 16 horas, o dia de primavera havia sumido e havia começado a chuviscar. Frankie acordou, com o coração em disparada. No quarto que ocupava sozinha, fitava-a o vaso de gerânios de aspecto cansado, no batente da janela, que era fundo como o de uma fortaleza. Ela estremeceu e se ergueu, apoiada nos cotovelos. À exceção dos gerânios, parecia o quarto de alguém que vivia em outro lugar. Seu coração desacelerou e, girando o corpo, ela se levantou da cama e se sentou diante da máquina de escrever.

Talvez a essa altura o médico já houvesse sido identificado e a notícia houvesse iniciado sua jornada, através dos fios do telégrafo, até alguém em Massachusetts, que iria datilografá-la e encaminhá-la. De Boston, descendo pelo Cape Cod até Franklin, na extremidade, onde outra pessoa seguraria o telegrama, saberia o que ele significava e teria de entregá-lo. Frankie tentou imaginar quem entregaria à esposa do médico aquele pedaço de papel, mas não conseguiu visualizar a cidade ou a pessoa, nem sequer a esposa. Apenas a mão de alguém segurando um pedaço de papel com o fato, mas não com o que havia acontecido. Ela tirou um pedaço de papel da gaveta sob a máquina de escrever, colocou-o ali e puxou a alavanca várias vezes, até a folha aparecer do outro lado. *18 de maio*, ela começou, *Londres.*

Pensamos que estamos a par da história. Pensamos isso porque há um homem e uma mulher sentados juntos num abrigo, no escuro. Há bombas. É uma guerra. Houve uma guerra antes, e lemos as histórias. Ela parou, lendo as duas linhas na página. *Lemos Hemingway. Lemos a Srta. Thompson e Martha Gellhorn. Pensamos que sabemos quem morre e quem vive, quem é o herói, quem se apaixonará por quem. Mas cada história — de amor ou de guerra — é sobre olhar para a esquerda quando deveríamos estar olhando para a direita. Esse é o...* Frankie puxou a alavanca três vezes mais, tirando a folha da máquina de escrever. Aquilo não seria aprovado, ela sabia. Não por Murrow, com certeza, tampouco por Max Prescott ou pelo *Trib*. O que ela achava que estava escrevendo? A morte de um idealista? A morte de um bom rapaz? Ela se levantou, relendo aquelas palavras. Não havia nada a dizer. Em uma noite durante a qual muitos haviam morrido, ela queria escrever sobre uma única pessoa. Um homem havia morrido acidentalmente naquela manhã. Um homem que acreditava que, apesar do caos, tudo significava alguma coisa. Um homem feliz no meio da Blitz. Frankie esfregou os olhos, pensando em Max do outro lado da linha: *Diabos, Frankie, onde está a história?*

Um coágulo de sangue se soltou para dentro de sua calcinha, depois mais um. Cristo! Ela andou tremendo, os três passos até sua cômoda, com a mão entre as pernas para que nada pingasse sobre o carpete da senhoria. Estendeu a mão e encontrou um absorvente e uma calcinha limpa. Prendeu o primeiro ao cinto higiênico em torno da cintura, puxou a segunda para cima, e jogou a calcinha suja sobre a blusa que já estava de molho na pequena pia junto à porta. A torneira engasgou enquanto ela enchia um pouco mais a pia. Em seguida, encheu um copo d'água e derramou-o junto às raízes do gerânio; o cheiro verde se ergueu das folhas e lhe trouxe a lembrança do jardim de sua mãe e do verão em casa. Sua mãe teria gostado do Dr. Will Fitch. Largou o copo, com suavidade. A vista oblíqua da janela lhe devolvia telhados de ardósia, brilhantes e escurecidos pelo leve chuvisco inglês. Eram quase 17 horas.

Ela trocou rapidamente de roupa e fechou as venezianas da janela. Na rua, a garoa grudava em seu cabelo e na lã de seu suéter, fazendo com que ela se sentisse a salvo, como se as bombas não pudessem fazer seu estrago por completo com o tempo chuvoso; era absurdo, mas era como ela se sentia. Depois de dois ou três quarteirões, deu-se conta de que estava ficando ensopada e abriu o guarda-chuva ao mesmo tempo que uma pessoa do outro lado da rua, como flores negras. Ela girou a maçaneta da lavanderia e sacudiu um pouco o guarda-chuva, sem saber ao certo o que dizer sobre o sangue do médico.

— Não ligue para isso — disse a miúda Sra. Dill, juntando, de forma eficaz, a saia e a blusa enxaguadas numa pilha. — Tiraremos isso num instante. Espere...

Frankie se virou, quase do lado de fora.

— Sim?

A Sra. Dill segurava a carta de Will Fitch que tirara do bolso da saia.

— Obrigada. — Frankie guardou-a sem olhar.

A chuva e a primavera verde haviam avançado pelas fachadas abertas e alagadas dos prédios ao longo da Portland Place. A estação da rádio sempre parecera a Frankie elevar-se de sua vizinhança como uma fortaleza, circundada por um fosso de sacos de lona com areia, de onde brotava, Frankie viu, o que parecia ser grama. Ela empurrou as portas e entrou no saguão, onde chegava o cheiro de repolho vindo de dois andares abaixo, no subsolo, onde os estúdios e o abrigo dividiam espaço com a cozinha e as pessoas. Frankie foi até a escada no centro do prédio. As pessoas e suas vozes, as ondas curtas do riso e uma fala acalorada e aguda ecoavam ao seu redor. E fofocas. "Olá, Frankie." "Olá", "olá". Ela surgiu entre seus compatriotas como se nadasse de volta à superfície em busca de ar.

— Você está com uma aparência horrível — observou Ed, diante de sua escrivaninha, quando ela entrou no escritório.

— Obrigada, Sr. Murrow. — Frankie tentou brincar, pendurando o casaco sobre o dele, atrás da porta.

— O que aconteceu?

Ela se virou e não o fitou.

— Um homem foi morto hoje pela manhã.

Murrow a examinava.

— Alguém que você conhecesse?

Frankie balançou a cabeça.

— Eu o conheci no abrigo ontem à noite.

Ele franziu a testa.

— Ah, Ed! — Ela corou. — Não foi isso. Ele era americano, isso é tudo! E foi atropelado por um táxi porque estava olhando para o lado errado.

— Isso é difícil.

Frankie levantou os olhos.

— É — disse ela. — E ele tem uma esposa em casa.

— Isso é difícil — repetiu Murrow, com a voz mais baixa. Apontou para a cadeira diante dele. Ela se afundou ali.

— Tudo bem? — Ele a observava.

Ela assentiu.

— Veja isso. — Ele lhe entregou um teletipo do escritório de Nova York e a excitação em sua voz fez com que ela olhasse para ele antes de ler o papel em sua mão. J. Edgar Hoover dera uma declaração impressa maldizendo o que ele chamava de "histeria da Quinta Coluna", que tomava conta da nação. De repente, parecia haver espiões debaixo de cada cama, ilegais escondidos em cada esquina, sabotadores de tocaia em cada garagem. O FBI recebia quase trezentas ligações por dia relatando suspeitas de espiões estrangeiros, e Hoover queria injetar um pouco de bom-senso na população. Aquilo era uma inversão. Um ano antes, ele recomendava ao país que tomasse cuidado.

— Aí está, Frankie.

Ela olhou para ele, hesitante.

— Aí está sua estrutura. Agora se trata de uma notícia americana — disse Murrow. — E há uma razão para contar sobre quem está deixando a Alemanha, quem realmente está naqueles trens de refugiados.

A onda familiar de ter uma tarefa designada a percorreu, sua excitação crescendo e se sobrepondo à morte do médico.

— Quando partirei? — Ela se sentou para a frente na cadeira.

Ele mostrou o sorriso que inspirava todos a fazer qualquer coisa que pedisse.

— Assim que conseguir arrumar suas coisas.

— Fechado.

— Boa menina — disse ele. — Aí está o que queria.

Ela se levantou e pegou seu passe de imprensa, que lhe garantiria trânsito seguro através da Alemanha e da França. No papel estava carimbado: PRESSE ÉTRANGÈRE. *Valable du 19 mai au 9 juin, 1941. Nom et prénoms: Mlle. Bard Frances. Nationalité: Américaine. Profession: Collaboratrice au Columbia Broadcasting System.*

— O negócio é o seguinte, Frankie. Consegui três semanas para você ir até lá, circular um pouco e voltar. Você levará de dois a três dias para chegar a Berlim, dependendo dos trens, e vou colocá-la em três transmissões ao longo da rota até Lisboa, começando daqui a cinco dias, a partir de Strasbourg, perto da fronteira entre a Alemanha e a França. Escolha uma família para cada parte da sua viagem, desde Berlim até Lisboa; é assim que essa história terá base. Não importa qual idioma eles falem, pois você estará trazendo a si mesma junto, você é os olhos, os ouvidos e a tradutora. Eles são a história porque *você* está com eles.

— Tudo bem — disse ela, mal conseguindo acreditar em sua sorte.

— E vou lhe dar um desses. — Ele apontou para o estojo quadrado de madeira, quase do tamanho de uma vitrola sobre sua mesa.

— É o que eles chamam de portátil? — Frankie franziu a testa.

— Qual o problema?

— Parece pesado demais.

— Pesa mais de 10 quilos — admitiu ele. — Colocaram numa caixa de madeira para você, para que ficasse mais leve. Os outros vêm em aço.

— Como funciona?

— É muito simples. — Murrow abriu a tampa do estojo.

O prato ocupava quase toda a parte de cima do gravador; o braço da agulha ficava na parte de trás. Um par de fones de ouvido e o microfone com o cabo repousavam em cima do prato.

— Há uma armazenagem na tampa para 16 discos duplos. Cada lado pode gravar até três minutos do que for que você coloque diante dele.

Ela assentiu, isso lhe dava cerca de uma hora e meia de gravação. Ela observou Murrow plugar o microfone na lateral da máquina.

— Esse botão — Murrow apontou para o botão serrilhado na frente da máquina — liga o amplificador. — Ele o girou — Diga algo.

Ela ergueu as sobrancelhas.

— Qualquer coisa?

Ele desligou o botão. Então virou-o no sentido anti-horário. *Diga algo*, sua voz emergiu da caixa. *Qualquer coisa?*

Ela sorriu. Playback imediato. Ela poderia reproduzir o material instantaneamente, sem qualquer processamento. Ninguém jamais fizera algo como aquilo.

— Grave tudo que puder. Grave o trem, consiga as falas, consiga tudo. Se puder usar imediatamente algo que consiga gravar, vá em frente. Se não puder, apenas transmita o que vir, o que ouvir, e usaremos esse material quando você voltar. Depois de Strasbourg, vá para Lyon, no fim do mês. Jim Holland está lá. Depois, Lisboa, no dia 5 de junho, o que lhe dará tempo suficiente para voltar para casa.

Ela concordou e se levantou da cadeira.

— E Frankie?

— Sim?

— Quando estiver diante dos transmissores, mantenha a história concisa. — Ele foi direto ao ponto. — Os censores estão com tudo. Ainda não estamos em guerra com eles, mas vão tirar você de cena na primeira oportunidade.

— Certo — disse ela, pegando o gravador pela alça de madeira. Cristo, ela fez uma careta. Como *era* pesado. — Até mais.

Não havia ninguém a quem dizer adeus, ninguém a quem ela estivesse deixando. Escreveu um bilhete para a senhoria, colocou uma camisola e as outras duas saias com suas três blusas na mala de couro azul — que sua mãe lhe tinha dado anos antes —, cobriu-as com sua roupa de baixo e absorventes Kotex o suficiente para durar por todo aquele tempo, e pegou o trem noturno para Dover com vinte minutos de antecedência. Colocou a mala e o gravador na armação acima de sua cabeça e se afundou no assento. A ponta de um envelope saiu do seu bolso e ela puxou-o e virou-o. *Emma Fitch*, dizia o envelope. *Caixa postal 329, Franklin, Massa-*

chusetts, EUA. Ela havia se esquecido completamente da carta do médico. Frankie fitou o nome da mulher para quem as notícias ainda não haviam acontecido. Durante aquelas poucas horas até o telégrafo chegar, o médico ainda estava vivo, e sua mulher ainda não atravessara para a parte seguinte da sua vida.

Para onde Frankie estava. Ela estremeceu e recolocou o envelope no bolso, para postá-lo da França, fazendo com que chegasse depois da notícia da morte dele. O médico teria gostado das coisas organizadas dessa maneira, ela pensou, olhando para a noite, atrás do vidro. A voz dele ao seu lado, sua esperança e sua alegria reluziam como fogo. Cristo, isso a deixara maluca. O apito soou, as luzes dos vagões se apagaram e o trem entrou em movimento, devagar, saindo da estação e passando através da cidade e do seu blecaute. Frankie colocou a carta outra vez dentro do bolso e ficou observando a escuridão acolher o trem, escondendo-o da Luftwaffe enquanto ele corria até a costa, onde os barcos para a França aguardavam.

15.

UM DOS absurdos da guerra era o fato de os trens ainda transitarem entre os países. Como formigas mecanizadas, eles continuavam, e qualquer pessoa poderia ir de Dover a Calais, através do Canal, numa manhã, e estar em Paris ao fim do dia. Junto ao fato de que os campos no norte da França ainda exibiam um gracioso verde-claro, o que poderia deixar as pessoas malucas. *Não estamos em guerra, não estamos em guerra*, o trem estalava sobre os trilhos na manhã seguinte. Os campos normandos haviam sido arados e plantados, e os álamos se erguiam contra o céu pálido. Homens, com roupas leves, trabalhavam nos campos, sem prestar atenção no trem que passava.

O trem chegou a Paris pouco depois das 18 horas. O domo de Montmartre se projetava, redondo, acima dos telhados pronunciados a distância. Frankie deixara a janela aberta durante todo o trajeto, e a primavera se esgueirava para dentro da cabine mesmo enquanto o trem deslizava lentamente por entre as vilas remotas. Uma mulher de bicicleta seguia na mesma velocidade do trem; Frankie observou-a passar pela bandeira com a suástica adejando no mastro da praça da cidade, tão erguida em seu assento, a cabeça coberta com um lenço, tão *francesa*.

Ela não teria muito tempo para encontrar o trem para Berlim, mas não houve problemas para embarcar. Entrou no penúltimo vagão e se instalou num assento enquanto o trem seguia e, aos poucos, Paris ficava para trás.

Quando o trem saiu da França e entrou na Bélgica ocupada, o motor foi desatado e trocado; os viajantes ficaram sentados no escuro durante horas, dando a impressão de que aquilo era mais um maldito abrigo, pensou Frankie. Havia muito que o sol se pusera, e as cortinas com blecaute puxadas sobre as janelas da pequena estação eram uma prova nítida de que os bombardeiros haviam chegado ali.

O trem cruzou a fronteira da Alemanha, abrindo caminho no escuro, com as linhas de telégrafo reluzindo como agulhas na escuridão. Em algum momento antes do alvorecer, eles pararam no que parecia ser um cruzamento, e uma ordem foi dada bem abaixo da janela de Frankie e repetida mais adiante. Ela levantou a cortina e viu o que parecia ser um exército fantasma na noite, e a lua pálida reluzindo nos protetores de queixo e no cano das armas. Devia haver cem homens ali, todos em silêncio, aguardando para se colocar em movimento. A locomotiva estremeceu e suspirou.

Conforme se aproximavam de Berlim, as pessoas comuns foram deixando o trem. Poucas viajavam tão longe a leste. Quando chegaram à cidade, na manhã seguinte, Frankie estava sozinha em sua cabine. Ficou sentada durante um minuto antes de sair. O ar estava agradável e, assim como em Paris, ela podia ver as largas avenidas se estendendo para longe da estação ferroviária e o verde suave contra os edifícios de mármore, todas aquelas coisas que deslocavam o presente. Ela se levantou, puxou a mala da armação acima de sua cabeça, pegou o gravador e emergiu na plataforma onde centenas de pessoas pareciam esperar. Virou-se. O único trem que conseguia ver era aquele do qual acabara de sair. Mais do que uma fila de pessoas, aquilo era uma onda, refreada pelas portas fechadas dos vagões. Naqueles agrupamentos exaustos e receosos, o presente regressava. Alguns rostos a fitavam enquanto passava, e ela os cumprimentava com a cabeça. Eles abaixaram os olhos, como se ela fosse perigosa.

Os outros passageiros também haviam descido e, no final da plataforma, a fila para o controle de passaportes começou a crescer. Ela ficaria feliz com um banho e uma bebida, pensou, entrando na linha que serpenteava em sua direção. Um banho, uma bebida e, em seguida, uma longa caminhada pela cidade. O salvo-conduto fora lido e dobrado outra vez em cada um dos postos de controle de fronteira, e seu passaporte fora carimbado. Ela colocou no chão a mala e o gravador e deixou-os entre suas pernas, entregando a carta.

— Quanto tempo?
— Para passar a noite. — Frankie sorriu para o oficial. Ele era gordinho e asseado. Fitou-a com olhos alarmantemente pretos.

Ele pegou os papéis, olhou-os e estendeu-os sobre a mesa. Suas unhas estavam roídas até o sabugo.

— Não, Fräulein. — Ele balançou a cabeça.
Ela franziu a testa e se curvou sobre a mesa.
— O que quer dizer?
Ele olhou para ela com uma expressão divertida.
— Se planeja deixar Berlim amanhã, precisa ficar aqui e pegar o próximo trem.
— Por quê?

— Não há espaço — respondeu ele, afável, devolvendo-lhe os papéis.

— Sou repórter — disse ela, com a voz mais calma possível.

— Ah? — Ele a olhou de cima a baixo, com os olhos baços e sem deixar luz alguma entrar. — E faz reportagens sobre o quê?

— Sobre os trens que deixam Berlim.

— Com que propósito?

— Para dar ao meu país uma ideia das condições nos tempos de guerra.

— As condições nunca estiveram melhores.

— Exatamente. — Ela olhou para ele.

— Não, Fräulein... — Ele fez um gesto para o homem de uniforme atrás dele.

— Sou americana.

— Nós já temos muitos americanos. — Ele deu de ombros. O segundo homem parou atrás dela.

— Posso passar um telégrafo para o meu escritório?

Ele franziu o lábio.

— Seu escritório? Fräulein, se quer seguir de trem, esse será o último por muito tempo.

— Por quê?

Ele deu de ombros e agitou os papéis dela no ar. Ela os apanhou. Seus olhos de uva-passa subiram devagar, encontrando os dela.

— Boa viagem, Fräulein.

Ela se abaixou, pegou suas duas malas e virou-se para a multidão.

O cheiro forte do medo pairava no ar viciado da sala de espera. Várias pessoas olharam quando Frankie entrou, mas sua atenção estava focada no oficial ao lado dela. Ele talvez fizesse um comunicado. A cada hora perdida, sem se mover, os vistos de saída — com o carimbo nítido da data em que deveriam deixar o país — se aproximavam da expiração, e eles nem sequer haviam começado a viagem. Todas as pessoas tinham salvo-condutos conseguidos com dificuldade, permitindo-lhes atravessar o país a caminho dos navios. Um problema com algum dos dois significava que a qualquer ponto eles poderiam ser recusados, ter a entrada vetada, ser enviados de volta. Por isso precisavam embarcar no trem. Aquele do qual Frankie acabara de sair estava parado no trilho atrás dela. Do outro lado do vidro, diante deles, encontrava-se a viagem para fora dali. Lá estava ela, guardada por dois soldados cujas armas estavam atravessadas sobre o ombro.

A porta do banheiro estava cercada de mulheres; Frankie se juntou a elas.

— Há quanto tempo estão esperando? — perguntou Frankie, em alemão.

Uma das mulheres se virou.

— Desde a manhã. O trem devia ter saído às 10 horas.

Eram quase 2 horas. A viagem havia começado, Frankie se deu conta, quase que escrevendo o script. *A viagem começa numa plataforma vazia, sem trem algum à vista.* A porta do banheiro se abriu, à sua frente, e uma mulher miúda, de cabelos louros e cacheados, segurando uma criança pela mão, apareceu. Sua blusa estava esticada sobre a barriga de grávida; ela tinha os olhos arregalados e inquietos de alguém que esperava o próximo golpe. Segurava o filho com força, porém, e guiou-o em meio às mulheres. Frankie se virou e a acompanhou, para ver como era seu marido. Mas a mulher se afundou num lugar vago num dos bancos, nitidamente guardado por uma mulher mais velha, uma matrona de vestido preto de algodão. Não havia marido. Frankie se virou. Talvez fosse aquela a história a ser seguida. Uma banda militar começara a tocar no centro lúgubre da estação, e Frankie sentiu os tambores em seus ossos.

De repente, a cena através da janela ganhou vida. Vários soldados correram pela plataforma, fazendo sinais que outros dois, já ali, se movessem para a frente. Um vagão de combustível chegou, recuando pelos trilhos paralelos; o maquinista era um louro grandalhão, que contava piadas para seus camaradas, e todos irromperam em risadas. Os tambores cessaram e o ruído contínuo do motor a diesel encheu a estação de vida. Os ânimos ao redor de Frankie também melhoraram; talvez eles fossem partir. As pessoas começaram a se levantar, segurando seus pertences junto ao peito, observando um dos trens se engatar no outro, passando-lhe o combustível.

Da avenida, veio o som de apitos e dos motores de vários veículos. Frankie contou seis caminhões entrando na estação e parando junto aos trilhos. Deles saltaram homens de uniforme, na sua maioria garotos. Dentro de poucos minutos, lotavam a plataforma diante deles, desajeitados, esperando, como se estivessem fugindo, olhando através do vidro. Apesar da plateia na sala de espera, ou talvez por causa dela, os jovens pareciam, a Frankie, estar brincando de soldados, como fariam meninos em idade escolar, andando de um jeito afetado e fumando, nitidamente ansiosos para partir, para ser mandados aonde os fatos estavam acontecendo. A opinião, na sala onde Frankie esperava, era a de que os soldados se encaminhavam à fronteira da Rússia. Tinha havido três convocações nas últimas duas semanas, de Berlim.

"Soldados, chá e toda a carne enlatada que restava na cidade", uma mulher de lábios grossos e olhos atentos e discretos comentou com Frankie. Tudo para a Rússia, disse ela, pesarosa. E os trens, um homem acrescentou, atrás dela. Todos os trens também.

Frankie olhou para trás, para o banco onde a mãe e seu menininho ainda estavam sentados, ele dormindo sobre o braço da mãe. A mulher estava sozinha, era visível.

Um carro lustroso passou pela plataforma, deixando a ordem em sua esteira. Os garotos se tornaram verdadeiros soldados: os ombros para trás e as pernas unidas. Um oficial saiu do carro e gritou algum tipo de encorajamento e, então, a fila afrouxou e os garotos subiram no trem. Uma hora depois, a sala de espera fitava mais uma vez os trilhos vazios. Frankie foi procurar algo para jantar e se sentou no café da estação, observando trilhos vazios iguais aos que as pessoas observavam na sala de espera, sem querer sair dos seus lugares junto à porta. O menino estava de pé diante da sua mãe, batendo as palmas das mãos, tentando fazer com que ela olhasse para ele. De vez em quando, ela olhava para longe dos trilhos. De vez em quando sorria. Frankie decidiu que não se aproximaria dela ali, com toda a sua atenção fixa na direção do trem tão esperado.

Por volta das 3 horas, uma sirene começou a soar e outro trem chegou à estação, bem menor do que aquele em que Frankie viera de Paris, esse com apenas seis vagões, e todos na sala de espera se levantaram e se aproximaram. Não havia como ficar para trás, como deixar que outros conseguissem lugares antes dela. A multidão se moveu como uma única onda impulsionada pelo pânico na direção da porta da sala de espera, que alguém havia aberto, e então jorrou sobre a plataforma para parar diante do exterior cinza chumbo dos vagões. As portas estavam fechadas e nenhuma luz foi acesa; inicialmente ele parecia vazio a Frankie, e lúgubre na escuridão. Da frente do trem, um homem gritou algo; a família ao lado de Frankie olhou para ela. Você ouviu? Ela balançou a cabeça.

Subitamente, como a caverna de Aladim, as portas foram abertas. Mais uma vez a onda humana se ergueu e Frankie se sentiu levantar do chão por um breve instante. Alguém gritou atrás dela e, por sobre o ombro, ela viu a mãe miúda e seu filho pequeno imprensados contra as costas de um homem. Frankie colocou a mala debaixo do braço, liberando a mão e estendendo-a para trás, a fim de segurar a do menino e puxá-lo para si, para fora do aperto. *Tudo bem,* ela disse a ele, *está tudo bem. Franz!*, a mãe dele gritou. *Ele está comigo! Je le tiens!*, Frankie gritou de volta. A mãe agarrou a cintura dele e os três foram empurrados juntos, para a frente e escada acima, para dentro do trem.

Frankie abriu a primeira cabine, viu que havia meio assento e entrou, colocando o menino entre dois homens. "Aqui", ela apontou para a mãe, que estava ofegante, a respiração vindo em estampidos rápidos e apavorados, e o mais jovem dos dois homens se levantou num salto para dar a ela seu lugar. Ela afundou no assento da cabine; seu filho estava imóvel, os olhos fixos no rosto da mãe. A respiração dela estava rápida e irregular. Frankie desejou desesperadamente ter água.

— Abaixe a cabeça — sugeriu o homem mais velho em voz baixa, em alemão. Ele era troncudo, mas tinha a barba feita. Estava acostumado a dar instruções. Talvez um professor, pensou Frankie. Por que estaria viajando sozinho?

A mulher não ouviu. —Abaixe a cabeça. — Ele se levantou, segurou-a pelos ombros e obrigou-a a abaixar a cabeça. O trem deu uma guinada, fazendo com que todos na cabine perdessem o equilíbrio. O homem tropeçou e esbarrou em Frankie, mas se ajeitou e falou com mais delicadeza à jovem mãe, que ergueu os olhos para ele, por fim, assentindo, e se curvou.

Alguém bateu com força na janela do trem. Frankie ergueu os olhos e viu o rosto transtornado de uma mulher, comprimido contra o vidro, gritando para ela. O trem se moveu, deu um solavanco e começou a andar. A mulher na plataforma deixou o braço cair, mas houve ainda uma batida implacável no vagão, abaixo da janela. Ficou claro que o trem deixaria para trás todos que estavam na plataforma. Frankie fitou todos aqueles rostos voltados para ela e soube que olhava para fantasmas. Eles não sairiam. Um trem diferente, numa outra noite, talvez. Mas aquele estava cheio, embora todos tivessem uma passagem e um trem suficientemente grande houvesse sido prometido. Eles se afogavam diante dela sem qualquer bote salva-vidas à vista, sem terra à vista, e ali estava ela, ocupando um lugar.

Ela se virou para sair da cabine, para sair do trem, para dar a alguém, qualquer outra pessoa, seu lugar.

— Deixe-me passar — gritou ela para o homem sentado junto à porta da cabine, mas, quando alcançou a maçaneta, ele fechou a mão sobre a sua.

Ela franziu a testa.

— Solte-me.

Ele apontou para a porta e, através dela, ela viu as costas de um punhado de pessoas a pressionando, e, contra essas pessoas, noutra fila, havia mais gente. O corredor estava lotado de homens e mulheres. Não havia como sair do vagão. Ah, Deus, pensou ela, virando-se para olhar a estação, com um soluço brotando no peito. O trem partiu, ganhou velocidade, afastou-se mais rápido das pessoas na plataforma, e seu apito soou.

Frankie afundou sobre o estojo do gravador, com a mala no colo, no carpete sujo entre os dois bancos, e apoiou a cabeça na porta. Eles eram sete pessoas, mais a criança, comprimidos na cabine. E ninguém falava. A respiração da mãe estava mais silenciosa e calma. Seu filho estava grudado nela, observando os outros. Não havia espaço para ele em seu colo e ele não queria se apertar no banco ao lado dela. Durante algum tempo, o movimento do trem e as faixas de luar pelos arredores escuros da cidade mantiveram todos em silêncio, a viagem finalmente estava começando.

"Entre num trem de refugiados", Murrow a havia instruído. E embora isso fosse obsceno, absurdo àquela altura, depois de ter visto tanta coisa, ela acalentara a ilusão de que "trem de refugiados" significava pessoas que haviam sido salvas, mas elas poderiam muito bem ter saltado. Ninguém estava seguro, ninguém fora salvo. Até chegarem ao fim, estavam apenas fugindo.

— Fräulein? — O mais jovem entre os dois homens foi o primeiro a romper o silêncio na cabine. Frankie ergueu os olhos. Ele apontava para ela e, em seguida, para seu assento. Ele usava um suéter feito à mão, que não lhe caía bem, por cima de uma gravata; a mão que estendia estava manchada de tinta.

— Não, obrigada — disse ela, balançando a cabeça.

Ele ergueu a mão e sorriu para ela, como se dissesse "bem, talvez mais tarde", e ela sorriu de volta. Ele fez um gesto com a cabeça e cruzou os braços sobre o peito, apoiando-se na parede da cabine, evidentemente satisfeito. Ele havia oferecido. O estômago apertado de Frankie relaxou levemente, diante daquele gesto familiar. Todos eles no escuro, afastando-se de Berlim, viajando, ainda poderiam oferecer o assento um ao outro, e ainda poderiam recusar.

Diante dele, perto da janela, uma mulher de meia-idade e rosto redondo parou de prestar atenção neles e se apoiou no canto. Ela descansou a cabeça sobre o batente da janela e fechou os olhos, com seu queixo se instalando em suas várias golas. Uma camisa de malha azul se esticava sob pontas de um casaco de lã marrom e, sobre tudo isso, o azul mais escuro do que a lã da camisa e do suéter. Com os olhos fechados, ela agarrou as alças da sua mala de couro surrada sobre o colo. Ao seu lado, sentava-se uma jovem muito bonita, que Frankie a princípio pensou ser filha da mulher, mas logo ficou claro que ela viajava com o menino ao seu lado. Ambos tinham olhos escuros e pele clara, e os cachos da irmã reluziam, saindo do seu barrete apertado, dançando com o movimento do trem. Com não mais do que 12 anos, ele observara Frankie recusar o assento do homem com curiosa atenção.

— Americana? — Ele olhou para ela, ansioso.

Ela assentiu.

— Vamos para lá — pronunciou ele.

A irmã colocou a mão no seu joelho para fazê-lo parar de se sacudir. Frankie sorriu para ele e notou o movimento imperceptível da mulher mais velha no canto, afastando-se ainda mais da garota. O luar caiu sobre seu rosto; seus olhos se abriram uma vez, depois se fecharam com firmeza. A irmã pegou, em silêncio, a mão do irmão e apoiou a cabeça na parede da cabine. No silêncio assustado e exausto, o garoto miúdo diante deles havia adormecido em pé, apoiado entre as pernas da mãe e descansando a cabeça em sua protuberante barriga. Tão próximo, Frankie percebeu o quão o cabelo dele estava sujo e sem brilho e que a parte de trás de suas pernas estava cinzenta de fuligem. A mãe não passava de uma criança, e Frankie observou enquanto ela se virava para olhar a escuridão através das janelas do trem noturno, com o rosto adormecido do seu filho voltado para ela como uma pequena lua sem céu.

Pela quarta noite seguida, Frankie se instalou na escuridão profunda entre as pessoas dormindo e, assim como seus companheiros, tentou cochilar. Logo que fechou os olhos, porém, o corpo grande do médico saltou, sem esforço dos seus pés para o ar diante dela. Ela estremeceu e abriu os olhos. A velha no canto chorava silenciosamente. As lágrimas escorriam pela face. Suas mãos ainda seguravam a mala em seu colo, como uma pedra. O menino e a menina ao seu lado haviam adormecido, um junto ao outro. O jovem que oferecera o assento dormia com os braços cruzados sobre o peito e a cabeça baixa, como se estivesse refletindo sobre algum assunto.

Ela remexeu no fecho do estojo preto atrás dela. Devia tirá-lo dali e começar a fazer perguntas em seu alemão simples: *Aonde você vai? De onde você vem? O que aconteceu?* Ela deveria concentrar sua atenção na mãe, se informar sobre o começo da história, gravar a voz dela no disco. Embora também fosse bom, talvez, concentrar a história nos dois irmãos. Frankie observou o velho olhando pela janela. Ela se perguntou quem ele teria deixado para trás. E, pela primeira vez em sua carreira, ela se questionou se teria coragem de perguntar a ele. *Busque a verdade e a relate,* instruía o código dos jornalistas. *Busque a verdade. Relate-a.* E *Minimize os danos.* Qualquer uma das pessoas adormecidas ao redor dela devia ter deixado alguém para trás. E ela pensou nos rostos desesperados daqueles que não conseguiram embarcar no trem. Minimizar os danos? Ela estremeceu. Aqueles que estavam dormindo que dormissem. O dia seguinte ainda seria um bom momento para começar.

Duas horas mais tarde, o trem diminuiu de velocidade e entrou num vilarejo pequeno, cuja estação não passava de uma placa de madeira enfiada numa faixa estreita de gramado e um banco de frente para os trilhos. Frankie viu a luz solitária da lanterna de um vigia reluzir no banco, como um olho amarelo. Todos na cabine se sentaram e pegaram seus papéis. A cabine deles ficava no meio do trem e demorou mais de uma hora para o inspetor chegar até eles. O medo era contagioso, pesado como um cobertor. O progresso era angustiante. Por que tão devagar? Na cabine ao lado, puderam ouvir vozes elevadas seguidas por um abrupto silêncio. A porta se abriu e um velho com uma lanterna apareceu, com seu queixo frouxo. Apenas um velho fazendo seu trabalho, pensou Frankie, entregando-lhe seus papéis sem qualquer interesse ou ira visíveis.

— Americana? — Ele apertou os olhos. Não se interessou pela carta de Murrow; pegou o passaporte dela, virou-o para ver a insígnia e depois o devolveu. Ergueu a lanterna e olhou para o menino, cujos olhos brilhavam imensos sob a luz, e, em seguida, para a mãe. O velho estalou os dedos, pedindo os papéis, embora mal os tenha olhado. A porta se fechou atrás dele e deixou todos num silêncio hesitante. Era isso? Ficaram sentados, juntos, na escuridão, ouvindo o abrir e fechar do restante dos compartimentos em seu vagão.

— Você traz boa sorte — disse o velho, devagar, depois que o trem se pôs em movimento. O dia raiava nos campos próximos, a manhã de primavera começava, com o vermelho oblíquo colorindo o campo. Tinham atravessado o primeiro obstáculo, mas ainda estavam na Alemanha.

— Perdão? — Frankie tinha consciência de que a velha no canto abrira os olhos e os escutava.

O velho apenas deu de ombros. Os irmãos haviam adormecido novamente, e os lábios do menino estavam abertos num círculo suave.

— Para onde você está indo? — perguntou ela ao homem em alemão.

— Lisboa. — Ele assentiu. Tivera sorte, disse ele. Não conseguira embarcar nos dois trens anteriores. Seu visto de saída expiraria em uma semana. Os dedos da sua mão erguida eram bem atarracados e ásperos. Não era um professor, Frankie reconsiderou. Um lojista, um açougueiro, alguém do comércio.

Ela sorriu.

— Qual o seu nome?

— Werner Buchman — respondeu ele. A mulher à sua frente fechou os olhos, como se soltasse algo que estivesse segurando.

À tarde, o trem havia diminuído de velocidade e parado em três cidades isoladas. A cada vez, a polícia subia no trem e abria caminho entre o espesso grupo de pessoas, um a um. Ninguém podia deixar a estação e, durante uma das paradas, Frankie abriu caminho até a plataforma, indo até a barreira, e olhou através dela para uma aldeia em um dia de mercado. Longe da cidade, havia batatas e cebolas brotando. Uma mulher que levava três batatas nas mãos enluvadas levantou os olhos para Frankie do outro lado da rua. O sol de maio reluzia nos botões de metal do seu casaco. Os álamos estavam verdes no topo, um verde-claro e delicado.

Na terceira parada, em Leipzig, o grupo na cabine de Frankie já havia relaxado perceptivelmente, e ela suspeitava de que Werner tinha razão — que, pelo fato de ela estar na cabine, os outros eram vistos com menos rigor. A mãe miúda sorria para o filho, que havia engatinhado até o jovem de suéter, no chão, no antigo lugar de Frankie, e pegado a ponta do cordão que ele amarrara a um doce, puxando-o para trás e para a frente, como se brincasse com um gatinho. O menino comia o doce, apoiado na mãe. O casal de irmãos jogava cartas, e a menina cantarolava consigo mesma. O menino havia molhado as calças, mas a janela estava abaixada e o cheiro de grama podada deixava a cabine com uma inesperada essência de palheiro. Eles entraram na Floresta Negra quando o sol se pôs. Com sorte, chegariam a Strasbourg e à fronteira da França às 10 ou às 11 horas. Então, Lyon, Toulouse e, no dia seguinte, à fronteira da Espanha em Bayonne. Dali era possível contar dois dias para atravessar a Espanha, chegar a Portugal e, então, ir até o mar e os navios em Lisboa. A quatro dias dali, se tudo corresse como esperado.

Frankie estendeu a mão e levantou a tampa do gravador. Os dois meninos a fitavam. Começaria com a mãe e o pequeno, Frankie decidiu, e devagar.

— *Wie heißt du?* — Frankie sorriu para o menino, girando o botão. — Qual é seu nome?

Ele olhou para ela. Sua mãe o cutucou levemente com o dedo. Ele tirou o doce da boca.

— Franz. — Ele soou muito solene.
— Franz Hoffman — sussurrou a mãe.
Ele começou a falar, depois de ouvir o nome.
— Franz Hof...
O irmão abaixou as cartas.
— Franz Hoffman — disse ele ao menino. — Vamos lá!
Mas Franz balançou a cabeça.
— E você? — Frankie perguntou à irmã, em seu alemão rudimentar. — Fale aqui. — Ela indicou com um gesto. — Diga seu nome.
— Inga? — disse a irmã, tímida. — Inga Borg?
O irmão riu e falou por sua vez, pronunciando as palavras em inglês devagar, como o bater de um tambor.
— Sou Litman.
— De onde vocês são? — perguntou Frankie.
O garoto se virou para a irmã. Observando, Frankie não tinha certeza se ele não entendia ou se estava assustado com a pergunta.
— Nós temos papéis — disse sua irmã a Frankie em alemão.
— Claro — assentiu Frankie para tranquilizá-la. Então se inclinou para a frente e disse ao gravador, em inglês. — Aqui é Frankie Bard, viajando para o sul, a partir de Berlim, no Deutsche Reichsbahn. O som que escutam é o trem avançando rápido nos trilhos — Inga a observava. — Aqui, em minha companhia, está um casal de irmãos, Inga e Litman Borg. Parecem ter cerca de 17 e 12 anos e viajam sozinhos. Digam-me, para onde vocês estão viajando? — ela repetiu a pergunta em voz baixa, em alemão.
— Lisboa — respondeu Inga.
— E depois disso, para onde?

— América.

— E de onde vocês vêm?

O disco gravou o silêncio quando Inga colocou a mão sobre o braço de Litman para impedi-lo de falar. Ele ergueu os olhos para ela e Frankie viu algo na expressão da irmã — sua mãe, talvez sua tia? — suficiente para apagar o sorriso dele. Frankie desligou o gravador, franzindo a testa. O gravador era pesado e estava no caminho. Como ela chegaria até eles com aquilo no seu colo?

A mãe pegou um pedaço de pão em sua bolsa e entregou-o ao filho. Todos o observaram comer. A mulher no canto olhava fixamente pela janela. Frankie se perguntou se ela seria muda.

O jovem de suéter tirou um cordão do bolso e entrelaçou-o nos dedos, num jogo de cama de gato, e estendeu as mãos para o irmão, que balançou a cabeça com obstinação, visivelmente velho demais para aquela brincadeira. O jovem riu para ele e Frankie viu uma fileira de dentes quebrados entre seus lábios. Quando ele se virou para ela, as duas mãos unidas pelo jogo infantil, ela sorriu para ele e deslizou os polegares e os indicadores por baixo, trazendo o cordão para suas próprias mãos.

— E você, Fräulein, para onde vai? — falou o homem num inglês de sotaque carregado, porém preciso, repetindo a frase de Frankie.

— Vou com todos vocês — respondeu Frankie, enquanto ele passava os dedos pelo cordão e puxava. Ele franziu a testa.

— Estou nesse trem para dizer à América quem está nele.

Ele a examinou.

— Por quê?

— Para que as pessoas saibam.
— O que você é?
— Sou repórter.
— E então? — Ele deixou os dedos caírem e a corda ficou frouxa entre eles. — O que há nessa caixa?
— Grava vocês, suas vozes. — Ela se recostou. — Som.
— E o que a América pensa?
— A América não sabe o que pensar.

Ele concordou e cruzou os braços; depois seu olhar suave, avaliando-a, se apagou. A barba curta em seu queixo era loura e rala.

— Eu devo dizer à América o que pensar?
— Mande bala. — Ela sorriu para ele.

Ele fez uma pausa.

— Espere. — Frankie levantou a mão. — Espere... — Ela apontou para a máquina. Ele assentiu. — Agora — disse ela, girando o botão no alto. — Devagar.

— Sou Thomas Kleinemann...

Ela levantou os olhos e viu que ele lhe estendia a mão; estendeu o braço por cima do disco girando e cumprimentou-o.

— Frankie Bard.

Ele soltou sua mão e se recostou.

— Venho da Áustria, das montanhas ao redor de Kitzbühel, onde vivo com meus pais. — Ele parou. Ela assentiu para que ele fosse em frente. O disco girava. — Nos meses depois do Anschluss, depois que a Áustria foi dominada pelos nazistas e as leis contra os judeus foram decretadas, minha mãe começou a se preocupar cada vez mais com meu irmão, que estudava em Munique. Finalmente, um dia, ela me mandou trazê-lo de volta para casa.

Litman deslizara a mão para baixo do braço de Inga, ao seu lado, calando-se para escutar uma história em palavras que eles não entendiam.

— Viajei o dia todo de trem, chegando na cidade pela manhã. Fui até o endereço do meu irmão, mas ele havia partido naquele mesmo dia, de acordo com o vizinho, de volta para casa. Nossos caminhos se cruzaram.

"Sentei-me à escrivaninha dele para escrever a nossos pais e contar o que aconteceu, mas, antes de começar, bateram à porta. Coloquei a carta no bolso e fui atender. Era a polícia, vieram buscar Reinhart. 'Por quê?', perguntei. Eles não responderam. 'Ele não está aqui', eu disse. Eles me levam no lugar dele. Não importava — Thomas dá de ombros — qual judeu pegassem."

A mulher no canto puxou o ar ruidosamente. Frankie olhou para ela, dando-se conta de que a mulher compreendia muito bem o que estava sendo dito.

— Caminhei pelas ruas com um grupo de outros vinte judeus. Fomos até a delegacia e eles me colocaram numa sala. "Espere", eles disseram. Então, esperando, eu tirei do bolso o papel com a carta para minha mãe. Era um papel timbrado com o nome do professor do meu irmão na faculdade de engenharia elétrica. Escrevi, para mim, uma carta de recomendação e levei-a ao policial que tomava conta da sala.

"'Ah', disse o guarda, olhando para a carta, 'vá até ali'. Fui na direção para a qual ele apontava e entrei num quartinho onde um homem enorme, de aparência amigável, estava sentado atrás de uma pilha de papéis. O homem olhou para a minha carta e para mim, e rasgou a carta ao meio. 'Vá', ele disse e apontou na direção de outra porta. Era a porta para o pátio da polícia. Ali estavam sentados sessenta ou setenta homens. Ninguém olhou para mim. Caminhei até a cerca e pude ver o rio e os jardins atrás das casas.

"A essa hora já era tarde e o sol estava muito quente na praça. Caminhei junto à cerca e me sentei na pequena sombra do telhado. Durante duas horas fiquei ali e, então, veio a instrução de ir até o centro da praça e aguardar novas ordens. 'Shh', ouvi junto ao meu ombro. Virei-me e vi o guarda com quem tinha falado mais cedo, a quem mostrara a carta. 'Shh', o guarda disse, e apontou na direção de uma porta mais abaixo, na cerca. Olhei ao redor. Aquilo era alguma brincadeira? Alguém estava olhando? Mas havia apenas homens cansados, levantando-se; eu caminhei junto à cerca e saía pela porta, um milagre. O guarda a manteve aberta.

"'*Etektrotechnik?*' O guarda abriu um sorriso. 'Professor Peter Schmidt?' Assenti, em silêncio, sem compreender. Ele indicou que eu passasse pela porta e apontou uma segunda porta, a 10 metros dali, onde estava sentado outro guarda. Olhei para ele, que gesticulou para que eu fosse em frente, empurrando a porta.

"Segui em frente, sem respirar, e cheguei ao segundo guarda. Pude ver a calçada junto ao rio, atrás da delegacia, e as pessoas voltando do mercado. Olhei para o guarda, mas ele sequer levantou os olhos. Estendeu o braço e destrancou o portão.

"Por 20 metros, caminhei em frente. Atirarão em mim, gritarão, irão me ver? Trinta metros; já estava na rua. Depois de 40 metros, soube que eu estava livre. Dobrei a esquina, por fim. Corri na direção do apartamento do meu irmão e percebi — compreendi, sim — que só saí porque o guarda também estudava *Elektrotechnik*."

Ele olhou para Frankie e balançou a cabeça; sua descrença era palpável no escuro.

— Então é você quem tem sorte — disse a mulher no canto, finalmente.

Foi como se uma sombra houvesse falado.

— É você — repetiu ela, em inglês. — Deus estava ali — insistiu ela. — Olhando por você, a cada esquina.

— As pessoas olharam por mim — ele pigarreou —, não Deus.

— É o mesmo.

Ele balançou a cabeça.

— Deus não existe. — Ele se virou para Frankie, com a voz urgente e baixa. — Só existimos nós, Fräulein.

O trem estremeceu, diminuindo a velocidade para mais uma parada. Frankie girou o botão, e o braço de gravação se levantou do disco. Tinham chegado à fronteira alemã em Kehl. Do outro lado estava a França de Vichy, Strasbourg, Lyon, Toulouse. E, então, através da França até Portugal e os navios em Lisboa.

As luzes da estação piscavam e eram muitas; mandaram que todos descessem do trem. Frankie se levantou.

— Exceto os americanos.

Frankie ergueu os olhos, surpresa, mas o oficial alemão havia saído da cabine.

— *Auf Wiedersehen* — Litman acenou para Frankie. Ela o cumprimentou com um gesto de cabeça, confusa. Voltariam naquele mesmo trem? O que estava acontecendo? Litman e Inga foram os primeiros a sair da cabine, seguidos por Werner Buchman, o comerciante que carregava a mala da jovem mãe, enquanto ela levava um adormecido Franz. Lentamente, a velha, cujo nome Frankie nunca ficara sabendo, levantou-se, enrijecida após tantas horas sentada. Virou-se e olhou para Thomas, como se para guardar aquela imagem na memória. Ele balançou a cabeça para ela e estendeu os braços para pegar sua maleta no compartimento, como se fosse segui-los. A porta da cabine se fechou depois que a velha saiu, e Frankie se levantou para sentar-se no lugar que ela deixara, junto à janela. Estava um pouco quente; Frankie estendeu os braços e abriu a janela, deixando o ar entrar na cabine.

— Preciso pedir que me esconda — disse Thomas, com a voz muito baixa.

Frankie não se moveu.

— Tenho os papéis de trânsito — continuou ele, rápido —, mas não tenho visto de saída.

Ela o fitava também.

— Entende?

Ela assentiu. Seu coração golpeava suas costelas. Ele olhou para ela rapidamente, ergueu o corpo até o compartimento de bagagem e escorregou para trás da mala. Frankie se obrigou a desviar os olhos dele e a observar as pessoas através da janela, subitamente anônimas outra vez, seus companheiros da cabine dispersos na multidão. Depois de alguns minutos, ela viu os cabelos cacheados da jovem mãe e seu filho, e sentiu-se reconfortada.

Frankie observou-os, acompanhando superficialmente enquanto avançavam sob a luz fraca. Era cedo demais para saber se era preciso sentir medo. A parada poderia ser, até mesmo, depois de tudo que acontecera, mera rotina. Algumas das pessoas tinham se virado, ansiosas, na direção da estação, como se uma espécie de resposta pudesse vir dali, alguma promessa de ordem; mas a confusão de pessoas na plataforma não se movia, e alguns se sentavam onde estavam para esperar. Acima dela, no compartimento de bagagem, Thomas estava deitado, imóvel. Frankie fechou os olhos e cochilou levemente; quando acordava, de tempos em tempos, olhava para a multidão a fim de registrar o progresso da mulher e do menino. Depois de uma hora, ou algo assim, três carros pretos pararam ao lado do trem e os guardas da fronteira, na plataforma, começaram a gritar para que as pessoas se levantassem e caminhassem até a extremidade. Frankie viu a mãe se levantar com dificuldade e depois cair, como se tivesse tropeçado ou a tivessem empurrado. Quando ela se levantou novamente e surgiu entre a multidão, olhava frenética ao redor, e Frankie percebeu que o pequeno Franz havia sumido. A multidão avançava em direção a uma abertura no final da plataforma. Frankie se levantou e subiu no assento, tentando encontrar o menino entre a multidão, mas tudo que conseguia divisar era a mãe tentando se manter firme contra o impulso da multidão. O homem atrás dela gritou *Mexa-se, vamos andando!* e houve apitos; dois guardas gritaram para a mãe e um agarrou seu braço para puxá-la. E então Frankie viu o menino, a cinco ou seis impossíveis, inalcançáveis, metros da sua mãe.

— Ali! — gritou Frankie. — Ele está ali!

Ao mesmo tempo que Frankie gritava, a mãe ouviu o choro dele e começou a lutar contra a maré humana para chegar até ele. As pessoas berravam com ela e a empurravam de volta e o menino, ouvindo seus gritos, respondia: *Mamãe! Mamãe!*

— Ali! — Frankie gritou outra vez, frenética. A mãe não conseguia alcançar seu filho. — Ele está ali!

Mamãe, Franz chorava. *Mamãe, mamãe!*

— Fique quieta, Fräulein — disse Thomas a ela, num sussurro. — Eles vão atirar. Pelo amor de Deus, fique quieta.

—Ali! — Frankie bateu contra a janela. E um dos oficiais alemães, incomodado com a comoção, se virou e atirou.

A multidão se calou. Mãos que estavam acenando se abaixaram. Pessoas com aquele medo genuíno não gritaram, Frankie viu — ficaram quietas, vigilantes. Ele havia atirado contra a multidão? Alguém tinha sido ferido? Era difícil dizer. Havia pessoas demais. Onde estava a mãe? Frankie estava diante da janela aberta, com sua boca ainda no formato do grito. E então o guarda, que estava a poucos metros da sua janela, levantou os olhos para o local de onde as batidas tinham vindo e lentamente apontou o revólver para ela. Ela o fitava também, as duas mãos no vidro, sem conseguir respirar. E então foi arrancada do assento por Thomas e puxada para longe da janela e para o chão. Do lado de fora, o silêncio continuou; os dois ficaram deitados ali, Frankie soluçando com as mãos na boca, assustada demais para erguer os olhos. Não conseguia suportar o silêncio. O que ela havia feito? Seu coração batia com tanta força que ela achava que ia vomitar. Alguém gritou. Frankie olhou para Thomas, que estava sentado, com o ouvido colado à parede do compartimento. Talvez o soldado não tivesse visto Thomas, talvez do lado de fora parecesse apenas que ela havia caído para trás sobre seu assento.

O chão debaixo deles estremeceu e deu um tranco. Lentamente o trem começou a se mover, com os dois lá dentro. Os olhos de Frankie e de Thomas se encontraram, mas ele balançou a cabeça. O que havia acontecido? O teto da estação passava diante da janela; o trem deixava o menino e sua mãe para trás. "*Halt! Halt!*" Gritos irromperam pela plataforma, mas Frankie não sabia dizer se vinham das pessoas ou dos soldados. O trem continuou seguindo em frente, chegando quase até o fim da estação, onde parou.

O coração de Frankie palpitava e ela olhou para Thomas, sentado diante dela, no chão, na cabine às escuras. Durante um momento não se ouviu qualquer barulho, e ela pensou que talvez fossem se colocar em movimento novamente; então se ouviu um apito perto dali e a porta do vagão foi aberta. Alguém subiu os degraus e caminhou pelo corredor; a porta da cabine deslizou e se abriu. Ela ergueu os olhos para um oficial da Gestapo. Atrás dele, outro homem esperava.

O oficial a cumprimentou com uma mesura e lhe pediu que se levantasse. Educadamente, pediu que ela e Thomas descessem do trem, e suas armas não foram sacadas. Havia algo errado com a locomotiva, e um ônibus os esperava. Poderiam vir, por favor. Como que entorpecida, Frankie pegou sua mala e o gravador e seguiu pelo corredor, consciente dos três homens atrás dela. O trem evidentemente havia sido obrigado a parar nos campos logo após a estação. Ela desceu os degraus do trem, pisando na grama ao lado dos trilhos. Havia realmente um ônibus esperando; dentro dele, Frankie divisou as cabeças de outras três pessoas. Primeiro, havia a questão dos papéis.

— Algo errado? — Ela se virou para os alemães.

— Não, não — respondeu o primeiro oficial, suavemente —, nada.

Mas ela o viu tocar sua arma, e um pavor doentio se ergueu no seu peito. Ela se virou para Thomas, ao seu lado. Ele havia fechado os olhos.

— Não — sussurrou ela e colocou a mão no braço de Thomas; sentiu então o quão magro ele era por baixo do tecido.

— Afaste-se, Fräulein. — O oficial era afável.

Frankie virou as costas para o oficial e falou para os olhos fechados de Thomas.

— Thomas? — Seu aperto se intensificou sobre o braço dele. — Thomas?

— Vá em frente. — Ele balançou a cabeça.

— Thomas — sussurrou ela —, por favor. Deixe-me...

— Fräulein!

Thomas abriu os olhos no instante que Frankie foi empurrada com força para o lado e o oficial atirou. Thomas caiu aos pés de Frankie com um sussurro.

Ela piscou os olhos; o oficial atrás dela se afastou. Ela fitava o lugar vazio onde Thomas estava, um instante antes. Lentamente, ela se virou.

Os olhos do oficial deslizaram dele para Frankie. Ela o fitou.

— Eu poderia detê-la.

A distância, como se viesse de outra vida, dentro da estação, o telefone tocou.

Através do campo, tocou duas vezes, três, quatro. Alguém atendeu. O oficial levantou os olhos e, com uma expressão de repugnância, fez um gesto com a mão para Frankie, indicando o ônibus. Tremendo, ela se abaixou para pegar a mala e o gravador, olhando uma última vez para Thomas. Escorria sangue da sua orelha, por sobre seu pescoço e até o chão. Ela chorava baixinho.

— Vá.

Ela se virou e caminhou para longe de Thomas, para longe do menino e da sua mãe em algum lugar na plataforma da estação. Caminhou dez passos junto aos trilhos, afastando-se da polícia, antes de começar a chorar. Andou um pouco mais, esperando ouvir um tiro, qualquer coisa. Levantou o braço e enxugou as lágrimas na manga da blusa. Entre o trem às suas costas e o ônibus, adiante na estrada, não havia mais nada além do som da própria respiração e seus pés se movendo rapidamente sobre as pedras e, então, o metal frio do corrimão que ela agarrou ao embarcar.

16.

A QUI É *Frankie Bard, CBS News, de Mulhouse, França, a oeste da fronteira franco-alemã.*

Emma se virou, dando as costas à sua caixa de correio, com uma carta na mão. Palavras rápidas, em tom de voz feminino, emergiram na agência dos correios, vindo da caixa verde atrás da cabeça da Srta. James. *Há muita especulação sobre quem está tentando deixar a Alemanha, onde — pelo que nos dizem — as condições de vida nunca estiveram melhores, onde a guerra está sendo vencida em todos os fronts e onde a paz e o pão são abundantes.* A voz parou. *Há, realmente, muitas bolachas por lá.* Emma olhou para Iris. Isso era uma piada, não era? A mulher no rádio parecia estar sorrindo, embora parecesse exausta. *Ainda assim, as pessoas estão indo embora, estão tentando ir embora, às dezenas. Você precisa se imaginar saindo da sua casa ou do seu apartamento e fechando a porta para nunca mais voltar. Nas mãos você tem uma mala e talvez uma sacola com um pouco de salsicha, queijo, o que for que lhe tenham dado no mercado, algo para ajudá-lo a se manter firme sua esperança até chegar à fronteira. Na mala, se você for judeu, há duas mudas de roupas e seus papéis.* A voz dela falhou, depois voltou: *Há uma janela pela qual você pode escapar e então se dirige a ela. Se faz parte da minoria extremamente sortuda, tem um visto ameri-*

cano. É mais provável que tenha um visto para Cuba, para a Argentina ou para o Brasil. Tem noventa dias para chegar ao seu destino ou os vistos expiram. Mas precisa embarcar num trem. E cruzar a Europa para chegar até os navios em Lisboa ou Bordeaux. Tem noventa dias, e os trens são poucos e estão lotados. Em toda parte. Então, as janelas vistas daqui parecem estar se fechando. A voz tremia. Emma fechou sua caixa e se aproximou do rádio. *Você precisa imaginar uma Europa não mais feita de casas em aldeias, onde gerações permanecem. Imagine pessoas sem casas, sem a estrutura, a argamassa e os tijolos ao redor delas, flutuando, tentando nadar o melhor que conseguirem para escapar. Você precisa imaginar que há, nesse momento, na Europa, um mar de pessoas se deslocando. Se um de vocês lhes fosse escrever uma carta, entenda, a carta não teria um lugar onde encontrá-los* — Iris se virou e desligou o rádio.

— Não precisamos imaginar nada! — disse ela, com a voz tranquila, para Emma. — Há um caos na Europa, e essa mulher deveria se controlar.

Emma fitava o rádio como se ele fosse voltar a falar.

— Está tudo bem com ele — disse a Srta. James com suavidade. — Está tudo bem, você sabe onde ele está. Tem uma carta nas mãos.

Emma abaixou os olhos para a carta.

— Sim.

— Então, pronto.

Pronto. Era o que Will sempre dizia. Deus.

O trem da tarde entrou vagarosamente na estação de Mulhouse e parou. Alguns dos rostos a bordo se viraram e olharam para Frankie, esperando na plataforma. Alguns dos rostos a fitavam; ela não conseguia olhar para eles, tão perto que estavam, curvou-se para pegar sua bagagem e caminhou, sob o olhar deles, até a única porta aberta. Ela era a única passageira. O trem se pôs em movimento com um solavanco e começou a deslizar para fora de Mulhouse antes mesmo que ela seguisse pelo corredor e encontrasse um assento. Ele seguia o corredor principal rumo ao oeste, através de Belfort até Besançon, onde ela parou e dormiu pela primeira vez, em cinco dias, numa cama. Cansada demais para qualquer outra coisa além de apontar para uma garrafa, um pão e um pedaço de queijo, levou tudo para o quarto e sentou-se na cama para desamarrar os sapatos; acordou na manhã seguinte deitada na cama, os pés ainda no chão e ainda de sapatos. Apenas parcialmente desperta, ela tirou os sapatos, enfiou-se debaixo dos lençóis e voltou a dormir, fitando o teto de gesso.

Acordou novamente quando a tarde já havia avançado, com o som dos sinos da igreja. Estava deitada em uma cama no minúsculo quarto do andar superior da pensão Burghost, nas margens de uma cidade provincial francesa, e escutava o mundo continuando a existir do outro lado da sua porta, do outro lado da janela, sem ela. *Clap*. Um homem gritou para as crianças que voltavam da escola correndo, e seus passos rápidos e suas risadas entraram pela janela aberta. *Clap*. Ela franziu a testa, tentando extrair algum sentido daquele som contínuo, de madeira sobre madeira; quando ele se repetiu, percebeu que era uma veneziana batendo. A janela de alguém precisava ser fechada. Ficou deitada, flutuando feito uma criança. Ninguém a conhecia, ninguém chamaria por ela. Sentiu-se desobrigada com relação à sua tarefa. Houvera uma mudança de planos.

Ela riu com desdém. Uma mudança nos malditos planos. "Tente ir até Lisboa", Murrow dissera. "Transmita as notícias em Strasbourg, Lyon e Lisboa." Ela tinha certeza de que era 23 de maio e, a essa hora, a transmissão remendada de Mulhouse deixaria claro que ela não poderia estar em Strasbourg. Ela se perguntou se a transmissão fora ao ar, se chegara aos Estados Unidos. Precisava passar um cabograma a Murrow.

Ela se sentou, finalmente, e se levantou para tirar a saia. A extremidade de um envelope apareceu no bolso quando a saia caiu no chão. Frankie olhou para o envelope, sentindo-se desconfortável. A carta do médico começava a adquirir o poder tênue de uma relíquia. Deveria enviá-la, não deveria? Lançá-la no seu caminho? Chutando a saia para o lado, ela andou até o banheiro, abriu a torneira da pia, bloqueou o ralo e observou-a encher. Começou a colocar os dias em ordem. Há quanto tempo ele morrera? Cinco dias? Seis? Frankie fungou e fechou a torneira, pegando a esponja e um pouco de sabão para as mãos. Tirou a blusa e o sutiã e nua, sobre o tapete, deu-se um banho de esponja. No espelho, sua mão guiou a esponja sobre seus seios e pela longa e brilhante superfície da sua barriga, onde desaparecia do espelho. Por um momento ela fitou o busto refletido, a esponja gotejando água ensaboada por suas pernas, e cruzou os braços por cima dos seios.

"Você deve ser bem durona", dissera o médico naquele abrigo, na escuridão. Ela estremeceu, lembrando-se de como ele a havia deixado nervosa e irritada ao perguntar por Billy. Desdobrou a toalha deixada junto à pia e se enxugou.

O que acontece com as pessoas depois que a história é contada?

Não sei.
Você deve ser bem durona para aguentar não saber.
Afundando na cama, com a toalha ao redor dos ombros, ela pegou um cigarro. A fumaça penetrou profundamente em seus pulmões e ela fechou os olhos, exalando-a. Deitou de costas e fumou o cigarro inteiro, até o ponto em que o fogo crepitava perto dos seus dedos. Então se levantou, fechou a saia em torno da cintura, abotoou a blusa no pescoço e nos punhos e vestiu o casaco. A carta do médico estava caída no chão. Ela a apanhou, colocou-a novamente no bolso e cerrou os fechos da mala.

Na praça, as lojas haviam reaberto e velhas senhoras e donas de casa entravam e saíam; os velhos se sentavam nos bancos, no centro da praça, ao redor de uma tília. Parecia haver carne no açougue e pão na padaria. Em todas as janelas, havia um retrato do Führer, embora Frankie não visse qualquer sinal da polícia alemã. Em um dos cantos da praça, uma loja estava fechada e, em letras maiúsculas, um aviso fora escrito no metal: *Qui achète des Juifs est un traître.* Ela ficou parada diante da loja e se perguntou se aquela família conseguira deixar a cidade, embarcar em algum trem e, em algum lugar, estar a salvo. Queria pensar neles chegando, sem serem detidos. O rosto miúdo do menino na plataforma diante dela, entre a multidão na estação de Kehl, se virou na direção dela. Onde estariam Inga e Litman? A velha? Werner Buchman? Frankie fechou os olhos. Thomas apareceu e caiu de joelhos, morto com um tiro, na frente dela. Tremendo, era virou as costas à vitrine vazia da loja fechada e voltou ao seu quarto.

"Vá até lá, consiga a história, vá embora", Murrow dissera. "Acompanhe uma família", ele dissera. Cristo, não era possível acompanhar ninguém. Não era possível sequer saber se alguém conseguiria completar o trajeto.

A garrafa de vinho e o queijo comprado na véspera estavam sobre a mesa. Ela tirou a rolha, serviu-se de um pouco e bebeu, em pé, fitando o gravador portátil em seu estojo. Serviu-se de mais vinho, abriu o estojo e girou o botão.

O disco girou devagar e, então, veio o débil sussurro da agulha sobre o disco de metal. Ela pôs o copo sobre a mesa, girou o botão que fazia o prato parar e acionou seu movimento inverso, observando-o zumbir. Então o tocou levemente e a voz de Thomas surgiu na máquina. Ela o escutou até o fim, até o disco ficar novamente em silêncio, girando e girando sem som algum. Pronto, lá estavam eles. Na voz dele havia o trem e a noite, seus olhos nos dela enquanto ele lhe contava sua história, a aresta estreita de seus ombros esticando a lã do suéter. O casal de irmãos escutando. Thomas estava morto, mas ali estava sua voz; estava ele, vivo.

Através da janela aberta, uma longa cadeia de montanhas cobertas de neve zigue zagueava abruptamente contra o azul da manhã. O sino no adro da igreja, atrás dela, soou e o som repicou junto com as batidas do seu coração. Ela se manteve em pé por um longo tempo, fitando aqueles cumes brilhantes e se imaginou mais ao norte. A norte e a leste, penetrando nas montanhas, de uma ponta branca a outra, através da cordilheira Jura até a Suíça, através dos ombros largos dos Alpes suíços até a Áustria, até a casa de Thomas, onde os pais dele estavam acordando e aguardavam notícias. Onde ele estava? Onde estava seu filho? Eles jamais saberiam. Se ela fosse um pássaro, poderia atravessar o silêncio e contar à sua mãe que ele quase conseguiu. Mas o que ela sabia não tinha idioma ou voz para ser transportado. Certamente Deus devia olhar para baixo e ver aquela parte específica da história, que havia sido separada da outra, e encontrar algum modo de uni-las. Como Ele conseguia tolerar aquelas lacunas, aqueles imensos vales de silêncio? E a Europa estava cheia de pessoas desaparecendo naquela quietude.

A memória de Harriet Mendelsohn na cozinha em Argyll Road, balançando o garfo para Dowell, brincalhona, atingiu Frankie com tanta força que ela precisou agarrar o peitoril da janela. *Jens Steinbach, você está aqui?* Os deploráveis pedaços de papel que Harriet havia reunido e levado para casa, colando acima da sua cama, eram testemunho do silêncio oco varrendo as cidades europeias.

E o que Frankie pensara? Que encontraria uma única história capaz de fazer o mundo se sentar para ouvir? Esses são os judeus da Europa; isso é o que está acontecendo: *Prestem atenção.* Mas não havia história; ou, antes, ela virou as costas para a janela e avaliou o gravador portátil, não havia uma história que ela pudesse contar do início ao fim. A história dos judeus estava às margens do que podia ser contado. Ela inspirou, as palavras do médico assombrando seus pensamentos. As partes que sussurram na escuridão, o menino e a menina escutando, a mulher no canto da cabine, o rosto distraído da mãe olhando para a luz da lua, sua mão nos cachinhos do menino adormecido. O som da risada daquele menino, capturado por um impossível segundo e mantido. Naqueles fragmentos estava a verdade.

Na manhã seguinte, Frankie embarcou no primeiro trem para o sul, a partir de Besançon, e conseguiu se sentar num canto, numa cabine da terceira classe. Tinha 16 dias, ainda, no seu *permis de séjour*, e noventa minutos de discos para gravar e nenhum plano além de gravar tantas pessoas quanto pudesse. Não viajaria em linha reta até Lisboa — numa viagem com começo, meio e fim —, mas em trens, acompanhada de pessoas. E gravaria aquelas pessoas até não ter mais tempo. Abriu o estojo do gravador e plugou o microfone. Um casal jovem, viajando com seu bebê, observava atento seus preparativos. Quando ela estava pronta, levantou os olhos e falou, em francês.

— *S'il vous plaît?*

A mulher olhou para o marido e concordou. Frankie girou o botão.

— *Comment vous appelez-vous?*

— Eleanor. — A mulher sorriu.

— *Où allez-vous?* — Frankie segurava o microfone na direção dela.

— *À Toulouse* — respondeu a mulher, puxando o pequeno agasalho até ficar bem ajustado sobre a barriga do bebê.

— *Juifs?* — perguntou Frankie.

— *Oui.*

O marido franziu a testa diante da máquina no colo de Frankie e balançou a cabeça quando ela se virou para ele. Frankie girou o botão, e o braço se levantou do disco. A França passava através da janela do trem. Poligny, Bours — cidades como pontos de uma agulha, os nomes desenhados numa laçada. E Frankie seguia através delas, perguntando a todas as pessoas dispostas a responder: *Qual é seu nome? Para onde vai? De onde vem?*

Quando Frankie desceu do trem em Lyon, cinco dias depois, ela empurrou as portas e subiu os quatro degraus até o estúdio. Um homem aproximadamente da sua idade, vestindo um terno marrom, de linho, olhou para ela e levou sua cadeira de volta à posição vertical.

— Olá, beleza — disse ele.

Depois de tantos dias em trens, falando apenas em francês ou no seu alemão rudimentar, aquele corpulento e brincalhão homem do meio oeste quase a fez querer chorar.

— Olá — disse, hesitante.

— Jim Holland. — Ele se levantou e estendeu a mão. — Estava na expectativa de que você chegasse. Os chefões andam mortos de preocupação.

— Frankie Bard. — Ela apertou a mão dele.

— Parece que você precisa de um banho quente e uma bebida.

— Eu não me incomodaria de ter um lugar onde trocar de roupa, se é isso que você quer dizer.

Ele estendeu a mão para pegar o chapéu e o casaco, e conduziu-a até seus aposentos, onde ficou sentado ao lado do único banheiro da pensão, numa cadeira apoiada na porta, suas compridas pernas do Nebraska esticadas sobre o corredor enquanto ela tomava banho. Depois a conduziu até o estúdio, onde os dois começaram os familiares preparativos para a transmissão, datilografando o texto dela para o censor, esperando o contato com Londres e sentando-se na marca diante do microfone.

— Jesus, Frankie! — chegou a voz de Murrow.

— Olá. — Ela assentiu, sorrindo diante do som daquela voz tensa e familiar.

— O que aconteceu em Strasbourg?

— Não consegui chegar.

— Você está bem?

— Sim — disse ela, com os olhos no censor alemão que havia entrado e se sentado na cadeira junto à porta.

— Conseguiu alguma coisa?

Ela fez uma pausa.

— Tudo, chefe.

— Boa garota! — disse ele. — Qual será a história?

Os ponteiros do relógio marcavam 20h20. O técnico ergueu um dedo e Frankie assentiu para ele.

— Até logo — disse ela, em voz baixa. — Estou no ar.

— Boa sorte. — Murrow desligou.

O censor colocou as mãos nos dois lados do texto dela sobre a mesa. Os três aguardaram em silêncio enquanto os ponteiros do relógio passavam com um estalo. Quando o técnico olhou para ela, Frankie se inclinou para a frente e puxou o microfone para mais perto.

— *Aqui é Frankie Bard, do Columbia Broadcast System, falando a vocês de Lyon, França. Boa noite.*

Frankie demonstrou uma expressão amigável para o censor, mas ele lia o texto, sem prestar atenção em seus lábios ou no tom que ela colocara na sua voz.

— *Há muitos anos, a famosa repórter Srta. Martha Gellhorn foi discursar na minha universidade, Smith College. Ela falava das condições sob as quais as pessoas viviam durante os terríveis primeiros anos da Grande Depressão. Fez um relato mais comovente, fascinante e específico da dor e do sofrimento daquelas pessoas do que qualquer explicação que eu já houvesse escutado. Quando terminou, uma das garotas levantou a mão e perguntou: "O que fazemos diante de tudo isso, Srta. Gellhorn?" Houve um breve silêncio de expectativa enquanto a Srta. Gellhorn pensava. E isso deixou algumas das garotas nervosas. "Prestem atenção", a Srta. Gellhorn respondeu, por fim. "Pelo amor de Deus, prestem atenção."*

Em Franklin, na agência dos correios, Iris se virou involuntariamente.

— *Durante quase três semanas, tenho viajado a bordo de trens, com inúmeros judeus, homens, mulheres e crianças, na fila para sair, para ir embora. Entrei em suas cabines, fiz várias perguntas, escutei histórias simples de fuga, uma após a outra. Em estação após estação, vi filas de pessoas esperando por assentos insuficientes nos poucos trens, e gostaria de tirar da cabeça esses rostos assombrados, mas não consigo.*

Todas as histórias inacabadas por aqui, as pessoas que vemos e depois perdemos de vista sem uma palavra, me trazem à mente um homem que conheci no mês passado, um médico americano...

Iris fitava o rádio.

E ele disse algo que descartei como sendo apenas a mistura do espírito americano e do otimismo meio maluco na qual todos parecemos ter sido criados. Ele me disse: Tudo importa.

Que médico americano? Iris virara completamente as costas à janela e estava diante do rádio, com as mãos uma de cada lado dele, como se pudesse sacudi-lo e fazê-lo responder.

Ontem à tarde, num mercado comum em Bayonne, comecei a acreditar nisso. Fui até o mercado porque era o começo do verão, eu estava com fome e vira um homem carregando uma pequena embalagem de morangos nas mãos. Entrei no mercado em busca de morangos. Fazia muito calor, e o mercado estava começando a fechar. Além de mim, havia um punhado de oficiais alemães, também, ao que parecia, querendo comprar frutas. Eles andavam rapidamente em meio à multidão, em direção ao vendedor de morangos.

Eu ouvia o que parecia ser música, vindo de algum lugar acima, como se alguém nos apartamentos fechados sobre o mercado estivesse estudando violino. A música se repetia e se tornava mais alta, e me dei conta de que era mais do que alguém, eram cinco ou seis violinos, e eles estavam tocando o primeiro movimento da Quinta Sinfonia de Beethoven, tocavam acima das nossas cabeças, no ar. E eram as mesmas notas, repetidas. Então alguém perto de mim começou a assobiar, juntando-se aos violinistas, embora eu não pudesse ver quem era.

Aos poucos, o mercado se calou e vi a mulher que vendia os morangos se endireitar e olhar para os soldados alemães que escolhiam as frutas. Os violinos fizeram as mesmas notas soarem mais uma vez, vindas de uma das janelas. Gradualmente, os seis ou sete soldados do pelotão se entreolharam, procurando uns aos outros pela praça, porque tudo ficara quieto, completamente quieto. Exceto por aquela música.

Frankie olhou de relance para o censor sentado diante dela, com um dedo longo repousando delicadamente sobre o botão que desligava o microfone, como um pianista esperando o braço do maestro se abaixar. Ele ergueu os olhos. Ela sorriu para ele e mudou de tom.

Se você tem a Quinta Sinfonia de Beethoven, que certamente é um triunfo da paixão e da emoção alemã, vá colocá-la. Escute-a e ouvirá a Europa, sob o domínio alemão. — Ela continuou falando ao microfone, seus olhos no homem diante dela, cujos dedos haviam se fechado em torno do botão. E ela começou a cantarolar: *Da da da Dum...*

Ele puxou o microfone e desligou. Ela se recostou na cadeira, exausta, atordoada depois de levar as coisas ao limite, e olhou-o, desafiando-o. Ela acabara de cantar o código Morse para a letra V.

Jim Holland entrou pela porta do estúdio.

— O que você está fazendo, Fräulein? — O censor a examinava.

Ela sorriu para ele, com ingenuidade.

— Adoro Beethoven. Queria cantarolar um pouquinho.

O homem diante dela tinha os cabelos grisalhos e gestos precisos. Talvez tivesse sido um professor, um linguista. Ela não saberia dizer se ele entendeu para onde ela se encaminhava em sua transmissão ou se, devido a um instinto capaz de perceber os problemas, ele apenas desligara o microfone no instante que ela se desviara do que prometera dizer. Ela podia vê-lo pensando no assunto. Seria ela um perigo maior? Deveria ser interrogada?

— Que tal aquela bebida? — interrompeu Jim Holland.

Ela ergueu as sobrancelhas para o censor, como uma aluna pedindo permissão.

O homem fez uma pausa por mais um instante e depois, finalmente, com uma expressão de desgosto, gesticulou com a mão para que os dois saíssem do estúdio.

Jim a conduziu degraus abaixo e até a rua, com a mão no seu cotovelo. Ela segurava o gravador e se deixava levar pela rua, dobrando a esquina e entrando no pequeno bar onde ele conseguiu para os dois uma mesa, duas bebidas e um cinzeiro. Ela afundou ali.

— Jesus, essa foi por pouco!

— Por eu ter cantarolado a Quinta Sinfonia?

Ele concordou.

— Isso o deixou nervoso.

— Ótimo. — Ela deu uma risadinha. — Aquelas pessoas estavam cantarolando a *Resistência, cantarolando-a*. — Ela sorriu, bebeu um gole e recostou-se na parede com um sorriso satisfeito. — Há quanto tempo você está aqui? — Ela pegou um cigarro sacudindo o maço.

— Uns dois meses.

— Na França? — Ela se inclinou sobre o isqueiro dele.

Ele concordou.

— Viu muito?

— Vi o bastante. — Ele olhou para ela, os olhos se demorando na gola da blusa. Não importava que ela fosse da equipe de Ed Murrow, nem que aquela transmissão tivesse sido corajosa e até mesmo bem-escrita: ele não estava nem aí. Ela era um belo par de pernas sob os mais adoráveis e estreitos quadris que ele vira em bastante tempo. E viera de Londres, onde estavam os chefões. Ele fazia perguntas cujas respostas não lhe interessavam, concordava com a cabeça o que quer que ela lhe respondesse — embora após algum tempo ela já não respondesse muito — e pensava no momento que viria, ao fim, em que ele a puxaria para si e colocaria suas mãos naqueles quadris. Sorriu para ela.

Os pelos nos braços dela se eriçaram sob seu olhar e ela os cruzou sobre o peito. Ele voltou sua atenção às pessoas no bar.

— Escute — disse ela —, posso colocar algo para você ouvir?

— O que é?

Ela estava tonta com a bebida.

— Quero que ouça alguém. — E esticou o braço para pegar o gravador que acabara de colocar junto aos pés, olhando ao redor, no bar, em busca de um local silencioso. Jim se levantou e levou suas bebidas até uma mesa no canto, junto aos telefones, debaixo da escada e longe das conversas; Frankie o seguiu. Ele se sentou e acendeu um cigarro, observando-a abrir o estojo, tirar o disco da bolsa na tampa e depois, olhando para ele, ligar o aparelho.

Ele teve que se inclinar na direção dos discos que giravam para escutar a voz de Thomas, e continuou assim até o final, até os giros silenciosos no fim. Olhou novamente para ela.

— Ele estava morto uma hora depois disso — disse Frankie.

Jim ergueu as sobrancelhas.

— Estou começando a achar que nada disso importa — disse ela e desligou a máquina com um gesto rápido —, exceto isso. Nada que possamos transmitir pode ser melhor do que isso. Um homem falando, apenas sua voz, logo antes de ser morto. — Ela fechou a tampa do estojo sobre o gravador.

Holland balançou a cabeça.

— Isso não é reportagem. Você precisa de uma moldura. As pessoas precisam saber para onde olhar, precisam que apontemos.

— Nós atrapalhamos, você não percebe?

— Você não pode simplesmente sair por aí, acenar, esperar que as pessoas falem e, em seguida, que considerem isso suficiente. Precisa ter uma história ao redor delas. De outro modo, é apenas barulho.

— E se os barulhos gravados forem suficientes?

— Você é uma repórter, Srta. Bard. — Holland se afastou. — Não uma coletora. Você escreve reportagens.

— Não sei. — Frankie estava exausta. — Talvez as pessoas falando, estando ali, vivas nos minutos durante os quais você consegue ouvi-las, sejam a única forma de dizer algo verdadeiro sobre o que está acontecendo. Talvez essa seja a história — concluiu ela —, porque não há como colocar uma moldura em torno dela, não há um enredo.

Ele pareceu pensar no assunto por um minuto.

— Escute — ele se inclinou sobre os poucos centímetros entre os dois —, de que adianta ter um corpo tão bonito se você não vai usá-lo?

Ela piscou os olhos.

— Eu *vou* usá-lo — respondeu, fechou a tampa do gravador, levantou-se e puxou-o. Saiu do bar sem olhar para trás e encontrou a rua que levava de volta à estação. Dentro de uma hora, estava de volta num trem, dessa vez viajando para o oeste.

17.

DURANTE OS dez dias seguintes, Frankie subiu em trens e desceu deles, rumo ao oeste, até onde o trem fosse, e depois virando as costas e seguindo na direção oposta, para os navios em Lisboa e os portos em Bordeaux, o microfone estendido para gravar as respostas às suas perguntas. *Qual é o seu nome? Para você vai? De onde vem? Há quanto tempo está viajando? Quanto dinheiro tem? Alguém vai encontrá-lo?* Através da elevação da França, pela planície central, rumo ao sul e ao oeste, onde havia homens e mulheres atravessando o continente e falando todos os idiomas que Frankie jamais ouvira — *Jmenuji se Peter Krycz. À nevem Magyar Susannah. Je m'appelle Charlotte Maret. Regina Hannemann. Ich heiße Hans Jakobsohn. Je viens de Brancis. Je vais à Lisbonne. Mein name ist Josef. À Lisbonne. In Lisbon. Oui, juif. Oui, je suis juive. Und das ist meine Frau, Rachel.*

No seu bloco, ela escrevia um parágrafo para cada voz. Como o homem respondia — dizendo cada palavra tão devagar que era como se extraísse a linguagem do ar — *Und,* ela copiava sua entonação. *Das. Ist. Meine. Frau.* Quando ele terminou, olhou para ela, sorrindo, e afastou o olhar. Estavam gravados os sons de um lápis nas mãos de uma criança, ficando liso com o uso num dos lados; e dos anéis de uma mãe, que escorregavam pela linha comprida do seu quarto dedo, e ela os empurrando de volta, olhando pela janela. *Merci, mademoiselle*, um homem dissera em voz baixa, depois que ela lhe fez as perguntas, depois que ele disse seu nome ao microfone, com cuidado e devagar. *"De rien"*, ela murmurara, sua garganta se fechando. Jim Holland estava certo. Ela os coletava; ela sabia disso. Ela reunia suas vozes sem qualquer ideia nítida do que levaria para Murrow, mas tinha de enfiar algo naquela quietude. Queria conseguir tantas vozes quantas fossem possíveis e enviá-las a grande altura, de algum modo, para fora, para cima, livres. Os dias e as noites passavam, deslizando como contas num fio. Um dia, subitamente, um grupo de mulheres irrompeu, todas elas libertadas do campo de detenção em Gurs. *Gurs?*, Frankie havia perguntado, para ter certeza. *Gurs?* O nome daquele campo havia ficado por tanto tempo em sua mente que ela queria que ele soasse nítido, como um sino sendo golpeado numa época da qual ela mal podia se lembrar.

Ela viajava em trens que paravam e partiam no meio da noite com tanta frequência que perdera os registros habituais das noites passadas em camas específicas, em locais particulares. Em algumas noites ela fechava os olhos e os trens, os apitos e as pessoas dormindo em toda parte a levavam de volta ao passado; e, quando ela acordava, por um minuto Thomas estava ali, vivo, diante dela. Às vezes ela perdia a noção da direção na qual viajava — perdia a noção de tudo, exceto dos rostos, das vozes e do ligar e desligar dos botões em sua mão — e continuava perguntando, e gravando, como se fosse perdê-los se não os registrasse.

Sabia que seu tempo estava acabando. E, na véspera, seus discos haviam acabado. No fim do último disco vazio, a mulher sentada em um canto do trem havia esperado enquanto Frankie levantava o braço do gravador e observado enquanto Frankie fitava o disco. Não havia mais espaço. *Mademoiselle?*, a mulher perguntou. Frankie ouviu a pergunta da mulher, ouviu o suspiro do homem finalmente adormecido no canto oposto, ouviu a chuva de verão golpeando a lateral do vagão, as pessoas deixadas na plataforma, molhadas, esperando — e não pôde parar de gravar. Virou o disco, abaixou a agulha e simplesmente começou a gravar de novo, sobre o que estava lá. *Vas-y*, ela gesticulou com a cabeça para a mulher, segurando o microfone em sua direção. *Je suis seule*, a mulher respondeu à pergunta anterior. Frankie podia estar arruinando o disco, apagando as antigas vozes ou não gravando nada em absoluto; mas já não lhe importava. Se funcionasse, haveria vozes superpostas a outras vozes. Acordes de pessoas.

— *Mademoiselle?* — A mão a sacudiu, fazendo-a despertar. Frankie se ergueu no banco duro, tentando retornar do sono. Focou os olhos no homem à sua frente.

— *Oui?*

— *Le train.* — Ele apontou. Frankie se levantou. A plataforma se contorcia com o movimento das pessoas sob as luzes ofuscantes da estação, subitamente acesas. Ela pegou o gravador e sua mala.

— *Merci, monsieur.* — Ela sorriu, cansada. — *Et le train, où va-t'il?*

— *À Toulouse, madame.*

A multidão havia se agrupado em torno das portas fechadas das várias cabines e esperava, olhando para as laterais metálicas do trem com um misto de resignação e de preocupação que Frankie vira tantas vezes nas duas últimas semanas. Bebês em cestos. Mulheres olhando por cima dos ombros para os agentes ferroviários, querendo ser as primeiras a ver o sinal de que o trem partiria, de que as portas se abririam.

Examinou a multidão. Muitos ali estariam se dirigindo aos barcos atracados na costa a oeste de Bordeaux. Alguns talvez fossem até Périgueux e então virariam para o sul, rumo a Bayonne, e pelos Pireneus até Lisboa. Um calendário pendurado ao lado do caixa, no salão de chá da estação, dizia "5 de junho". Verão. Ela encarou a data, tentando trazer à memória a Broadway em Manhattan e o som de automóveis e de vendedores ambulantes anunciando garrafas de Coca-Cola e doces, com os quais as pessoas apostavam o dobro ou nada. Se era 5 de junho, ela teria apenas mais quatro dias no seu *permis de séjour*.

As portas se abriram com um estalo. Ela encontrou uma cabine vazia e se acomodou no assento do canto, colocando o gravador na banqueta ao seu lado. Os 16 discos repousavam, bem protegidos, em suas capas, contendo quase setenta pessoas, pelas suas estimativas. E dentro da mala estavam os cadernos de notas, parágrafos com todos os detalhes das pessoas cujas vozes ela gravara. Dois dias antes, com seu alemão falhando na torrente de palavras de um velho, ela simplesmente lhe entregara a caneta e o caderno e lhe indicara que escrevesse o que dizia. Que Jim Holland se fodesse, ela pensou. Não era nada, o que ela havia feito.

Um apito curto e estridente perto dela quase a fez pular. Um homem gritou. Ela ergueu os olhos e viu a agulha solitária da igreja de uma cidadezinha não longe dali. O trem deu um solavanco e parou numa pequenina estação. Na plataforma, estavam uma mãe e seu filho. Ela segurava sua mão, embora ele parecesse ter 10 anos.

A porta do trem se abriu com um baque e o condutor colocou do lado de fora uma escadinha. Mãe e filho entraram no trem. Houve uma discussão, aos sussurros, no corredor, e então a porta da cabine se abriu. Frankie olhou para os dois enquanto entravam, a mãe levando uma mala, que colocou no compartimento acima de suas cabeças. Sentaram-se. Ele olhava pela janela, excitado.

O trem sibilou e começou a andar. A mãe fechou os olhos por um breve instante, como se estivesse rezando. Depois de um minuto ela os abriu, olhou intensamente para Frankie e então, virando-se, firmou sua atenção no menino. Do lado de fora, os campos crestados pelo sol corriam para trás sob o céu amplo e azul. *Maman!*, ele gritou, apontando, quando um homem a cavalo galopava paralelo ao trem. Ela olhou para onde o menino apontava, mas o sorriso que havia pendurado nos lábios murchou assim que ele desviou os olhos dela, fitando a paisagem. Ele escorregou sua mão para fora da dela, a fim de se aproximar mais de janela e, sem a mão dele para segurar, a mãe descansou a sua no joelho do menino.

— Para onde vocês vão? — perguntou Frankie, amigavelmente, depois de algum tempo.

— Para a Espanha — respondeu o menino, olhando para a mãe, que assentiu, sem olhar para Frankie. Havia algo no silêncio entre eles que impediu Frankie de perguntar qualquer outra coisa.

Viajaram por mais de duas horas em silêncio. A mãe nunca soltava o filho. Estavam em um trem local, que fazia muitas paradas em estações como aquela em que mãe e filho haviam embarcado. O ar cheirava bem e o sol cintilava de tempos em tempos, ao longo do dia.

Ao se aproximar de Toulouse, o trem diminuiu a velocidade. Todos teriam de desembarcar e embarcar em trens para o norte, para o sul ou ficar naquele trem e atravessar a fronteira da Espanha. A mão do menino se esgueirou para a mão de sua mãe. As casas distantes da cidade passavam devagar o suficiente para que as pessoas a bordo conseguissem ver as cortinas nas janelas e a louça de barro nas prateleiras. A mãe puxou o menino para si, segurando seus braços com as mãos. Ele fitava o rosto dela.

E então Frankie compreendeu que o menino seguiria sozinho. Talvez somente tivessem conseguido papéis para uma pessoa; quem sabe houvesse, em outro país, um responsável pelo menino. Eles eram muitos, talvez, mas estava claro que a mãe mandava seu filho seguir em frente. O desespero dela se espalhava pela cabine, espesso e silencioso como neblina. Ela verificou o casaco dele, em busca de seus papéis. Levantou-se, pegou sua mala no compartimento e mais uma vez verificou se ele levava a comida que ela guardara ali. Ele estava sentado, imóvel, observando as mãos dela em meio aos objetos que ela colocara na mala quando saíram de casa. Então ela se sentou outra vez ao lado do filho e puxou as mãos dele para junto de seu peito, virando-o para que olhasse para ela. Ele tremia. Ela o puxou para perto de si e beijou-o numa face, depois na outra, tão devagar, olhando para cada pequena parte do seu rosto, e então estendeu os braços e o apertou junto de si. O trem parou com uma sacudida e se imobilizou.

Nas duas direções do corredor, as portas das cabines se abriram com estrondos. Um apito soou. Ouviram-se gritos numa e noutra direção, ao longo da plataforma, sob a janela. O menino agarrou a mão dela. Ela abriu gentilmente os dedos dele, para se soltar. Nenhum dos dois disse uma palavra. Ela se virou para a porta da cabine e ele a seguiu, de perto, a mão tocando nas suas costas, mas ela se virou para ele com um sorriso no rosto, com tamanho amor, e tão calmo e amplo que o menino parou e deixou a mão cair.

Ela abriu a porta e saiu. Ele ficou parado no meio da cabine. No corredor, ela se virou e colocou o dedo sobre a boca, como se dissesse *shh;* então mandou um beijo para ele e se foi. Por um único e longo momento, o menino ficou parado onde sua mãe o havia deixado, olhando para a porta da cabine.

A agulha de gravação teria registrado no disco aquela fala silenciosa de sofrimento profundo. E o que havia custado à mãe aquele último sorriso, aquele último conforto para que seu filho atravessasse o momento final, ninguém jamais saberia. Frankie abaixou os olhos para as próprias mãos, desviando-os do menino que comprimia o rosto de encontro à janela de vidro, vendo sua mãe desaparecer entre os casacos e vestidos, mergulhando e desaparecendo na multidão.

Ele se afundou no assento, sem olhar pela janela. Não havia lágrimas em seus olhos; não havia nada. Ele não falava e Frankie não se mexia. Os dois ficaram sentados na cabine enquanto o trem era reabastecido e recebia mais passageiros. Duas mulheres e um homem entraram na cabine.

Ficaram sentados em silêncio enquanto a locomotiva voltava a funcionar e, lentamente, muito lentamente, começava a deslizar para a frente, centímetro após centímetro. O menino fechou os olhos e Frankie viu seus lábios se mexerem, dando-se conta de que ele estava contando.

Quando ele abriu os olhos, nada havia mudado. Ele virou a cabeça e olhou, pela janela.

— *T'inquiètes pas.* — Frankie engoliu em seco.

Ele olhou para ela, e então outra vez pela janela. Mas em seguida se levantou, cambaleando, atravessou aquele pequeno espaço e deslizou para o assento ao lado de Frankie. Os olhos dela encontraram os da mulher sentada à sua frente, que baixou o olhar para as suas mãos. Frankie olhou para o menino e viu que ele voltara a fechar os olhos. Depois de algum tempo, ele suspirou, e Frankie percebeu que ele havia adormecido, tendo a cabeça num ângulo esquisito. Ela estendeu o braço e puxou a cabeça dele para cima do seu ombro, trazendo-o para junto de si. Então apoiou a cabeça sobre o assento, mas percebeu que era impossível adormecer.

Chegaram a Bayonne, na fronteira da Espanha, quando o dia começava a raiar. Frankie abriu os olhos e virou a cabeça. As portas das cabines se abriam com um estalo em todo o vagão, conforme as pessoas saíam com sua bagagem, dirigindo-se ao fim da plataforma, onde a polícia de Vichy aguardava.

— Para onde vocês vão, você e sua mãe? — A mulher diante de Frankie perguntou ao menino, em francês.

— Ela não é minha mãe.

A mulher franziu a testa para Frankie.

— Para onde você vai? — perguntou ela novamente ao menino.

— Lisboa — respondeu ele.

Ela assentiu.

— Boa sorte, rapazinho — sussurrou ela e levantou-se.

— Vamos lá — disse Frankie a ele. — Vamos sair.

As filas serpenteavam pela plataforma, quase até o final do trem. Frankie e o menino se juntaram a eles e começaram a caminhar, arrastando os pés. Para onde você vai? Hein? Quanto tempo você tem? Angoulême, Madri, Lisboa. Os nomes da fila na direção dos navios, no ancoradouro. Na frente, uma mulher chorava muito. O menino olhou para Frankie, assustado. *Non!*, eles podiam ouvi-la gritar. *Non. Je n'ai qu'une semaine. Monsieur! Non!* Frankie saiu da fila, para tentar divisar melhor a mulher, e empurraram-na com força.

Quase três horas se passaram até chegarem ao início da fila. O menino se sentava quieto sobre sua mala, como se estivesse diante da sua carteira na escola, avançando com Frankie quando a fila andava, mas não falava com ela. Tampouco saía do seu lado. Quando chegaram ao oficial do outro lado da mesa, ela entregou primeiro seus papéis de trânsito. O homem olhou para ela e jogou-os de volta.

— O próximo trem para Paris sai em três dias.

Ela franziu a testa.

— Não estou indo a Paris. Vou atravessar a fronteira até a Espanha.

Ele apontou para sua carta de trânsito. Marcadas nitidamente com tinta azul estavam as palavras: *De 18 mai à 9 juin 1941.*

— E que dia é hoje? — perguntou ela.

— Dia 7. Portanto, mademoiselle, seu tempo acabou — respondeu ele, gesticulando para um dos guardas atrás dele, que puxou Frankie para fora da fila. — Precisa embarcar no trem de hoje para Paris. Volte aqui em oito horas.

Ele gesticulou em direção aos papéis do menino. Confuso, ele olhou para Frankie, fora da fila.

— *Viens!* — disse o oficial, áspero.

O menino desabotoou o casaco e tirou seus papéis, com a mão tremendo, mas o oficial mal olhou para eles. Carimbou-os e fez um sinal para que o menino passasse pelo portão aberto.

— *Vas-y.*

O menino fitou Frankie, que estava parada próxima à mesa. Depois olhou rapidamente na outra direção para o portão aberto. Olhou mais uma vez para Frankie, aflito.

— Ei! — Um dos guardas apontou em sua direção para que ele se mexesse.

— Vá — disse ela, a voz embargada.

— *Vous ne venez pas?*

Ela balançou a cabeça.

Ele franziu a testa e abaixou os olhos, pegou a mala e passou devagar pelos oficiais na direção do portão. Os olhos de Frankie se encheram de lágrimas, vendo os ombros pequeninos avançando, inteiramente sós. *Para onde vou?*, ela o imaginava dizendo. *Para onde vou? Quando chegarei lá? Quem eu conhecerei?* Na porta da sala de espera, do outro lado do portão, ele se virou e olhou para ela. Ela assentiu para ele, ainda sem nome, ergueu a mão e acenou.

Ele foi empurrado para a frente pelo homem atrás dele.

Ela ficou parada, ao lado da mesa, na companhia dos outros que não haviam recebido autorização para seguir em frente até o próximo trem, tentando divisá-lo outra vez, muito tempo depois que ele já havia desaparecido. E, quando a porta se fechou, ela o imaginou embarcando naquele trem, no outro lado da porta, depois desembarcando outra vez. Imaginou-o por todo o caminho até a fronteira da Espanha, chegando a Bilbao, onde os trilhos rumavam para o sul, até Madri, depois pelo outro lado até Portugal, Lisboa, descendo do trem e subindo o passadiço do navio. Aquele menino, aquele menino solitário, ela tentou carregá-lo com a mente por todo o caminho, como se pudesse substituir sua mãe, como se pudesse levá-lo, como uma tia ou uma madrinha, e colocá-lo no navio. Invocou um final, um final feliz.

— *Mademoiselle*! — O oficial gesticulou para ela, indicando a estação. Ela podia ver, através das portas abertas, a praça, sob a luz estonteante daquela hora do dia. Era um dia de feira, e várias barracas estavam armadas e cobertas com toldos. Homens e mulheres se abaixavam, se levantavam, se viravam e conversavam. Uma mulher virou a cabeça para alguém que Frankie não podia ver. Havia melões empilhados em cestos sobre barris. Havia rabanetes, e um homem vendendo batatas.

Ela olhou, sobre os ombros, para a porta que havia se fechado depois que o menino entrou, o garoto cujo destino ela jamais saberia. Segurou uma bolsa em cada mão e caminhou pelo mármore frio da estação ferroviária para o dia de verão.

Havia uma placa indicando um telefone na esquina da agência dos correios, do outro lado da praça. A mulher no guichê tinha cabelos que formavam cachos junto à nuca, como dedos grossos. Ficou batendo com as unhas sobre o balcão enquanto Frankie contava as moedas e empurrava-as para ela, para pagar pela ligação.

— Quer selos também? — Ela ergueu as sobrancelhas, impaciente.

— Selos? — Frankie a fitou.

— A senhora está numa agência dos correios, madame.

Frankie estava cansada demais, ela sabia disso, mas aquela mulher, fitando-a com o leve toque francês de escárnio na voz, fez sua garganta se fechar.

Atrás dela, o telefone tocou, e ela apontou para Frankie a cabine que ficava na ponta do balcão.

— Onde você está?

— Oi, Ed. — Ela sorriu. — Bayonne. Sigo no trem dessa noite para Paris.

— Graças a Deus — suspirou ele. — O que você está fazendo?

— O que você pediu — respondeu ela. — Gravando.

— O que exatamente?

Ela deu de ombros.

— Não sei... eles.

Fez-se silêncio do outro lado da linha.

— Você precisa voltar!

— Vou voltar.

— Quero dizer agora, Frankie.

— Vou voltar — concordou ela. Alguém atrás dele disse algo que ela não conseguiu entender.

— Escute, Frankie... — Ele estava de volta à linha.

— Sim.

— Bayonne tem um transmissor decente. O que você acha de ir até lá mais tarde para uma última transmissão da França.

Ela assentiu, mas não disse nada.
— Deixarei o espaço das 18h livre para você.
— Tudo bem — disse ela, com a voz muito baixa. — Ed?
— Sim, Frankie?
— Alguém está escutando?
— O que você quer dizer?
— Alguém está nos escutando? Tudo isso?
— Frankie. — A preocupação na voz de Murrow chegou ao outro lado da linha.
— E se estão escutando — continuou ela —, por que não estão aqui?
Fez-se silêncio do outro lado.
— Você precisa voltar.
— Vou voltar.
— Quero dizer agora, Frankie.
— Vou voltar — concordou ela. — Até logo. — Ela se despediu, e colocou cuidadosamente o fone no gancho. Então ficou sentada na pequena cabine de madeira, enquanto uma lágrima se seguia à outra.
— *Mademoiselle?*
Cristo. Ela balançou a cabeça e enxugou o rosto com as mãos. Levantou-se e empurrou a porta, saindo no saguão da agência dos correios. Através da janela, ela viu uma carroça de fazenda passar, cheia de morangos.
Vá até lá, consiga a história, vá embora. Bem, ela estava indo embora. Podia ir embora. Podia ir embora dali, ir para casa. E faria a transmissão, havia dito a eles que faria. Mas seria aquela história — o mercado, o fazendeiro passando, a mulher na agência dos correios, o menino a caminho da Espanha, sua mãe voltando para casa; todas as pessoas em cuja companhia ela esteve no trem, e cujas

vozes havia gravado, retido por um momento —, que ela colocaria no ar.

Quando o censor da cidade, um homem robusto que a cumprimentou levantando a aba do chapéu no momento que ela entrou no estúdio, estendeu a mão para pegar o script, ela sorriu, balançou a cabeça, colocou o gravador na mesa do estúdio e apontou para o assento diante do microfone.

— *Puis-je?*

Ele franziu a testa, mas fez um gesto para que ela avançasse.

Sorrindo para o homem, ela abriu a tampa, selecionou um dos discos e o colocou sobre o pino de metal. Quando o técnico de som atrás do censor apontou para ela, Frankie respirou fundo e mergulhou. *Aqui é Frankie Bard para o Columbia Broadcasting System em Bayonne, França.*

O que vocês estão prestes a ouvir são as vozes de inúmeras pessoas num dos trens franceses — um homem, três mulheres e uma criança. Todos eles são refugiados, todos eles viajam para o oeste, tentando, contra todas as esperanças, chegar ao seu destino, ao lugar onde vocês estão sentados neste exato momento.

O homem diante dela mal piscava. Observou enquanto ela se levantava e abaixava com delicadeza o braço sobre o sulco de metal do disco gravado.

Je m'appelle Maurice — a voz de um homem se elevou no ar — *Maurice Denis. Je vais à Lisbonne, et puis aux États-Unis.* A voz pronunciava leve o "*m*" de forma ágil e cheia de expectativa, embora o homem tivesse afundado num canto da cabine, depois que acabara de falar, e Frankie escrevera em seu caderno que ele levava apenas uma pequena mochila e que usava uma aliança apesar de viajar sozinho. Frankie não tirava os olhos do censor, que observava, atento, o disco girando. As vozes das meninas surgiram, uma delas dizendo seu nome com urgência e em voz baixa, como se estivesse contando seu segredo aos Estados Unidos. *Oui, Madame, ela dissera a Frankie, je m'appelle Laura*. A voz era ouvida com emoção em meio aos chiados e arranhões do disco enquanto ela prosseguia, dizendo onde havia nascido e aonde iria e que sim, como os outros, era judia. E Frankie, como uma pastora, guiava as falas nos intervalos, traduzindo o francês das meninas para o inglês, para que elas fossem entendidas. Mas suas vozes pairavam no ar, como um fio único e colorido, puxado do emaranhado de um novelo de linha — a riqueza das vozes, os sons cheios —, e falavam de algo vivo. Aquela era a alma do rádio, pensou Frankie, o som humano enviado ao ar para criar um domo no céu, uma galeria de sussurros.

Frankie observou o relógio e, depois de sessenta segundos completos, levantou o braço do gravador.

— *Essas são as vozes dos judeus da Europa. Eles estão nos trens esta noite. Estão viajando neste exato momento. Por ora, estão vivos. Neste momento...*

— *Arrête!* — O censor desligou o microfone com um gesto rápido.

Frankie se levantou do outro lado da mesa com o coração aos pulos. Ele permaneceu sentado e imóvel. Ou ela conseguiria chegar até a porta, ou ele iria prendê-la. Ele se levantou e deu a volta na mesa, devagar, parando diante dela. Não havia mais do que 30 centímetros entre os dois, e ela podia sentir o cheiro do suor no uniforme dele sob a colônia. Ele a fitou e, durante um longo segundo, ela não teve certeza se ele sabia o que fazer com ela. Frankie mantinha os olhos fixos no botão prateado do seu colarinho, aguardando. Quando por fim olhou para ele, seus olhos se afastaram dela.

Ele colocou as mãos em seus quadris e puxou-a. Ela arqueou enquanto as mãos grossas dele entravam nos bolsos da sua saia e saíam outra vez, os dedos roçando na sua barriga através do forro de seda.

— *Danke*. — Ele sorriu rapidamente para ela e abaixou os olhos para os papéis que tirara dali. Abriu sua carta de autorização, olhou para ela e voltou a dobrá-la. Olhou para seu passaporte, folheando as páginas, uma a uma. Depois colocou a carta de trânsito dentro do passaporte. Por fim, olhou para a carta do médico. Pareceu levar um bom tempo. Ela soltou o ar, mas o gesto veio como uma espécie de suspiro estrangulado.

— O que é isso?

— Nada. — Ela deu de ombros. — Uma carta.

— Para quem? — Os olhos dele estavam inexpressivos.

— Minha irmã — disse ela, com a voz suave.

Ele balançou a cabeça e olhou para o operador de rádio, com um sorriso afetado. Frankie não sabia se o outro homem estava prestando atenção; não tirava os olhos daquele à sua frente. Ele abaixou os olhos, e ela percebeu que, ao fim, ele a deixaria ir embora.

— Então? — Ele se curvou para ela.

Frankie mantinha os olhos nele e concordou. Quando ele entregou a carta, ela estendeu a mão para pegá-la. Ele deu um pequeno puxão, e ela segurou firme. Ele irrompeu numa gargalhada e saiu da frente da porta; Frankie enfiou a carta no bolso, curvou-se para pegar sua mala e o gravador, e saiu pela porta do estúdio com todo o cuidado de que foi capaz. Mantinha o olhar fixo na porta seguinte, no final do corredor, dirigindo-se a ela e descendo o primeiro lance de escada antes de começar a tremer. Ao final do segundo lance de escada, um sutil triângulo luminoso brilhava sobre a porta que dava para a rua, e ela a abriu para um amplo e inconsolável azul.

Verão

1941

18.

A GUERRA estava chegando, todos diziam, embora fosse difícil acreditar nas pessoas. Do lado de fora das janelas, gaivotas e andorinhas dividiam um único céu; o azul límpido era o cortinado de um mar verde e liso, um dia quente de verão após o outro. O mês de junho se escancara, e em todo lugar se ouvia música de cabaré. Turistas se derramavam, saindo de barcos vindos de Boston, para a multidão ao longo da Front Street, misturando-se aos marinheiros de folga que caminhavam aos bandos. Guarda-sóis coloridos desabrochavam nas praias ensolaradas enquanto as torres de tiro dos navios da marinha recortavam o horizonte da baía, a distância.

— Alguém aí atrás? — chamou um homem do saguão.
Iris pulou e olhou para o relógio.

— Já vou — respondeu ela.

Se houvesse uma psicologia das pessoas no verão, seria essa: embora estivessem de férias, na ponta do mundo americano — queimados de sol, de ressaca ou letárgicos de tanto ficar deitados —, respondiam à manhã como cachorros ao som da voz dos seus donos. Alertas e animados, marchavam para a agência de correios com cartas e cartões, querendo se livrar do trabalho das suas férias para que o resto do dia pudesse ser gasto, escorregando com a mesma facilidade que o sol da tarde no oceano que os cercava.

Iris ficava no guichê, distribuindo selos e ordens de pagamento, encaminhando os recém-chegados à prefeitura, contando e levantando os olhos para que a próxima pessoa na fila se aproximasse. "Sim, era possível chegar à praia através das dunas, mas se deveria levar um pouco d'água." "Cerca de 2,5 quilômetros." "Sim, pelo visto fará um sol de rachar." As pessoas iam e vinham como a espuma no topo de uma onda, e ela as ouvia da maneira como se ouve sem prestar muita atenção a sinfonia de passarinhos e de um corvo. Pela janela dos fundos, ela podia ouvir o ronco grave dos motores.

— A senhorita acha que vai chover amanhã?

— Seu palpite vale tanto quanto o meu.

— Vamos lá, Srta.... — Os olhos do velho espiaram sobre seu ombro, vendo o nome impresso junto ao mandato dos Correios preso ao quadro de avisos — ... James. A senhorita deveria saber como estará o tempo.

— Sinto muito, senhor.

Emma não olhou para o velho ao passar, nem para Iris. Concentrou-se em chegar à sua caixa postal, pegando a chave em sua bolsa e inserindo-a com cuidado na fechadura. Poderia ter ficado na ponta dos pés para ver se havia uma carta, mas sempre usava a chave. Iris a observou girá-la, abrir a porta e buscar algo com a mão, embora soubesse que não encontraria nada. Fechou a porta da caixa, girou a chave em silêncio outra vez, e agora saberia que seria mais um dia — o 14º — sem carta.

— Aguente firme — disse Iris a ela, em voz baixa.

Relutante, Emma parou onde estava, a poucos metros de distância, e virou-se.

— Como vai? — acrescentou Iris.

— Bem. — Emma assentiu. — Estou bem. — Abaixou os olhos, um pouco nervosa sob o olhar fixo da mulher mais velha.

— Terá alguma coisa amanhã.

— Por favor, não faça isso — disse Emma com uma vozinha dura. — Por favor.

As portas do saguão se abriram, deixando entrar o som da risada de um homem.

— Ora, ora, deem só uma olhada nesse lugar! — exclamou um dos homens, com um largo sorriso.

— Srta. James. — Johnny Cripps dirigiu-se a Iris. — Que bom vê-la, como sempre.

Iris o cumprimentou com um aceno de cabeça, mas manteve os olhos em Emma.

— Olá, Sra. Fitch — disse Johnny, um tom descontraído na voz.

— Olá — disse Emma, sentindo que todos estavam um pouco perto demais.

— Aí está! — O homem apontou para a parede ao lado de Emma, e os três olharam para o cartaz que Iris havia prendido dois dias antes e ficaram em silêncio. Havia uma garota vestida com uma blusa e um boné de marinheiro, com os dedos enganchados nos suspensórios e os quadris para a frente: "Puxa!! Eu queria ser um homem", dizia o cartaz, "entraria para a Marinha!".

— Cristo, *eu* entraria para a Marinha — disse baixinho Johnny Cripps — se ela estivesse lá.

Emma se virou. Precisava ir para casa e se sentar. Precisava sair do seu vestido, das suas meias e daquele tipo de conversa.

— Até logo, Srta. James. — Ela ergueu os olhos para Iris e virou as costas, cumprimentando Johnny com um aceno de cabeça ao sair.

— Até logo — exclamou Iris.

Os homens olharam enquanto ela saía e, no silêncio, a máquina de telégrafo era como um pássaro batendo com o bico.

— Porcaria! — sussurrou Iris e abriu a porta, indo até a soleira da porta da agência dos correios sem tirar os olhos da esposa de Will, que caminhava devagar pela calçada, passando pelas lojas, segurando firmemente sua bolsa marrom, como se ela pudesse fugir. A bolsa batia levemente contra seus joelhos e fazia com que aquela mulher miúda ficasse ainda menor, carregando-a daquele jeito, como uma menina. Na esquina, ela parou e olhou com cuidado nas duas direções. Algo ficou preso na garganta de Iris e ela teve de abaixar os olhos, teve de desviá-los daquela mulher que seguia tomando tanto cuidado. "Meu Deus", ela sussurrou, pigarreando para afastar as lágrimas. Quando levantou os olhos, Emma já estava na metade do quarteirão seguinte, com a cabeça e os ombros jogados para trás como se alguém lhe houvesse dito para endireitar a postura.

— Essa história de cortar fora é uma frescura.

Johnny Cripps e os Jakes haviam aparecido ao seu lado e fitavam a bandeira.

— Perdão?

— Cortar o mastro da bandeira, como Sr. Vale deseja.

— Ele não quer cortá-lo — disse Iris com cuidado. — Quer que fique mais baixo.

— Você acha que ele está certo ou que está maluco? — perguntou Tom Jakes.

— Maluco — disse Johnny de pronto. — Os alemães não têm como chegar aqui.

— Vai à reunião hoje à noite?

— Que reunião?

— Defesa. Sr. Vale está chamando todos que estiverem disponíveis na região.

— Não acho que ele esteja pensando em pessoas como eu — respondeu Johnny, com uma risada. — Ele está pensando em pessoas sem habilidades, eu acho. Sem querer ofender, Warren.

— Não ofendeu — disse Warren, tranquilo.

—Ah, pelo amor de Deus. — A Srta. James abriu as portas da agência dos correios. — Vão embora, vocês todos. Não fiquem parados aqui falando bobagem.

Ela atravessou o saguão e empurrou a porta que levava à sala dos fundos, fechando-a firmemente depois de entrar. Pegando a chaleira e levando-a à pia, abriu a torneira da água fria, deixando-a correr sobre sua mão até sentir o frescor da água mais profunda do poço, aquela bombeada depois do que ficara parado nos canos a noite inteira; o frio na sua pele, o frio mais profundo, trouxe-a de volta a si. O assunto do mastro da bandeira havia sido discutido entre Harry e ela com tanta frequência que ela quase pensara tratar-se de um assunto privado. E embora isso fosse tolo da sua parte, não havia motivo para ficar tão aborrecida. A bandeira era sua, mas não era *ela*, afinal. O Departamento dos Correios ainda não havia dado uma resposta sobre a questão, e estava além de Iris. Ela encheu a chaleira e colocou-a sobre a chapa elétrica presa junto à pia, girando o botão para a regulagem alta. Ainda assim, aquilo a deixava desconfortável, aquele tipo de conversa nos lábios dos jovens.

Então a guerra era algo que estava no sangue dos homens no instante da concepção? O pai colidindo com o corpo da mãe e explodindo a semente do menino dentro dela? A cada semana Harry parecia mais insistente, monitorando a guerra. Deixara todo o trabalho na oficina para Otto, tão convencido estava que um submarino partira rumo àquela costa. Havia homens como Johnny Cripps, que andavam em grupos, jactavam-se e zombavam dos outros, com sua ânsia e seu medo em partes iguais. E havia as mães que, quando tinham certeza de que estavam sozinhas na agência dos correios, suspiravam aliviadas quando um dos rapazes havia sido reprovado no exame físico.

— Nunca pensei — disse Biddy Green — que gostaria que houvesse algo errado com ele, um pé chato, um braço torto, algo que não estivesse perfeito e pudesse salvá-lo.

Desejo impossível. Harry Green era o garotão principal da turma e quase não fazia esforço no seu corpo jovem, pulando do ponto mais alto do píer no verão — Iris o observara pela janela da agência dos correios —, com seus braços abrindo sulcos na água parada, feito um deus rachando a superfície mortal do mundo.

Ela se demorava naquela janela, que emoldurava o píer e o porto além dele. A maré estava baixa e os barcos pesqueiros saíam devagar, um a um. Ela os observava, acompanhando-os ao redor de Land's End até o mar aberto, como se pudesse olhar o coração amplo do que estava por vir.

Embora não houvesse nada para ser visto, ela dizia a si mesma com impaciência.

Emma mantinha os olhos na estrada para fora da cidade. Os rapazes na agência dos correios a haviam cansado, com sua conversa que fazia com que ela se sentisse ainda mais invisível, como um balão na ponta de uma corda cada vez mais comprida, sem ninguém para segurá-la. Flutuando. Não havia ninguém. Nenhuma respiração no seu ouvido à noite, nenhuma parte da perna dele encostada na sua sob as cobertas, nenhum corpo. Ela sentia como se houvesse começado a desaparecer. Como se estivesse de volta ao tempo cinzento e sem importância, em que um dia se virava sobre o seguinte sem qualquer distinção, como era sua vida antes de Will.

"Olhe para você", ela imaginou a voz dele dizendo isso. Antes de ir para a cama, depois de fazer amor, na rua, do outro lado da mesa. Olhe para você, aí está você! E ali, ela descobrira, estava ela. Pela primeira vez em sua vida, com Will, ela passara a se ver porque abaixava os olhos e *se via* — sua cintura, seus braços, o osso em seu punho — nas mãos dele. Porque ele a observava. Como uma fada que um beijo trouxesse à vida, ou a sereia andando subitamente, ou qualquer história sobre alguém que era invisível e apareceu de forma súbita e fantástica.

Havia alguém diante de Emma enquanto ela subia o último trecho da colina em Yarrow Road; o sol atrás do vulto deixava-o negro, uma letra negra. Ela se deu conta de que era Otto, cujo corpo entalhava a letra "I", curvado no céu. Sua cintura se apoiava no degrau da escada, contra a janela do segundo andar, e o tecido frouxo das suas calças soprava para trás, com a brisa suave. Ele era magro, comprido e cuidadoso, com sua mão estendida segurando o pincel como se fosse uma caneta, deslizando-o sobre a madeira. Ele aplicava uma pincelada e afastava a mão. Magro, mas forte. Suas pernas abertas sobre a escada estavam bem apoiadas. Ele não cairia.

Quando ela finalmente decidiu pintar a casa, a sensação era a de uma resposta encontrada em meio à neblina do seu cérebro. A clareza, a certeza com que um dia ela simplesmente entendeu que era essa a resposta, imobilizou-a diante da janela da cozinha. Ela não correria. Não viraria as costas à água que havia entre Will e ela, pintaria a casa de um branco brilhante e inclemente, um sortilégio para trazê-lo para casa, para ela. Ele podia estar no navio naquele instante, com a intenção de surpreendê-la.

Ela se sentou nos degraus da varanda, com as costas apoiadas na coluna e as pernas esticadas à frente do corpo. O sol se arrastara até o alto do céu e pendia pesado acima deles. Otto era a letra "I". Os barcos na baía mal se moviam, seus triângulos colados sobre o céu quente. Otto fez um barulho através dos dentes, algo entre um assobio e um suspiro, deslizando o pincel com calma. Quando chegou à extremidade da janela, parou e olhou sobre o ombro, para ela.

— Não — respondeu ela. — Nada.

Ele assentiu.

Ela o observava. Ele tinha uma esposa, ela sabia. E sabia que Otto lhe enviava dinheiro, estivera atrás dele na fila do correio. Sabia que ele tinha uma camisa e uma calça, porque ele aparecera todas as manhãs, ao longo das últimas cinco, exatamente do mesmo jeito.

— Otto, de onde você é? — Ela olhou para ele, apertando os olhos contra o sol.

— Daqui.

Ela alteou uma sobrancelha.

Ele lançou-lhe um olhar rápido e divertido.

— Até você.

Ela corou.

— O que quer dizer?

— Todos acham que vão conseguir um chucrute. — Ele fez uma leve pausa nessa palavra.

— Do que está falando? — perguntou ela, com a voz fraca.

Ele balançou a cabeça e aplicou levemente o pincel no canto.

— Eles me seguem — disse.

Ela franziu a testa.

— Quem?

Ele gesticulou com a cabeça em direção à cidade.

— Os homens no café — disse. — Os garotos.

— O que quer dizer?

As mãos dele desceram devagar pela vidraça, sobre a tira estreita de madeira, depois deslizaram para o lado, pela horizontal. Ele não respondeu.

— Bem, os alemães estão *longe* — ela indicou, com a cabeça, o oceano diante deles —, de acordo com Sr. Vale.

— O que você acha?

— É uma bobagem — disse Emma, resoluta.

Ele riu; ela viu seus dentes e a curva rosada de sua língua. Franziu a testa, mas ele riu ainda mais.

— O que foi? — Ela não conseguiu evitar de sorrir também.

— *So reizend und doch so naiv.*

Ela apertou os olhos para ele. Ele ainda sorria para ela.

— Às vezes — disse ela, de um jeito alegre, como se quisesse dar importância àquilo — acho que você talvez esteja *me* seguindo.

— Sim.

— Por quê?

Ele apontou para sua barriga com o pincel.

Ela corou. A verdade era que havia se esquecido do bebê, esquecia-se dele durante longas partes do dia, esquecia-se de tudo até se deitar à noite e sua barriga cair pesadamente como um cachorro ao seu lado.

Ele desceu dois degraus e começou a pintar as tábuas abaixo do parapeito. A escada desenhava listras no céu acima dele. Ele estava, conforme ela viu, profundamente só, uma longa e delgada linha, um corpo pintando madeira.

— Onde está sua esposa, Otto? — perguntou ela às suas costas, com a voz muito suave.

Ele olhou de relance para ela. Ela o olhou também. Ele pegou o pincel e mergulhou-o na lata. A tinta branca brilhou numa comprida linha por baixo do pincel. Ele levou a linha o mais distante que conseguia, e então voltou à escada e mergulhou o pincel novamente.

— Minha mãe pinta a casa de verde — disse ele. — Isso aborrece os vizinhos.

— Na Alemanha?

— Na Áustria. — Ele parou e olhou para ela. — Em Salzburg.

— Ah — disse ela. Ele se virou e fez uma pausa durante um minuto, a mão segurando sutilmente a escada.

— Não sei onde Anna está — disse ele. Então balançou a cabeça e repetiu, corrigindo-se: — Não sei onde Anna está.

— Talvez ela esteja em Londres. — Emma apertou os olhos na direção do porto, sem olhar para ele, sabendo que era impossível, mas querendo aquelas palavras no ar. — Talvez ela esteja com meu marido.

Ele não respondeu, nem voltou a pegar o pincel. Nenhum dos dois se mexia. Por fim, Emma se levantou sem dizer uma palavra. Voltou pelo caminho e saiu pelo portão porque não conseguia suportar o corpo rígido e triste dele gravado no céu, e não conseguia aguentar o seu próprio. E continuou andando, até as dunas, onde teve de parar por causa da câimbra na lateral do corpo. Ficou parada entre o mar e sua casa; levou a mão ao lado do corpo e sentiu o coração martelar, martelar e martelar. Quando olhou outra vez em direção à casa, viu-o ainda na escada, o corpo arqueado, um anjo observando tudo.

19.

Harry estava sentado, com seus binóculos no nível das janelas dos fundos da prefeitura, olhando na direção da região árida das dunas até o mar, dividindo a grande extensão de água, que ele observava fixamente e depois a esmo, para manter a atenção. Durante uma hora inteira, ele observou, com o sanduíche ainda não desembrulhado sobre o colo; depois, sem pensar em nada, comeu, com os olhos treinados na paisagem vazia diante dele. Aguardava, assim como o pescador na popa dá umas leves sacudidas na linha enquanto espera pelo bacalhau, tendo a linha frouxa entre as mãos, os olhos voltados para o lado, relaxado mas com cada músculo pronto para atacar.

Estivera fitando a água durante tanto tempo que o cenário diante dele já não tinha significado. Da maneira automática como um homem atravessa a rua ou se abaixa para abrir o capô do carro, Harry fitava o mar. A água, a luz e os barcos oscilavam. Em alguns dias, ele tinha certeza de que o mar se abriria e dali surgiria o submarino que ele aguardava. Em outros dias, tinha certeza de que era um verdadeiro tolo. Mas, a essa altura, ir até ali e observar se tornara um hábito.

Harry largou os binóculos, e os barcos que pescavam lagosta na água voltaram a ser formas, um borrão espesso dos cascos sob os trapezoides atarracados do leme. Para além deles, a Marinha avançava devagar à distância, no azul extenso e plano. Na véspera, uma brigada atracara na Islândia para guarnecê-la e proteger as rotas marítimas. Os navios-transporte da Força-Tarefa 19, do almirante Breton, incluíam dois couraçados, dois cruzadores e 12 contratorpedeiros. E se dizia que a Marinha dos Estados Unidos deveria escoltar navios de qualquer nacionalidade que navegassem da e para a Islândia. Estava claro que lançávamos a rede de pesca em busca da guerra.

Como você sabe onde a bola foi parar?, perguntara um repórter cheio de admiração a Red Barber, o grande locutor de beisebol. *Como você sabe dizer onde ela está?*

Não observo a bola, respondeu Barber, *observo os jogadores. Observo como eles se movimentam. Se o jogador da direita começa a correr, sei que a bola está indo para a direita.*

Harry pegou outra vez os binóculos. Não esperava ver nada, mas certamente queria estar na dianteira.

Florence Cripps estava na parte descoberta do parque, mais perto da agência dos correios, caminhando em torno de uma pilha grande de metais reluzentes, jogando de volta as panelas que haviam caído do alto e aparando as beiradas até ter um círculo bem organizado. A pilha se erguia a quase 1metro de altura: eram doações reunidas no centro da cidade. Bacias para lavar louça, cafeteiras, fôrmas, chaleiras, assadeiras e panelas se empilhavam umas sobre as outras numa linha firme, a caminho de se transformarem num bombardeiro. O cabelo de Florence estava desalinhado, no calor, e ela estava corada.

De onde estava sentada, na farmácia, Emma observava a Sra. Cripps do outro lado do gramado, segurando uma chaleira com dois dedos como se fosse um rato. A farmácia estava vazia àquela hora e ela entrara para tomar uma xícara de café, feito por outra pessoa, enquanto escrevia para Will. O ventilador acima de sua cabeça abriu, indolente, a página da revista diante dela outra vez. *Gravidez não é uma doença*, as letras em negrito advertiam. *O corpo da mulher precisa ser exercitado e tonificado a fim de se preparar para o bebê... e para o homem depois do bebê*, os subtítulos brincavam. Emma fechou bruscamente o exemplar do *Ladies' Home Journal* e colocou-o de volta na armação ao lado da máquina de refrigerantes.

A folha de papel sob a mão de Emma estava ficando úmida de suor; ela afastou a palma e olhou para as palavras. *O Sr. Schelling acha que deveríamos pintar mais do que as portas e as janelas da casa, do contrário ela irá apodrecer.* Eram 38 dias sem notícia. Mais de um mês de silêncio, durante o qual ela escrevera dia após dia, mandando-lhe cartas como se repetisse um feitiço.

Os filhos de Maggie passaram andando, o mais velho carregava a pequena menina dentro da manta. Todas as tardes eles iam ao píer encontrar o barco de Jim Tom. Ela vira a família: os garotos ajudando a lavar o barco, limpando os peixes, o bebê colocado sobre a caixa de iscas. Não doía tanto olhar para eles, sem sua mãe, como doera outrora, mas ela ainda não conseguia falar com Jim Tom. Quando percebia que ele se aproximava, cumprimentava-o com um gesto da cabeça e um aceno da mão, como se tivesse muito o que fazer.

Precisava terminar a carta, mas estava quente demais para escrever, ela pensou, apática. Olhou para a folha de papel. *Will? Onde está você?* Ela inclinou a cabeça e pôs o lábio no espaço ao fim da frase, deixando a marca suave e vermelha da sua boca. Pronto. Dobrou a folha, deslizou-a para dentro do envelope, desceu do banco da farmácia e saiu, seguindo em silêncio até a pilha de lixo crescendo no gramado.

— Olá — disse ela.

A Sra. Cripps se virou. Sem que ninguém dissesse uma palavra, a cidade começara a tratar Emma, já com seis meses de gravidez e a barriga aparecendo, com cuidado. Paravam quando ela se aproximava e saltavam diante dela, feito grama brotando. A esposa do médico não deveria estar fora de casa nesse calor, pensou Florence. Ela estava pálida e ofegante.

— Bem, olá — respondeu a Sra. Cripps.

— Quanto você conseguiu?

A Sra. Cripps voltou a olhar para a pilha. Quase todas as residências de Franklin trouxeram algo para a campanha de arrecadação de alumínio.

— Cinco mil bacias de lavar louça, dez mil cafeteiras, duas mil assadeiras e 25 mil panelas fazem um avião. Se todos contribuírem com uma dessas coisas, podemos dizer com orgulho que construímos — ela parou, brincalhona, fazendo um rápido cálculo — uma asa?

— A ponta de uma asa seria mais correto. — Harry se aproximou, por trás delas.

Florence fitou a pilha, pesarosa.

— Talvez não mais do que um capacete.

Ficaram em silêncio.

— Imagine ir para a guerra na panela da Sra. Gibson? — acrescentou Florence, e, no mesmo instante, desejou não ter dito nada. Harry fora à guerra e nunca se casara, o que dizia tudo sobre a guerra. Ela olhou para ele, mas ele estava estudando de forma arrebatadora alguma peça escondida. Jogou o cigarro para o lado e afastou, com a ponta do pé, uma fôrma de torta das calotas junto ao chão.

— Isso não é alumínio, Florence.

Ela olhou fixamente para as calotas que os rapazes Taraval lhe haviam oferecido com tanto orgulho.

— E foram roubadas — continuou ele, com suavidade na voz.

— Roubadas?

— Da minha oficina.

Emma abafou um sorriso.

— Elas *parecem* ser de alumínio — protestou a Sra. Cripps.

Harry concordou.

A Sra. Cripps se abaixou e pegou três colheres de aço inoxidável que haviam caído na grama aos seus pés. Perguntou-se o que mais havia naquela pilha; outras coisas que pareciam, mas não eram. Sucata que não resistiria ao fogo. Jogou as colheres com força no topo.

— Vi que aquele alemão estava na sua casa, Emma. — Ela se ajeitou. — Você deveria tomar cuidado.

Emma corou.

— Otto?

A Sra. Cripps assentiu.

Emma se virou para ela.

— Otto Schelling é austríaco, Sra. Cripps. Não é alemão.

— Não faz diferença. Ele não é americano e é quieto demais.

Emma franziu a testa.

— Muitas pessoas são quietas — disse. — Eu sou quieta, por exemplo.

— Você está completamente sozinha em casa. — A Sra. Cripps apontou com o queixo na direção da casa de Emma. — É tudo que quero dizer.

— Sim, obrigada, Sra. Cripps. Sei disso. — Emma corou outra vez, com raiva, e foi embora sem se despedir.

— Ele está lá quase todas as tardes, Harry — declarou a Sra. Cripps, tanto para as costas de Emma, que se afastava, quanto para o homem que ainda estava ao seu lado.

— Como sabe disso?

— Você não é o único atento na cidade — respondeu ela.

— Acho que ele está praticando o inglês — disse Harry, conciliatório, com os olhos seguindo Emma, que marchava na direção dos abrigos dos pescadores.

Otto não era um espião, Emma pensou. Claro que não! Ele pintava casas. Não provara isso durante as duas últimas semanas, todas as manhãs, no alto daquela escada? Mas onde estava Will? Tudo que ela queria era levantar os olhos e vê-lo caminhando em sua direção. Tudo que ela queria era Will.

Manny e Jo Alvarez ainda estavam no mar, mas o barco do primo de Manny voltara mais cedo, ao que parecia, então ela caminhou na direção do abrigo dele, na lateral do porto. Não sabia seu nome, mas, quando bateu à porta do abrigo, ele fez um gesto para que entrasse. O menino estava ao lado dele, usando um macacão vermelho, um número menor do que o adequado, ela pensou, prestando atenção no bacalhau disposto sobre pedaços de gelo diante dela, seus olhos metalizados.

— Quantos a senhora quer?

— Um — respondeu ela, depois pensou que gostaria de um pouco mais para uma sopa. — Não, dois.

O pescador puxou dois corpos flácidos, de cima do gelo e colocou-o sobre a balança de porcelana, fazendo com que oscilasse para cima e para baixo diante dela. Ele então se virou e jogou-os num pedaço de papel estendido na prateleira atrás.

— Quer bala? — perguntou o menino a Emma, com a voz agarrando. Era uma criança morena, com mãos grandes que pendiam desajeitadas das mangas estreitas de sua camisa.

— Não, obrigada. — Ela olhou para ele. Alto para sua idade, e talvez não totalmente presente. O macacão tinha dois barcos a vapor bordados no bolso de cima, e o veludo estava puído junto ao peito. O coração dela disparou subitamente.

— Onde você arranjou isso? — Ela não conseguiu se impedir de perguntar.

Eles olharam para ela, sem entender.

— O macacão. — Ela apontou para ele, impaciente. — De onde é?

O menino ficou imóvel. O pai parou de embrulhar os peixes e se virou, mostrando o rosto cuidadoso e inexpressivo. Ela avançou um passo e se curvou sobre os peixes, ignorando o pai e fazendo um esforço para sorrir. Podia ver Will com nitidez ainda maior devido ao modo como o macacão caía mal no garoto, aquele não garoto conjurando-o. Era uma das fotos que ela mantinha sobre a lareira. Seu marido aos 5 anos, franzindo os olhos para a câmera e para o céu. A mãe de Will devia tê-lo dado para o brechó da igreja, e ele deve ter passado de mão em mão durante anos.

— Vai querer o peixe? — O pescador colocou a mão no ombro do filho.

Ela recuou e assentiu, pegando o peixe. Eles observaram enquanto ela o colocava no cesto e contava as moedas que pôs na mão do pai. Ela precisava dizer algo mais.

— Ouça... — disse, em voz baixa, para o menino. E algo em sua voz deve tê-lo feito se inclinar para a frente. — Esse macacão pertenceu ao meu marido — sussurrou ela. — Diga à sua mãe.

Os olhos do menino escureceram e ele recuou.

— *Muerta.*

Emma ouviu a palavra antes de entender o que significava, porque repetiu:

— Diga à sua mãe...

— Vá embora. — O homem gesticulou com a mão diante dela, mandando-a embora, como se quisesse proteger o menino.

— *Mama está muerta* — disse o menino.

Emma se virou, magoada, e saiu do abrigo dos pescadores, indo até o píer, com os peixes empilhados em caixotes ao seu redor e consciente dos olhos do homem e do menino sobre ela. Aparecendo desse jeito tão repentino nos ombros de um menino, o macacão tinha a força de uma mensagem. Ela caminhou sem pensar até a extremidade do píer e dali até a Front Street, que atravessou, indo para a agência dos correios.

As persianas de madeira estavam fechadas contra o sol do verão, como o quarto de uma criança que tivessem posto para cochilar — a luz se insinuando em torno da persiana, o quarto completamente imóvel exceto pelo peito da criança, subindo e descendo, enquanto a persiana subia com a brisa leve e golpeava o batente da janela; *tap, tap*. E Emma se lembrou, violentamente, do rosto pálido da enfermeira inclinando-se sobre ela para checar sua respiração na tenda dos doentes com febre, com a própria boca coberta de gaze. Era tão agradável a ordem ali, a calma confiável que fez com que sentisse vontade de chorar. Ali, alguém tomava conta de tudo. O frescor e a quietude a arrebataram. Talvez ela fosse apenas ficar parada e se virar depois de um minuto para ir embora. O som dos envelopes passando pelas ranhuras e o *barulho* conforme as cartas atingiam as caixas de madeira eram regulares e mitigantes. Emma fechou os olhos e escutou. Alguém cuidava de tudo; alguém era encarregado de tudo. Talvez o próprio quarto fosse tudo do que ela precisava.

— Emma?

Ela se sobressaltou. Seu coração estava aos pulos.

— Você está bem?

Ela assentiu. A Srta. James estava na janela.

— Quer um copo d'água?

Emma assentiu novamente.

— Quero, por favor.

A Srta. James se virou e foi até a sala dos fundos. Emma ouviu a torneira sendo aberta e o som da água correndo. Sentia-se pesada e achatada, como se tivesse corrido de encontro a uma parede e ficado grudada ali. Quando a agente dos correios voltou com o copo d'água, Emma caminhou na direção dele e bebeu, agradecida. A Srta. James ficou parada, esperando. Quando ela terminou, devolveu o copo.

— Algo aconteceu — disse ela. — Com Will.

— Não — respondeu a Srta. James, rapidamente.

Emma ergueu os olhos para a agente dos correios e estudou seu rosto.

— Você tem certeza.

— Emma — Iris corou —, não chegaram notícias.

— Danem-se as notícias — sussurrou Emma, virou-se e foi embora.

As portas se bateram às suas costas. Iris ficou parada, imóvel, onde estava. Ouviu os pés de Emma descendo os degraus da agência dos correios e ouviu o gemido do portão abrindo e fechando. Esperou um minuto antes de colocar a mão no bolso da saia e pegar os cigarros e o isqueiro. A chama se enroscou na ponta do Lucky Strike e ela inalou profundamente. Então, por fim, se retirou para a ordem reconfortante do quarto dos fundos.

20.

ÀS 17H30, as portas se abriram com força no saguão da agência dos correios e o Sr. Flores entrou, trazendo nos ombros a última correspondência do dia.

— Não tem nada de interessante — anunciou o motorista do ônibus.

Iris alteou as sobrancelhas.

— O que você tem para mim? — resmungou ele.

Ela apontou para dois sacos nos fundos, e ele empurrou a porta da divisória, colocando sobre a mesa de triagem o saco que carregava. Iris se virou para ajudá-lo a levantar até os ombros a correspondência que seria levada e segurou a porta aberta para ele, à sua saída.

— Midge Jacobs da agência regional em Nauset disse que há algo para você por cima — comentou Flores —, algo que requer sua atenção.

Iris apertou os lábios. Precisava fazer uma queixa de Midge Jacobs: o Sr. Flores não deveria saber o que ela precisava ou não fazer.

— Obrigada — disse ela, e fechou a divisória firmemente atrás dele, trancando-se do outro lado. Apoiou-se na porta por um momento, ouvindo os passos de Flores sumirem; depois estendeu o braço e fechou com força a janela de vidro na divisória de carvalho. Curvou-se e abriu o saco, usando a chave que guardava em torno do pescoço, para retirar a correspondência.

No alto do saco estava o malote usado pelos agentes do correio para transmitir mensagens, notícias oficiais e boletins para todas as agências. Ela abriu-o e levantou a aba. Além do habitual, estava incluído um envelope envolto numa carta de Midge Jacobs. Ela leu e depois fitou o envelope em sua mão. *Mark Boggs*, dizia, *Fort Benning...*

Colocou o envelope sobre a mesa e releu o bilhete de Midge. *Por favor, cancele isso, pois não posso enviar sem nenhuma data.*

Sem data alguma, Iris corrigiu, reflexivamente. A marca de cancelamento estava clara demais e aquele erro — ela estava tão cansada na noite anterior, lembrava-se, não devia ter percebido o quão fraca a marca estava — fora surpreendido e agora estava ali, diante dela. O sistema não sofrera, o sistema suportara firme. Um erro tinha sido cometido, e seria corrigido.

Ela jogou o conteúdo do saco sobre a mesa, e a carta que estava por cima deslizou sobre a superfície. *John Frothingham*: ela a colocou no alto da mesa, em sexto lugar, fazendo uma réplica do alfabeto. Provavelmente era da irmã dele, a julgar pelo carimbo postal. *Beth Alden*: ela a colocou em primeiro lugar. *Jane Dugan*. Depois mais uma para Beth Alden. Iris virou o envelope, ambas do soldado Mark Boggs. Que bom, ela sorriu. Beth Alder, filha do dono do mercado, era robusta, e tinha olhos claros e não era particularmente bonita. Que bom para ela ter aquele rapaz.

Iris fitou a carta em sua mão. *Sra. Fitch, Franklin, Massachusetts.*

Não era a caligrafia de Will. A brisa salgada entrou e levantou, indolente, seus cabelos.

— Não — disse Iris. A carta era da Inglaterra.

— Olá? Tem alguém aí? Olá?

Ela enfiou o envelope no bolso da saia e se virou, com o coração aos pulos.

— Sim — disse, ríspida —, já vou.

Um homem precisava de selos; ela assentiu e abriu a gaveta, a mão já sobre a parte onde sabia que encontraria o que buscava. Seus dedos se fecharam sobre a folha azul impressa. Quantos? Ela levantou a cabeça e contou dez selos, que tirou da folha; as palavras da carta estavam pressionadas sobre o tecido da própria saia, sem lhe sair da mente. Oito, nove, dez. Ela ergueu os olhos, entregou os selos ao homem e varreu as moedas para a palma da mão, enquanto fechava a gaveta. O homem diante dela a cumprimentou com um aceno de cabeça e se virou para ir embora. Ela colocou a mão no bolso. O homem se virou novamente.

— Escute — disse ele. — Cada um custa 30 centavos, certo?

— Isso mesmo — respondeu ela.

Ele voltou até o guichê.

— Então a senhora me deve 5 centavos.

— Sinto muito — disse Iris, apressada, e pegou a moeda. Sua atenção escorria cada vez mais rápido. Ela entregou a moeda ao homem; seu rosto tinha uma expressão controlada, mas o início do alarme, a sugestão de uma notícia, começavam a se mostrar nela. Tinha uma carta em seu bolso, a carta de Emma. Outras três pessoas entraram pela porta. O que poderiam querer? Iris franziu a testa, olhando para o relógio. Faltavam quatro minutos para a hora de fechar.

— Sim, tudo bem... — Uma jovem com ombros terrivelmente queimados de sol reclamou enquanto Iris a acompanhava até a porta. — Por que toda essa pressa?

Ela fechou a porta e o trinco quando a garota saiu. Depois se virou, foi até a divisória e puxou a persiana de metal da janela do saguão. Fitou a fileira de caixas. Nada se agitara, nada saíra dali.

Por fim, ela tirou a carta do bolso e a fitou. Durante todos os seus anos no correio ela estivera atenta aos acidentes e aos erros — corrigindo um envelope com a marca errada, vendo que uma carta não tinha o valor suficiente de postagem —, certificando-se de que a correspondência seguisse sem esforço do começo ao fim. Em Boston, ela se orgulhava de que ninguém prestava tanta atenção quanto ela, uma aranha protegendo os fios. Como as rampas de vidro através das quais as cartas choviam nas agências maiores dos correios, Iris se imaginava o tipo de veículo perfeito através do qual os pensamentos e sentimentos das pessoas podiam passar e em que nada se rasgava ou ficava preso. Mas tudo partia do princípio de jamais olhar o interior de um envelope; Iris nunca segurara uma carta contra a luz para ler o que estava escrito. Toda a beleza do sistema, o que havia de bom nele, residia em garantir que os trens corressem sem sobressaltos nos trilhos e que as cartas enviadas chegassem, independentemente do que houvesse dentro delas.

Ela deveria pegar sua bicicleta e subir a ladeira até a casa de Emma. Deveria ir até a porta e bater, e, quando a mulher viesse responder, deveria estender a mão e entregar-lhe a carta. Deveria fazer tudo isso, mas encheu a chaleira, colocou-a na chapa e esperou. Quando o apito soou, ela abriu o bico, segurando o envelope sob o vapor. O envelope se abriu com facilidade e ela tirou dali a folha única de papel.

18 de junho de 1941

Cara Sra. Fitch,

Lamento dizer que talvez eu tenha más notícias. Não vejo seu marido desde a noite de 18 de maio, quando houve uma noite de bombardeios intensos. Como isso aconteceu há mais de um mês, e suas cartas continuam chegando, achei que deveria saber.

Mas, minha cara, quando fui ao quarto dele há pouco, encontrei sua carteira com todos os papéis dentro, na primeira gaveta da sua escrivaninha. Não consigo imaginar por que ele não a levaria consigo naquela última noite, mas isso é uma infelicidade... Se algo aconteceu...

Sinto muito, minha querida. Temo o pior. Talvez você devesse perguntar no hospital?

Ele era um bom homem e falava de você frequentemente.

Sua,
Edwina Phillips

Iris largou a carta e saiu outra vez para o saguão. Endireitou rapidamente a única mesa do local, os formulários postais e as solicitações de abertura de cadernetas de poupança, arrumados da esquerda à direta contra a parede, depois encheu o pote com a esponja para os envelopes e limpou as extremidades do pote de cola. Aproximou o cesto de lixo das caixas. Voltou pela porta, estendeu o braço e arrancou a página de terça-feira, 8 de julho, de modo que o calendário passou a dizer quarta-feira, 9 de julho. Girou com cuidado a roda da máquina franqueadora, do número 8 para o 9 e abriu a gaveta de selos para verificar o estoque. A carta sob a bandeja de ferro com o dinheiro trocado olhava para ela. Iris fechou a gaveta com um tapa e levantou os olhos, sentindo-se culpada. Abriu um pouco mais a gaveta e tirou a carta que estava sob a bandeja. *Sra. William Fitch*, dizia. *Caixa Postal 29, Franklin, Massachusetts*. Iris fitou a caligrafia, e a memória do homem, diante dela com aquela carta na mão, voltou-lhe à memória com tanta intensidade que ela precisou levantar os olhos. O saguão estava vazio. *Entregue a Emma quando eu morrer*. Essas foram as palavras dele. Ela fitava a carta. *Será você*, o médico havia dito. *Será você quem dirá a Emma*.

Mas ele não estava morto. Estava desaparecido. Ela fechou a gaveta.

E sem nome. Ela pegou outra vez a carta. Era o que ela queria dizer, não era? Will poderia estar ferido em algum lugar, numa cama de hospital, tão ferido que não pudesse falar e não havia nada para identificá-lo. Iris franziu a testa. Seria possível? Não havia nada em seus bolsos, nada com ele, em absoluto?

Ela pensou na pilha arrumada das cartas de Emma que a senhoria colocara no quarto do médico, junto à porta — deveria haver quarenta delas se sedimentando ali. Cada uma selada, passada na máquina e enviada por Iris. As cartas de Emma e todas as outras, enviadas aos rapazes e aos homens que haviam deixado a cidade à muito — Mark Boggs, os Winston, Jake Alvarez. Todos eles recebendo cartas e escrevendo cartas, e sabendo, como todos na cidade, que, quanto mais nos aproximávamos da guerra, maiores eram as chances, para ao menos um deles, de que um homem descesse de um carro, viesse pelo caminho até a porta e batesse. E qualquer um passasse por ali saberia quais eram as notícias antes do pai, antes que a porta se abrisse.

Quando o irmão dela morreu, o homem veio no momento que acendiam as lamparinas; uma delas, sobre a mesa, flamejou atrás dela, seu fiapo de luz oscilando da janela e fazendo com que levantasse os olhos. E então ela viu o verdureiro na entrada, por uma fração de segundo antes que sua mãe o visse. Naqueles dias, enquanto ele ficasse em sua venda estava tudo bem, mas quando ia a qualquer lugar da cidade significava que levava notícias, e todos observavam onde ele ia.

— Bonnie. — Ele deu um passo para dentro da sala, com o chapéu na mão.

— Não — disse a mãe de Iris, bruscamente.

Não. Iris enfiou a carta para Emma em sua saia. Ainda não. Nada de meias notícias ou falta de notícias, como aquela. Não quando Emma tinha um bebê a caminho. Se ele tivesse morrido, as notícias viriam, mas o que havia de mal em ter um pouco de esperança? O tempo os alcançaria, se algo tivesse acontecido. Mas só depois do bebê. Só quando a pobre garota estivesse forte o bastante e pronta. Ela apagou as luzes na sala dos fundos, destrancou a divisória, foi até o saguão e saiu pela porta da agência dos correios para o calor e a confusão da tarde de verão, onde Harry a esperava.

— Olá. — A voz dela falhou.

— Alguma boa notícia para mim sobre aquele assunto?

— Qual?

Ele colocou a mão no mastro da bandeira.

— Ah. — Ela engoliu em seco. — Não, ainda não tive resposta.

— Iris — disse ele, em voz baixa. — Por favor, peça outra vez.

Ela assentiu. Precisava dizer algo. Seu coração batia em disparada e se revirava, em silêncio, dentro do peito. Ele já começara a descer a escada, esperando que ela o seguisse.

— Está tudo bem? — Ele parou e olhou para ela, atrás. — Você parece estranha.

Ela tateou a carta no bolso. Se saísse da agência dos correios com ela, a estaria roubando, não estaria? Era uma ladra.

— Se você tivesse a oportunidade de poupar alguém de um sofrimento, Harry, faria isso?

Ele a estudou.

— Que tipo de sofrimento?

— Você faria isso? — repetiu ela, tensa.

Ele franziu a testa.

— Você *pode* poupar alguém de um sofrimento?

— Claro.

— Como?

— Ficando calada. Não deixando que eles saibam das coisas.

Ele não respondeu. Ela estava mais alta do que ele na soleira da porta, perdida em alguma reflexão. Ele sacudiu o maço de cigarros para tirar um, acendeu-o e olhou novamente para cima. Ela o observava. Harry estendeu a mão.

— Iris?

Ela desceu devagar a escada até ele. Era errado o que estava fazendo. Nunca na vida fizera algo semelhante. Ele a puxou para perto, segurou sua mão e seguiu pela rua cheia de gente. Caminharam em silêncio, no fim de tarde dourado. Depois de um tempo, Iris tirou a mão da dele, colocando-a no fundo do bolso.

Harry olhou para ela. Suas longas pernas davam passadas largas na rua.

— A questão é — disse Iris, rapidamente, com medo de olhar para Harry ao seu lado e voltando àquele ponto em sua mente — que todo tipo de coisa pode crescer no escuro. A calma, por exemplo. E a esperança.

— E?

Ela engoliu em seco.

— Estaria errada, essa calma?

— Por quê?

— Por ser falsa.

— Falsa?

— Sem fundamento.

Ele ficou em silêncio.

— É isso que é a calma, não? — respondeu ele depois de algum tempo. — Um breve momento de descanso, sem saber o que está a caminho.

Iris parou de andar.

— O que está a caminho, Harry?

A voz dela estava tão infeliz. Harry se virou e a olhou, e ela retribuiu seu olhar. Pronto, ele se deu conta, ali estava. Foi tão pequeno e não anunciado, mas uma porta se abrira, de modo súbito e irrevogável, em seu coração. O amor o encontrara ali, no meio da sua vida, na margem do mundo, sob a forma de uma mulher ruiva com algo lhe perturbando a mente. Ele estendeu o braço e gentilmente puxou a mão dela para fora do bolso.

— Não sei o que está a caminho — disse, com a voz rouca.

Ela sentiu o quão quente a mão dele estava ao redor da sua. *Será você*, o médico dissera. Iris pensou em Emma vindo até a agência dos correios, seus ombros estreitos para trás, desafiando a todos, desafiando o mundo a feri-la. *Será você*. E Will Fitch havia ficado aliviado. Era isso, ela se deu conta. O médico havia confiado a carta a Iris para que Emma não ficasse sozinha.

— O que quer que seja, Iris — prosseguiu Harry, em voz baixa —, você não tem como deter.

Mas, até que o bebê nascesse, Iris podia fazer o tempo recuar diante daquela mulher miúda, mantê-lo afastado, e então ajudá-la a passar com cuidado pela abertura rumo ao que estava por vir. Era o que o médico quisera dizer. Era esse o sentido, alguém estava vigilante. Iris estava vigilante.

Iris levou a mão de Harry até o rosto, sorrindo. Então ficaria tudo bem. Ficaria tudo bem, no fim. O rosto que ela virou na direção dele era tão agradecido, tão cheio de amor, que o coração dele saltou em sua direção.

— Está bem — disse ela.
— Isso mesmo. — Ele sorriu de volta. — Vamos.

O mar aparecia em porções cada vez maiores na extremidade da cidade, conforme as casas escasseavam no caminho deles até o quebra-mar, até que finalmente os dois se viram diante do Atlântico. A última ponta torta de Cape Cod se curvava na frente deles, e, a cerca de pouco mais de 1 quilômetro, o farol branco e simples em Land's End piscava. Sob aquele céu, sem que nada se movesse no mar, ele era como uma peça de xadrez ou o bloco de madeira de uma criança, esquecido ali.

— Quero me casar — disse ele, de repente, ao lado dela.
— E deveria mesmo — respondeu ela, cerimoniosa.
Ele riu alto.
— Com você.

Ela corou e se virou para ele, com uma risadinha. Haviam chegado ao lugar onde a terra terminava e começava.

— Bem... — disse ela, com um sorriso tolo.
— Sim?
— Sim — respondeu ela. — Sim.

Quanto viraram as costas ao mar e puseram os pés outra vez na calçada, Iris deslizou a mão para dentro do bolso de Harry, e os dedos dele se fecharam sobre os seus. Regressaram às aglomerações quentes da cidade no verão, as luzes aparecendo nas casas, piscando como estrelas baixas. Bicicletas passavam na escuridão que aumentava.

Parecia haver uma multidão diante da agência dos correios. Era uma daquelas noites em que todos se viam fora de casa, caminhando para a cidade. Alguém diante deles acenou, então mais rostos se viraram e Iris distinguiu Frank e Marnie Niles e Florence Cripps. Iris podia imaginar o que eles viam. A agente dos correios e o mecânico com as mãos dadas na jaqueta dele. O aperto de Harry era firme na mão dela, e ela sorria. Era assim: isso era o que eles eram. Iriam se casar. Já estavam, aos olhos da cidade, unidos, caminhando honestamente pela Front Street. Anos mais tarde, ela se lembraria do calor da mão dele na sua e o resto de sol em sua face, e se lembraria do momento único do alto verão, antes que alguém rompesse o silêncio que ocupava tudo, sem espaço para qualquer outra coisa, antes que ele se derramasse e escorresse para fora e para longe.

21.

No BAR da Grand Central Station, o *barulho* das portas giratórias fazia entrar um casal após o outro no salão movimentado, cheio de fumaça e de vozes. Max Prescott, do *New York Trib*, os observava no comprido espelho que se estendia por todo o bar. Os homens de terno erguiam o dedo para o maître, indicando quantos; as mulheres se viravam e estudavam o salão. Alguns homens, como ele, estavam sozinhos e se encaminhavam diretamente ao bar, onde tiravam o paletó e o dobravam sobre o colo. Todas as vezes que as portas se moviam, o ruído constante dos trens na estação chegava até eles, as traves mecânicas cruzando-se repetidas vezes na hora do almoço. Estavam no fim do verão, e o calor era infernal. Os ventiladores de teto faziam balançar as camisas úmidas dos homens para a direita e para a esquerda, esfriando-as sobre sua pele ao se mover.

— Olá, chefe. — Frankie se sentou no banco ao lado dele.

Ela aparecera sem avisar — embora ele estivesse esperando por ela —, como se houvesse atravessado os véus que separavam um momento do seguinte.

— Sim — assentiu ela para o barman. — O mesmo que ele está bebendo. — E se virou para o velho, com ar conspiratório. — *O que* você está bebendo?

— Bourbon com água.

— As pessoas não deveriam beber bourbon durante o dia — ela observou.

— Scotch?

— Scotch — ela tocou o copo levemente no dele — é para os criados.

Ele olhou para ela. Estava mais magra. E embora o tom da sua voz fosse leve, parecia exausta e desconfiada, como um gato que escapou por pouco de um banho. Ele ouvira sua última transmissão, dois meses antes, da França, e ela pareceu esquisita, como se a tivessem tirado subitamente do ar. Mas ele não pensara muito naquilo até a mãe dela telefonar, desesperada por notícias, pois não sabia de Frankie fazia mais de duas semanas. Será que tinha alguma notícia dela? Ele telefonara para Murrow, até o Sr. Paley ficou preocupado, mas depois de Jim Holland, em Lyon, ninguém a vira ou tivera notícias suas, e a Europa estava cheia de olhos e de ouvidos. Afinal, eles eram a imprensa! Mas não chegava sequer uma palavra de Frankie, e a única coisa em que se podia pensar era que ela havia sido surpreendida em algum quarto solitário ao qual o mundo não prestava atenção. Ela estivera no lugar errado, diante da pessoa errada. Max estava tão certo de que isso acontecera que, quando ouviu a voz dela no telefone, na véspera, virou a cabeça para olhar pela janela e certificar-se de que ainda era Nova York. "Estou de volta, Max", disse ela, sem cumprimentá-lo antes. Mas tudo acabou para mim.

Eles beberam em silêncio. O velho hábito era ficarem quietos até que houvesse algo a dizer. E frequentemente não havia nada em absoluto a dizer além das quatro ou cinco frases que os haviam reunido. A maioria das pessoas que ele conhecia, sua esposa inclusive, não conseguiria atravessar uma hora com apenas quatro frases, mas Frankie Bard era como um camelo. Podia reter suas palavras durante dias desde que pudesse observar os acontecimentos.

— Eu havia esquecido como era tudo isto aqui.

Ele levantou os olhos para o espelho e viu que ela fitava as pessoas no restaurante atrás deles.

— Tudo o quê?

— Isto. — Ela apontou. — Ninguém aqui acha que está correndo perigo.

— Deixaram o perigo do lado de fora — sugeriu ele.

— Não deixaram, não. — Ela apontou com o queixo a cena atrás deles, que se desenrolava no espelho. — Não acreditam que o perigo existe.

Ele observou um dos homens atrás dele se inclinar para sua companheira e sussurrar algo em seu ouvido. Ela virou o rosto na direção da boca que sussurrava, embora sua atenção continuasse no cardápio diante dela. O vozerio ao redor deles era protetor como uma fortaleza.

— É a natureza humana — arriscou ele.

— Não, Max. — Ela cruzou os braços na frente da bebida. — É a natureza americana.

Ele deu uma risada, desconfortável.

— Parece que você quer que eles paguem.

— Isso mesmo! — concordou ela.

— Pelo quê?

Ela deu de ombros.

— Por isso... — Ela gesticulou com a cabeça outra vez para o salão atrás deles. Um dos garçons atravessou o ar esfumaçado com uma bandeja alta, a caminho da cozinha, e as pessoas se afastavam quando ele passava. O falatório no salão era um murmúrio baixo e insistente por cima do qual copos retiniam e talheres se chocavam com os pratos.

— As pessoas não podem imaginar o que não viram — respondeu ele. — É por isso que precisam de você.

— Desculpe, Max, mas isso é uma grande bobagem.

— Você foi contratada para ver o que eles não viram — observou ele. — Não pode culpá-los por isso.

— Por que acha que estou pedindo demissão? — perguntou ela, fria.

— É um bom ano para pedir demissão — disparou ele.

Ela terminou a bebida. O barman se aproximou, inquisitivo, no bar. O velho assentiu sem olhar para ele. Conhecia Frankie bem o suficiente para saber que ela nunca dava explicações. O que aconteceu por lá ficaria por lá. Ela se virou, olhou para ele e deu um dos seus velhos sorrisos.

Ele pegou a bebida que o barman colocou diante dele e puxou-a para perto.

— Tire uma folga — sugeriu ele.

Ela balançou a cabeça.

— Quero descer do ônibus.

— É a única história que há, Frankie.

— Nada... — respondeu ela.

— Não entendo.

Ela deu de ombros, com os olhos sempre no espelho.

— Talvez eu não queira dizer.

— Mentira. — O velho espichou o queixo.

Frankie não respondeu.

— Eu achava que se escrevia uma história como um caçador atira uma lança — disse ela, depois de algum tempo. — Você mirava, trazia o braço para trás, arremessava e a lança caía. Era um arremesso direto. Começo, meio e fim.

Ele olhou para ela. Ela continuou.

— Quanto mais difícil a reportagem por lá, melhor. "Pode fazer isso, Frankie? Claro que sim, considere feito!" — Ela olhou para ele. — Era fácil, era grandioso! Não havia a opção de recuar ou desviar os olhos, você mergulhava com os olhos bem abertos e relatava o que via. Esse era o seu trabalho. Ver e contar. Havia um propósito. Havia uma trama.

— Frankie... — Ele se virou para ela sobre o banco. Ela pegou um cigarro e ele estendeu o isqueiro. Ela se curvou sobre a mão dele e agradeceu com um gesto de cabeça, soltando a fumaça.

— Mas lá estava eu, certa noite, Max, sentada num banco de um trem, deixando uma estação, desesperada para corrigir, desesperada para reparar um erro, fazendo algo de terrivelmente errado, finalmente. Eu fiquei em pé no banco como se fosse Deus e pudesse salvar aqueles lá embaixo. Como se pudesse alterar a história — ela se virou para ele, ouvindo o grito de Thomas: *Eles vão atirar, Fräulein! Fique quieta! Fique quieta!* —, e fiz com que um homem fosse morto.

— Frankie...

— Que merda, Max! Nunca foi importante. Nunca foi um arremesso direto. A guerra ainda está acontecendo, quer eu fale sobre ela ou não, e sou eu quem está com isso nas mãos.

Max a observava, esperando que acabasse de falar.

— Todo aquele tempo — seu dedo deslizou pela borda do copo — escrevendo, fazendo algo certo. Mas não há como conseguir a história, ela simplesmente some, em sussurros, na escuridão. O que acontece em seguida? O que aconteceu? Não consigo suportar. — Ela parou, lembrando-se da sua voz ríspida e impaciente para Will Ficth: *Não preciso suportar.* — Meu Deus, Max, escute o que estou dizendo. — Ela sorriu, lágrimas escorrendo dos seus olhos. — Não preste atenção.

Ele se virou para ela.

— Tudo bem — disse, vendo que ela havia começado a chorar.

— Tudo bem? — Ela empurrou de volta o lenço que ele oferecia e enxugou os olhos com a ponta dos dedos. — Tudo bem? — repetiu, quase rindo, e então se entregou e cobriu o rosto com as mãos.

Alguém contou uma piada, e as risadas que irromperam subitamente caíram sobre o salão como se fossem chuva. Frankie se virou no seu banco e viu uma mulher entrando no bar, no alto daquela algazarra. Ela era ágil; seus braços estavam nus e sua saia roçava nas panturrilhas bronzeadas enquanto ela andava. Max também se virou e os dois observaram enquanto a mulher se sentava e apoiava os cotovelos na mesa — lânguida, sexy — e descansava o queixo nas mãos, seus longos braços nus curvando-se e se transformando em dois suaves ganchos.

Enquanto houvesse pessoas para olhar, era para isso que olhariam, Frankie pensou. Uma mulher bonita num bar. Com que facilidade os rostos de todos se viram noutra direção. Ela viu Max no espelho e se curvou para pegar o embrulho feito com um pano de prato em sua bolsa, pegando os discos do trem e colocando-os sobre o bar.

— O que diabos é isso? — perguntou Max a ela.

— O que eu gravei.

— A França?

Ela concordou.

— Murrow sabe que está com eles?

Ela saíra do trem vindo de Paris, fora direto até seu apartamento para arrumar as malas. Apanhara as histórias de Harriet, folhas avulsas de papel sobre sua escrivaninha, e as enfiara entre as páginas do seu caderno. Fechara a porta ao sair e passara a chave por baixo da porta da senhoria. Fizera isso tão rapidamente que foi como se estivesse deixando a cena de um crime. A caminho do barco, deixara o gravador portátil na recepção da rádio, sem dizer uma palavra a ninguém. Correra. Fora direto até o cais, comprara uma passagem e esperara várias horas até zarpar, sentada no bar de um estaleiro, observando as enormes mangueiras jorrando sobre as laterais do barco, a água escorrendo, lavando o sal.

— A essa altura, sabe — respondeu ela, com tristeza.

— Qual é o seu plano?

Ela balançou a cabeça e deu de ombros.

— Frankie... — Ele começou a dizer.

— Nada disso tem importância, Max — ela ergueu os olhos para ele —, mas isso aqui sim! — Ela alinhou os discos, formando uma perfeita torre negra de acetato.

Ele a observava.

— O que há neles?

Ela sorriu, com tristeza.

— Ninguém. Pessoas que estão vivas.

— Qual é a história?

Ela traçou uma linha no copo frio à sua frente.

— Não há uma história, Max.

— Sempre há uma história.

Ela levou um bom tempo para responder.

— Bem, então eu deixei escapar o que quer que fosse.

Ele recuou sobre o banco.

— Você irá simplesmente se calar?

— Não sei.

— Você não pode se calar — disse Max. — Isso vai matá-la.

— Sabe, Max — disse ela, sem pensar, sem se importar com o quão insensato aquilo soava, mas precisava falar aquelas palavras, as piores coisas. — Não importa o quanto todos nós queiramos que haja um velho lá em cima, com certeza não há ninguém tomando conta de tudo isso. É apenas um céu vazio, Max.

— Claro que é, Frankie.

Frankie fitou o perfeito perfil dele, que fazia as secretárias o chamarem de Yankee Clipper às suas costas, e tentou sorrir.

— Mas isso é tudo! Então ninguém está escutando, ninguém ouve as lacunas. Portanto, o que eu tenho não passa de setenta e tantas vozes perdidas, viajando sem chegar a lugar algum, escorregando pelo céu. E ainda assim, de algum modo, acho que elas são tudo que existe. — Ela parou e enxugou os olhos. — Ah, Max — perguntou, cansada como uma criança —, o que vem em seguida?

— Vamos entrar na guerra.

Ela assentiu e terminou sua bebida.

— *Busque a verdade. Relate-a. Minimize os danos.* Há! — Frankie escorregou para fora do banco e se levantou. Puxou o casaco e seus olhos encontraram os dele no espelho.

— Faça-me um favor — disse ele —, pegue sua mãe, tire uma folga e vá até a Island ou a Jersey Shore, algum lugar perto daqui, onde eu possa importuná-la.

Aquilo fez com que ela abrisse um leve sorriso.

— Estou indo para Cape Cod hoje à tarde.

— É bem longe para ir em uma folga.

— É apenas Massachusetts.

Ele resmungou.

— Preciso entregar uma carta. — Ela se inclinou e o beijou na face. — É a única coisa que conseguirei fazer direito em meses.

Ele levantou a mão, mas não olhou para ela. Mas quis que ela voltasse assim que ela se foi, então girou no banco para chamá-la. Ela havia saído com a rapidez de um pássaro e abria caminho por entre as mesas, alta e elétrica. Ele a deixou ir. Ela foi a pessoa que vira tudo por lá. E transmitira tudo a eles, sentados às suas mesas de trabalho, e fizera com que olhassem a situação nos olhos, o que diabos isso pudesse significar. Ele fez um sinal ao barman, pedindo a conta. Nada podia ser olhado nos olhos, e ele sabia disso. Olhou para o espelho sobre o bar; os uniformes brancos entre as mesas tinham o efeito de um campo de algodão iluminado pela luz violenta e estranha que sempre antecede uma tempestade.

Frankie caminhou o mais rápido possível para longe do seu antigo chefe, até o calor da Grand Central Station, a multidão de viajantes americanos, o corre-corre e a preocupação de embarcar no trem certo, no trilho certo, dando beijos de adeus; ela parou debaixo do último domo, com as lágrimas escorrendo pelo seu rosto. No quadro de horários diante dela, as letras brancas vacilavam sobre o fundo preto. As pessoas se acotovelavam ao seu redor, também parando, levantando os olhos e seguindo em frente. O que ela via na estação era apenas o que ela via. Caixas e olhadelas. Os caules verdes dos lírios de verão enfiados num vaso junto ao guichê de venda de passagens. Nada para se olhar, nada para se ver. E nada para relatar. Era um prazer quase insuportável. Ela fungou e enxugou o rosto com a mão. Levantou os olhos para o relógio, onde o ponteiro avançava segundo após segundo. Depois de um ou dois minutos, números e letras brancos se combinaram e passaram a significar algo, e ela seguiu em direção ao local onde o trem para Boston aguardava.

Um mês antes, Frankie descera a rampa de desembarque do navio *Norway* e caíra nos braços da sua mãe. Deixou-se ser levada para casa e colocada na cama. No andar inferior, as vozes de sua mãe e da arrumadeira deslizavam por horas a fio, esticando-se no calor do verão através dos quartos fechados. Ela ficara olhando para o teto, com os braços cruzados sobre a coberta de algodão, enquanto Nova York levava sua vida agitada. Na segunda semana, ela pediu um gramofone e ficou deitada no quarto onde havia crescido, o penhoar pendurado no pilar da cama, os chinelos alinhados debaixo dele, ouvindo os ruídos do trem.

Quando sua mãe veio se sentar ao seu lado, ela fechou os olhos e se arrastou de volta para onde havia estado. De volta até Harriett e o apartamento delas. A mãe de Billy. De volta ao médico no abrigo, na última noite da Blitz, e seus olhos nela enquanto morria. De volta aos trens, a Thomas. Às crianças. Ao último menino que ela não pôde seguir. Tantos deles, havia tantos deles.

Para a frente e para trás, ela se arrastou com os olhos da mente, até que devagar, como um rio azulando, chegara na última semana a uma imagem da esposa do médico numa porta e ela própria do outro lado. Imaginou-se entregando a ela a carta do marido, enfim; e então, imaginou-a sorrindo, como se ela tivesse algo para dar a Frankie em retribuição.

Em Nauset, Frankie conseguiu pegar o trem para Franklin com bastante antecedência. Afundou num assento e abriu a janela.

Acordou quando, com um solavanco, o ônibus parou, fazendo sua cabeça quicar na janela onde estava apoiada. Havia pessoas na rua, caminhando logo ao lado de seu assento. Pessoas sob ar da tarde, rindo. Frankie colocou a mão no assento diante dela e, usando-o como apoio, levantou-se. A luz brilhante da noite reluzia no para-brisa e Frankie desceu do ônibus e foi até a sombra de uma das duas árvores diante da agência dos correios, esperando que o motorista pegasse as malas.

Era a segunda semana de agosto e a cidade parecia estar um tanto enlouquecida em busca de diversão. Veranistas, emergindo em suas roupas de linho, de banho tomado e brilhantes após o dia na praia, estavam ali, à luz do começo da noite. Caminhavam e conversavam, vendo as vitrines das lojas, como galhos soltos esbarrando levemente uns nos outros ao descer uma correnteza suave, suas vozes se iluminando. Embora fossem apenas 18 horas, havia avisos nas janelas de alguns cafés: — NÃO TEMOS MAIS LAGOSTA. — NÃO TEMOS MAIS TORTA. Enquanto estava, ali, ouviu um grito e um estrondo, metal retinindo contra metal, e então o gorjeio desmaiado de um trompete enquanto as hospedarias ao longo da orla se animavam com o som e uma orquestra começava a tocar.

Talvez ela houvesse cometido o erro em ir, pensou, sentindo-se desconfortável pela primeira vez, inclinando-se para pegar a alça da mala. Talvez não houvesse uma quietude a ser alcançada. Embora a Europa estivesse desmoronando, se estilhaçando e explodindo, ao menos ela entendia a direção.

Mas tudo aquilo — ela olhou para a rua —, o movimento sem propósito, para onde estava indo? Havia um cinema e um salão de dança, mas os gritos e a algazarra pareciam vir de todas as partes da cidade. Ela pegou a mala e a vitrola portátil, jogou a bolsa sobre o ombro e foi até a beira da calçada, esperando na fila até que os carros escasseassem.

Do outro lado da rua, uma mulher alta e ruiva surgiu da agência dos correios e desprendeu a bandeira no topo da escada, com o uniforme azul dos correios ajustando-se bem aos seus quadris. Uma Dorothea Broke, concluiu Frankie, para uma ficção mais animada. Seus lábios estavam pintados com um tom de vermelho que não acrescentavam nada, como se dissessem "deixa para lá", Frankie pensou. "Deixa para lá esses lábios."

Ela observou a agente dos correios afrouxar a linha do mastro e, enquanto a bandeira descia sob a luz do fim do dia, vários jovens vieram correndo pela Winthrop Street na direção do porto, cheio com a maré alta. O calor úmido do dia ainda pairava na tarde. Diante dela, eles chegaram até a areia e, tirando chapéus e camisas, correram direto para a água, suas bermudas deslizando até os quadris e ficando penduradas ali graças aos cintos. Atiraram-se dentro d'água e, em seguida, gritando e arquejando, atiraram-se uns sobre os outros. Brancos como o inverno, seus peitos e braços se agitavam por baixo d'água como peixes num barril. A junta de recrutamento devia ter todos os seus números na loteria, em Cape. Frankie passou por eles e subiu a Front Street até onde ela cruzava a Yarrow Road, dirigindo-se resoluta para a colina e para fora da cidade.

À sua direita, uma tosca cerca viva de roseiras e de mato crescera na areia. O fim da tarde cantava e, do outro lado da cerca viva, descendo pelo penhasco, os baixios tremeluziam conforme a maré enchia cada vez mais. Sal e rosas se misturavam na brisa que soprava ao largo, sob os gritos de advertência das gaivotas.

No alto, seis chalés brancos do tamanho de casas de brinquedo se alinhavam como garotas vendo o cavalheiro finalmente vir tirá-las para dançar. O chalé que buscava era o terceiro; ao passar pelos outros, ouviu os chuveiros ligados, crianças cansadas reclamando, e as vozes imperturbáveis e prolongadas das mães oscilando como toalhas sob a brisa. Uma mulher estava sentada na varanda, na casa ao lado, fumando um cigarro, com os pés apoiados na balaustrada e fazendo com que o vestido escorregasse por suas pernas bronzeadas. Ela olhou para Frankie e acenou com um gesto indolente.

Frankie acenou e abriu a porta do chalé. Os dois cômodos eram pintados com um branco vivo e tinham cortinas diáfanas que oscilavam à brisa do mar. Tudo novo, tudo brilhante. Um pequeno sofá na sala da frente. Duas cadeiras, dispostas uma de cada lado de uma mesa lateral na qual um gramofone se exibia orgulhoso. Música, luz e bebidas à noite. O verão — a sugestão era clara — poderia ser encontrado nessas três coisas. O ar e a água se agitavam indolentes do outro lado das janelas. A janela acima da pia se abria para as dunas, imóveis, assando na quietude da tarde, o capim prateado despontando da areia como penas.

Através das janelas, o céu azul se arqueava sem esforço na distância. Frankie largou as malas e encheu um copo com água da pia, depois foi para fora sentar-se diante da vagarosa aproximação da noite. Estava num lugar suficientemente alto e distante da cidade para poder vê-la toda diante de si, sem interrupção. Os pescadores jogavam seus apetrechos e acessórios no convés dos seus barcos e, na quietude, irrompiam seus gritos de fim do dia. Os olhos dela se umedeceram subitamente diante dos sons da vida comum. Ela sabia que estivera tagarelando com Max naquela tarde e podia imaginar como soavam suas palavras. Gostaria de nunca ter mencionado Deus. Nem sequer tinha certeza do que estava tentando dizer.

Virou a cabeça. À sua esquerda, um velho, cochilando numa das cadeiras da sua varanda, ao sol, dera um gemido em voz alta. Bem vestido, usando calças de cor clara, uma camisa branca e um suéter escuro, seus braços descansavam na curva da cadeira, completamente entregues ao sono. Sono? Ela se levantou da cadeira, enojada. Os meses de reportagem, as páginas de script que ela escrevera ao longo dos últimos quatro anos. De que havia adiantado? Ela olhou uma última vez na direção das duas fileiras de casas que levavam ao centro daquela cidade. Poderia muito bem ter transmitido suas notícias ao vento.

22.

NA MANHÃ seguinte, alguns rapazes estavam sentados nos bancos do café da cidade, três deles vestindo botas, com as mãos em torno do café quente. Em meio ao silêncio que se instalara, Frankie caminhou até um banco junto ao balcão, cumprimentou com a cabeça a garçonete e se sentou.

— Obrigada — disse Frankie, aceitando a xícara empurrada em sua direção.

— Bom dia. — O homem ao seu lado abriu um sorriso. Era o líder dos nadadores da véspera.

— Bom dia — cumprimentou-o ela de volta com um gesto de cabeça.

A porta se abriu e um homem, a silhueta recortada pela claridade, ficou parado por um instante na soleira, cumprimentando as pessoas com a cabeça, antes de ocupar o banco ao lado dela. Ele colocou um pé no apoio e subiu, leve, como se subisse numa sela. Ele era como um barril, pequeno e compacto, seu cabelo de um louro grisalho cortado bem curto junto ao crânio. Colocou o chapéu no balcão ao lado do prato, cuidadoso como um juiz.

— Harry — cumprimentou o jovem pescador ao lado de Frankie.

— Olá, Johnny — disse Harry.

A campainha que indicava as notícias daquela hora soou no rádio, e o salão ficou em silêncio, como se estivessem todos diante de uma fogueira. *Forças britânicas e soviéticas invadiram o Irã*, chegou a voz do locutor do rádio, seguida por mais três sinais anunciando o noticiário. *Preocupados com o relato de "turistas" alemães, a Inglaterra e a Rússia decidiram que o Irã deve aceitar sua proteção para o fornecimento de petróleo. Forças terrestres britânicas avançaram em duas áreas a fim de proteger o petróleo perto de Abādān e a nordeste de Bagdá para ocupar áreas similares em torno de Kermānshāh. Enquanto isso, os russos marcharam sobre Tabriz. Houve pouca oposição iraniana tanto às forças britânicas quanto às russas.*

Johnny resmungou:

— Pode apostar.

Frankie bebeu um gole do café, colocando as duas mãos em torno da xícara, e ficou escutando a guerra através do rádio, como todas as outras pessoas.

A voz do locutor prosseguiu, catalogando as frentes ao redor do mundo. Na França ocupada, 20 mil tropas alemãs buscavam suspeitos em Paris, depois de um fim de semana de ataques secretos às forças da ocupação. Os cidadãos de Leningrado continuavam lutando. E, então, o canto alegre e sereno de Betty Booney veio dançando pelo rádio, o tom leve saltando para o salão, cantando *"Joltin' Joe DiMaggio"*, acima do som penetrante do risonho trompete. Johnny Cripps se levantou e se inclinou sobre o balcão para desligar o rádio, com repulsa.

— Quando eles vão mandar nos buscar? — murmurou, voltando a se sentar.

O homem ao seu lado balançou a cabeça.

— Não vão mandar.

— Ah, nós vamos sim, com certeza! — declarou outro.

— Bem, eu não vou — disse seu vizinho.

Em meio às pretensões, os homens mais velhos continuavam sentados, olhando para suas canecas. A guerra?, pensou Frankie. A guerra estava ali, no silêncio dos homens mais velhos. Ela sentia que o homem chamado Harry estava escutando, ao seu lado, a palma da mão aberta sobre a mesa enquanto fumava.

— E, seja como for, o que fazer sobre alguns milhares de judeus reunidos na Polônia? — irrompeu o homem diante de Harry. — DeVoris nem quer recebê-los em seu hotel em Sudbury.

— Nem DeVoris nem Jameson querem.

Frankie virou a cabeça na outra direção e se concentrou em seu café.

— Como eles conseguem?

— Não há vagas, isso é tudo. Nunca há vagas para eles.

— Seja como for. O problema é deles. E os chucrutes só mataram aqueles para afirmar algo. A questão não é os judeus, e sim o território. E tem havido um tipo ou outro de guerra na Europa desde...

— É por isso que estamos em vantagem — interrompeu alguém. — Faz oitenta anos que não temos uma guerra própria.

— Claro que temos! Só não chamamos de guerra. Mas sempre há um inimigo, pode apostar. Índios, negros, poloneses. Há sempre alguém para derrubar a tampa da panela.

— Vai dar uma de comunista conosco?

— Dessa vez os chucrutes trarão a guerra para cá — observou Harry em voz baixa, olhando em frente.

O grupo de homens mais velhos olhou para ele, sentado no balcão. Ele virou a cabeça devagar na direção deles. Uns dois deles assentiram, Frankie percebeu. Os outros fitavam suas canecas.

— Não sei, Harry. E quanto aos japoneses?

— O que têm eles?

— Não devíamos nos preocupar com eles.

— O presidente Roosevelt pode se preocupar com eles! — devolveu Harry. — Os japoneses estão longe demais, do outro lado do mundo. Não consigo me preocupar com eles. Os chucrutes já estão no Atlântico. Eu diria que estaremos diante das armas deles bem antes que os japoneses resolvam ler os papéis de Roosevelt. Estou preocupado com o que vejo que é um perigo óbvio para nós.

Frankie viu o olhar que Johnny e um dos outros rapazes trocaram.

— Mas, Harry, você não acha melhor apenas esperar até sabermos quais são as verdadeiras informações?

— Quando os alemães vierem, eles simplesmente virão, não anunciarão.

Ele era o tipo de homem a quem se devia escutar, mas Frankie podia ver que eles não queriam ouvi-lo. Desafiava a razão, a imaginação.

— Como pode ter tanta certeza?

— Não posso — respondeu Harry.

Um dos homens que estivera balançando a cabeça enquanto Harry argumentava sobre os japoneses resfolegou.

Harry deu de ombros.

— É melhor vocês prestarem atenção no que está acontecendo *por lá* — disse Frankie, com a voz mais neutra possível —, onde os judeus estão sendo reunidos, retirados de suas casas; e não aos milhares — ela apontou com a cabeça para o homem que havia falado —, às dezenas de milhares. Ondas de gente andando. Um mar de corpos, avançando, esperando nas filas, empurrando as portas de consulados e embaixadas, em toda parte. Massas se movendo e nenhum lugar para onde ir.

— Mas muitos deles estão saindo... Li uma história há pouco tempo sobre um grupo deles indo até...

— É tarde demais. — Frankie o interrompeu. O homem ao seu lado se calou. — É tarde demais para a maioria deles. Estão presos numa armadilha e ficará cada vez pior. Há esquadrões de morte alemães entrando em cidades russas, reunindo os judeus, matando todos eles. — Ela se levantou do banco. — E por aqui vocês continuam de braços cruzados.

— Pura bobagem — murmurou Johnny.

Tremendo, Frankie olhou para Harry. Ela não pretendia falar. Abriu sua carteira a fim de pegar uns trocados para o café.

— Você esteve lá? — perguntou Harry.

Ela assentiu.

— Onde?

— Em toda parte. Principalmente em Londres. — Frankie deslizou algumas moedas para a frente da sua xícara de café, consciente dos homens a observando, o salão em silêncio.

— Fazendo o quê?

— Reportagens. — Frankie estendeu a mão. — Sou Frankie Bard.

Harry assobiou.

— Harry Vale. — Ele apertou a mão dela.

— Você é aquela mulher do rádio? — interrompeu Johnny.

Ela assentiu.

— Vai ficar por aqui?

— Alguns dias — disse Frankie.

— Fará uma reportagem para o rádio sobre nós?

— Tem algo para contar? — perguntou Frankie, indiferente.

Os homens em torno de Johnny deram uma risada. Frankie se virou no seu banco. A conversa do café regressou. Ela bebeu um gole do café. Era uma das coisas com que não havia contado — na verdade, não teria como saber. Nunca ouvira sua voz num rádio, não tinha ideia de como soava ou de qual impressão causava. Na semana anterior, ouvira Murrow no rádio, numa loja em Nova York, saindo pelas portas abertas até a rua por onde ela passava, o que fez com que ela congelasse no lugar. Conhecia o estúdio onde ele estava sentado naquele momento, sabia exatamente como ele segurava a base do microfone com as mãos como uma criança, sabia que ele falava com os olhos fechados a fim de escutar o próprio ritmo; e lá estava ele, numa tarde ensolarada de agosto, berrando para a multidão. Mas ela não estava preparada para ser ouvida daquele jeito pelas pessoas, para ter sua voz reconhecida.

— Então, quais você diria serem as chances de um submarino emergir aqui? — perguntou Harry.

— Essa é uma pergunta real?

Ele pousou os olhos no rosto dela.

— Fique à vontade.

Ela balançou a cabeça.

— Não acredito nisso. Depois que invadiram a Rússia, já estão lutando em muitas frentes.

Se ela o desapontara, Harry não deixou transparecer.

— Vocês têm cartas? — Um homem velho demais para o serviço militar estava junto à porta, os cabelos grossos e louros saindo do seu boné em longos cachos soltos. Ele entrou no café à vontade, as tábuas do piso rangendo sob seus sapatos e parou diante da caixa registradora, com as mãos apoiadas levemente no balcão, olhando para as fileiras de canecas na prateleira atrás da cabeça de Betty.

— Que tipo de cartas você está procurando? — perguntou ela.

— Para jogar.

Ele falava com sotaque alemão. Numa tigela sob a caixa registradora havia caixas de fósforos e baralhos. Betty Boggs estendeu o braço e pegou um baralho novo marcado com as silhuetas de bombardeiros alemães, colocando-as sobre o balcão para que o homem as visse.

— Estas? — Ele franziu a testa.

— É o que tenho.

Frankie e os homens observaram enquanto ele virava a caixa e examinava a parte de trás. "Messerschmitt Me-110 Bombardeiro Alemão", dizia, sob a curva negra da barriga do avião. Ao lado do sete de ouros estendia-se a silhueta do mesmo avião, visto de frente, como se ele voasse baixo e estivesse prestes a soltar uma bomba. Ele ficou um bom tempo olhando, mas Frankie sentia que ele sabia que cada olhar ali estava em suas cartas.

— Você quer as cartas, então? — perguntou Betty a ele, com a voz baixa.

O homem olhou para ela.

— Sim — disse —, quero as cartas. — E colocou uma moeda de 25 centavos sobre o balcão.

— Obrigada. — Ela agradeceu com um gesto de cabeça e se afastou dele, indo até a caixa registradora no balcão. E então ficou parada, com uma das mãos em cada lado da caixa, esperando que ele fosse embora. Ele não se demorou, e Frankie observou-o atravessar a rua em frente ao café.

— Quem é esse? — perguntou Frankie.

— Algum tipo de chucrute. — Johnny piscou para Frankie. — Então, tome cuidado.

— O que quer dizer? — perguntou Frankie, a voz tensa. A excitação zombeteira na voz de Johnny Cripps era odiosa, a de um sabe-tudo convencido.

— Ele não é daqui — explicou o homem ao lado de Johnny. — Seu nome é Schelling e está aqui desde a primavera.

— Está pintando a casa do Dr. Fitch, brilhante como o sol. Está preocupado com isso, Sr. Vale? — Johnny franziu a testa. — A casa está se destacando, muito brilhante.

Se ela pudesse apenas fechar os olhos e se controlar, Frankie pensou, fora de si, poderia ignorar o que parecia ser um bando de pássaros subitamente levantando voo em seu peito. Sem mais nem menos, o nome do médico fora atirado no ar. Ela não estava pronta.

Harry balançou a cabeça.

— Por que você ficaria preocupado? — perguntou Frankie, com a voz ainda tensa.

— Os chucrutes terão uma referência na costa — disse Johnny. — Uma grande marca branca no penhasco acima da cidade.

— Ouviu o que a esposa de Fitch disse a Beth no mercado, outro dia?

Harry olhou para Tom Jakes, junto a Johnny.

— Ela disse que queria ter certeza de que o médico conseguiria encontrar o caminho de casa.

— O quê? — disse Frankie, bruscamente, e se inclinou para ver o homem falando.

— Fique quieto. — Betty Boggs estava furiosa, colocando o bule de café sobre o balcão. — Cale a boca agora mesmo, Tom Jakes.

— O que quer dizer? — Frankie engoliu em seco. — Onde está o Dr. Fitch?

— Londres — respondeu Johnny.

— Ele foi ajudar durante a Blitz — disse Betty Boggs, com firmeza. — Foi muito difícil para ele depois que Maggie morreu — prosseguiu ela, quase que para si mesma.

— Como Jim Tom está levando? — perguntou o homem atrás de Harry.

— Melhor do que muitos de vocês levariam — respondeu Betty. — Ele leva a menininha a todo lugar. Mas é difícil ser sozinho com cinco filhos, mesmo com a mãe dele morando na mesma rua.

Frankie escorregou para fora do banco e se levantou abruptamente.

— Seja como for — Betty assentiu para Frankie —, o Dr. Fitch deve voltar em breve.

— Tudo bem. — Frankie se concentrou em fechar a bolsa. — Tudo bem, obrigada.

— Até logo — acrescentou Betty, puxando para dentro do avental as moedas que Frankie deixou, mas sorriu para Harry.

Frankie abriu a porta de tela e emergiu outra vez na Front Street, onde a multidão de veranistas circulava por entre as lojas no ar claro da manhã, o sangue golpeando suas orelhas. O médico estava morto. A Blitz acabara há semanas.

Um homem diante dela encontrou seu olhar e ergueu o chapéu. Frankie cumprimentou-o com a cabeça e forçou um leve sorriso. Era agosto. O médico fora morto em maio. Ele havia *morrido*. Ela o vira morrer. Levantou a cabeça da faixa branca de sol na calçada e viu o alemão que entrara para comprar o baralho caminhando devagar na direção dos correios, e seguiu-o, sem pensar no que estava fazendo. Parou na escada da agência dos correios um bom tempo depois que o homem desaparecera no posto de gasolina, mais adiante na rua. Nunca imaginara que seria a pessoa que viria à cidade dar a notícia da morte do médico.

Durante um bom tempo, Frankie ficou ali, olhando a soleira sombreada da porta dos correios. Era bem simples: ela tinha uma carta e pretendia entregá-la. Ela a havia levado consigo de Londres até Berlim, e de volta a Londres mais uma vez. Transferira-a do bolso de uma saia ao de outra, pelo continente europeu, até ali. Estava, como até então estivera, junto com seus cigarros, no cetim do seu bolso. Tudo que precisava fazer era entregá-la. Embora, é claro, pudesse simplesmente postá-la. Não precisava dizer a Emma Fitch o que acontecera, precisava?

— Ah, pelo amor de Deus — disse Frankie, irritada, entre os dentes, e subiu a escada, dois degraus de cada vez.

Havia uma fila na agência e Frankie esperou ao lado, junto às caixas de correio. O lugar era pacífico, regular e calmo, e a agente dos correios estava em seu guichê, orgulhosa como um capitão na proa de um navio.

— Bom dia — disse Iris. Golpeou o carimbo de cancelamento em três cartas enfileiradas, com um baque satisfatório; depois se virou e jogou o que havia carimbado para trás, com movimentos impacientes do punho. Frankie acompanhou os envelopes voando em silêncio por cima dos ombros de Iris e para dentro dos sacos, não querendo que a ordem parasse.

— Olá — respondeu Frankie.

Iris cumprimentou-a com a cabeça e prosseguiu no seu trabalho. Quando, após algum tempo, Frankie não se aproximara ou se virara e se afastara, Iris levantou os olhos.

— Posso ajudá-la?

— Todos na cidade têm uma dessas? — perguntou Frankie, olhando para as caixas diante dela e ainda sem sair de onde estava, no meio do saguão.

— Sim. — Iris franziu a testa. — Por que pergunta?

— Queria saber se é assim que as pessoas aqui recebem sua correspondência.

— Sim.

— E você é a agente dos correios?

— O agente — corrigiu-a Iris. — Não existe feminino, nesse caso. Homem ou mulher. É "o agente".

— Na Inglaterra, você seria a agente.

— Você esteve na Inglaterra?

— Sim. — Frankie caminhou devagar na direção do guichê. — Acabei de voltar.

— Ficará aqui por algum tempo?

— Para descansar um pouco — respondeu Frankie.

Iris assentiu, cautelosa. A mulher não parecia ser capaz de descansar.

Tenho uma carta, Frankie queria dizer. *Tome a minha carta.*

— Deixe-me ver se entendi direito...

A Srta. James ficou esperando.

— Todas as cartas passam pelas suas mãos?

— Por quê?

— Todas as notícias, todas as palavras da cidade, passam por aqui?

— Você está perguntando exatamente o quê? — questionou Iris, um pouco ácida.

Frankie balançou a cabeça.

— Estou tentando entender uma coisa.

— Tudo relacionado a essa cidade passa por aqui, sim. É assim que os correios funcionam. Alguém posta uma carta e ela passa pelo sistema, pela triagem, é enviada e passa outra vez pela triagem, e depois é entregue a seu destinatário.

— Entendo — disse Frankie, exausta. — Então, se uma notícia chegasse à cidade, você veria? Você é a primeira costa?

— Qual costa? — Iris engoliu em seco. — Qual notícia?

— Qualquer coisa. Alguém que tivesse morrido, por exemplo.

— Quem é você?

— Ninguém — respondeu Frankie. — Uma repórter.

— Está escrevendo uma matéria?

Frankie negou.

— Ninguém morreu — disse a agente dos correios, com a voz uniforme.

A campainha do relógio tocou quando ele passou das 10h30.

— Tudo bem — respondeu Frankie. — Tudo bem, até logo.

Um carro passou roncando por Frankie onde ela havia parado, no início da escada dos correios; era azul e conduzido por um homem de chapéu. Ela o observou manobrando devagar. Do outro lado da rua, alguns homens do café estavam sentados nos dois bancos. Ela fitou-os. *Como* isso pode acontecer ao mesmo tempo que aquilo? Diante dela, a cidade se agrupava e se desembaraçava sob o calor. Ela se sentia tão deslocada quanto naquela manhã em que Harriet morrera, esperando que Billy, o menino que acompanhara até em casa, se virasse diante da sua porta e olhasse para ela. *Casa?* Ela se lembrou de ter apagado essa palavra da mente enquanto o observava compreender que sua mãe estava morta. Ela não estava mais na casa, não estava mais em lugar algum. *Casa* era uma palavra de outro mundo, de outra língua, onde as pessoas acordavam, se espreguiçavam e viam um céu límpido através da janela do quarto, ladeada por pássaros.

Eram quase 11 horas quando ela voltou ao seu chalé. Alguns dos banhistas já haviam voltado da praia e estavam sentados nas varandas vizinhas antes do almoço. Ela abriu a porta, entrou no interior sombreado, pegou a garrafa de uísque que havia levado e um copo, e o bebeu puro, junto à pia.

O médico foi atirado para o ar, o menino caiu em meio à multidão, e Thomas olhou para ela logo antes de levar um tiro. Como uma série de cartas prestes a cair, o que acontecera começou a desabar no comprido corredor diante dela, um evento caindo e, em silêncio e com firmeza, empurrando o seguinte, e o seguinte, caindo numa fila diante dela, ali, junto à pia, com as pernas tremendo. Ela acompanhou as imagens até o menino sem nome no último trem, virando-se para procurá-la antes de desaparecer em seu caminho, e colocou as mãos sobre a boca, inclinando-se sobre a quina da cômoda com a imagem final em sua mente.

Atrás dela estava o vulto negro do gramofone. Ela se virou e fitou-o durante um minuto. Os discos dos trens estavam embrulhados na sua bolsa. Ela pegou um deles e colocou-o com delicadeza no prato. Girou o botão; e o disco deu um solavanco e começou a girar para a frente, devagar. Ela enganchou o dedo mínimo por baixo do braço da vitrola, puxou-o com cuidado e abaixou-o. *Fale aqui*, veio a sua voz, *diga seu nome*. Ela se sentou; o tamborilar quase indistinto das rodas do trem, veio do disco ao seu lado. *Fale*, sua voz disse, mais suave. Inga? Inga Borg, a menina respondeu outra vez, tímida. E então seu rosto nervoso e pequeno surgiu mais uma vez diante de Frankie. Sou Litman, veio a voz do irmão dela. Frankie fechou os olhos, escutando o padrão familiar através da garota, do seu irmão, do homem, até Thomas.

A agulha chegou ao fim do disco e o silêncio tomou a salinha. Ela se sentou, levantou o braço da vitrola, virou o disco e colocou a agulha do outro lado.

Lá estava o velho, falando num inglês rudimentar, hesitante. *Olhei e vi minha esposa ali na escada. Ela era tão...* ele tossiu e Frankie ouviu a si mesma murmurando algo para ele... *querida*. Frankie se lembrou do homem sentado sozinho na estação. *Eles nos acordaram*, uma mulher explicou em francês, e *eu não tive tempo de pegar comida para os meus meninos. Seu nome? Meu nome é Hannah Moser...*

As vozes eram velhas e jovens, delicadas e arredondadas, ásperas, quebradiças, sedentas. *Desse jeito*, sua voz instruiu a alguém. Eles falavam línguas que Frankie não entendia, das quais nunca ouvira falar, húngaro, sérvio, croata, línguas espessas e sílabas cortadas destacando-se no ar enquanto Frankie escutava um disco após o outro. Três minutos para cada lado. A maioria dizia seus nomes. Havia uma criança que não conseguia dizê-lo: todas as vezes que ela pedia, ele tinha ataques de riso, e o riso de Frankie estava ali também — vamos lá, ela ria, tente de novo. *Pet...*, e então ele foi cortado.

Ela colocou a agulha sobre o último disco, o que gravara sobre o que já estava ali, e os primeiros segundos de som — *Jaspar, sou eu, Greta, fui procurar por ele, o que é? A menor casa no fim do quarteirão estava marcada, mas eu, Ruth, Sebastian, sou...* — saltaram diante dela como alguma criatura louca.

Ela ficou sentada, escutando o estranho caos do último disco — *Hannah, sou eu, non, non j'ai dit. C'est quoi, ça? Ein Kartoffel. Não!* — vozes substituindo vozes, agudas e graves e insistindo, uma por cima da outra. Vozes humanas caçando outras no ar, apenas para serem acompanhadas pelo ruído da máquina, enquanto ela escutava o silêncio sobrepujando os homens e as mulheres, as crianças rindo. Ela andara de trem com eles, ficara nas filas, observara-os passando pelas portas e voltando aos trens. *Merci, Mademoiselle*, eles haviam dito. *De rien*, ela dissera. Fazia apenas dois meses.

23.

*A*LI! ALI *está ele! Ali!*
Frankie acordou com o coração aos pulos no peito. Alguém estivera gritando e, depois de um minuto, ela se deu conta de que era ela mesma. Sua garganta estava irritada e seca. Ela puxou os joelhos por baixo da coberta, fitando o espelho sobre a cômoda ao lado da cama. Uma mulher fitou-a de volta e seu rosto pálido não parecia ter olhos. Frankie piscou devagar, duas vezes, e o rosto disperso da mulher voltou ao lugar. Ela pegou os cigarros e o isqueiro na mesa de cabeceira e puxou o travesseiro para trás das suas costas, com o coração ainda acelerado.

Teve a sensação de ter que subir um longo trajeto de volta ao mundo. A persiana estava imóvel. A luz no quarto, mais suave. Ela olhou para o relógio e percebeu que havia dormido até a tarde. Ouviu vozes femininas em uma das varandas e ficou ali por algum tempo, os olhos fechados, ouvindo sem escutar o que elas diziam. Abriu os olhos. Girou as pernas para fora da cama e se espreguiçou.

Dali podia ver, através da sala de estar, a porta que dava para a varanda, onde alguém estava sentado numa das cadeiras. Levantou-se em silêncio e foi até a janela, mas as costas altas da cadeira de madeira mantinham quem quer que fosse completamente oculto. Ela abriu a porta de tela.

O alemão que ela vira na cafeteria levantou-se da cadeira. Tirou o chapéu e cumprimentou-a com um gesto de cabeça. Tinha um leve cheiro de tinta.

— Olá. — Ela estava cautelosa.

— Você está bem?

— Como assim?

— Estava gritando.

Ela não respondeu.

— Ouvi você gritando. — Ele olhou para um ponto na porta atrás dela, como se para lhe dar privacidade. — Da minha escada. — Ele se virou e apontou para a grande casa atrás dos chalés.

— Por que você não entra? — perguntou ela, em voz baixa.

— Não. — Ele a fitou novamente.

— Tudo bem — disse ela, e afundou numa das cadeiras, deixando-o em pé.

— Você estava assustada. — Ele dizia isso como uma pergunta, ela percebeu. E assentiu, indicando-lhe a outra cadeira.

— Foi um sonho. Um pesadelo.

— Da Alemanha?

— O quê?

— Você esteve na Europa — disse ele. — É o que estão dizendo na cidade.

Ela concordou.

Ele se sentou abruptamente na cadeira ao lado dela.

— Você acabou de vir da Alemanha? — perguntou Frankie em voz baixa, os olhos nele.

— Da Áustria. Em abril.

O tecido gasto do seu casaco capturava o brilho do sol da tarde. Com as mãos enfiadas nos bolsos e inclinado para a frente, ele poderia ser um dos homens que se inclinaram sobre seu microfone e disseram seus nomes. Ele estava tão familiar, naquele instante; parecia mais real do que qualquer outra pessoa que ela tivesse encontrado desde que voltara para casa.

Ela estendeu a mão para tocar a manga do seu casaco.

— Venha — disse a ele. — Quero que ouça algo.

Sem ver se ele a acompanhava, Frankie se levantou e entrou, tirou o último disco do gramofone e procurou na pilha o disco com a voz de Thomas. Então girou o botão, e o disco começou a girar, devagar. Ela enganchou o dedo mínimo sob o braço da vitrola e puxou-o com cuidado, abaixando-o em certo ponto.

Sua voz surgiu primeiro.

— *Fale aqui* — disse ela —, *fale para a máquina.*

— *Começo?*

Houve um espaço na gravação, quando Frankie havia assentido em resposta. A voz dele veio um pouco mais forte, como se houvesse chegado mais perto.

— *Sou Thomas Kleinmann. Sou da Áustria* — ele pigarreou —, *das montanhas a...*

Otto havia entrado e estava parado junto à porta. Os dois escutaram a voz de Thomas até o fim; quando o disco acabou, Otto entrou, largando o chapéu sobre a cadeira. Foi até Frankie, onde parou, olhando para o gramofone.

— Tem mais?

Ela assentiu. Ele se sentou. Cuidadosamente, ela virou o disco e abaixou a agulha. Então pegou a garrafa e dois copos, afundou-se no sofá e eles escutaram o resto do segundo disco, o terceiro e depois o quarto. Quando o segundo lado daquele terminou, Otto se levantou, educado como um vigário, levantando o braço sobre o disco, e substituiu-o pelo seguinte. E depois pelo seguinte.

"Não estou inventando essas pessoas", pensou Frankie conforme as vozes enchiam a sala, uma após a outra. Aqui estamos nós. Aqui. *Sou Marta*, dizia uma mulher. *Acabei de sair de Gurs.*

Otto deu um pulo da sua cadeira, levantou a agulha e colocou-a delicadamente outra vez; a voz da mulher resssurgiu, no começo indistinta mas logo compreensível, avançando num inglês quase impecável: — *Sou Marta. Acabei de sair de Gurs.*

Eles abriram os portões anteontem, sem nenhum aviso. Uma das mulheres no prédio mais próximo correu ao nosso quarteirão e disse, 'corram, corram', e nós quatro nos levantamos e a seguimos. Era como se eles tivessem se cansado da coisa toda — das mulheres e crianças esperando, morrendo; — estavam cansados de nós e simplesmente deixaram o portão aberto. Deixem os judeus saírem. Cluck, cluck. Deixem as galinhas irem.

E então estávamos do outro lado. Na França. Com um fardo de roupas e de papéis velhos. Mas fazia muito tempo que eu deixara de pensar que os papéis ainda significavam algo, papéis, horários de trem, as promessas de outra vida. Agora era comida, sono e roupas. Era somente nisso que devíamos prestar atenção...

Havia tantas mulheres caminhando comigo em meio às árvores.

A voz dela parou.

Obrigada, veio a voz de Frankie.

Otto não se moveu. Fitou o disco que girava e girava, com a cabeça baixa e as mãos pendendo frouxas das mangas da camisa.

Frankie girou o botão da máquina para parar o disco, com o coração acelerado.

— Minha esposa — disse ele, por fim. — Ela está lá. Em Gurs.

Na outra extremidade dos dois gramados estreitos, onde estava em pé, diante da janela da cozinha, Emma deixou a mão cair. Estava prestes a bater à porta. Observara os dois nas cadeiras, fitando o mar diante deles e conversando. Observara por tempo suficiente para querer invadir a casa, e levantou a mão quando a mulher estendeu o braço e tocou Otto, que parecia prestes a desabar. E a mulher não tirara a mão do seu ombro. Emma sentiu uma batida dentro de si, tão forte e tão súbita que era como uma visita, como um anjo que viesse dizer *Agora*. Ela recuperou o fôlego. A mulher a enchia de um vago e desconfortável temor, sentada com suas pernas compridas, seu lenço e seus óculos escuros; os dois, com a cabeça de um inclinada na direção da do outro, sem falar, pareciam-lhe imagens de anjos chorando, um de sobretudo, outro de blusa, vendo tudo e compreendendo o que estava por vir. O que estava por vir para ela.

Seus olhos pousaram na fotografia emoldurada, no batente da janela, que mostrava seu pai atrás da sua mãe, que estava sentada numa cadeira e a segurava. Ela estendeu a mão e pegou a fotografia. Existira alguém que a segurara, que cuidara dela — ali estava a prova. Ela olhou para os rostos dos seus pais, voltados em outra direção — e, portanto, para longe dela — fitando em vez disso seu bebê. Respirou fundo. Ao lado da fotografia de Will, tirada na sua formatura na faculdade de medicina, ela colocou a sua. Virou ligeiramente os porta-retratos na direção um do outro, como se quisesse apresentá-los. Levantou os olhos outra vez, mas os anjos haviam saído da varanda.

Durante uma hora, Emma olhou da sua janela em direção ao chalé onde Otto desaparecera, como se o que eles fizessem ali estivesse, de algum modo, relacionado a ela. Como se, quando por fim eles voltassem para fora, tivessem algo para ela.

Mas quando os dois voltaram para a varanda e Otto indicou à mulher a casa de Emma, ela ficou subitamente assustada. Virou as costas à janela e seguiu apressada pelo hall até a frente da casa, disposta a fechar a porta, trancá-la, ir para o andar superior, sentar-se na cama e deixar que eles fossem embora sem encontrá-la.

Eles já estavam passando pelo portão na extremidade do jardim e, vendo-a imóvel atrás da porta de tela, Otto acenou.

— Emma! — gritou ele.

Vão embora! Ela queria gritar. *Vão embora!* Em vez disso, ela abriu a porta de tela e observou os dois virem pelo caminho na sua direção.

— Emma! — Ela nunca vira Otto animado. — Emma, estou com alguém que veio da Europa. Alguém que esteve na França.

— Na França? — Emma olhou inexpressiva para Otto depois para a mulher, que parecia empacada ao pé da escada. Dava a impressão de estar doente.

— Ela esteve lá. E tem gravações.

— Sim — disse Frankie, com a boca seca.

— Conte a Emma o que você me contou — Otto disse a ela.

Emma olhou rapidamente para ele:
— Sobre o quê?
— Libertaram refugiados de Gurs. — Frankie forçava uma palavra após a outra. — Em algum momento do mês passado.

Otto assentiu para Emma, com urgência.
— Ouviu?

Emma franziu a testa.
— Não entendo.
— Minha Anna talvez não esteja em Gurs! — A animação de Otto fez Frankie desviar os olhos. — É por isso que ela não está escrevendo. Não está lá! E a Srta. Bard diz que gravou algumas dessas mulheres. Talvez Anna esteja na sua máquina.
— Srta. Bard?
— Olá. — A mulher se aproximou um passo. Frankie Bard era a voz no rádio. Não um corpo vivo, em uma blusa branca e uma saia estreita, aparecendo assim, subitamente.
— Como é possível?
— Como o que é possível?
— Você está lá.
— Estou aqui, agora.

Emma estremeceu.

Durante todos aqueles meses, quando Frankie imaginara a esposa do médico, quando imaginara levar-lhe a carta dele, vira a si própria diante dela, reconfortando alguém extremamente necessitado. Em vez disso, estava ela na escada da casa do médico, diante de uma mulher levemente grávida, cuja barriga se projetava do corpo miúdo, como uma menina vendendo fósforos, como uma bola.

— Para quando é o seu bebê?

— Para o próximo mês — respondeu Emma, cuidadosamente.

— Eu preciso ir — disse Frankie, rapidamente, para ninguém em particular. — Estou deixando-a desconfortável.

— De jeito nenhum. — Emma corou. — É apenas que você sempre esteve no rádio. Meu marido e eu a escutávamos juntos. Costumávamos conversar sobre suas histórias.

Frankie não conseguia se mexer. Tudo que precisava fazer era abrir a boca, olhar para Emma e dizer as palavras — Eu sei. Eu sei disso. Eu o conheci, falei com ele —, mas não conseguia. Mal conseguia respirar.

— A máquina tem as vozes das pessoas — interrompeu Otto. — Emma, ela pode contar a você como são as coisas. Pode nos contar.

— Está bem. — Emma estendeu a mão e tocou o braço de Otto. — Está bem, Otto. Basta. — Ela abaixou os olhos para a repórter, que cruzara levemente os braços sobre o peito.

— Obrigada, Srta. Bard, não quero ser rude, mas, veja, não quero ouvir sobre isso. — Sua voz saiu rápida, aguda e leve. — Não me faz bem ouvir sobre os ataques e contra-ataques, qual bombardeiro foi perdido e onde. Não quero saber o que ele pode estar tendo que enfrentar. Isto é, quero, mas não quero. — Ela fez uma pausa. — Não quero mais notícias, Srta. Bard — concluiu, em voz baixa.

— Sra. Fitch...

— Não. — Emma interrompeu a repórter. — Meu marido foi embora. E faz semanas que não recebo nada dele, nem sequer uma palavra.

Frankie engoliu em seco.

— Então, atualmente, estou me concentrando — disse Emma, com suavidade — concentrando-me muito. Todos os dias eu me concentro em mantê-lo vivo. Fecho os olhos, Srta. Bard, e imagino onde ele está, imagino o mal que pode estar vindo em sua direção, e imagino tudo ao contrário, a parede se levantando de cima dele, de onde ele está enterrado, o vidro, que talvez o tenha atingido, inteiro outra vez. E eu o imagino a salvo — sua voz tremeu — e ileso.

Ela colocou a mão na lateral da barriga, fazendo uma careta de dor ao descer a escada e passar por Frankie e Otto. Sem dizer uma palavra, Frankie se virou e seguiu-a. Na extremidade do jardim, Emma havia parado e esperava por ela com a mão no portão aberto, pedindo visivelmente, Frankie se deu conta, que ela fosse embora.

24.

SE FRANKIE tinha orgulho de algo, era de sempre ter sido a primeira pessoa disposta a falar a verdade. Pensava em si mesma como alguém destemido — algum tipo de Joana D'Arc — corajosa, impetuosa, apaixonada. Todos pensavam. Durante toda a sua vida, ela se atirara nos desafios. Porém, viajara até ali, caminhara diretamente até a porta do médico, abrira a boca e não dissera nada. Ela quase riu. A piada havia sido ela, o tempo todo. Durante o tempo em que esteve gravando vozes, fitando os rostos das pessoas cujo destino ela temia nunca vir a conhecer, *ela* era o destino. Daquela mulher miúda e feroz na casa vizinha, por exemplo. Ela era a tesoura. E achara que era o fio.

O que ela havia imaginado? Se houvesse entregado a Emma a carta e dito a ela tudo que acontecera, até o momento em que Will não olhara para o lado certo (porque era essa a história, era isso que estava preso em sua garganta), de algum modo ajudaria? Essa era a essência de tudo. Se Will Fitch não tivesse olhado para a mulher que atravessava, se não estivesse buscando o rosto de Emma, talvez olhasse na direção certa e visse o táxi vindo. *Ali! Ali está ele! Ali!* Se Frankie não houvesse gritado, Thomas talvez nunca tivesse sido encontrado.

Se.

Ela chutou para longe o cobertor, com muito calor para conseguir dormir, e foi até a sala do chalé, levantando as janelas em busca da brisa noturna. A luz no que devia ser o quarto de Emma estava acesa, um pequeno quadrado amarelo no alto, na noite escura. Frankie virou as costas à janela e ligou o gramofone. Não importava qual disco ela tocasse; colocou o braço sobre o disco e apagou a luz.

Pertencemos a uma federação de Cassandras, confidenciara Martha Gellhorn, amarga, certa noite no Savoy. E Frankie olhara para o rosto da mulher mais velha e pensara: *não eu*. A imagem da louca e bela Cassandra, perambulando pelas ruas de Troia, gritando *Escutem! Escutem!* golpeando seu gongo, era uma advertência, não um sinal. Mas as próprias palavras haviam se esgotado, as palavras orgulhosas e corajosas que ela acreditara possuir. Ali estava ela, numa varanda na extremidade do país, incapaz de falar ou de fazer qualquer coisa além de tocar discos com as vozes de outras pessoas, repetidas vezes.

A luz de Emma se apagara, na casa vizinha. Frankie era incapaz até mesmo de transmitir as notícias.

Ao longo dos dias seguintes, os hábitos de Frankie se reduziram a atos isolados. Ela se viu no velho estado familiar de temor inquieto, como a sensação antes de fazer uma transmissão no rádio, as horas do dia se tornando cada vez mais pesadas até ela conseguir falar. Não falava com ninguém. Dormia, acordava. Caminhava até a cidade e ia a cafeteria, e depois, ao voltar, hesitava junto ao portão da casa de Emma. Na maior parte das manhãs, Otto estava na escada, pintando a face norte da casa. À tarde ela caminhava, saindo da cidade pelo asfalto negro e depois virando à esquerda, na direção dos tufos de grama e das ondas profundas. E Frankie penetrava no profundo silêncio das horas e das dunas, como um pássaro que caísse das correntes do céu.

O tempo prendia sua respiração. O mundo era empurrado para trás. Como se nada pudesse acontecer ou houvesse acontecido, o tempo tropeçava para a frente, passando pelo momento em que Will morrera, que Thomas desaparecera, e que o menino caminhara para longe de Frankie através dos portões: algum modo, no silêncio, Frankie não conseguia ver seu caminho para trás ou para a frente.

As portas de tela nos outros chalés se abriam e fechavam com ruídos, anúncios e conversas num único gesto, de forma que Frankie sabia quando estava sozinha ou em companhia daqueles estranhos familiares. E a luz da tarde borrava o dourado da areia e do sol, fazendo com que aquele pedacinho de terra, aquela orelha se curvando para dentro do porto, flutuasse em perpétua indecisão entre a terra e o mar. A maré baixou e subiu sob o amplo traçado das nuvens; a bandeira da agência dos correios subia todas as manhãs exatamente às 7h30, acima dos telhados da cidade, e baixava todas as tardes exatamente às 18 horas. Apoiada no espelho da cômoda, a carta do médico era a primeira coisa que ela via pela manhã e a última que via ao apagar a luz, à noite.

No quarto dia, Frankie veio das dunas no momento em que Emma subia a rua, voltando para casa.

— Olá — acenou Frankie, embora fosse como se o sangue houvesse se transformado em areia nas suas veias.

Emma acenou, friamente.

— Decidi ficar na cidade — disse Frankie, atravessando a rua entre elas e parando, com o coração na boca.

Emma assentiu.

— Estou vendo.

— Espero que isso não seja um problema.
— Por que seria?
Frankie não respondeu.
A esposa do médico apoiou o quadril no portão e estudou-a.
— Você não é tão alta quanto eu imaginei.
— Não? — Frankie pegou os cigarros e balançou o maço para Emma, acendendo rapidamente o isqueiro. Ouviu-se o breve crepitar da chama e, em seguida, o inalar agradecido de Emma.
— No rádio, você parece bem alta. Mais alta do que é, de qualquer modo, e um pouco... — Emma projetou o lábio para a frente — impaciente.
Frankie sorriu.
— Você estava com medo?
Frankie fez uma pausa.
— Sinto muito — disse Emma, rapidamente. — Não quero me intrometer.
— Cristo! — respondeu Frankie, sem forças. — Por favor, intrometa-se o quanto quiser.
— Você nunca pareceu estar com medo — refletiu Emma.
— O que eu parecia?
— Não sei. Indignada. E clara. — Emma desviou os olhos. — E, às vezes, alegre — prosseguiu ela, em voz baixa —, como o meu marido.
Todo o ar fugiu do corpo de Frankie e ela precisou se concentrar no rosto de Emma.
— Alegre. — Ela engoliu em seco.
— Sinto muito. — Emma corou e abriu o portão. — Sinto muito por tê-la feito se demorar. Falei demais.
— Não. — Frankie pigarreou. — Sra. Fitch.

Emma se virou, ansiosa.

Não quero mais notícias, ela dissera. Olhando diretamente para ela, Frankie perdeu a coragem.

— De jeito nenhum. — Ela conseguiu abrir um sorriso. — Você não está me fazendo demorar.

Emma deixou os olhos descansarem no sorriso de Frankie e, após um minuto, cumprimentou-a com a cabeça. Então se virou e subiu devagar os degraus de sua casa.

Com o coração disparado, Frankie abriu a porta de tela, seguindo diretamente para o quarto, e fitou a carta. Sua mente travou, girou e travou novamente. Cada membro do seu corpo adquirira um peso impossível. Ela não conseguia pegar a carta. Não conseguia matá-lo. Virou-se, deixou-a ali, e foi para a sala.

Apostara sua carreira num conselho que Max lhe dera quando ela começou: Conta-se uma história deixando as pequenas coisas falarem. É preciso encará-la a fim de *entender* o quadro, depois é preciso continuar olhando-a para *transmiti-la*. No instante que desviava os olhos — e se entregava à descrição, a qualquer tipo de metáfora — tudo entrava em colapso, de modo silencioso e completo. Mas de todo modo ela estava perdida, nesse caso. Piscara os olhos. Desviara o olhar. E não tinha a menor ideia de como dizer o que viera dizer. Se antes havia algo de bom naquilo, já agora não havia mais. Talvez houvera um momento em que ela pudesse simplesmente dizer a Emma o que acontecera, em que pudesse olhá-la, dar-lhe a carta e fechar a abertura no tempo. Will morreu, foi desse jeito, nesse lugar e nesse dia. Em vez disso, ali estava ela, como uma arqueira, puxando para trás a corda, puxando-a cada vez mais.

Uma arqueira? Frankie soltou o ar com um ruído de desprezo. Ela era uma mentirosa.

Ficou sentada, imóvel, enquanto seu coração voltava ao ritmo normal e o dia avançava, arrastado.

No chalé ao lado, alguém ligou o rádio, e a inconfundível excitação na voz do locutor encheu o ar: ... *foi capturado. Isso mesmo! O U-Boat 570 foi capturado. Numa missão de rotina ao sul da Islândia, o submarino alemão emergiu logo abaixo de um bombardeiro Hudson do Coastal Command. Temos notícia de que o comandante alemão se rendeu e de que o submarino está hoje a caminho da Islândia.*

Foi desligado. A porta se abriu com um estrondo, e um homem vestindo roupas de banho pulou sobre os degraus na areia, levando uma barraca. O calor zumbia. Uma faixa de sol entrava indolente pela janela e se estendia na mesa, como um gato. Era uma tarde gloriosa e quente em 28 de agosto.

Frankie olhava através da janela como se pudesse ver algo além do céu. O mar. A proa branca dos barcos. Era uma viagem de três a quatro dias de barco da Islândia até ali. Pela primeira vez ela se perguntou se Harry Vale, sentado na prefeitura, poderia estar certo. Haveria submarinos navegando na direção deles? A imprensa americana não estava sob controle do governo, mas ela sabia que era fácil abafar a verdade, e fazia tanto tempo que estivera completamente no lado receptor das notícias que Frankie se esquecera de como era estar além dos rumores, do burburinho, dos boatos que passavam de um correspondente ao outro. Rumores e fofocas, a fala constante de outros repórteres, pessoas coletando os cacos e entregando-os de algum modo mantinha afastada aquela sensação de que algo podia vir de qualquer lugar, de qualquer direção. Sem os pedacinhos de rumores, sem os outros observando, falando, analisando a guerra, havia a sensação de que tudo podia acontecer. Qualquer coisa poderia advir.

Era hora da sesta na rua, no final do verão. Ela podia ver os corpos deitados ao sol, longe, na praia do porto, e a calma imóvel fazia com que seguisse em frente mais apressada.

Quando chegou à cidade, sabia quem queria ver e, ao penetrar na sombra das árvores e sair delas para o centro, sem olhar para a janela no alto, ela subitamente quis que Harry Vale estivesse ali, vigiando.

Ela empurrou a pesada porta da prefeitura, entrando naquela quietude. À direita, a porta do escritório estava aberta; de dentro, vinha um ruído distante, como o de alguém raspando ou esfregando duas tábuas uma na outra. Quando ela chegou ao canto da parede, a mulher que lixava as unhas levantou os olhos para ela sem perder o ritmo, o ruído baixinho da lixa continuou.

— Olá — Frankie começou a dizer —, será que você pode me ajudar a encontrar o homem que está de vigia?

A mulher tinha um rosto redondo, desastroso em alguém tão miúdo. Largou a lixa de unhas.

— O quê?

— O homem da Unidade de Defesa Civil, no alto?

— Está falando de Harry?

Frankie concordou.

— Harry Vale.

A mulher apontou com o queixo na direção do hall atrás de Frankie.

— Suba a escada — disse.

— Obrigada — disse Frankie, virando-se. — Ele está aí?

A mulher fitou Frankie e deu de ombros de modo elaborado, como se estivesse sentada atrás de uma mesa num palco.

— Se eu soubesse disso — falou com um sorriso afetado —, estragaria o segredo.

— Que segredo?

— Você poderia ser uma chucrute — sugeriu a mulher, pegando a lixa de unhas. — E não quero revelar nada, de um jeito ou de outro — ela abriu um sorriso largo para Frankie.

— Se eu fosse uma chucrute — observou Frankie —, você já estaria morta.

— Ei! — disse a mulher, o vermelho fosco e espesso pulsando nas bochechas redondas. — Não precisa ser rude.

Rude, pensou Frankie, enquanto saía e atravessava o hall redondo até a escada. Você não sabe da metade. O silêncio do escritório atrás dela a seguiu. Quando chegou na escada, o som da lixa de unha havia recomeçado, assim como um bater suave de pés. Subiu a escada rapidamente, dois degraus de cada vez, dando voltas e mais voltas para cima. Quando abriu a porta, no alto, estava sem fôlego.

— Ah, é você, Srta. Bard — disse Harry Vale, virando-se em sua cadeira.

Frankie parou na entrada. Harry estava sentado numa cadeira no centro de uma fileira de três janelas, na extremidade do sótão. O sol da tarde se derramava ali dentro, o vulto dele recortado contra a luz. Tinha um par de binóculos nas mãos, que abaixara quando ela apareceu; virando-se devagar para a janela, levou-os outra vez aos olhos. Não apoiava as costas na cadeira, sentando-se um pouco para a frente, como se estivesse em treinamento. Ela observou um fogareiro a gás acomodado ali perto e, ao lado dele, um catre com o lençol bem esticado debaixo de um cobertor. Embora fosse o topo da prefeitura, Frankie tinha a forte impressão de que o Sr. Vale estava preparado para viver ali. Tinha uma barraca com tudo que era necessário, mantido acessível, embora o amplo cômodo se estendesse ao redor deles e as tábuas vazias do chão tivessem cheiro de mar.

— Posso? — perguntou ela, indo se sentar na cadeira ao lado dele.

— Por favor — disse Harry.

Frankie foi até as janelas e contemplou a vista ampla do andar mais alto. Todo o porto, não apenas o centro, se estendia diante dela, assim como a estrada que levava à cidade. Ela conseguia até mesmo ver a aresta do telhado de Emma. Dali, Harry Vale podia vigiar todos eles com os olhos desobstruídos de um deus.

— Bem — comentou ela —, é uma vista e tanto.

Ele concordou, olhando em frente.

Ela tirou os cigarros do bolso. A bandeira da agência dos correios ondulava ampla acima dos telhados. Frankie acendeu o cigarro.

— É verdade que você quer diminuir o tamanho do mastro?

— Onde você ouviu isso?

— Na cafeteria. — Frankie exalou a fumaça.

— Ninguém vigia essas águas — disse Harry, devagar —, e é assim que eles chegarão.

— É isso o que a Defesa Civil diz?

— É o que *eu* digo.

— O que diz a Defesa Civil?

— Bobagem, até onde eu sei.

— O que eles dizem? — insistiu Frankie.

— Dizem: "olhem para o céu." A Defesa quer os vigias no lugar, com os binóculos nos olhos.

— Você tem bastante certeza.

— Diga-me você, Srta. Bard — falou ele, com tanta delicadeza que a pegou desprevenida. — Para que lutamos na Primeira Guerra?

Ela se virou e olhou para ele. Ele fitou-a, tranquilo.

— Tudo bem — disse a ele.

— Diabos — falou ele. — E lá vamos nós outra vez.

— Bem... não exatamente.

— Você já considerou falar com a Defesa Civil?

— Por quê? — Ela se virou para ele. — As pessoas preferem ouvir uma mentira a ouvir a verdade. Devíamos ter estado aqui há três anos, mas ninguém deu a mínima, embora os relatórios fossem claros.

Ele grunhiu e foi até o outro grupo de janelas, onde em pé e com os binóculos levantados, fitou o mar. Tinha uma rotina a cumprir, Frankie notou, isso a deixou com vontade de chorar. Aquela ideia obstinada de ordem. Aquele homem, levantando o braço no mesmo preciso ângulo, na direção do mar, todas as vezes que parava para olhar. Aquela mão e aquela cabeça funcionando sem qualquer distração, concentradas em continuar seu trabalho.

— Deixe eu lhe perguntar algo. O que você esperava conseguir quando estava na Europa?

— Um fim. — Frankie estava feliz por mudar de assunto.

— Para a guerra?

— Sim — respondeu Frankie, exasperada. — Bem, não. Eu queria que ela começasse, na verdade.

— Como você achava que poderia fazer isso?

— Quanto mais as pessoas soubessem, mais poderiam ver. Ver o que precisava ser feito.

— Bobagem. — Ele balançou a cabeça sem se virar. — Ninguém aqui consegue ver nas margens das fotografias, ou seja qual for a história que você tente contar a respeito, e enxergar a guerra, o que está lá.

— O que está lá? — perguntou ela, delicadamente.

— Acidentes.

Ela aguardava.

— *A estranha aritmética do acaso* — recitou ele, em voz baixa. — Wilfred Owen.

Ela inspirou o ar abruptamente.

Harry pegou seus binóculos.

— Jesus. — Frankie o fitava.

Ele deu de ombros.

— Não podemos mudar o que está a caminho. Sempre há algo a caminho.

— Isso deveria ser um consolo?

Ele resmungou e sentou-se na cadeira.

— Isso é tudo que há.

Sua barriga se elevava sobre seu colo e o suéter estava esticado ao redor dela. Frankie o observou e, em seguida, virou-se em sua cadeira e olhou para o mar, que se estendia como uma pintura para longe da cidade. E se sentiu estranhamente reconfortada. Aquele homem trazia Will Fitch de volta, sentado ao lado dela — *Você é uma voz e um par de mãos, isso é tudo.* Ela se virara para o médico no escuro para deter o alívio que ele representava para ela, seu alívio e sua alegria. Na cidade dele, ela estava sentada ali, em silêncio. Ele estaria certo? A primeira das bandas começou a tocar, conclamando o final da tarde. Garotos em idade escolar se reuniam junto ao portão dos correios, um deles jogando uma pedra na madeira. Depois novamente. E mais uma vez.

Os garotos haviam se organizado num esquadrão informal, fingindo atirar em algo que ela a princípio não conseguia ver, até esticar o corpo em sua cadeira. E então se levantou, sem dizer uma palavra a Harry Vale, correu até a escada, descendo dois degraus por vez, a mão deslizando no corrimão para se equilibrar. Passando pelo segundo andar e chegando ao primeiro, onde o tamborilar da máquina de escrever fez uma pausa e depois continuou enquanto ela passava às pressas e empurrava a pesada porta. Dois deles seguiam Otto pela rua. Frankie correu pelo parque na direção dos outros garotos, que ainda estavam com os braços levantados e miravam as costas dele com os dedos.

— O que é isso! — gritou ela para eles. — O que pensam que estão fazendo?

Eles ficaram mudos. Os braços penderam frouxos.

Seu coração batia tanto que ela mal conseguia falar.

— Seus *merdinhas* — bufou ela. — Seus *merdinhas* desgraçados! — Olhou na direção de Otto, na rua, que havia parado com o som da voz dela e se virado, vendo pela primeira vez os garotos que o seguiam.

— Saiam daqui! — Ela se virou para os garotos. — E se eu vir isso novamente, vou direto à polícia.

Um dos garotos sorriu e abaixou os olhos.

— O que é tão engraçado? — Frankie tinha consciência de que Otto voltava, vindo na sua direção.

Outro garoto levantou o olhar.

— Meu pai é o policial — disse o primeiro garoto, com escárnio, e todos saíram correndo, rindo e deixando Frankie ali, imóvel, emudecida de raiva. Otto parou na frente dela.

Frankie levantou os olhos.

— Tudo bem com você?

Ele deu de ombros.

Beth Alden, a filha do dono do mercado, saíra da venda e estava na porta, olhando para eles.

— Otto — sussurrou Frankie —, por que você não diz a eles?

— O que eu deveria dizer? — perguntou ele, em voz baixa.

— Que é judeu. — Frankie manteve a voz tão calma quanto possível. — Que sua esposa está na Europa.

Ele levantou a cabeça e olhou para o mercado.

— Otto. — Ela o incitou.

Ele balançou a cabeça.

— Não direi nada a ninguém.

— Mas as pessoas não entendem. Eles não entendem quem você é.

Otto ergueu os olhos e encontrou os de Frankie. O coração dela batia muito rápido. Ele a fitou durante um bom tempo.

— E daí? — Ele levantou a voz apenas um pouco, mas a fúria era evidente. — Dizer? A quem eu deveria dizer? Como? Deveria ficar no meio do parque, ali? — Ele apontou o dedo para o parque da cidade. — Ou numa plataforma? Dizer a todos: *Ich bin Jude?*

— Está bem! — disse ela, mas ele recuou diante da mão que ela lhe estendia. Ele se virou e começou a andar rápido, sem correr, para fora da cidade. Ela ficou parada, observando-o subir a rua. Ele parou, finalmente, virou-se, fitou-a e continuou andando.

Frankie piscou os olhos, como se saísse de um transe.

— Srta. Bard. — A agente dos correios saíra da sombra da varanda. – Tenho uma correspondência para você.

— Viu isso? — Frankie se virou para ela.

— O quê?

Frankie estava tão zangada que não conseguia falar. Caminhou até a escada da agência dos correios.

— Aqueles garotos — bufou ela. — Havia uns garotos fingindo atirar no Sr. Schilling pelas costas.

— Não. — Iris balançou a cabeça. — Não vi. — As pesadas portas se fecharam com um baque atrás de Iris, e ela desapareceu.

— Cristo. — Frankie pôs a mão no parapeito para se apoiar por um minuto. Viu Otto dobrando a esquina, no fim do outro quarteirão, e entrando na oficina. — Jesus Cristo. — Frankie respirou fundo.

25.

QUANDO ELA abriu as portas e entrou no salão vazio, a agente dos correios estava no guichê. Da porta, Frankie observou enquanto ela carimbava o selo de cancelamento em três cartas seguidas, com um baque, depois se virava e atirava o que havia carimbado para trás com movimentos impacientes do punho. À vontade, eficiente, absorvida por seu trabalho, a agente dos correios estava totalmente no controle. Frankie acompanhou os envelopes voando em silêncio sobre o ombro de Iris para o saco.

— Alguma vez já errou a mira?
— Nunca. — Iris não levantou os olhos.
— Nem uma única vez? Não é possível.
— Claro que é. Veja Joe DiMaggio.

Ela então levantou os olhos e abriu um sorriso. Frankie avançou.

— Há alguns momentos, porém — reconheceu a agente dos correios —, em que penso nas cartas que não caem dentro do saco. Eu me pergunto se eles deveriam... se eu deveria deixá-las onde caem.

— Está brincando.
— Não estou — respondeu Iris, com calma, abrindo a gaveta dos carimbos.

— Você já — arriscou Frankie — tomou alguma atitude nesse sentido? Simplesmente deixar a carta ali...

— Nunca. — Iris fechou bruscamente a gaveta, mas Frankie percebeu que o pensamento atravessara sua mente, mesmo que de forma passageira.

— Como você se tornou uma agente dos correios, se não se incomoda que eu pergunte?

— Passei no teste.

— Que tipo de teste?

— O teste para agente dos correios?

Frankie assentiu.

— Soma e subtração — respondeu Iris. Era uma forma de fazer com que ela se calasse. As pessoas não se tornavam agentes do correio, Frankie tinha certeza, simplesmente sendo boas em matemática.

— Você gosta de estar no controle?

— Você está me entrevistando? — devolveu a Srta. James.

Frankie balançou a cabeça.

— Estou apenas curiosa.

— Sim. — Iris fitou-a. — Gosto de garantir que tudo funcione direito. Gosto das coisas nos seus lugares.

— Talvez eles só queiram que você esteja tomando conta.

— Tomando conta de quê?

— Deles. — Frankie deu de ombros. — Tomando conta da vida deles.

A Srta. James ergueu a sobrancelha e voltou à sala de triagem. Frankie esperou que ela retornasse.

— Você *está* tomando conta? — perguntou Frankie.

— Perdão?

Frankie mudou de estratégia, um tanto envergonhada com o tom melancólico que ouviu na própria voz.

— Bem, pense em todos os segredos que tem nas mãos.

— Não tenho nada nas mãos além de correspondências — respondeu Iris, colocando uma pilha espessa de jornais e uma carta diante de Frankie.

— Mas, pense nisso... Algo poderia ser desviado, ou detido, e seria a sua mão que teria reparado o erro, a sua mão que teria feito a história continuar. Você é como uma boa narradora. — Frankie fez uma pausa, notando que Iris corava. — Ou mesmo a autora. Você poderia escolher quem recebe sua correspondência e quem...

— Mesmo que eu pudesse, não faria isso, Srta. Bard. — Iris a interrompeu. O que a repórter queria? Por que estava sondando e fazendo perguntas? — Isso vai contra tudo o que tenho como caro.

Frankie sustentou seu olhar.

— Como, por exemplo?

— Ordem — respondeu Iris. — Calma. Cada coisa no seu lugar.

— Parece ótimo. — Frankie se apoiou no balcão. — Parece encantador.

A agente dos correios fitava Frankie, impassível e alerta como uma Madona numa parede. Sem aviso, Frankie sentiu as lágrimas se avolumando em seu peito.

— Srta. James...

— Quando uma pessoa quer reescrever uma carta, ela pega uma caneta e escreve o que precisa numa folha de papel. Coloca a folha num envelope. Sela. E traz até mim. — Frankie ergueu as sobrancelhas, mas Iris continuou, sem prestar atenção. — Ela me entrega e eu a encaminho. Coloco na mala postal e o Sr. Flores a leva até Boston. Ali ela passa por uma triagem e é enviada a qualquer parte do país ou do mundo. Aquela carta é a base de tudo.

— Tudo o quê?

— De tudo isso. – Iris passou a falar mais devagar, o esforço de dizer aquilo em voz alta tornava difícil sua respiração. — Há uma ordem sob nós, uma ordem e uma razão, e cada carta enviada, cada maldita carta enviada e recebida prova isso. Algo começa, algo termina. Algo é enviado, algo chega. A cada dia, a cada hora. Enquanto houver cartas...

— Bobagem. — Frankie a interrompeu, prontamente. — É você, Srta. James, não alguma ordem superior, não alguma razão. Somos apenas nós no mundo, fazendo nosso trabalho.

— Você não acredita nisso. — Iris foi concisa. — Não acho que você acredite realmente nisso.

— Você não tem a menor ideia daquilo em que eu acredito.

Iris se virou e apontou para o rádio preto que se projetava na prateleira acima das malas postais.

— Ouvi você no mês passado me dizendo para prestar atenção. Fiquei aqui e ouvi sua voz através do rádio, e ela nos dizia que devíamos, diante de tudo, *prestar atenção*.

— Muito bem. — Frankie engoliu em seco.

— Por que estamos prestando atenção? Por que outro motivo estaríamos vigilantes?

Frankie prendeu a respiração.

— Não é diferente aqui. Estar vigilante. Prestar atenção o tempo todo, e então soar o alarme.

— Prestar atenção no quê?

— Nos erros — respondeu Iris imediatamente. — Nos defeitos. Na maquinaria.

— Maquinaria?

Iris observou a repórter.

— Lembra-se da história de Teseu?

— Teseu? — Aquilo pegou Frankie de surpresa. — O herói grego?

Iris assentiu. Ela queria esmagar a mulher diante dela de algum modo, fazê-la ver. Fazer com que levasse suas perguntas cansativas e provocadoras para outro lugar.

— Continue. — Frankie soltou o ar.

— Quando Teseu saiu no seu barco para a guerra, prometeu ao pai que voltaria com velas brancas se estivesse vivo. E todos os dias, durante todos os anos em que seu filho esteve distante, o rei subia ao penhasco em busca das velas, mas não via nada. Todos os dias, durante anos.

Ela fez uma pausa, sem olhar para Frankie. Haviam lhe contado essa história, na escola, há muito tempo, e fora a pior coisa que ela jamais ouvira.

— E então, um dia, havia velas vindo no horizonte. Havia velas, sim, depois de anos de espera.

Frankie aguardava.

— Mas as velas eram pretas como o luto. Então o pai, o rei, caminhou para fora do penhasco, encontrando sua morte nas rochas embaixo, enquanto seu filho velejava, triunfante, com a promessa esquecida — Iris corou. — Por que alguém no barco não olhou para cima e percebeu o engano? Teseu poderia ter reparado o erro, se ele apenas soubesse.

Frankie fitou a agente dos correios, uma ideia se formando aos poucos.

— Nunca superei a ideia do desperdício desse acidente — disse Iris, em voz baixa.

— Mas a história sabia.

— Perdão?

— A história — assentiu Frankie, não totalmente certa do que dizia — *a história* sabia. A história não teria tido importância sem o engano. Se Teseu houvesse se lembrado de mudar as velas, a história não teria sido contada. A história teria terminado, como todas terminam, com o regresso triunfante do herói. Mas esse erro criou a história. Esse erro *é* a história, por isso ela é contada.

Iris fitava-a.

— Você não pode ser tão fria.

— É um mito, Srta. James — prosseguiu Frankie, exausta. — Erros acontecem o tempo todo.

— Você acha que não sei disso? — respondeu Iris, com a voz trêmula, apontando para a sala de triagem. — A cada minuto, a cada segundo — corrigiu ela —, há chance de que algo aqui dê errado.

— Mas isso não acontece por sua causa, é isso?

— As coisas dão errado o tempo todo, mas eu percebo. E, quando isso acontece — Iris se inclinou para a frente no balcão —, Srta. Bard, eu me dou conta de que tive *permissão* para perceber. Cada erro, cada acidente, cada pedacinho de acaso que eu percebo é um olhar de Deus. Deus está olhando para nós.

— Claro que está — disse Frankie, pegando os jornais diante dela, o sangue deixando seu rosto muito corado. Quase chegou até a porta. Algo solto que andara adejando no fundo da sua mente lhe chamou a atenção. A conversa era superficial, não era? Ali, a um milhão de quilômetros de onde Will Fitch fora atingido por um táxi, onde Thomas levara um tiro diante dela, onde todos os dias as pessoas estavam morrendo, pessoas reais arrancadas de suas vidas, seus corpos feitos em pedaços pelas explosões, pessoas que levavam tiros e eram abandonadas com seus gritos. Ela se virou.

— Escute... — começou Frankie. — Há alguns meses, eu estava sentada num banco, junto com uma mãe e uma criança de colo. Era um lindo dia de primavera. Havia um cachorro. *Cachorro*, disse o bebê à sua mãe...

— Srta. Bard... — Iris interrompeu.

Mas Frankie continuou, fitando-a, desafiando-a a parar.

— *Isso mesmo*, disse a mãe. *Cachorro*, ele repetiu. Ela fez que sim. *Então vamos, está bem? Vamos*, disse a criança. E então as sirenes soaram e todos olhamos para o céu. O dia estava claro. Era meio-dia. Estavam bombardeando ao meio-dia? Devia haver algum erro, eu pensei.

— Srta. Bard! — Era intolerável. Será que a repórter achava que Iris não sabia o que era o horror? O que era a angústia?

— Houve um último momento — continuou Frankie —, e então eu comecei a correr em frente, nem sequer me lembro se vi alguma coisa, tudo que sei é que corri de olhos fechados, como uma toupeira farejando alguma memória vaga de uma abertura pela qual eu havia passado ao ir para o parque. Um porão? O metrô? E eu me atirei no buraco no momento em que o prédio ao lado do parque onde todos estávamos se partiu ao meio com um barulho, tremendo. Depois vieram o cimento, os tijolos e os vidros lançados para o alto, caindo outra vez em toda parte, com um baque e um estilhaço. Então vieram os gritos. Eu subi a escada do porão, e a poeira branca do prédio caía como neve. Podia ouvir as pessoas gritando. Alguém abriu a porta, alguém chamou. Ouvi o ruído constante da poeira chovendo.

"E em meio a ela, na minha direção, alguém caminhava resolutamente, como se caminhasse desde a Escócia e houvesse caminhado através da bomba e fosse caminhar até o outro lado. É o que eu me lembro de ter pensado, o modo como ela caminhava, ela parecia imortal. Então vi que era a mãe do parque, o bebê nos seus braços, bem apertado. Ela sussurrava no ouvido dele sem parar, enquanto caminhava em meio aos outros, que aos poucos se recuperavam. O rosto do bebê estava voltado para ela, seu sangue escorrendo pela saia e pela blusa da mãe. *Querido, querido, querido,* ela dizia no ouvido do bebê."

A agente dos correios bateu as duas mãos no balcão com tanta força que Frankie sentiu a madeira pular.

— Pare — gritou Iris. — Pare! Por que você não pode parar?

Frankie piscou os olhos, a boca se fechando ao fim da história. Seus olhos redondos vagueavam e pareceram pousar no calendário atrás da cabeça da Srta. James, como se escolhesse seu caminho com cuidado, devagar, voltando pedra após pedra através de um riacho.

— Porque aconteceu — disse ela e, em silêncio, o mais rapidamente que pôde, saiu pela porta.

A porta se fechou com um barulho depois que a mulher saiu, e Iris ficou parada onde estava durante vários minutos. Estava chocada. Fechou os olhos. Aos poucos, os sons reemergiram e ela sentiu o cheiro do sal quando a brisa mudou de direção. Ficou parada, muito quieta, para que seu coração voltasse ao ritmo normal, para que a imagem que aquela outra mulher segurara e sacudira diante dela desaparecesse.

Pois Iris vira o rosto da mãe, os olhos frenéticos buscando ajuda enquanto ela caminhava, sussurrando na pequenina orelha do bebê que morria. *Querido, querido, querido.* Iris cobriu a boca. Ela as vira tão nitidamente nas ondulações da voz daquela mulher. A mesma voz que ela ouvira no rádio e desligara quando se tornou demasiado. O relógio voltou ao seu tique-taque. Surgiu o barulho dos saltos de alguém. O vento, outra vez. Iris se virou para a sala de triagem. Os dois sacos de correspondência aguardavam onde Flores os deixara. Havia a chaleira na chapa elétrica. Havia a persiana abaixada contra a luz oblíqua e ofuscante da tarde.

Mas ela também estava ali, com a mão escorregando uma carta para dentro do seu bolso. Ali ela estivera, diante da mesa na sala dos fundos, e desafiara o tempo. *Preste atenção.* Em cada palavra que ela atirara à repórter, ela acreditava do fundo de sua alma. E no entanto havia removido uma carta da maquinaria da qual cuidava com tanto orgulho. *A história sabia.* Iris abaixou os olhos para a gaveta dos selos.

— Por que nenhum dos marinheiros de Teseu notou o erro e chamou o capitão? — perguntara ela à sua professora, aturdida.

— Essa é a parte triste da história — respondeu a professora, com suavidade. — Simplesmente não chamaram. E o destino quis que o pai visse.

— Mas quem é o Destino? — A menina Iris persistira, mas sua professora nunca respondeu.

26.

Feito uma linha de lápis desenhada entre o começo e o fim desse começo, em 11 de setembro Roosevelt anunciou que a Marinha dos Estados Unidos escoltaria os navios mercantes através do Atlântico, atirando em qualquer navio de guerra alemão. Os submarinos, que andavam em grupos, dariam de cara com a Marinha. E a Rússia, que Deus a abençoasse, se recusou a cair. *Quando você vê uma cascavel pronta para atacar, não espera que ela dê o bote antes de esmagá-la*, Roosevelt advertiu.

Os veranistas entravam em seus carros e seguiram numa longa fila de volta a Boston e a Nova York. As crianças puxavam suas meias para cima e iam para a escola. Os dançarinos, os vendedores de bugigangas e os donos de cafeterias caminhavam até a praia e se deitavam ali, adormecendo sob o restante do sol. As férias haviam acabado, embora o céu ainda brilhasse. Os turistas iam embora, os bolsos estavam mais cheios, o inverno que assomava poderia vir despreocupadamente, depois de um dos melhores verões que Franklin tivera desde a Depressão. E o inspetor da agência dos correios negara a requisição de Harry Vale, de maneira que a bandeira da agência, esvoaçando alta sobre a cidade, parecia acenando para os navios com a alegria de uma garota. A cidade foi atirada de volta a si mesma como um osso na areia, e a repórter ficou.

— *O que* você acha que ela está fazendo aqui?
— Quem?
— A mulher do rádio. — Iris apontou o cigarro na direção do chalé de Frankie, onde sua bicicleta estava apoiada na parede dos fundos. Harry se virou em sua cadeira e olhou na direção do gramado dos três chalés que os separavam.
— Descansando. Foi o que ela disse.
Iris assentiu, sem se convencer.
— Difícil ser uma correspondente de guerra sem uma guerra.
— Acho que ela deve ter desistido.
Iris balançou a cabeça.
— Não ela.
Harry ergueu sobrancelhas.
— Como você sabe tanto sobre ela?
— Não sei nada, é isso o que me preocupa.
— Ela está traumatizada — disse Harry.
Iris olhou para ele.
— Iris. — Harry estendeu o braço e segurou a mão dela.
— Por que outro motivo ela teria vindo para cá além do que diz?
Iris se levantou da cadeira, desceu a escada e foi até a extremidade da pequena faixa de grama limitada pelas rosas malcuidadas perto do mar. Frankie Bard era uma mensageira, com algo oculto. Tinha certeza disso.

Olhando-a de cima, Frankie pensou, deixando a porta bater depois de sair, seria impossível dizer se aquela mulher, que hesitava diante do portão da casa dos Fitch e continuava na direção das dunas, tinha qualquer interesse no mundo além de manter o padrão de dormir, comer, caminhar e sair.

O fim da tarde havia escalado o céu e pendia ali; o ar límpido e cortante, os tons de azul do mar e do céu brincando um com o outro, refletindo e resistindo como irmãs. Ela seguia pelo caminho que levava, através de um pequeno arvoredo, até as dunas atrás da cidade, e o sol atravessava sua blusa como se estivesse curioso. Alguém estava à sua frente, na depressão curva que as árvores faziam; viu que era Emma, caminhando sem qualquer interesse nas coisas pelas quais passava, como se alguém lhe houvesse dito que seria bom para ela, e ela apenas obedecesse.

Depois de algum tempo, Emma se virou.

— Ah — disse, colocando algum entusiasmo na voz. — Olá.

— Olá — respondeu Frankie, e a alcançou. — Como vão as coisas?

— Bem, na medida do possível — disse Emma, com os olhos à frente dela.

— Isso não parece muito bem.

Emma não respondeu.

— Posso caminhar com você um pouco?

O monte amarelo-castanho das dunas apareceu no fim do túnel de árvores. Parecia estar quente ali, e elas caminharam devagar por cerca de vinte minutos, Frankie atrás de Emma, atravessando as colinas de areia até o mar. Quando chegaram ao fim das dunas, Emma se deixou escorregar pesadamente pela encosta da duna até a praia lá embaixo, deslizando e derrapando até chegar na areia, onde se deitou. Frankie seguiu-a e parou diante de Emma, que estava deitada com os braços abertos ao lado do corpo.

— Vá em frente — disse ela, espiando Frankie ao seu lado. — Deite-se.

— Na areia?

— Sim. — Emma sorriu pela primeira vez. — Estique o corpo. Não dá para ouvir as ondas de outra maneira.

— Eu estou ouvindo bastante bem.

— Deite-se — insistiu Emma e fechou os olhos.

Frankie continuou em pé durante mais algum tempo e então, sem olhar para a grávida estirada na areia, agachou-se, sentando-se devagar em seguida. Então esticou as pernas, mantendo-as unidas, e se deitou. Fechou os olhos. Sentiu, no mesmo instante, o vento mudando de direção acima dela, deslizando sobre seu corpo em vez de soprar de encontro aos seus ombros e costas. Fez com que se sentisse de algum modo bem-vinda.

O mar ainda rolava e estourava. O vento deslizava sobre sua pele, a areia fria ferroando levemente a parte de trás dos seus joelhos, a respiração de Emma subindo e descendo ao seu lado. Frankie ficou deitada, as ondas arrebentando preguiçosas. A leve brisa mudava de direção e a tocava.

— Posso lhe perguntar uma coisa? — disse Emma, por fim.

— Mande.

— Aquele menino que você acompanhou até em casa depois do bombardeio, certa noite...

— Billy. — Frankie olhou para ela.

— O menino que perdeu a mãe. Você disse que ele caiu de joelhos quando se deu conta de que ela tinha morrido.

— Isso mesmo.

— E depois disso? — Emma aguardava. — O que aconteceu?

— Não sei.

Emma fez silêncio.

— Você não ficou preocupada? Não queria saber se ele estava bem?

— Claro que sim. Claro que eu queria. — Frankie suspirou. — Mas nunca mais o vi depois disso.

Emma não respondeu imediatamente.

— Então você só podia ver o que estava acontecendo em partes.

— Comparado ao quê?

— A como tudo acontece em conjunto. — Ela começou a falar, quase que para si mesma, como se Frankie não estivesse ali. — Há sinais o tempo todo. Coisas que se repetem, que coincidem parcialmente. Coisas que você não consegue explicar, mas que remetem umas às outras. — Emma estava sentada. — Maggie Winthrop morrendo daquela forma, por exemplo, e Will pressupondo que isso significava que deveria ir para a Inglaterra, como se fosse um sinal. Quando ela já estava doente, devia estar... — Emma parou de falar, lembrando-se de Frankie diante dela. — E então, veja só, ambos se foram e sou eu quem está grávida. Há uma linha entre eles, e me ocorreu recentemente que eu deveria entender isso, percebe? Ambos se foram. Um leva ao outro, e algo segue a partir daí. Ah, Deus, estou cansada! — suspirou ela. Não havia dito em voz alta o verdadeiro sinal, o sinal claro que viera no mês passado sob forma de um jaleco.

— Ouça. — Frankie estendeu a mão e tocou a de Emma. — Tudo acontece muito rapidamente por lá. Você está num bar, e de repente está do lado de fora, e de repente está do lado de dentro, e ali está o menino, e você caminha com ele para casa e... não há em absoluto uma linha entre eles.

— Mas há, deve haver. — Emma balançou a cabeça. — E quanto a essas pessoas?

— Quais pessoas?

— Ouço as vozes delas às vezes à noite, vindo do seu chalé. Otto diz que são pessoas da França.

— Sim.

— Você as trouxe de volta e tocou, para Otto.

Frankie olhou para ela, impotente em face da lógica de Emma.

— Quem nesta cidade precisa ouvir essas vozes mais do que Otto? — perguntou Emma, com delicadeza. — Diga-me.

Frankie balançou a cabeça.

— O que você fará com todos aqueles discos? — perguntou Emma.

Frankie virou o rosto.

— Todas aquelas pessoas.

— Não sei — respondeu Frankie, em voz baixa.

— Você deveria deixá-los partir — disse Emma. — Devia deixar que todos os ouvissem.

— Mesmo? — desafiou Frankie. — Por quê? Quem por aqui quer ouvi-los?

Emma demorou muito para responder. Frankie esperou, com os olhos fixos na viúva de Will.

— Ouça. — Emma olhou para ela e logo desviou os olhos. — Não sei o que você faz, Srta. Bard, mas sei que me contou uma história sobre um menino que eu não conseguia tirar da cabeça.

— Certo. — Frankie observava Emma.

— Você fez a guerra ganhar vida.

Frankie estava deitada na areia.

— Ele estava vivo, porque você estava tão... — Emma procurou a palavra — ... arrasada. Sua voz estava tão triste.

Frankie olhou para cima, para o céu alto e azul.

— Essas pessoas nos trens falavam com você. — Emma parou. — Devem ter dito a você seus nomes e respondido às suas perguntas porque queriam que você fizesse alguma coisa. Que as passasse adiante, de algum modo.

Frankie se levantou sem dizer uma palavra e caminhou até a água, parando com as pontas dos seus sapatos na extremidade da arrebentação, e, durante meio insensato minuto, Emma achou que sairia nadando. Em vez disso, Frankie abriu a boca e o que saiu do seu corpo foi um grito sem palavras. De dor ou de raiva, era impossível dizer.

Emma se deitou outra vez e fechou os olhos, com o coração aos pulos, aquele som ecoando nos seus ouvidos e ficando mais aguçado. Era isso. *E o menininho caiu de joelhos.* Havia um país de enlutados, um país que era como uma doença, inimaginável às pessoas saudáveis, e Emma sabia que ela seguia para lá. Seu coração batia forte contra suas costelas, e não era o seu coração, era o seu bebê pulsando forte dentro dela.

Ela virou de lado para acomodar os chutes do bebê, e a areia em seu rosto e o sal trouxeram de volta a manhã dois dias antes de Will ir embora, quando eles tinham ido até ali *para poder fazer o mesmo barulho*, ele sussurrara; seus lábios no dela eram mornos e seu toque abriu seus lábios sob os dele e ela pôde sentir aquela abertura em todo o seu corpo. Ela sorrira, com a boca colada à dele, e se abandonara ao vaivém das ondas, deixando-se ser puxada para dentro da areia, sentindo-a se mover e se moldar ao seu redor, seu casaco de lã amortecendo o frio. No horizonte atrás da cabeça de Will, o céu da manhã se arqueava sobre ela e seu olhar fixo e azul sustentava o dela. E quando ele se afundou nela com um gemido, ela imaginou Deus olhando-os e achando graça do pássaro que eles formavam, seus ritmos frenéticos subindo pelo ar.

Quando ela se sentou, Frankie não estava à vista. O céu se inclinara no ápice da tarde e os pássaros haviam ficado audaciosos outra vez e roçavam com a asa a praia cada vez mais larga ao lado dela. A espuma rolava para a frente, e a onda que se formava lembrava a mão de um gigante, os nós brancos dos dedos martelando, os dedos tamborilando, batendo na superfície e subindo novamente.

Logo atrás do quebra-mar, a silhueta cinzenta de um encouraçado se sobrepunha à ponta menor e mais delgada de um cruzador, ao lado. Em algum lugar, bem distante desses dois, ela sabia que vários outros navios giravam o leme e se viravam, praticando manobras. O cruzador se desgrudou do casco do encouraçado e a pluma branca da sua esteira pareceu a ela nítida como um corte na água azul. Ela se virou e viu Frankie sentada no alto do caminho das dunas, observando-a. Havia o desenho da luz e do céu se arqueando; um pássaro cruzou o céu, piando. Frankie se levantou, e a parte de cima do seu corpo era como um sinal numa encruzilhada no meio de um deserto. "Aqui", o corpo da repórter dizia ao céu, ao mar à mulher na areia, "aqui".

— Venha. — Frankie acenou.

Subir da base até o alto da duna era como subir uma cachoeira, tendo que cavar a areia enquanto ela escorria sob seu peso. Pouco antes de chegar ao topo, Emma olhou para cima, e foi como se ela houvesse saído de um buraco e entrado no céu.

Deram alguns passos nas dunas e o som das ondas se tornou distante, cedendo ao zumbido dos caminhões e do trem chegando nos trilhos do porto. Quando chegaram à serrania do meio das dunas, puderam ver as duas extensões de água, na frente e atrás delas, o mar azul além do triângulo das casas e correndo sobre a faixa de areia.

Emma talvez quisesse dizer algo a Frankie, algo significativo, para mostrar que ela entendia o grito que Frankie dera ao mar. Algo, qualquer coisa. Talvez quisesse tocá-la, com delicadeza, também, embora não fizesse isso. Caminhou junto a ela, lado a lado, em silêncio.

Emergiram na estrada que levava à cidade, saindo do caminho das dunas no fim da tarde; as janelas e portas de vidro refletiam a luz que decaía. Seus olhos divisaram a fileira de chalés no fim da estrada e então, por relação, seu próprio telhado.

— Espere — disse ela.

Frankie endireitou o corpo e se virou. Emma fitava a rua que levava à sua casa, onde Harry e Iris estavam sentados na varanda, aguardando-a, visivelmente.

Se não chegasse mais perto, Emma pensou, se virasse as costas e voltasse outra vez às dunas, se percorresse todo o caminho através da areia até o mar e começasse a nadar, poderia nadar até ele, encontrá-lo e fazer com que aquilo que eles tinham a dizer não fosse verdade.

— Estou com você — prometeu Frankie e segurou a mão de Emma na sua.

27.

TODOS FORAM tão delicados com ela. Frankie, a Srta. James e Harry. Quando ela subira os três degraus até a varanda onde eles esperavam com as notícias, tropeçara, e Harry caminhara até ela. "Venha", ele sussurrara, "venha, passe os braços em volta do meu pescoço". E ela olhara nos olhos dele e vira. Havia estado tão cansada, mas ele cheirava a graxa e a couro, e ela ergueu os braços e se deixou ser carregada até em casa, como uma criança. Ele a colocou no sofá, chamando-a de querida, e ajeitou o cobertor em volta dela, cuidadoso como uma mãe.

Um telegrama havia chegado. Um mal-entendido acontecera. O Dr. Fitch fora atropelado por um táxi em 18 de maio e fora enterrado no cemitério de Brompton no dia 28. Sinceros pêsames. E então a Srta. James colocara a carta na mão de Emma.

Emma ficou sentada no sofá, entre Harry e Iris, e abaixou os olhos para o envelope. *Emma*, dizia. Como se ele estivesse na sala ao lado, chamando. *Emma*.

Frankie queria se levantar, mas tinha medo de fazê-lo caso Iris também se levantasse e fosse embora. Emma abriu o envelope e tirou a carta.

Todo o ar saiu do corpo de Frankie; ela se levantou e foi às cegas até o hall, onde as luzes do quebra-mar piscavam para ela através da janela da cozinha, de muito longe. Ela caminhou até a janela e ficou ali, com a mente paralisada, girando e voltando a ficar paralisada. Frankie se inclinou sobre o balcão e puxou a corda da luz da cozinha. Encheu a chaleira e colocou-a para ferver. Não havia cigarros, e Emma não tinha muito chá. Sacudiu o resto do que havia no fundo do bule de porcelana. A luz da geladeira formou uma faixa sobre o piso; ela pegou a garrafa de leite e despejou-a dentro do jarro, segurando a porta aberta com o quadril, depois devolveu-a e bateu a porta. Quando a água ferveu, ela despejou-a no bule e voltou para a sala de visitas, trazendo o chá. Os três ainda não haviam se movido do sofá, embora Emma segurasse o lenço de Harry na mão.

Iris estendeu o braço e acendeu o abajur. Frankie se abaixou ao lado da mesa, despejou o leite no fundo da caneca, levantou a tampa do bule e derramou o chá. O vapor chegou-lhe ao queixo, umedecendo-o. Ela podia sentir Emma a observando.

Emma estendeu sua carta para Frankie.

— Leia.

— Não posso ler sua carta. — A voz de Frankie tremeu

— Por favor. — Emma estendeu-lhe a carta, que ela pegou.

Querida, começava. *Se estiver segurando esta carta na sua mão, eu nunca mais voltarei a segurar essa mão.*

Frankie fechou os olhos e largou a carta.

— Terminou?

— Não consigo.

— Por favor, Srta. Bard. — Emma sentiu a voz falhar. — É ele, nessa folha de papel. Quero que você o veja.

3 de janeiro de 1941

Querida,

Se estiver segurando esta carta na sua mão, eu nunca mais voltarei a segurar essa mão. E essa ideia é inimaginável, impossível, porque você é tão real. E porque eu sou. Aqui está a minha mão segurando esta folha, aqui está a outra mão, escrevendo.

Eu poderia dizer que um pé colocado depois do outro me trouxe até aqui, mas seria uma mentira. Se por acaso há um plano, nós o colocamos em prática — estendemos nossas mãos, tentamos alcançar algo, e isso coloca a bola silenciosamente em movimento em seu trilho, na direção daquilo que irá acontecer. Meu pai abaixou sua espada e seu escudo, Emma, apenas desistiu, e não sei responder por quê. Eu os apanhei. Levei-os comigo. Deixei Franklin, fui para a universidade, me tornei médico, e então, certa tarde de inverno, entrei num salão onde você estava. Ah, meu amor, nada foi mais encantador na minha vida do que amá-la, mas vou embora. E não sei responder por quê.

Nos contos de fadas, minha querida, os mortos tomam conta dos vivos. Mas, neste exato momento, você está lendo o que eu estou escrevendo, de modo que estamos juntos, aqui. Isso não é um conto. Estou bem aqui, a caneta sobre o papel, escrevendo seu nome: Emma, Emma, Emma. E, ah, como eu amei você, Emma. Você era o meu lar.

Mas era isso o que eu queria dizer: olhe para cima, neste exato instante. Tire os olhos desta folha de papel e olhe para cima. A Srta. James, acho, estará bem ao seu lado. Ela vai lhe dar esta carta e, até onde eu sei, esperará que você a leia. Esperará. E tomará conta. E outros também. Você não está sozinha. Estamos todos ao seu redor, os mortos e os vivos.

Olhe para cima...
Will.

Frankie estremeceu.

Não vou para casa, ele disse, logo depois que olhara para Frankie e dissera *tudo importa*.

Quando ela olhou para cima, Emma a observava e sorria. E foi com um sobressalto de alívio que Frankie se deu conta de que nunca contaria. Nunca entregaria a carta que trouxera para Emma. Levara-a até ali, e a levaria embora. As notícias haviam chegado. Will Fitch estava morto. Iris dera a Emma sua última carta, a carta que ele gostaria que ela lesse quando estivesse morto. Frankie não tinha nada a acrescentar além da felicidade de Will aquela noite, ao seu lado no escuro, e não revelaria isso. Atravessou a sala, abaixou-se ao lado da mulher frágil na cadeira, passou os braços ao redor dela e a abraçou.

E a semente que estivera enroscada no coração de Frankie durante todo aquele tempo se desenrolou. As pétalas brancas se abriram, uma depois da outra, dentro do seu coração, e começaram a se expandir para cima e para fora. Algumas histórias não são contadas. Algumas histórias você retém. Observá-las e segurá-las nos seus braços não era covardia. Olhar para a besta, sentir seu hálito e não virar o rosto: era possível carregar o mundo daquele jeito.

Sentaram-se juntos, os quatro, durante mais algum tempo antes de Harry se levantar, devagar. Era quinta-feira. Era o fim da tarde. Estava na hora de retomar as atividades e continuar até o outro lado do dia.

Embora ela soubesse que Harry desceria novamente a colina e voltaria ao seu posto de vigia, e que o veria mais tarde, Iris não queria que ele fosse, mas que ficasse um pouco mais ali e depois fosse se sentar na sala dos fundos da agência dos correios. E então, quando estivesse na hora de fechar, trouxesse para baixo a bandeira e a acompanhasse até em casa. Queria tê-lo por perto, e o seguiu até a varanda de Emma.

Ele havia se virado na escada e olhado para ela, que sorrira para ele e assentira muito sutilmente com a cabeça, intimidada pelas mulheres na sala silenciosa atrás de si.

Tudo que ele amava no mundo estava ali. E quando ele olhou para ela, a palavra *Sempre* lhe veio à cabeça e ficou ali.

— Vejo você à noite — exclamou ele, enquanto abria a porta da sua picape e subia nela.

Eram 17h30 da tarde de uma quinta-feira. Do outro lado do parque, as luzes estavam acesas na loja de Alden e, ao longo da rua de venezianas fechadas, as faixas amarelas reluziam por entre as ripas de madeira. Harry subiu a escada da prefeitura rapidamente, sem pensar, incitando seu corpo para a frente como se fosse se encontrar com alguém. No topo, parou, sem fôlego. Os sinos soaram a meia hora e, enquanto o clamor esmorecia, Harry fechou os olhos.

Pensou em Will Fitch, que havia falecido. Pensou em Emma. E observou a filha do dono do mercado descer a escada da agência dos correios — aborrecida por vê-la fechada —, parar e colocar o cabelo dentro do cachecol antes de se afastar rapidamente pela Front Street. Seguiu-a por todo o caminho até a interrupção dos abrigos de pescadores, onde o porto aparecia. As ondas no vidro antigo da janela distorceram sua forma, de modo que ela parecia ser de água e caminhar na água. Seu cachecol vermelho aparecia e desaparecia em meio ao verde-escuro das árvores. Ele a seguiu, como um faroleiro, até o final da Front Street e até que sumisse de vista.

Passou os olhos pelos telhados da cidade, na direção do centro e do porto que ficava além dele, e se deteve. Então, Harry se levantou e marcou os 10 metros do sótão da prefeitura até a janela que dava para o mar.

Levantou os binóculos e ancorou os cotovelos no parapeito da janela à sua frente. O sol ricocheteava nas ondas, na faixa de mar mais próxima diante dele, o topo das ondas como lenços acenando. A pesca de cavalinha batia recordes, e os barcos pesqueiros voltavam à costa com peixes tão grandes presos em suas redes que a ponta das caudas tinha que ser serrada e enfiada nos corpos estripados para que coubesse nas caixas de um metro e pouco empilhadas, grampeadas e destinadas ao Cape. Deslizou o olhar dez graus para leste. Nada. Inclinou-se para a frente.

Bem longe, a leste, além dos barcos pesqueiros, o que parecia ser a sombra cinzenta de uma baleia irrompeu na superfície da água, ondas se derramando pelas laterais. Avançava devagar, a torre alta e ampla do submarino subindo no ar. Comprida e funda dentro d'água, a ameaça cinza-escura mostrava apenas sua metade superior.

— Deus do céu! — Ele tomou fôlego.

O submarino parou seus propulsores e seus ombros cinzentos oscilaram para a frente e para trás até se estabilizar, sua torre de metal 4 metros acima das ondas. Os alemães não deveriam ter a menor ideia do quão perto haviam chegado; caso se aproximassem um pouco mais, dariam na praia. Harry abaixou os binóculos, quase sem respirar.

Ergueu-os novamente e observou enquanto a cabeça e os ombros de um homem subiam na ponte de comando, no topo da torre, seguido pelo que parecia ser um oficial.

Venham. Seu coração batia em disparada, quase rindo da piada: eles haviam chegado e ali estava ele. Muito longe, no alto, atrás do vidro. *Venham, seus filhos da puta*, seus olhos no marinheiro alemão que se içara à borda da torre de comando. Fazia um leve esforço para se equilibrar, estabilizando o corpo sobre a oscilação do submarino debaixo dele. O oficial ergueu um par de binóculos e começou a varrer com ele a costa.

— Venham, cheguem um pouco mais perto — sussurrou Harry. — Venham, seus filhos da puta! Vocês vão ficar sem água.

Um golpe forte dentro do seu peito fez com que largasse os binóculos e agarrasse o batente da janela, tentando recuperar o fôlego.

Houve outro golpe, que fez com que caísse de joelhos. Ele abriu a boca para gritar: — "Está chegando! Eles estão chegando!" E um som que ele nunca ouvira antes veio de dentro dele, subiu por sua garganta, algo entre um grunhido e uma risada; o golpe dentro dele se espalhara para o lado e ele fechou os olhos para tentar afastá-lo. Levantou-se do chão, tropeçando no sótão, onde ficava a corda do sino da torre. Podia vê-la. Deu outro grunhido, a dor deixando-o sem fôlego, segurou a corda e puxou-a, grunhindo, sem respirar. Uma leve batida metálica soou. Houve outro golpe no seu coração, dessa vez apagando a luz no sótão. Ele puxou. Puxou com tudo o que lhe restava de vida. Longe dali, houve um grande estrépito. Novamente, uma última vez. Ele sempre soubera. Eles tinham vindo.

28.

No funeral de Harry havia pessoas se derramando para fora da igreja; alguns vieram de lugares tão longe quanto Bourne. Ele fora um homem reservado e não deixava descendentes, mas as pessoas sentadas nos bancos para o louvor do reverendo Vine sentiam sua partida ainda mais no pouco que era dito. Ele ficara naquela torre por tanto tempo que as pessoas não conseguiam se acostumar à ideia de que não estava mais atento aos alemães.

Ou que ele estivera certo o tempo todo. Quando Harry puxara a corda do sino antes de desfalecer, várias pessoas haviam olhado para cima, na direção da torre da prefeitura, mas acharam que eram apenas os pássaros ou o vento. Mas quando Tom e Will Jakes, jogando sua rede de pesca no local protegido do vento, na costa, divisaram o submarino emergindo, eles guardaram seu equipamento e correram para casa. E foram os dois que tropeçaram no corpo de Harry sob a corda do sino. Olharam para ele, agarraram a corda e puxaram, puxaram e puxaram outra vez: Harry, Harry, Harry. E os sinos continuaram soando durante a tarde toda. Quando o vento mudou de direção, no fim da tarde, o som dos sinos do Cape chegava incessante, do outro lado do porto.

O reverendo Vine terminou e Jigg Boggs, Johnny Cripps, Frank Niles, Lars Black e os Jake se adiantaram e levantaram o caixão sobre seus ombros, liderando os acompanhantes do enterro para fora da igreja. Frankie seguiu Emma e a congregação e ficou parada no alto da escada vendo o caixão sendo colocado no carro fúnebre. Arrastadas pela fila silenciosa de pessoas, as duas caminhavam atrás do carro. O nevoeiro descera e instalara uma pálida cortina úmida que reluzia em seus ombros e cabelos. A meio caminho do cemitério, Frankie se virou e voltou por onde viera.

No meio do gramado perfeito, coberto pela densa neblina, Iris saíra da igreja e estava em pé, sozinha. A cidade era empurrada para trás. A agente dos correios estava no centro dela e inclinou a cabeça para trás, deixando a umidade cair em seu rosto. Se Harry estivesse olhando, Frankie pensou, veria aquele vulto escuro na comoção úmida de pessoas indo e vindo, do ar que se movia, cheio de silêncio e do seu pesar. Através da rede das árvores nuas, não havia luz no alto da prefeitura. O olho havia se fechado.

O modo casual como uma coisa levava a outra, escorregadio como uma corda se desenrolando e caindo silenciosamente no mar, era uma prova positiva de que a morte — se você tivesse como surpreendê-la — sorria. Afinal, não era *por quê?* Era *"isso é tudo"?*

Isso é tudo? Foi assim que Harry Vale morreu? Esse foi o fim?

Havia um som estranho e regular vindo da direção dos correios. Iris deixara o lugar onde estava, no parque. A princípio, Frankie achou que ouvia uma bola de tênis quicando na parede. *Poc, poc.* Ficou parada, imóvel, escutando. *Poc,* e em seguida uma pausa. *Poc. Poc.* Iris estava na agência dos correios com um machado, mirando-o no mastro da bandeira. Ergueu o machado e brandiu-o novamente.

— O que você está fazendo? — exclamou Frankie.

Se Iris a escutou, não prestou atenção.

— Pare! — Frankie se pôs a correr na direção da mulher curvada em torno do machado. A agente dos correios colocou a lâmina do machado no mastro caiado da bandeira outra vez e girou o corpo. A madeira começou a rachar quando o machado passou da metade e o som do mastro se estilhaçando se propagava, numa advertência.

— Pare! — gritou Frankie, na escada dos correios.

Iris levantou o machado por cima do ombro e girou-o para baixo outra vez. A ponta do mastro estava ficando mais fina sob a lâmina. Em pouco tempo, viria abaixo. A tarefa já estava quase completa, e ela deu um violento puxão no machado, em sua direção. A madeira gemeu quando o topo do mastro vacilou por um instante no ar do outono antes de ceder. Foi então que Iris viu que a bandeira ainda estava içada — ela não pensara em tirá-la antes de começar a cortar o mastro. A grande faixa de tecido esvoaçou atrás da haste que caía, e a Frankie parecia uma donzela caindo no chão, seguida por seus cabelos em cascatas.

O mastro da bandeira rachou como um osso, a bandeira caindo pelos degraus da agência dos correios enquanto a parte de cima desabava sobre o corrimão de ferro. Iris estava apoiada no cabo do machado, recuperando o fôlego, quando levantou os olhos e viu Frankie. Sem dizer uma palavra, Iris foi até o ponto no mastro onde as adriças estavam presas e começou a desembaraçar as linhas. Frankie abriu o portão para o pátio e subiu para ajudar, mas Iris empurrou a mão dela para longe, rudemente. Frankie não tinha coragem de se afastar. Iris soltou a bandeira e juntou-a numa trouxa em seu colo, passou por Frankie na escada e entrou com ela na agência dos correios. A porta se fechou atrás dela.

Sem a bandeira, o mastro caído e rachado no pátio dos correios parecia obscenamente nu.

A agente dos correios voltou para fora e ficou parada junto à porta, fitando o mastro caído.

— Iris?

Iris passou pelo mastro caído e foi até o lugar onde havia largado o machado. Então, sem aviso, levantou o machado e brandiu-o novamente.

Frankie deu um pulo. Iris brandiu o machado mais uma vez, mirando-o no mesmo ponto. Seus braços fortes giravam e golpeavam com a firmeza de um motor. Lágrimas escorriam pelo seu rosto, mas ela não mostrava sinais de que iria parar. Depois de cinco golpes, o mastro caído havia sido cortado ao meio. Iris empurrou a parte de cima escada abaixo, com o pé, de modo que as duas metades ficaram caídas ali. Então ela andou até atrás delas e começou a cortar a mais próxima pela metade outra vez. Pela metade, pela metade, pela metade e novamente pela metade, reduzindo o mastro da bandeira a gravetos sem levantar os olhos. O machado oscilava acima de sua cabeça e descia, repetindo-se, numa expiação.

Muito comovida, Frankie se virou e começou a caminhar para fora da cidade, pela Yarrow Road. As luzes das casas conduziam-na até chegar à extensão vazia de dunas nas margens da cidade, onde as três luzes adiante eram a de Emma, a sua e a luz externa do chalé da agente dos correios, ao fim. Parou de andar e se virou.

Em meio à escuridão que baixava atrás dela, os quadrados e os focos de luzes nas casas brilhavam. Ela puxou o suéter para perto do corpo quando o motor de um caminhão deu um rosnado atrás dela, subindo devagar a ladeira, e

Frankie se afastou para cima da grama a fim de lhe dar passagem. Aos poucos o caminhão se aproximava, e ela parou para deixá-lo passar. Ele subiu a colina na estrada que levava para fora da cidade, passou pela casa dos Fitch, onde estremeceu e ficou quieto, e depois retomou o embalo no topo. As marchas mudaram quando ele chegou no topo, ganhou velocidade e seguiu rápido para fora da cidade, o ronco se tornando cada vez mais alto e mais distante até desaparecer.

Ali, na quietude, na escuridão, Frankie parou.

Atrás dela, na cidade, a agente dos correios abriu a porta, entrou na agência e apagou as luzes do saguão. Diante dela, os três telhados eram vírgulas alinhadas na saída da cidade.

Pssss. Psss. Fale, fale para o gravador, Frankie ouviu a si mesma na noite, através das janelas abertas do seu chalé.

Meu nome é Thomas. Moro numa aldeia na Áustria, nas montanhas...

— Otto — sussurrou Frankie.

Ele caminhara até a varanda, com os braços cruzados sobre o peito, enquanto a voz de Frankie, levada pelo vento, era substituída pela do menininho dizendo *Franz. Franz Hofmann*, a mãe dele sussurrou. *Vamos lá*, a voz de Frankie cantarolou. *Fale aqui. Diga seu nome. Inga?*, disse a irmã, timidamente. *Inga Borg?* O irmão riu e falou, por sua vez. *Sou Litman. Nós temos papéis.* As vozes se descolavam no céu, a espuma das ondas atrás delas. *Diga a eles*, exigiu o homem na cafeteria em Mulhouse, apontando o dedo para ela. *Dizer a eles o quê?*, Frankie ouvira a si mesma perguntando. *Dizer à América o quê? De moi*, a voz dele vociferou no ar. *Dites-les de moi.* Frankie ouvia as pessoas que ouvira durante meses — *Qu'est-ce qu'elle fait, cette madame? Elle entends, Papa. Meu nome é Susanna, e esse é meu pai. Ele é Lucien. Lucien Bergolas.* Havia o som mais baixo do pai falando com a filha. *Oui, oui, papa. Ele quer dizer que é Lucien Alexandre Bergolas de Maille;* suas vozes subindo ao vento, o chalé dela como uma boca, falando, e Otto diante deles, desafiando quem quisesse interromper.

Aqui. — Ela se virou e olhou, através dos gramados, para a casa de Emma. Aqui estamos todos nós.

Prólogo

O que acontece com uma história além das suas margens?, Will havia perguntado. *O que acontece depois da parte que você traz até nós?* Se existe uma pergunta que cai aos nossos pés, impossível de se responder, aquela que não sabemos ter escolhido para levar adiante ao longo dos anos, então essa era a minha. Uma história, como uma fotografia, é registrada, retida por um momento, e depois entregue. Mas as pessoas nelas continuam. E o que acontece em seguida? O que acontece?

A história sabia. Eu não disse isso, há muito tempo? Não falei com veemência para a agente dos correios, como uma prova de que sua fé na ordem era desproposital? Uma pálpebra se abre e se fecha, separando este momento do momento seguinte, o lado interno do externo, o que é lembrado do que é visto. E, em alguns momentos, recebemos permissão para ver tudo ao mesmo tempo. Nossas vidas se movendo para trás e para a frente — somos um em 1 milhão —, diante da frase que aniquila ou transcende, dependendo.

Se Will amava Emma? Tenho certeza de que sim. A memória da mão dele em torno do meu braço, e seu sussurro — *essa parte dela faz você querer segurá-la* — ainda me fizeram estremecer quando outros me tocaram ali, porque eu me lembro do desejo saudoso dele em tocar sua esposa no ponto onde me tocava. Ele a amava com todo o seu coração, mas não poderia ficar. Sua luta contra o mundo significava que ele precisava desviar os olhos da sua casa e do seu coração e ir à batalha. Por quê? Esse é o mistério que fica, o que me manteve subindo e descendo ruas, entrando e saindo das vidas das pessoas e das suas casas, fazendo perguntas. Em toda parte ao meu redor, durante toda a minha vida, o glorioso espetáculo dos seres humanos.

E este vasto e contraditório espetáculo que eu cobri, em reportagens, em breve o deixarei.

Mas não antes de contar a vocês a última parte. Levei a carta do médico desde Londres, pela Europa, até a porta da mulher a quem ela era endereçada. Bati à porta, ela atendeu, eu olhei para ela e nada disse. Levei-a comigo, mas nunca a entreguei. Ela permanece fechada na minha mesa. Isso é tudo o que eu escrevi, tudo o que tenho a contar. Isso é o que a história sabia.

Nota

Embora não haja provas de que um submarino alemão chegou à praia em Cape Cod, houve situações bem próximas. Em fevereiro de 1941, o almirante Dönitz, da Alemanha, solicitou um estudo da viabilidade de um assalto surpresa com submarino à Costa Leste, e, em fevereiro de 1942, o primeiro submarino alemão emergiu, sem ser notado, no canal do porto de Nova York. Ao longo de 1942, submarinos alemães chegaram tão perto do litoral leste que observaram a silhueta negra das pessoas caminhando nos passeios públicos junto à praia, contra a luz de hotéis, carros e casas. Os imensos cascos dos petroleiros que rumavam à Europa com comida e provisões também estavam acesos, tornando-os alvos simples e fantásticos. Dos 397 navios afundados por submarinos alemães nos primeiros seis meses de 1942, 171 foram afundados na costa do Atlântico, no trecho entre o Maine e a Flórida, alguns chegando a poder ser vistos pelas pessoas em terra.

Embora ela não pudesse ter acesso ao gravador portátil em 1941, o que Frankie usou é um protótipo do que passou a ser uso corrente em 1944, chegando finalmente a permitir que os jornalistas fizessem gravações ao vivo no campo de batalha. Tomei essa liberdade em relação à data porque a Segunda Guerra Mundial foi a primeira guerra levada às salas de estar das pessoas através do rádio, e eu queria sublinhar o poder da voz para transmitir o indizível, com os refugiados falando no ar em que desaparecerão.

A transmissão de Edward R. Murrow no primeiro capítulo, sua transmissão e os comentários de Sevareid no segundo capítulo e a transmissão atribuída a Ernie Pyle no oitavo capítulo foram extraídos de *World War II on the Air: Edward R. Murrow and the Broadcasts That Riveted a Nation*, de Mark Bernstein e Alex Lubertozzi.

O comentário de Martha Gellhorn a Frankie, no capítulo 24, é uma reconfiguração do que ela escreveu em sua introdução a *The Face of War*. "Eu pertencia a uma federação de Cassandras, minhas colegas correspondentes estrangeiras, que eu encontrava em todos os desastres."*

---

* As observações de Walter Lippmann sobre a guerra, no capítulo 11, foram retiradas da reportagem "The Atlantic and America: The Whey and When of Intervention", publicada na revista *Life*, de 7 de abril de 1941.

Agradecimentos

Muitas pessoas me orientaram no curso das pesquisas para este livro — do funcionamento de uma agência dos correios até a mecânica de um submarino, à física do parto e ao mundo da radiodifusão — e eu gostaria de agradecer a Bob Smith, Bill Matzelevich, Whitney Pinger, Justin Webb, da BBC, Kevin Klose, da NPR, e Bill Godwin e Brian Belanger, do Radio & Television Museum em Bowie, Maryland, por suas generosas respostas a todas as minhas perguntas.

Maud Casey, Sean Enright, Linda Kulman, Susannah Moore, Rebecca Nicolson, Howard Norman, Linda Parshall, Claudia Rankine e Joshua Weiner me mantiveram no caminho certo durante a escrita deste livro, não apenas lendo versões iniciais como fazendo perguntas essenciais sobre ele e sobre mim. Não tenho palavras suficientes para agradecer-lhes pelo que me deram ao longo dos últimos anos.

Sou extremamente grata ao Virginia Center for the Creative Arts pelo tempo e pelo espaço que me concederam num momento crucial. E, por fim, sem a persistência e o bom humor de Stephanie Cabot e a habilidade incomum de Amy Einhorn para enxergar o âmago da questão, repetidas vezes, este livro simplesmente nunca teria existido.

E sou grata às seguintes obras, por me ajudarem a imaginar a época: *World War II on the Air*, de Mark Bernstein e

Alex Lubertozzi; *Where the Action Was: Women War Correspondents in World War II*, de Penny Colman; *The Murrow Boys: Pioneers on the Front Lines of Broadcast Journalism*, de Stanley Cloud e Lynne Olson; *Operation Drumbeat: The Dramatic True Story of Germany's First U-Boat Attacks Along the American Coast in World War II*, de Michael Gannon; *The Face of War*, de Martha Gellhorn; *No Ordinary Time: Franklin & Eleanor Roosevelt: The Home Front in World War II*, de Doris Kearns Goodwin; *The Longest Night: The Bombing of London on May 10, 1941*, de Gavin Mortimer; *Buried by the Times: The Holocaust and America's Most Important Newspaper Reporting World War II: Part One: American Journalism 1938-1944*, de Laurel Leff; *The Women Who Wrote the War*, de Nancy Caldwell Sorel; e *Time and the Town: A Province town Chronicle*, de Mary Heaton Vorse.

A história por trás da história

Quando eu morava numa cidadezinha na extremidade do Cape Cod, costumava observar a mulher que entregava a correspondência andando na rua, levando sua mala postal. Eu me perguntava se ela chegava a ler os cartões-postais que levava, pois poderia fazer isso, e se ela guardava os segredos, dos quais devia estar a par, sobre todos nós. Certa tarde, visualizei a imagem vívida dessa mulher diante das caixas de triagem na sala dos fundos da agência dos correios, com um envelope na mão. Eu a vi de pé ali, olhando para a carta que segurava, e então simplesmente decidindo colocar a carta no bolso. Assim Iris James, a agente dos correios, nasceu.

Naquela época, eu me lembro de ter pensado: "Ótimo, aí está meu próximo romance."

Mas, de quem era a carta e por que ela a segurava? Percebi que, para que meu romance tivesse algum suspense, ele precisava ser situado numa época em que uma carta que não fosse entregue viesse a realmente fazer diferença, quando o atraso pudesse criar todo tipo de dano. Por eu ter uma pilha de cartas trocadas entre meus avós, escritas durante a época em que meu avô servia a Marinha no Pacífico, durante a Segunda Guerra Mundial, decidi situá-la naquela época, buscando nas suas cartas a atmosfera. E a carta que a agente dos correios escolheu não entregar seria a de um homem escrevendo para sua esposa.

Então, eu tinha as linhas gerais de uma história, mas nenhuma ideia do assunto do qual essa história trataria. Em busca de detalhes que poderiam sugerir que direção tomar, passei meses folheando as revistas *Life* dos anos de guerra, reunindo todos os aspectos da guerra — tropeçando na transmissão de Edward R. Morrow sobre a Blitz em Londres, lendo reportagens sobre os refugiados deixando a Europa no verão de 1941, descobrindo uma reportagem de primeira mão sobre o capitão de um submarino alemão que emergiu no porto de Nova York, em janeiro de 1942, e observou as luzes dos carros na West Side Highway, sem ser percebido pelos moradores da cidade.

Conforme meu senso vago daquele período foi se tornando mais nítido, comecei a escrever a história de Emma e Will, de como Iris James ficava no centro da cidade, e do seu amor inesperado por Harry Vale, um homem que estava convencido de que os alemães estavam vindo. Depois de cem páginas sobre essa cidade e essa época, Frankie Bard desceu do ônibus que vinha de Boston, chegando — de modo completamente inesperado — na história.

Mas como esses personagens se combinavam para criar um romance? Como suas três histórias levavam ao momento diante das caixas de triagem, quando Iris decide não entregar uma carta? Eu ainda não tinha a menor ideia.

Certa manhã, na primavera de 2001, abri o jornal e vi a fotografia icônica de um pai palestino e seu filho, agachados atrás de um bunker, em meio ao fogo cruzado entre os israelenses e os palestinos; o filho afundado no colo do pai, que tentava protegê-lo dos tiros. A fotografia captura o momento imediatamente antes de o menino receber um tiro e morrer. E o fato de que eu — sentada à mesa do café da manhã em Chicago, com meu filho lendo histórias em quadrinhos ao meu lado — podia ver o último segundo da vida daquele menino era insuportável. Eu queria escrever sobre aquilo de algum modo, — aquele aspecto da guerra, dos seus acidentes aterrorizantes e de como conseguimos conviver com o fato de que guerras estão sendo travadas no momento em que eu escrevo (e você lê) estas palavras. Como *imaginamos* essa simultaneidade?

Alguns meses mais tarde, mudei-me com minha família para Washington, D.C., e estava lá em 11 de setembro. A reação da cidade aos ataques — os aviões sobrevoando-a durante semanas seguidas, os tanques e as placas nas ruas principais, indicando as rotas de evacuação, os artigos do *Washington Post* detalhando quais áreas da cidade seriam afetadas por uma bomba, com base nos padrões predominantes do vento — cristalizou, para mim, o que as pessoas devem ter sentido, nos Estados Unidos, após Pearl Harbor. A indagação de como sabemos que estamos realmente em perigo como nação se tornou subitamente central. Como você passa a saber que o momento que está vivendo talvez seja histórico, e o que faz a respeito? Como deve ter sido para os americanos tentando entender o sentido das notícias que recebiam, vindas de fora do país?

Percebi que queria escrever uma história de guerra que não acontecesse no campo de batalha, mas que nos levasse, pelas bordas de uma fotografia ou de uma reportagem sobre a guerra, aos momentos imediatamente depois ou imediatamente antes do que lemos ou vemos ou ouvimos.

A essa altura, eu havia lido tantas reportagens sobre a guerra feitas pelos grandes jornalistas da época — Martha

Gellhorn, William Shires, Ernie Pyle e Wes Gallagher — que a figura do correspondente de guerra tinha se tornado determinante. Quando li que Bill Paley, o chefe da CBS, havia decidido — numa aposta na predominância do rádio sobre o jornalismo impresso — que a guerra deveria ser transmitida ao vivo, percebi que a história da pessoa que registra a guerra, que a narra, que vive o cotidiano da guerra depois de fazer uma transmissão, era a que eu queria contar.

Quando comecei a frequentar o Radio & Television Museum em Bowie, Maryland, ouvindo tantas gravações antigas quanto era capaz, entendi que o caráter imediato das reportagens ao vivo se mostrava uma faca de dois gumes: por um lado, trazia os ouvintes direto para a guerra; por outro, as regras da objetividade exigiam que os repórteres se contivessem, excluindo a emoção das suas vozes, tentando impedir que suas vozes falhassem. Como seria, eu me perguntei, se aquela voz que transmitia a guerra fosse a de uma mulher?

Com diversas exceções notáveis, fazer reportagem sobre a guerra continuava sendo em grande parte um clube masculino, o que era ainda mais verdadeiro no rádio, onde havia um distinto preconceito contra o som da voz das mulheres. Betty Wason e Mary Marvin Breckinridge eram mulheres que transmitiam notícias da Europa nos primeiros anos da guerra; Breckinridge, na verdade, trabalhou para Murrow durante os primeiros seis meses da Blitz. Ambas serviram de inspiração para Frankie Bard.

Quanto mais fundo minha pesquisa me levava, mais eu pensava na posição daqueles que podem ver o que está acontecendo, ou partes disso, e são impotentes para fazer qualquer coisa além de tentar virar a cabeça das pessoas naquela direção. A epifania de Frankie Bard no centro do romance — quando ela se dá conta de que viu alguém morrer e sabe o fim de uma história que os pais dele nunca ouvirão — leva o grande pesar implícito à responsabilidade do conhecimento. E percebi que a responsabilidade de levar as vozes de todas as pessoas que conhecia, cujo destino tão tinha como saber, se tornou insuportável para Frankie. O gravador portátil (que só foi, na verdade, colocado em uso pela BBC e pela CBS um pouco mais tarde, na guerra) se tornou um veículo para que ela, de algum modo, os salvasse.

E essa se tornou, para mim, a pergunta central do romance: Como carregar (e tolerar) as notícias?

Como Iris e Frankie vieram a trair tudo aquilo em que acreditavam — que a correspondência precisa ser entregue, que a verdade precisa ser relatada — é a história de guerra que eu esperava contar. É a narrativa que se encontra nas bordas das fotografias ou no fim de um relato de jornal. É sobre as mentiras que contamos aos outros para protegê-los e para não reconhecer o que não conseguimos tolerar: o fato de estarmos vivos, por exemplo, almoçando enquanto bombas caem e, refugiados se amontoam em campos e as notícias chegam até nós a cada hora do dia. E o que, afinal, nós fazemos?

Este livro foi composto na tipologia Fairfield LT Std,
em corpo 11/15,3, e impresso em papel off-white,
no Sistema Cameron da Divisão Gráfica
da Distribuidora Record.